SV

Band 570 der Bibliothek Suhrkamp

Graciliano Ramos
Angst

Roman

Aus dem Brasilianischen
von Willy Keller

Suhrkamp Verlag

Titel der brasilianischen Originalausgabe: *Angústia*

Erste Auflage 1978

Druck: Nomos Verlagsgesellschaft, Baden-Baden
Printed in Germany

Angst

Es sind ungefähr dreißig Tage her, daß ich mich vom Krankenlager erhob, aber ich glaube, daß ich mich noch nicht vollständig erholt habe. Von den Visionen, die mich in jenen langen Nächten verfolgten, blieben noch Schatten zurück, verschwimmen mit der Wirklichkeit und erzeugen Fieberschauer.

Es gibt Personen, die ich nicht ertrage. Vagabunden zum Beispiel. Es kommt mir vor, als ob es viel mehr geworden seien, die wenn sie sich mir nähern, nicht um ein Almosen bitten, sondern schreien, fordern, mir etwas wegnehmen.

Gewisse Plätze, die ich gern aufsuchte, sind mir jetzt verhaßt. Ich gehe an einer Buchhandlung vorbei, betrachte mit Widerwillen die Auslagen, habe den Eindruck, als ob die Menschen dort drinnen Titel und Preis im Gesicht tragen und sich selbst zum Verkauf anbieten. Eine Art Prostitution. Irgendein Kerl kommt: bedient, zuckt die Achseln oder weist mit dem Kinn die Unbekannten hinter dem Schaufenster in irgendeine Richtung. Ein anderer äußert aufs Geratewohl eine Meinung. Dummköpfe hören zu, verschwinden. Und die Verfasser führen resignierend Buchstaben und Zahlen vor und bieten sich an, wie Weiber in der Puffstraße.

Ich lebe in Unruhe und Furcht, ich fühle ein Zittern in meinen ausgemergelten Händen. Es sind schon nicht mehr meine Hände, es sind die Hände eines alten, schwachen und unnützen Mannes. Die Schürfwunden der Handflächen sind vernarbt.

Unmöglich, zu arbeiten. Sie geben mir in der Dienststelle einen Auftrag, einen Bericht, damit ich ihn auf der Maschine schreibe. Bis Zeile zehn geht alles gut. Dann aber erscheint auf dem Blatt das aufgedunsene Gesicht von Julião Tavares, und meine Finger begegnen auf der Tastatur einem weichen Widerstand, als ob sie in fettes Fleisch greifen würden. Und schon ist der Fehler da. Ich habe versucht, diese Zwangsvorstellung zu bekämpfen, ich habe mich bemüht, den Radiergummi nicht zu benutzen. Ich führe meine Arbeit zu Ende, aber das Ries Papier ist beträchtlich zusammengeschrumpft.

Nachts schließe ich die Türen, sitze am Tisch im Eßzimmer, das Handgelenk steif, die Gedanken weit ab von dem Artikel, den die Zeitung bei mir bestellt hat.

Vitória brummt in der Küche. Hungrige Mäuse durchwühlen Büchsen und Pakete in der Speisekammer, Automobile lärmen auf der Straße.

In zwei Stunden schreibe ich ein Wort: Marina. Dann benutze ich die Buchstaben dieses Namens, um sinnlose Begriffe zu bilden: Mai, Mar, Mana, Rain, Aria. Etwa zwanzig Worte. Wenn es mir nicht gelingt, neue Verbindungen zu finden, fange ich an zu zeichnen: einen Degen, eine Leier, den Kopf einer Frau und anderen Unsinn. Ich denke an Menschen und Dinge, die keinen Bezug zu diesen Zeichnungen haben: Prozesse, Voranschläge, den Direktor, den Sekretär, Politiker, Personen, die in guten Verhältnissen sind, die mich verachten, weil ich ein armer Teufel bin.

Idiotische Kerle. Hocken tagelang faul und geschwätzig in den Kaffeehäusern, Schweine. Wenn ich diesem Gesindel begegne, mache ich mich klein, drücke mich an die Wand, wie eine erschreckte Ratte. Wie eine Ratte, genauso. Ich fliehe diese Geschäftemacher, die in brüllendes Gelächter ausbrechen und über Politik und Huren reden.

Ich kann die Miete nicht bezahlen. Dr. Gouveia setzt mir mit Mahnungen zu. Unnütze Mahnungen, aber das begreift Dr. Gouveia nicht. Dann ist da auch noch der Mann mit der Lichtrechnung, Moisés mit den Abschlagzahlungen, ein Wechsel über fünfhundert Milréis, der schon einmal verlängert wurde. Und schlimmere Dinge, viel schlimmere.

Der Artikel, den man bei mir bestellt hat, rückt immer

weiter von mir ab. Es ist wahr, ich habe Zigaretten und Alkohol, aber wenn ich zuviel trinke und rauche, wird meine Traurigkeit nur noch größer. Trauer und Wut. Mai, Mar, Mana, Rain, Aria. Ein blödsinniger Zeitvertreib.

Dr. Gouveia ist ein Untier. Im zehnten Semester schrieb er zwei Spalten, die er gegen Bezahlung im nicht-redaktionellen Teil eines Käseblättchens veröffentlichte. Dann ließ er für dieses Meisterwerk einen goldenen Rahmen machen und hängte es über den Schreibtisch an die Wand. Es ist voller Fehler und Zwiebelfische. Aber Dr. Gouveia merkt das nicht. Sein Geist ist anspruchslos. Dr. Gouveia beschäftigt sich nur mit zeitlichen Dingen: mit der Miete seiner Häuser und mit dem Geld, das er dem Fiskus abzapft.

Ich kann nicht schreiben. Geld und Hausbesitz rufen in mir immer ein unbändiges Verlangen nach Mord und Zerstörung hervor. Die zwei schlecht gedruckten Spalten, der Rahmen, Dr. Gouveia, Moisés, der Mann mit der Lichtrechnung, Geschäftsleute, Politiker, der Direktor und der Sekretär, alles bewegt sich in meinem Kopf, wie ein Zug von Würmern auf gelber, fetter, schmieriger Unterlage, die bei näherem Hinsehen das aufgedunsene, enorm vergrößerte Gesicht von Julião Tavares bilden. Diese Schatten ziehen mit zäher Langsamkeit vorbei, fließen ineinander, bilden ein wirres Knäuel.

Schließlich verschwindet alles. Und, innerlich vollkommen ausgehöhlt, verbringe ich eine endlose Zeit damit, Worte und Zeichnungen auszustreichen. Ich verstärke die Linien, lösche die Kurven aus, bis nur noch ein paar langgezogene Flecke, ein paar tiefschwarze Umrisse übrigbleiben.

Wenn ich könnte, würde ich alles hinwerfen und wieder auf Reisen gehen. Dieses monotone Leben, das mich von neun bis zwölf und von zwei bis fünf an den Schreibtisch

fesselt, ist sinnlos. Ein Schneckendasein. Sinnlos. Wenn meine Abteilung schließt, dann schlurre ich zu der Normal-Uhr und nehme die Straßenbahn nach Ponta-da-Terra.
Was mag Marina machen? Ich versuche, dieses Geschöpf aus meinem Gedächtnis zu streichen. Eine Reise, Besäufnis, Selbstmord . . .
Ich denke an meinen Kadaver, abgezehrt, herausstehende Zähne, die Augen wie zwei Pflaumen ohne Schale, die von Zigaretten gelb gefärbten Finger über der eingesunkenen Brust gekreuzt.
Meine Bekannten werden sagen, daß ich ein anständiger Kerl gewesen sei und werden meinen von Würmern angefressenen Leib in einem billigen Sarg auf den Friedhof schaffen. Während sie die Griffe anfassen und wieder loslassen, um sich bei der frommen und lästigen Aufgabe abzuwechseln, einen armen Wicht zu Grab zu tragen, werden sie versuchen, zu erfahren, wer mein Nachfolger im Finanzamt sein wird.
Ich verscheuche die düsteren Bilder. Sie kommen und gehen, ohne sich zu genieren, und mit ihnen taucht die Erinnerung an Julião Tavares auf. Unerträglich. Ich bemühe mich, meine Gedanken abzulenken. Ich bin keine Ratte, will keine Ratte sein. Um mich zu zerstreuen, betrachte ich die Straße.
Ich fühle, wie es heller wird in mir, je weiter sich die Straßenbahn vom Stadtzentrum entfernt. Ich habe den Eindruck, eine endlose Reise zu unternehmen und nie mehr zurückzukommen. Auf der linken Seite liegen die Häuser der Reichen, der Menschen, die mich erschrecken, der Frauen, die teure Pelze tragen. Mit ihnen verglichen, ist Marina ein kleines Straßenmädchen. Auf der rechten Seite, Schiffe. Manchmal liegen mehrere vor Anker. Straßenbahnen fahren zur Stadt, die unsichtbar, weit weg, irgendwo dort oben liegt. Molluskendasein.

Vor fünfzehn Jahren war das anders. Die Straßenbahnen machten einen solchen Lärm, daß man die Kirchenglocken nicht hören konnte. Mein Zimmer im ersten Stock des Hauses war heiß wie die Hölle. Während die anderen Mieter zur Universität gingen, um Medizin zu studieren, machte ich einen Sprung in die öffentlichen Anlagen und las unter den Bäumen den Polizeibericht. Natürlich existiert die Pension nicht mehr und dona Aurora, die damals schon alt war, ist gestorben.

Auch hier ist die Hitze unerträglich. Keine Bäume. Etwas weiter draußen ein paar armselige Kokospalmen, in einer Reihe ausgerichtet, als ob sie auf einen Befehl warteten.

Großstadt, Arbeitslosigkeit. Mein Zimmer lag neben der Treppe. Nachts war der Gasgeruch unerträglich. Wenn es anfing zu dämmern, warf Dagoberto, Student und Reporter, ein Lehrbuch der Anatomie und einen Behälter mit Knochen auf mein Bett.

Die Straßenbahn erreicht die Endhaltestelle, dann kehrt sie um. Elendsviertel, Strohhütten, kranke Kinder. Fischerboote, weit draußen die Schornsteine der Dampfer.

Dona Aurora, die einen englischen Zunamen hatte, stand schon um sechs Uhr vor dem Geschirrschrank und mekkerte, schüttelte die weißen Locken, heftete die Brille auf die Mieter, die zuviel aßen, und auf uns, die mit der Zahlung im Rückstand waren. Es gab da einen magenkranken Jungen aus Minas, den sie anbetete und mit ihrer Enkelin verheiraten wollte. Während die anderen kauten, vergaß Dagoberto das Essen und sprach über die Reden im Kongreß.

Ich kehre in die Stadt zurück. Die milchigen Glaskugeln der Uferstraße beleuchten das welke Gras und den weißen Strand. Die hochaufragenden Palmen bleiben zurück. Ich denke an eine Militärdiktatur, an Paraden, an Disziplin. Auch die Schiffe bleiben zurück. Die Pension, mein stickiges Zimmer, die Schnute von dona Aurora und Dagober-

tos Kasten mit Knochen verblassen.
Der Wagen fährt an der Rückseite des Finanzamtes vorbei. Dort arbeite ich. Eine stumpfsinnige Tätigkeit und fünfhundert Milréis Gehalt.
Rua do Comércio. Dort sind die Leute anzutreffen, die ich nicht mag. Ich zähle die mir bekannten Menschen: bis zur Kirche sind es gewöhnlich etwa zwanzig. Ich werde abgelenkt, vergesse Marina, von der mich nur ein paar Straßen trennen. Wieder lasse ich die Wirklichkeit hinter mir, aber jetzt sehe ich die Schiffe nicht, die Erinnerung an die große Stadt verschwindet vollständig. Die Straßenbahn fährt in westlicher Richtung, nimmt den Weg ins Landesinnere. Ich habe den Eindruck, daß sie mich an meinen Herkunftsort im Sertão bringen wird. Ich sehe weder die armseligen Hütten, die rechter Hand den Hügel emporklettern, noch die herrschaftlichen Besitzungen zur Linken, die mit den Füßen im Sumpf stehen. Je näher ich Bebedouro komme, desto jünger fühle ich mich. Marina, Julião Tavares, die Widerwärtigkeiten, die ich in letzter Zeit erfuhr, hat es nie gegeben.
Ich bin wieder ein Kind, sehe die Gestalt meines Großvaters, Trajano Pereira de Aquino Cavalcante e Silva, der damals schon sehr alt war. Die Geschäfte auf dem Gutshof gingen schlecht. Mein Vater, dessen Name auf Camilo Pereira da Silva verkürzt worden war, verbummelte ganze Tage in der Hängematte, die an den Stützen der Veranda festgemacht war, schnitt Maisstroh für die Zigaretten, las den *Carlos Magno* und träumte vom Sieg der Partei, die Pater Inácio leitete. Zehn oder zwölf Stück Vieh mit herausstehendem Rückgrat, die unter Zecken und Stechfliegen zuckten, fraßen die Feigenkakteen, die Amaro, der Viehhirt, in Körbe schnippelte. Flügelameisen zernagten die Pfosten der Viehhürde und die Stützen des Hauses. Im Schweinestall wälzten sich ein paar Tiere im Dreck. Ein Ochsenkarren vermoderte unter der blattlosen Catinga-

Staude. Der Hündin Moqueca hatte man einen Kranz verkohlter Maiskolben gegen die Tollwut umgehängt. Quitéria, die Köchin, rührte in Töpfen mit Innereien und versteckte Tabaksblätter in Wandgestellen.

Ich trieb mich auf dem Hofe herum, zog eine Viehglocke hinter mir her, tat so, als ob ich ein Ochse wäre. Meine Großmutter, Sinha Germana, redete den ganzen Tag vor sich hin, beschimpfte die Sklaven, die es gar nicht gab. Trajano Pereira de Aquino Cavalcante e Silva pflegte sich die Nase gewaltig zu begießen. Manchmal ging er ins Dorf, verwahrlost, ein rotes Hemd über der verdreckten Unterhose aus Baumwolle, mit einem Hut aus Kokosfasern, in Sandalen und einen langen Knüppel in der Hand. An Feiertagen, auf dem Rückweg von der Kirche, traf mestre Domingos, ein früherer Sklave, der jetzt einen Gemischtwarenladen hatte, seinen ehemaligen Herrn an die Theke von Teotoninho Sabías Kneipe gelehnt, wo er Zuckerrohrschnaps trank und mit Soldaten Drei-zu-Sieben spielte. Der Schwarze war eine absolut ehrenhafte Person. Bei feierlichen Anlässen trug er einen Überrock aus feinem Kattun, eine goldene Kette, die von einer Westentasche zur anderen ging, geflochtene Pantoffeln, weil er wegen der Hühneraugen keine Schuhe tragen konnte. Unter dem steifen Hut glänzte die dunkle, von Schweiß feuchte Stirn wie ein Spiegel. Aber trotz seiner Überlegenheit nahm mestre Domingos meinen Großvater, wenn er ihn in jenem Zustand antraf, unter den Arm, brachte ihn nach Hause und behandelte seinen Rausch mit Ammoniak. Trajano Pereira de Aquino Cavalcante e Silva erbrach sich auf den Überrock von mestre Domingos und schrie:

»Neger, hast du vor deinem Herrn keinen Respekt!«

Wenn der Wagen hält, dann verschwinden die alten Schatten auf einen Schlag – und ich sehe Dinge, die mich in keiner Weise interessieren: die Lichter der öffentlichen Beleuchtungsanlage, durch weite Abstände getrennt, in

Schlaf versunken, traurig, so traurig wie Friedhofslichter, ein herrschaftliches Haus in Unterkunftsstätte für Landstreicher verwandelt, Dunkelheit, Buschwerk, Schlamm, der sich am Fuß des Berges gesammelt hat, die Vorderseite der Tuchfabrik, und ab und zu durch das Laubwerk Teile des grauen Sumpfgebietes. Je mehr wir uns der Endstation nähern, desto seltener werden die Haltestellen. Die weißgestrichenen Pfosten ziehen im Flug vorüber, der Wagen ist fast leer, die Erinnerungen an meine Jugend überstürzen sich. Der Zusammenbruch von Trajano Pereira de Aquino Cavalcante überstürzte sich ebenfalls.

Er war beinahe hundert Jahre alt, als er hinfällig wurde. Zusammengeschrumpft lag er auf dem Bett aus rohem Leder, bepißte sich von oben bis unten, zählte die Zehen seiner Füße und verfiel in völlige Apathie. Plötzlich schreckte er auf:

»Sinha Germana!«

Mein Vater legte den *Carlos Magno* beiseite, öffnete die Tabaksdose, kroch aus der Hängematte und sagte ungeduldig:

»Was gibt's?«

»Mensch, willst du mir nicht sagen, wo deine Mutter ist? Seit mehr als einer Stunde rufe ich nach dieser Frau!«

»Sie ist tot.«

»Was sagst du da?« Der Alte zeigte sich erstaunt und riß die fast blinden Augen auf. »Wann war das?«

Camilo Pereira da Silva wurde böse:

»Laß den Blödsinn. Sie ist letztes Jahr gestorben.«

»So lange Zeit!« sagte Trajano. »Und ihr sagt mir kein Wort . . .«

Er fing wieder an, mit den Zehen zu spielen und sank in Schlaf. Fünfzehn Minuten später brüllte er:

»Sinha Germana!«

Sein Todeskampf war leicht, obwohl er kein Ende nehmen wollte. Er wurde in einer halbzerfallenen Gruft beigesetzt, die unsere Familie auf dem Ortsfriedhof besaß. Mestre Domingos, der den Sarg tragen half, erklärte meinem Vater, daß der Tod eine Menschenfalle sei. Wir zogen in die Stadt. Sie stopften mich in die Schule von Antônio Justino, um mir die Bretter, die meinen Kopf vernagelten, abnehmen zu lassen, denn ich sei, wie Camilo sagte, als er mich dem Schulmeister vorstellte, ein zehn Jahre alter Holzbock, der nicht einmal wisse, welches die rechte Hand ist. Ich lernte lesen, den Katechismus, die Zeitwörter konjugieren. Der Lehrer schlief während der Unterrichtsstunde. Wir gähnten, glotzten die Wand an und warteten, daß ein dünner Sonnenstrahl den Bleistiftstrich an der Wand erreichte, der zwei Uhr bedeutete. Unter Freudengeheul verließen wir das Klassenzimmer. Ich spielte allein, mit einem Kreisel oder ließ Drachen steigen. Ich spielte immer allein.

Ein hartnäckiger Regen peitscht die Blätter des Mangobaums, der den rückwärtigen Teil meines Gartens mit Schatten bedeckt. Das Wasser durchnäßt den wie Friedhofserde weichen Boden. Irgend etwas Unangenehmes verfolgt mich, ohne in meinem Geist bestimmte Gestalt anzunehmen. Ich fühle mich gelangweilt, gequält.

Unter dem widerwärtigen Regen, einer Art klebrigem Nebel, sind der Mangobaum und die Rosensträucher des gegenüberliegenden Hauses fast unsichtbar.

Ich verbessere einen Artikel, um den mich Pimentel gebeten hatte, einen Artikel, den ich gegen meinen Willen geschrieben habe, nur um Pimentel nicht zu enttäuschen. Glücklicherweise ist der Gedanke an das Buch, der mich oft tagelang verfolgt, aus meinem Gedächtnis geschwunden.

Ich denke an mestre Domingos, an den alten Trajano, an meinen Vater. Ich weiß nicht, warum ich mich mit ihnen,

mit so weit Zurückliegendem, in vielen Jahren der Trennung Verwischtem, beschäftige. Es besteht keine Verbindung zu den Menschen und Dingen, die mich umgeben.
Mit Widerwillen lese ich den für Pimentel bestimmten Artikel nochmals durch.
Die Verstorbenen machen mir zu schaffen. Wahrscheinlich ist der Regen daran schuld. Manchmal saß ich tagelang während der langen Wintermonate der Serra vor der Tür unseres Hauses im Ort und betrachtete die Straße, die unter einem weißen Schleier von stäubendem Wasser verschwand. Der Sprühregen drang in das Zimmer, und die Möbel und die Kleidungsstücke schienen sich mit Nadelspitzen zu besetzen. Von Zeit zu Zeit ging irgendeine vermummte Gestalt vorbei. Der alte Acrísio, die Pfeife im Mund, erschien am Fenster, um sich mit meinem Vater zu unterhalten. Er trat nicht ein, gab ein paar Nachrichten weiter, rieb sich die Hände, trotzte dem Sprühregen, der ihn nicht durchnäßte, sondern lediglich seinen Umhang und das Halstuch aus roter Wolle befeuchtete.
Heute ist der Regen etwas anders, der Nebel weniger dicht. Ab und zu schlägt das Wasser mit Gewalt auf das Dach, dann zieht sich der Regenschleier wieder zu, der den Garten des Nachbarhauses verbirgt.
Wenn es Marina eingefallen wäre, sich an jenem Nachmittag zu baden, hätte ich ihren Körper nicht sehen können. Vielleicht hätte ich nur einen Schatten gesehen, wie im Kino, wenn sie nackte Frauen zeigen. Dieser ausgefallene Gedanke – Marina nackt, erschauernd, von Regentropfen bedeckt – beschäftigt mich einige Minuten.
Ich wusch mich gern im Regen, als ich noch klein war. Ich bereitete mich schon vor, wenn das Gewitter erst am Himmel aufzog. Manchmal dauerte die Vorbereitung drei Tage. Der Donner rollte, und die Blitze zuckten voller Wut. Quitéria verkroch sich, opferte der Heiligen Clara Tabakblätter, steckte den Kopf unter die Bettdecke und

schrie: »Erbarmen!«, mein Vater wurde nervös und legte den Roman beiseite, Trajano Pereira de Aquino Cavalcante e Silva rief nach Sinha Germana, die längst tot war. Wenn die Regengüsse kamen, verwandelte sich Trajanos Bett aus rohen Lederstreifen in einen Morast, so viele schadhafte Stellen gab es im Dach, Camilos dreckige Hängematte strömte einen Bocksgeruch aus, die Tiere des Hofes suchten auf der Veranda Schutz, der Boden aus gestampfter Erde bedeckte sich mit Exkrementen.

Ich zog die Binsenschuhe aus, riß mir das schmutzige Baumwollhemdchen vom Leib, griff nach einem Besenstiel, verwandelte ihn in ein Pferd und galoppierte hopp hopp hopp bis zum Ende des Hofes, wo drei Ingazeirobäume standen. Ich wiederholte voll ausgelassener Freude dieses Spiel und rief den Tieren im Hof zu, die sich wie ich vom Regen waschen ließen. Wenn ich müde wurde, kletterte ich auf das alte, elende Lastpferd, ritt bis zum Ipanema-Flüßchen und ließ mich in das von Felsen gebildete Staubecken fallen. Die Schlangen badeten mit den Menschen, aber im Wasser bissen sie nicht.

Der Teich, Poço da Pedra genannt, war ein riesiges Schwimmbad. Bevor der Ipanema dort einmündete, hatte er eine Breite von zwei Metern und schleppte sich unter den Zweigen entlaubter Quixabeiras weiter.

Mein Vater nahm mich oft mit, als ich noch gar nicht schwimmen konnte, packte mich am Arm und stieß mich ins tiefe Wasser. Dann ließ er mich auftauchen, einen Augenblick lang atmen und wiederholte die Quälerei. Im Laufe der Zeit lernte ich wie die Tiere schwimmen und machte mich von diesem Unterricht frei. Später, in mestre Antônio Justinos Schule, las ich die Geschichte von einem Maler und einem kleinen Hund, die ertrunken waren. Für mich stand fest, daß dieses Unglück sich im Poço da Pedra ereignet hatte. Ich stellte mir den Maler immer mit dem Gesicht von Camilo Pereira da Silva vor, und der kleine Hund war mir ähnlich.

Wenn ich das gleiche mit Marina machen könnte: sie langsam ertränken, wieder an die Oberfläche bringen, wenn ihr die Luft ausgeht, diese Qual einen ganzen Tag verlängern . . .

Der Mangobaum im Garten sieht im Regen ganz weiß aus. Der Papagei in der Küche schlägt mit den Flügeln, schüttelt die Wassertropfen ab, die vom Wasserhahn herabträufeln. Ich streichle das glatte Fell meines maurischen Katers, der, zusammengerollt, auf einem Stuhl schläft. Die quälenden Vorstellungen verfliegen. Marina verschwindet.

In Gedanken durchstreife ich das ferne Städtchen, betrete die Kirche, höre mir die Predigt und die Unverschämtheiten an, mit denen Pater Inácio die Bauern abkanzelt: »Hebe dich hinweg, Volk, Rasse von Schweinehunden!« Ich setze mich auf die Sperrmauer des Staubeckens, höre dem Gesang der Frösche zu. Ich sehe die finstere Gestalt von Evaristo, der sich aufgehängt hat, und die Männer, die, mit Stricken gefesselt, ins Gefängnis überführt wurden. Ich erinnere mich an ein Ereignis, dann an ein anderes Ereignis, ein früheres oder späteres, aber beide erscheinen gleichzeitig. Die Gestalten, die ich anrufe, haben keinen Glanz. Alles ist verschwommen, verworren. Dann entfernen sich diese beiden Ereignisse und andere treten hervor, die größer und größer werden und mir einen leidlichen Eindruck der Wirklichkeit vermitteln. Die Gesichtszüge der Personen werden deutlicher. Von all diesem Leben haben sich in meinem Geist nur undeutliche Vorstellungen erhalten. Aus dieser Verwirrung steigen Erinnerungen auf, die die Phantasie vervollständigt.

Die Schulzeit war traurig. Während ich mit gekreuzten Armen, stehend, das unverständliche Gerede von mestre Antônio Justino anhörte, sah ich auf der anderen Straßenseite ein Haus, dessen Tür immer offenstand, und ein Zimmer, einen Gang und einen Rosengarten sehen ließ.

Dort wohnten drei alte Frauen, die Ameisen glichen. An allen Ecken und Kanten gab es Rosen. Der Hausrat bedeckte sich mit großen roten Flecken. Während eine dieser Ameisen mit aufgekremptelten Ärmeln die Erde des Gartens umgrub, die Sträucher schnitt und goß, gingen die anderen, die Arme voller Rosenzweige, geschäftig hin und her.

Auch von hier aus kann man einige schlecht gepflegte Rosenstöcke im Garten des Nachbarhauses sehen. Hier war es, zwischen diesen Pflanzen, wo ich zu Beginn des vergangenen Jahres Marina zum ersten Male sah, verschwitzt und mit brandrotem Haar.

Wieder erwachen schreiend in mir die Begierden. Sie hüllen sich in feiges Schweigen, zeigen sich harmlos, verwandeln sich, kehren an den wiederhergestellten Ort zurück. Ein Frösteln läuft mir über den Rücken, meine Finger erstarren auf dem Papier. Natürlich ist es meine Begierde, die das bewirkt, aber ich schiebe es auf den Regen, der auf das Dach klopft und die Erinnerung an jenen eigensinnigen Sprühregen weckt, der Tag für Tag vom Himmel strömte.

Mein Vater schlief, an die Theke gelehnt. In dem kleinen Raum unseres Hauses, der hinter dem Ausschank lag, saß ich und machte widerwillig meine Schulaufgaben. Mein Blick fiel durch das Fenster, und ich sah meinen Nachbarn Joaquim Sabiá, der auf der Straße hockte und mit feuchtem Sand Häuser baute. Es herrschte ein großes Schweigen, ein unbehagliches Schweigen. Ich hustete das eine oder andere Mal, um mich davon zu überzeugen, daß ich nicht taub war. Es war so, als ob die Leute die Erde hinter sich gelassen hätten. Plötzlich tauchten fremdartige Stimmen auf. Woher kamen sie? Auch heute noch weiß ich es nicht. Eintönige Stimmen, die immer lauter wurden und mich ängstigten. Ein Heulen, ein Klagen, ein Schreien, immer derselbe Ton. Die Straßen füllten sich, das Zimmer füllte sich – ich hatte den Eindruck, daß der Klageton aus der Wand, aus den Möbeln kam. Ich hielt mir die Ohren zu, um es nicht hören zu müssen, aber die Stimmen blieben und wurden immer lauter. Was konnte es sein? Ich versuchte, die Ursache dieses ungewöhnlichen Klageliedes zu entdecken. Zunächst glaubte ich, daß es Entenschreie seien, obwohl ich niemals den Schrei von Enten gehört hatte. Dann schien es mir, als ob es Frösche seien. Aber die Frösche, die in dem Stauweiher der Penha hausten, quakten anders. Es konnten keine Frösche sein. Es ist wahr, daß ich mich viele Male fragte, ob ich diesen riesigen Lärm, der sich von jedem anderen Lärm unterschied, wirklich hörte. Fragte ich mich damals oder später? Ich weiß es nicht. Ich habe mich bemüht, wieder Kind zu werden – daher kommt es, daß ich gegenwärtige und vergangene Dinge miteinander verwechsle.

Ich denke an den Tod meines Vaters. Als ich aus der Schule kam, lag er auf dem Sofa, mit einem weißen Tuch bedeckt, das seinen Körper vollständig verhüllte. Nur die Füße sahen hervor, sie ragten über das Sofa hinaus, das für den riesigen Körper des Verstorbenen zu klein war. Eine Reihe von Leuten hatten von dem Haus Besitz ergriffen: Rosenda, die Wäscherin, Pater Inácio, der Korporal José da Luz, der alte Acrísio.

Ich setzte mich auf die Maniokpresse, die auf unserem Hinterhof stand. Ich versuchte, ein paar Tränen zu vergießen, aber ich fühlte kein Verlangen zu weinen. Ich war erschrocken, dachte an das Leben, das mir bevorstand, allein auf der Welt. Ich fühlte Kälte und Mitleid mit mir selbst. Das Haus gehörte den andern, der Tote gehörte den andern. Ich war hier, ein verlassenes Tier, duckte mich hinter die baufällige Maniokpresse. Ich hörte ganz in der Nähe in Cavalo-Morto das Geräusch einer Baumwollent-

kernungsmaschine. Und ich sah den Gang unseres Hauses, durch den die Soutane von Pater Inácio, die Uniform des Korporals José da Luz, Rosendas rotes Kleid und der Regenmantel des alten Acrísio gingen.
Was sollte aus mir werden, verlassen auf der Welt? Ich dachte an Camilo Pereira da Silvas schmutzige Füße, mit Sehnen von der Dicke eines Fingers, voller Knoten und mit violetten Fußnägeln. Sie waren mager, knochig, riesig. Der übrige Teil des Körpers war von dem weißen Leintuch bedeckt, das zwischen den langen Beinen eine Falte schlug. Ich konnte keine besondere Sehnsucht nach diesen entsetzlichen Füßen aufbringen, die voller Hühneraugen und hervorstehender Knochen waren. Ich versuchte zu weinen – ich dachte an die Tauchübungen im Teich, an die ersten Unterrichtsstunden, die mir Kopfnüsse und Beulen eingetragen hatten. Vergebens suchte ich den Tod meines Vaters als etwas Schmerzliches zu empfinden. Alles dies war unangenehm – »Das ist ein Hornvieh, zehn Jahre alt und weiß nicht einmal, welches die rechte Hand ist.«
Jetzt war ich vierzehn, kannte die rechte Hand und die Verben.
Ich ging auf Fußspitzen in den Raum zurück. Niemand sah mich. Camilo Pereira da Silva blieb unter dem weißen Leintuch versteckt. An der Stelle seines Gesichtes war ein roter, von Fliegen bedeckter Fleck. Rosenda verbrannte in einer Ziegelscherbe Lavendel. Acrísio taugte zu gar nichts. Es war unmöglich zu sagen, auf was sich das harte, gläserne, in der dunklen Augenhöhle unbewegliche Auge von Pater Inácio richtete. Niemand sah mich. Ich blieb in einer Ecke, nagte an den Fingernägeln, betrachtete die langen, platten, gelben Füße des Verstorbenen.
Mit leisen Schritten ging ich wieder in den Hof, voller Angst vor diesen Leuten, die mich nicht einmal von der Schule geholt hatten, damit ich dem Sterben meines Vaters beiwohnte. Sogar die schwarze Quitéria hatte mich verges-

sen. Als ich durch die Küche ging, sah ich, wie sie in Töpfen rührte und hörte sie klagen. Ich setzte mich müde, mit schmerzendem Magen auf die Maniokpresse. Was sollte ich ohne Hilfe machen, klein, so klein, daß niemand mich sah? Ich lehnte mich an die Mauer, rutschte über die von Ungeziefer zernagten Bretter und schlief in Gedanken an das Tauchen im Poço da Pedra-Teich, an die Beulen und Füße von Camilo Pereira da Silva ein. Während ich schlief, hörte ich das Gequake der Frösche im Stauweiher der Penha, das Murmeln der Fremden, die sich im Hausflur zusammendrängten, das Geräusch der Baumwollentkernungsmaschine in Cavalo-Morto. Verworrene Stimmen, deren Sinn ich nicht entziffern konnte, drangen auf mich ein. Traumgesichter. Ich sah das Haus des bankrotten Gutes, die Tiere an der Krätze verendend, den schmutzigen Schweinestall, sah Blitze, die den Himmel zerteilten. Regen fiel, ich überquerte nackt den Hof, ritt auf einem Besenstiel. Rosenda, die mir eine Tasse Kaffee brachte, weckte mich.

»Vielen Dank, Rosenda.«

Und ich begann, wie ein Elender zu schluchzen.

Seither habe ich viele Fußtritte erhalten. Es hat auch ein paar Leute gegeben, die mir Gefälligkeiten erwiesen haben. Aber bis heute hat mich nichts, soweit ich mich erinnere, so gerührt wie jene ausgestreckte Hand, jene sanften Worte, die mich weckten.

»Danke, Rosenda.«

Man schickte sich an, den Körper von Camilo Pereira da Silva hinauszutragen. Ich eilte unter Tränen in das Zimmer. In Wirklichkeit weinte ich der Tasse Kaffee wegen, die mir Rosenda gebracht hatte, aber es gelang mir, mich selbst zu betrügen und Gewissensbisse zu unterdrücken.

In dem dunklen Haus, das von den Klagetönen Quitérias erfüllt war, konnte ich keine Ruhe finden. Gegen Morgen schlief ich ein.

Am folgenden Tag rissen die Gläubiger alles an sich, was sie fanden. Unbekannte Gestalten betraten das Geschäft und maßen die Stoffe. Sie hatten Hüte auf dem Kopf, Zigaretten im Mundwinkel, drangen in die Zimmer ein, fluchten. Tote zu begraben, ist ein Gebot der Barmherzigkeit. Der Tote war begraben. Pater Inácio und die anderen verschwanden. Die Männer traten sehr selbstsicher auf, nahmen die Waren mit, die Möbel, schenkten weder mir noch Quitéria Beachtung. Quitéria versteckte sich und flehte um »Barmherzigkeit«, wie einstmals, wenn der Donner rollte und die Tiere auf der Veranda des Hofes Schutz suchten.

Ich verbrachte die Nacht in einer Ecke des Wohnzimmers; in einer schmutzigen Hängematte; den Kopf unter einer Decke versteckt, aus Angst vor der Seele des Camilo Pereira da Silva. Ich dachte an die auf der Veranda befindliche Hängematte, an das Staubecken Poço da Pedra, an den weißen Hof, wo sich Klapperschlangen und Jararácas ringelten. All das hatte jetzt einen anderen Besitzer. Die fliegenden Ameisen zernagten weiterhin die Zäune und das Gebälk des Hauses, der Ochsenwagen verfaulte unter den Catingabäumen, und die Tiere grunzten im Schweinestall. Aber der Schatten des alten Trajano spielte nicht mehr mit den Zehen, der Viehhirte Amaro schnitt keine Feigenkakteen mehr für die Rinder, die Hündin Moqueca war tot, Camilo Pereira da Silva blätterte nicht mehr in seinem Roman.

Was mochte die Seele von Camilo Pereira da Silva tun? Wahrscheinlich strich sie ums Haus, betrat es durch verschlossene Türen, betrachtete die leeren Gestelle. Die anderen, älteren Seelen: Trajano, Evaristo, Sinha Germana ängstigten mich nicht, aber diese Seele, die noch so nah war, die sich noch nicht vom Leib losgerissen hatte, versetzte mich in Panik. Der Schweiß lief mir über das Gesicht. Wie waren wohl die Füße von Camilo Pereira da

Silva? Wahrscheinlich waren sie geschwollen, grün und teilweise schon schwarz.

Ivo kommt mich besuchen, schweigsam und hungrig. Er streichelt die Katze und krault den Papagei, verständigt sich mit Vitória und besorgt sich in der Küche einen Knochen. Ich will ihn nicht sehen, senke die Augen, um ihn nicht zu sehen.

Ich lehne mich an den Tisch im Eßzimmer, betrachte das Fenster, die offene Tür, die Zementstufen, die in den Garten führen. Stehendes Wasser, Abfall, das Beet mit gelben Salatblättern, der Schatten des Mangobaumes. Jenseits der niedrigen Mauer sieht man Fässer, Berge von Kehricht und Scherben, die traurige Gestalt eines Mannes, der unter einem Dach große Kübel füllt, eine magere Frau, die Flaschen spült.

Ivo ist unsichtbar. Ich höre Vitórias rauhe Stimme, und das ist mir unangenehm. Ich betrete das Zimmer, suche Zuflucht in der Vergangenheit. Aber ich kann nicht vollständig in ihr aufgehen. Ich bin nicht mehr der, der ich damals war. Es fehlt mir Ruhe, Unschuld, ich bin ein Schwächling, den die Stadt zu sehr verbraucht und beschmutzt hat.

Ich rauche. Ich höre mir eine Auseinandersetzung zwischen dem Friseur André Laerte und dem Kaufmann Filipe Benigno an. Die Worte kommen kaum vernehmbar, sinnentleert zu mir. Wahrscheinlich haben sie gar keine Bedeutung. Filipe Benigno ist ein bißchen nebelhaft: nur den weißen Bart und die kleinen Augen kann ich klar erkennen. Aber die Gestalt von André Laerte ist ziemlich deutlich. Er ähnelt einer Katze: er umkreist den anderen, als bereitete er sich zum Sprung vor, um zuzupacken. Er trägt eine blutbespritzte Schürze, hat ein spärliches Bärtchen und faucht. Batista, der einen Schlafrock trägt, geht auf der Straße spazieren, die Arme auf dem Rücken verschränkt.

Dona Conceição, die Frau von Teotoninho Sabiá, zerstößt Mais im Mörser. Carcará bricht in ein Gelächter aus, das man am anderen Ende der Straße hört. Der Richter erzählt dem Vikar Geschichten von Jaguaren und Krokodilen des Amazonas. Der Korporal José da Luz steht am Kasernentor und erfüllt die Luft mit Grölen:

Ich bin ein Polizeisoldat
und lebe nur für die Montur ...

Die Glocke der kleinen Kirche läutet das Ave-Maria ein. Nein, es ist nicht die Glocke der Kirche, es ist die Uhr im Eßzimmer. Halb neun. Ich muß mich rasch ankleiden, um um neun Uhr im Büro zu sein. Ich mache mich fertig, ziehe die Strümpfe verkehrt herum an und stürze davon. Plötzlich bleibe ich erschrocken stehen, habe den Eindruck, daß mir Kleidungsstücke fehlen. Idiotische Zweifel überfallen mich. Bin ich noch vor meiner Haustür oder bin ich schon im Büro? An welchem Punkt meines Weges befinde ich mich? Meine Bewegungen sind mir nicht bewußt, ich fühle mich leicht. Ich weiß nicht, wie lang mein Zögern dauert. Wahrscheinlich eine Sekunde, aber eine Sekunde, die eine Ewigkeit scheint. Es ist klar, daß es sich um eine innere Störung handelt. Äußerlich dürfte ich ein Bürger wie jeder andere sein, ein winziger Bürger, der zu einer langweiligen Arbeit geht, irgendein Luis da Silva. Ich tummle mich, überschreite mit langen Schritten die Straße.
Trotzdem habe ich den Eindruck, daß die Vorübergehenden voller Entsetzen auf mich blicken, weil ich vollkommen starr bin.
Starr. Auch Camilo Pereira da Silva war starr, unter der Erde. Dona Conceição bot mir Essen an. Ihre Kinder, dona Maria und Teresa, versuchten mich zu trösten. Ich wich wie ein in die Enge getriebenes Tier zurück, wollte die Tröstungen nicht hören, schloß die Augen, tastete den Kopf ab und fühlte die Härte der Knochen, schnalzte mit

den Fingern und hörte das Knacken der Knochen.
»Dank, vielen Dank.«
Ich brauchte nichts. Die Knochen von Camilo Pereira da Silva fielen aus den Gelenken in der Fäulnis des Grabes und seine Seele erschreckte mich schon nicht mehr. Es war eine Seele, die alterte und sich außerhalb der Erde befand, wahrscheinlich im Fegefeuer. Maria Quitéria betete mit lauter Stimme in der Küche:
»Ein Vaterunser und ein Ave-Maria für die Seelen im Fegefeuer.«
Dort mußte sich ein Teil meines Vaters aufhalten, um sich von seinen Sünden zu befreien. Läßliche Sünden. Mehr Faulheit. Deswegen mußte ich Hunger leiden und Maria Quitérias Wehklagen anhören.
Wo mochte das Fegefeuer liegen? Antônio Justino wußte es nicht. Ich auch nicht. Ich wußte, wo Rio de Janeiro, São Paulo, Minas lagen; Städte, Staaten, die mich anzogen, die so unstete und von der Trockenheit ausgemergelte Menschen anziehen. Ich entschloß mich, in eine dieser fernen Gegenden zu fliehen. Ich verließ den Ort mit einem Bündel Kleider und ein paar Schulbüchern unter dem Arm.
»Adeus, dona Conceição. Vielen Dank für das Essen, mit dem Ihr meinen Hunger gestillt habt. Adeus, Joaquim Sabiá, dona Maria, Teresa. Adeus, Quitéria, Rosenda, Korporal José da Luz.« Ich ging langsam den schmalen Weg entlang und ließ den verschlafenen Ort hinter mir.
Ich beginne schneller zu gehen, voller Furcht, der Dienst könne schon begonnen haben. Blödsinn. Wahrscheinlich war das alles in einer Sekunde an mir vorbeigezogen. Ich habe den Eindruck, daß mich ein Objektiv erfaßt und von mir eine Momentaufnahme gemacht hat. Ich werde in dieser Haltung verharren: ein Bein in der Luft, Aktentasche unter dem Arm, mit aufgekrempeltem Hutrand.
Luis da Silva auf dem Weg zu seiner Dienststelle, ein Spinner, der an Verstorbene dachte.

Diesen Monat habe ich ein Opfer gebracht: Ich habe Moisés etwas Geld gegeben, um Schulden abzuzahlen. Dr. Gouveia muß sich gedulden, er soll noch ein paar Tage warten. Ich werde die Rua do Sol meiden, um ihm nicht zu begegnen. Vor Moisés kann ich mich nicht länger verstekken. Ich ging ein paar Wochen nicht mehr ins Kaffeehaus, aus Angst, dem Juden zu begegnen. Dabei liebe ich das Kaffeehaus, ich verbringe dort täglich eine Stunde und betrachte die Gesichter.

Es gibt dort die Gruppe der Ärzte, der Rechtsanwälte, der Geschäftsleute, der öffentlichen Angestellten und der Literaten. Gewisse Individuen gehören mehreren Gruppen an, andere wechseln den Platz, auf der Suche nach nützlichen Verbindungen. In diesem zehn Meter langen Raum bildeten sich verschiedene Gesellschaftsgruppen, mit genau definierten, aber sehr unterschiedlichen Charakteristiken. Mein Tisch befindet sich in der Nähe des Zigarettenstandes. Es ist ein sehr unbequemer Platz: die Leute, die kommen und gehen, stolpern über meine Füße. Trotzdem kann ich mich nicht zwei Schritte weiter setzen, denn um sechs Uhr kommen die Tribunalräte. Es ist unterhaltsam, diese Leute zu beobachten. Für nur zwei Tostões verbringe ich dort eine Stunde, schüchtern in der Nähe der Tür und amüsiere mich.

In letzter Zeit mußte ich auf das Kaffeehaus verzichten: wegen Moisés. Auch er wich mir aus. Vor ein paar Tagen, als ich um die Ecke bog, stand ich ihm plötzlich gegenüber. Er wurde blaß und stotterte in seiner holprigen Sprache:

»Hallo! Wie geht's? Ich habe es sehr eilig.«

Er versteht es nicht, Geld einzutreiben. Diesen Monat habe ich ihm hundert Milréis gegeben, um mich aus dieser peinlichen Situation zu befreien. Aber noch schulde ich ihm allerhand. Ich weiß nicht einmal wieviel. Es ist meine Schuld. Als er mir den Stoff verkaufte, sprach Moisés ganz offen mit mir:

»Das ist verflucht teuer. Du machst ein besseres Geschäft, wenn du gegen bar woanders kaufst.«
Aber ich war völlig abgebrannt und mußte das Zeug für Marina kaufen. Seitdem schwitze ich, um meine Schulden zu vermindern. Wenn ich mit meinen Zahlungen zurückbleibe, dann drückt sich Moisés vor mir. Jetzt, nachdem er das Geld erhalten hat, erklärt er, daß die Ware damit bezahlt sei. Leider könne er mir keine Quittung geben, denn das Zeug, das er verkaufe, gehöre dem Onkel, einem richtigen Halsabschneider.
»Ist schon gut.«
Und alle Hemmungen verschwinden. Um sechs Uhr sitzen wir wieder in der Nähe des Zigarrenstandes. Moisés spricht voller Überschwang, um sich von dem Schweigen der letzten Zeit zu befreien. Er ringt nach Worten, kratzt sich den Kopf, verzieht den Mund zu einer Grimasse, so daß seine breiten Zähne zum Vorschein kommen und sagt:
»Verstehst du?«
Ja, ich verstehe, obwohl er einen furchtbaren Satzbau und eine entsetzliche Aussprache hat. Er macht ermüdende Umschreibungen, entstellt den Sinn der Worte und benutzt gewisse Wortbildungen auf ganz verrückte Art und Weise. Ich höre ihm zu. Ich schenke ihm Gehör, aber meine Augen gehören den täglichen Besuchern des Kaffeehauses. Die Augen sind beinah unsichtbar, unter dem Hutrand, ein Flügel der Tür verbirgt meinen Körper. Eine unbedeutende Erscheinung, eine Gesellschaftswanze, voller Hemmungen, die sich klein macht, um von denen, die kommen und gehen, nicht zerdrückt zu werden.
Ganz in meiner Nähe unterhält sich ein Kapitalist mit lauter Stimme. Er nimmt mit den auf dem Marmortisch gestützten Ellbogen in diesem engen Lokal übermäßig viel Raum ein. In der Gruppe der Rechtspfleger spricht man gemessen, schwerfällig, und die Gesten sind abgezirkelt.

Zwei Politiker flüstern miteinander und sehen sich nach allen Seiten um.
Moisés kommentiert die Zeitung. Nie habe ich jemanden mit solcher Schnelligkeit lesen sehen. Er fährt mit dem Finger über die Spalten und hält bei den ihn interessierenden Stellen an. Er verschluckt Worte, überspringt Zeilen, spricht in jener fremd klingenden Sprache, verbindet das augenblicklich Gelesene mit früher Gelesenem und geht weiter. Er ist intelligent, der Finger dieses Moisés. Der übrige Körper hat wenig Bedeutung: die schmalen Schultern, der Buckel, die Zähne, die ein ständiges Lächeln sehen lassen. Was auffällt, ist sein Finger. Sein Finger und seine zischende unzufriedene Stimme, die immer Unglück ankündigt. Moisés ist ein Original. Er meint, daß alles dem Ende zusteuert, alles, mit dem Onkel angefangen, der den Kunden das Fell über die Ohren zieht. Ich glaube an Moisés, der nicht wie die Alten seine Meinung auf Gottes Wort stützt, er zitiert Bücher und versteht zu argumentieren. Er predigt die Revolution, natürlich nur leise, und seine Taschen sind voll aufrührerischer Flugblätter.
Plötzlich verstummt er: der Polizeichef ist erschienen und beginnt mit den Politikern zu flüstern. Moisés Finger verschwindet in der Zeitung, der Revolutionär versteckt sich hinter einem ausdruckslosen Lächeln. Feigheit. Aber ich schiebe diesen allzu strengen Gedanken beiseite. Moisés hat nicht das Geschick, den Helden zu spielen: er ist lediglich ein guter Kerl und intelligent. Darum habe ich das Opfer gebracht, ihm hundert Milréis zu geben, was meinen Voranschlag vollständig über den Haufen warf.
Ich fühlte mich so verlassen in dieser Einöde . . . Sie wandten sich nur an mich, um mir Befehle zu erteilen:
»Luí, es wäre ratsam, diesen Bericht zu ändern. Verbessere das, Luís.«
Sonst nur Schweigen, Gleichgültigkeit. Es tat mir wohl, wenn einer der Passagiere in der Straßenbahn mir auf die

Füße trat und sich höflich umdrehte:
»Verzeihung, Verzeihung. Entschuldigen Sie bitte.«
»Aber bitte. Hat nichts zu sagen.«
Oder aber:
»Würden Sie mir bitte sagen, wo die Rua do Apolo ist?«
»Mit dem größten Vergnügen, meine Dame. Ich werde Sie begleiten. Ich habe denselben Weg.«
Jetzt sitze ich einem Freund gegenüber, einem Freund, der mir wenig Beachtung schenkt, das ist wahr, einem Freund, der in ausländische Telegramme vertieft ist, aber der mich hundert Milréis gekostet hat. Es scheint mir, als ob Moisés sogar in gewisser Beziehung mein Eigentum wäre. Die hundert Milréis werden mir sehr fehlen.
Ich fahre zusammen: Dr. Gouveia betritt den Raum, er geht auf den Zigarrenstand zu.
»Laß uns abhauen, Moisés!«
Zwei Minuten später sitzen wir auf einer Bank des Montepio-Platzes. Hier ist es friedlich, hier sind wir vor gewissen, aufdringlichen Personen sicher. Was mir nicht gefällt, ist, daß ich plötzlich auf den vom Laubwerk kaum verborgenen Bänken in der Mitte des Platzes Personen in zärtlicher Umarmung sehe. Ich habe moralische Anwandlungen. Hunde! Sich in der Öffentlichkeit zu lieben, schamlos! Hunde! Ich zittere vor Entrüstung. Dann beruhige ich mich: ich glaube, zwischen den Blättern der Bäume die Gestalt von Marina zu sehen. Es war Täuschung, aber das Bild schwebt weiterhin vor meinen Augen. Saubande!
Moisés spricht von reaktionären Politikern. Ich pumpe mich auf, voll Wut:
»Gauner, Diebe!«
Jetzt spricht Moisés von der Judenverfolgung in Europa. Ich erinnere mich an seinen Onkel und sage mir, daß diese Erzählung wahrscheinlich übertrieben ist. Viele Dinge dürfte der schlaue Moisés erfunden haben. Leiden. Ungerechtigkeiten.

»Das gibt es hier im Überfluß. Aber wir sind Fatalisten. Wir sind daran gewöhnt und haben nicht soviel Phantasie wie Ihr.«
Ich erzähle ihm von meinem Zigeunerleben, wie ich mich als Schulmeister von Landgut zu Landgut durchschlug. Wenn ich alles gelehrt hatte, was Antônio Justino mich gelehrt hatte, zog ich zur nächsten Schule weiter. Ich hatte mein Auskommen. Dann kam der Militärdienst. Jeden Morgen Übungen. »Rechts um!« Die Teile des Gewehrs, Märsche durch den Dreck, die Landesfahne, die Hymne, die schmutzigen Pritschen, die Unverschämtheit der Unteroffiziere. Dann kam meine Tätigkeit als Revisor: jede Nacht sechs Stunden Arbeit: die Augen von einer hundertkerzigen Lampe geblendet, Gehalt fünf Milréis, die Geldstrafen, die einstweiligen Dienstenthebungen.
Und schlimmere Dinge, deren ich mich schäme, und die ich Moisés nicht erzähle. Gelegenheitsarbeiten, ausgefranste Hosen, leerer Magen, Nächte, auf Bänken verbracht, von der Polizei aufgeschreckt. Ich witterte den Provinzler von weitem, ich erkannte den Bewohner des Nordostens an seiner Kleidung, an seiner fahlen Hautfarbe, an seiner Aussprache. Und ich rückte ihm auf den Leib:
»Ein vom Unglück verfolgter Sohn des Nordostens appelliert an die Großzügigkeit Eurer Hochwohlgeboren.«
Oder, um dem Almosen größeren Wert zu verleihen:
»Unter meinen Papieren befindet sich ein Roman. Ich habe ein Buch mit Gedichten, mit Erzählungen geschrieben. Ich sehe mich gezwungen, meine Landsleute um Hilfe zu bitten, bis ich eine Stellung gefunden habe, bis ich meine Werke veröffentlichen kann.«
Ich erhielt, von einem Lächeln begleitet, das Geldstück und eine Geste der Verachtung. Der Bittsteller roch nach schlechtem Fusel. Der Spender, in seinen verdreckten Holzpantinen, war widerwärtig. Später, als ich schon hier in Maceió war, trat ich mir die Absätze in öffentlichen

Ämtern krumm, steckte Beleidigungen ein, spielte den Unterwürfigen, log, immer auf der Jagd nach einer Empfehlung.
»Ich habe in meinen Artikeln die alte Republik sehr oft angegriffen, Herr Doktor, ich habe mich geopfert, habe mich in Schulden gestürzt, habe wegen meiner Überzeugung im Gefängnis gesessen, Herr Doktor.«
Schließlich warf man mir, um mich loszuwerden, diesen Knochen zu, an dem ich voller Haß nage:
»Komme morgen etwas früher, Luís.«
Und ich kam.
»Melde dich dort, Luís.«
Und ich meldete mich. Welch ein Unterschied zwischen mir und meinem Großvater!
Eines Tages erschien einer der Kerle von Cabo Prêtos Bande auf dem Hof mit einem Brief des Chefs. Er stellte sein Schießeisen an einem der Juazeirobäume ab und fegte zur Begrüßung den Boden mit dem Rand seines Lederhutes. Trajano Pereira de Aquino Cavalcante e Silva entzifferte das Schreiben, das der Mann ihm gegeben hatte und beauftragte Amaro, ein Kalb einzufangen. Der Mulatte aß zu Nacht, erhielt einen Zwanzig-Mil-Schein, was zu jener Zeit sehr viel Geld war, überquerte den Ipanema, das Vieh hinter sich hierziehend. Am Weihnachtstag besuchte mein Großvater mit seiner Frau das Städtchen. Unterwegs traf er die Leute von Cabo Prêto, die sich seitwärts in die Büsche schlugen, um die Frau nicht zu erschrecken. Sinha Germana, die mit gerafften Röcken rittlings im Sattel saß, eine Muskete am Sattelknopf, sah nichts, aber mein Großvater machte den Akazien- und Feigenbäumen, die den Straßenrand säumten, eine Dankesbezeugung. Als die Politik von Pater Inácio scheiterte, nahm der Polizeichef ein Mitglied von Cabo Prêtos Bande fest. Der alte Trajano ging in den Ort und bat den Unterrichter, den Verbrecher freizulassen. Unmöglich. Er ging von einem zum anderen, setzte alle

Hebel in Bewegung, gab Geld aus, um eine Haftentlassung zu erlangen – aber der Doktor blieb unerbittlich wie ein Stein.
»In Ordnung«, sagte Trajano und pflanzte seinen Stiefel aus rohem Leder auf den Stuhl des Doktors. »Ich hole den Jungen heraus.«
Am Samstag rief er das Volk auf dem Markt zusammen, Männer und Frauen, Alte und Junge, er befahl ihnen, den Gartenzaun des Pfarrverwesers einzureißen, bewaffnete alle mit Knüppeln und zertrümmerte das Gefängnis.
Das ist eine Geschichte, die ich Moisés mit Genugtuung erzähle. Er hört mir zerstreut zu. Was ihn bei uns interessiert, ist das Elend der Masse, die sich regelmäßig wiederholende Tragödie der Dürre. Ich versuche mich an die Sommermonate im Landesinnern zu erinnern, die oft zu Jahren werden. Die Erinnerungen tauchen vor mir auf, mit Episoden vermischt, die ich in dem und jenem Roman gelesen habe. Nur schwer könnte ich Wirklichkeit und Phantasie auseinanderhalten. Im übrigen hat mich die Not der Bedrängten damals vollkommen kaltgelassen. Ich denke an Dinge, die ich nur oberflächlich wahrgenommen habe: an das von Zecken schwarze Vieh, das das Holz der Umzäunung auffraß, an das erbärmliche, von Spat bedeckte Fabrikpferd, an die von Räude ausgemergelten Ziegen, an den in Stücke fallenden Ochsenkarren, an die braune Ebene mit den weißen Flecken der Knochengerippe und an die darüber kreisenden Aasgeier. Ich versuche, mich an menschliches Leid zu erinnern. Das Lesen hilft mir, wühlt meine Gefühle auf. Aber in Wahrheit litten die Leute auf unserer Besitzung wenig. Trajano Pereira de Aquino Cavalcante e Silva wurde altersschwach, mein Vater war mit den zwölf Pairs von Frankreich beschäftigt, Sinha Germana war tot, Quitéria, die arme Seele, war viel zu dumm und darum unempfindlich. Die anderen Bewohner des Hofes, die in Strohhütten an den Ufern des Ipanema hausten,

beklagten sich nicht. José Baía sprach mit leiser Stimme und lachte immer. Sinha Terta hielt neuntägige Andachten ab und war Geburtshelferin der Nachbarschaft. Der Viehhirte Amora nährte sich während der Trockenzeit von in sieben Wassern gewaschenem Mucunãsamen, von Imbúwurzeln und Kakteen, raubte von Zeit zu Zeit eine Ziege aus dem Stall und schob die Schuld auf die Sucuaranaschlangen. Schmerz empfand nur ich, aber das war erst später.

Meine Magd Vitória ist ungefähr fünfzig Jahre alt. Sie ist beinahe taub und hat einen Papagei, der stumm ist und dem sie folgenden Vers beibringen will:

Currupaco, papaco.
Das Eheweib des Macaco
Spinnt und näht,
Schnupft Tabak früh und spät
Auf Scherben gebäht.

Der Papagei heftet das runde Auge auf die Alte. Dann schließt er die Lider und senkt den Kopf. Manchmal wird es ihm im Käfig zu langweilig, und er reißt aus. Seine Besitzerin läuft durch den Garten und späht in das Blattwerk des Mangobaumes.
»Mein Goldgefiederter, mein Goldgefiederter! Currupaco, papaco. Mein Goldgefiederter! Wo mag sich das schamlose Vieh von einem Papagei herumtreiben?«
Sie beruhigt sich erst, wenn sie die Nachbarschaft abgeklappert und den Ausreißer gefunden hat. Sie redet auf ihn ein, aber er sagt kein Wort. Wenn sie es müde wird, nimmt sie die Zeitung, liest voller Aufmerksamkeit die Namen der einlaufenden und ausfahrenden Schiffe. Sie hat niemals eine Schiffsreise gemacht, hat immer in Maceió gelebt, aber sie

kennt die Schiffsnamen aller Gesellschaften auswendig. Oft gibt sie mir Nachrichten wie:
»Pedro II. kommt morgen. Aratimbó wird mit Verspätung eintreffen. Sollte ein Unglück geschehen sein?«
Ich weiß nicht, wie sie dazu kam sich einzubilden, daß derartige Mitteilungen mich interessieren könnten. Als ich sie vor drei Jahren kennenlernte, hat mich ihre Manie entsetzt. Jetzt habe ich mich daran gewöhnt. Ich lese die Zeitung und lasse sie auf dem Tisch liegen, die Seite mit den Hafennachrichten oben auf. Vitória nimmt das Blatt an sich und geht in die Küche, um dem Papagei die Passagierliste vorzulesen.
Zu Beginn des Monats, wenn der Zahltag sich nähert, wird sie unruhig und legt den »Offiziellen Anzeiger« nicht mehr aus der Hand.
»Es fehlen noch zwei Tage, es fehlt noch ein Tag, heute wird es sein.«
Sie macht Rechnungen, die kein Ende finden, unnütze Berechnungen, denn sie gibt ja kein Geld aus: sie trägt meine alten Schuhe und hat ein schwarzes, verschossenes Umhängetuch, das mindestens zehn Jahre alt ist. Sie nimmt ihr Monatsgehalt entgegen und verschwindet im Garten, dann beginnt sie, die Erde aufzuwühlen, als ob sie etwas pflanzen wollte. Sie vergißt die Schiffe und die Unterrichtsstunden für den Papagei.
Sie kehrt zu ihren häuslichen Obliegenheiten zurück; ab und zu streicht sie um den Mangobaum und kniet bei dem Salatbeet nieder. Dann macht sie einen Sprung in die Küche, spricht mit dem Papagei und würzt die Speisen. Wenige Augenblicke später wühlt sie wieder in der Erde.
Ich beobachte dieses Hin und Her. Sobald sie sich beobachtet fühlt, steht sie auf, füllt das Trinkgefäß der Hühner mit Wasser, geht ins Badezimmer, kommt mit einem Arm voller Wäsche zurück, die sie auf einen zwischen dem Zaun und dem Mangobaum gespannten Draht hängt. Sie kehrt

ins Haus zurück, öffnet die Zeitung und läßt mich wissen: »Der Steuervorsteher ist gestern verreist.«
Sie sieht an meinem Gesichtsausdruck, daß mich der Steuervorsteher nicht interessiert und teilt mir eine höchst bedeutsame Nachricht mit:
»Der Erzbischof ist aus Rio eingetroffen.«
Sie macht sich aus dem Staub, bessert den Zaun aus, verstopft die Löcher, durch die die Tiere schlüpfen, die den Garten verwüsten. Ich sehe von meinem Stuhl aus den grauen Schopf, den gesenkten Kopf, ich sehe, wie sie die Erde, die sie durchwühlt, aufmerksam untersucht, während sie so tut, als ob sie die Beete in Ordnung bringen oder die Pfähle des Zauns befestigen würde. Am nächsten Tag wird sie die Pfähle wieder herausreißen, die schon so oft entfernt wurden, daß dort eine Art Durchgang entstanden ist.
Nicht einmal nachts hat die Alte Ruhe, sie steht gegen Morgen auf und öffnet vorsichtig die Hintertür. Eine überflüssige Vorsicht. Da sie halb taub ist, glaubt sie, keinen Lärm zu machen, aber sie zieht die schweren Schuhe hinter sich her, stößt mit ihren rheumatischen Beinen im Dunkeln gegen die Möbel und stolpert über zerbrochene Zementstufen. Sie bleibt eine Stunde weg. Dann knarrt die Pforte, und die Tritte lassen sich wieder hören. Etwas später hört man sie plappern, Rechnungen machen, die kein Ende finden. Sie verdreht die Zahlen und fängt wieder von vorn an. Diese Unruhe dauert vier, fünf Tage im Monat. Sie beruhigt sich, kehrt zu ihren Passagierlisten zurück und schwatzt mit dem Papagei:

Currupaco, papaco.
Das Eheweib des Macaco . . .

Sie hat eine rauhe, zahnlose Stimme. Die Halsfalten, die wie die Kinnlappen eines Truthahns herunterhängen, zittern, die Haare auf der Oberlippe und die beiden schwarzen Warzen zittern. Vitória ist unbeschreiblich häßlich. Gleich, als sie in meine Dienste trat, entdeckte ich an ihr eine beunruhigende Eigenschaft. Ich bin ein nachlässiger Mensch. Wenn ich meinen Anzug wechsle, vergesse ich die Papiere in der Rocktasche. Häufig lasse ich Kupfer- und Silbermünzen auf dem Tisch liegen. Diese Geldstücke verschwinden, und einmal verschwanden aus meiner Brieftasche fünfzig Milréis. Das Verschwinden des Geldes fällt mit einer großen Erregung der Alten zusammen. Die Flucht in den Garten beginnt wieder. Ich sehe den wakkelnden Schopf, der sich zwischen Salatstauden hin- und herbewegt, ich weiß ganz genau, daß sie Geld vergräbt. Ich entdecke am Fuß des Baumes, unter den Wurzeln des Mangobaumes, neuausgehobene Löcher.

Am Anfang erschreckte es mich, aber dann beruhigte ich mich sehr schnell. Ich entdeckte den Fünfzig-Milréis-Schein als Lesezeichen in einem Buch. Und die Geldstücke kehrten an den Platz zurück, an dem sie gelegen hatten. Ich tue so, als ob ich nichts merke, um die Alte nicht zu kränken und stecke einige Geldstücke gleichgültig in die Tasche. Nur wenn ich Geld brauche, sage ich mit lauten, wohlbedachten Worten:

»Vitória, heute morgen ließ ich ein paar Geldstücke fallen. Zwei oder drei habe ich aufgehoben, aber scheinbar sind einige unter das Bett gerollt. Hast du nichts gefunden, als du das Zimmer ausgefegt hast?«

Vitória richtet sich auf, der runzlige Hals schwillt an, die kleinen Augen durchbohren mich, die Warzen zittern voller Empörung:

»Was Ihnen alles einfällt! Wenn Sie mit mir nicht zufrieden sind, brauchen Sie es nur zu sagen. Ich habe schon in vielen Häusern reicher Leute gelebt. Ich bin in der Umgebung von Geld groß geworden, Herr Luí S. Wenn es Ihnen nicht paßt, kann ich meine Koffer packen. Mir müssen Sie nicht mit Mißtrauen kommen.«

»Rede keinen Unsinn. Wer hat von Mißtrauen gesprochen? Ich habe einige Münzen fallen lassen. Du hast sie nicht gesehen, ist doch klar, darüber rede ich nicht. Schau mal nach.«

»Ach so«, sagt Vitória. »Dann habe ich Sie falsch verstanden.«

Sie wird liebenswürdig, kratzt den behaarten Hals, beginnt ohne Anlaß eine Unterhaltung, spricht mit leiser Stimme, mit verlegenem Lachen. Wenn sie glaubt, daß ich sie nicht beobachte, schleicht sie auf Zehenspitzen davon, betrachtet mich verstohlen und geht Salat schneiden. Einige Zeit später kommt sie wieder, geht in mein Zimmer, rückt das Bett von der Wand und untersucht alle Ecken und Kanten:

»Ich finde nur Spinnweben.«

Plötzlich kommt sie und klappert mit den Münzen:

»Hier ist das Geld. Ich möchte sehen, wann Sie zu Verstand kommen? Immerzu verlieren Sie Geld.«

Ich stecke ein paar Silbermünzen ein und lasse den Rest auf dem Tisch liegen. Es besteht keine Gefahr. Ich befürchte nur, daß Vitórias Rechnung nicht stimmt und daß sie mir mehr gibt, als sie genommen hat.

Im Januar vergangenen Jahres war ich eines Nachmittags draußen im Hof, lag in einem Schaukelstuhl, rauchte und las einen Roman. Der Roman war nichts wert, aber meine Angelegenheiten waren in Ordnung, meine Vorgesetzten ließen mich in Frieden, meine Schulden waren nicht allzu hoch – und ich murmelte mit einem zufriedenen Gähnen:

»Einiges ist ganz gut in diesem Buch.«

Ich las unaufmerksam, die Buchstaben verschwammen im Schatten, den der Mangobaum über den Hof warf.

Moisés und Pimentel suchten mich manchmal auf, und ein

paar Burschen baten mich unter dem Siegel der Verschwiegenheit um Artikel oder Gedichte, die ich für zehn bis fünfzehn Milréis verkaufte. Das reichte gerade, um die Miete des Hauses zu bezahlen – und Dr. Gouveia belästigte mich nicht. Ich zerstreute mich mit unnützer Lektüre. Wenn mir ein gewöhnliches Buch in die Hand fiel, war ich mehr als zufrieden:

»Ausgezeichnet. Das ist so schlecht, daß ich es mit ein bißchen Anstrengung selbst genauso machen könnte.«

Schlechte Bücher regen Menschen an. Wenn sie nicht wären, ich weiß nicht, wer den Mut hätte, mit dem Schreiben zu beginnen.

Das Buch, das ich im Schatten des Mangobaumes las, ganze Seiten überspringend, war ziemlich schamlos. Deshalb unterbrach ich die Lektüre, zündete eine Zigarette an.

Während einer dieser Unterbrechungen sah ich im Hof des nebenanliegenden Hauses eine Gestalt. Wie ich schon sagte, sind die beiden Höfe nur durch einen Zaun getrennt. Auf der linken Seite ist eine Mauer. Was jenseits dieser Mauer geschieht, ist mir unbekannt. Auf unserer Seite ist der Zaun niedrig. Vitória hat ihn der Hühner wegen immer wieder ausgebessert und um am Fuß der verfaulten Pfähle ihr Geld aufzubewahren. Bis zu dieser Grenze war mir alles vertraut: das Badezimmer, die halbhohen Wände wie meine, einige Rosenstöcke, ein Abfallhaufen, den eine alte Frau, die nebenan wohnte, manchmal verbrannte.

Die Gestalt, die sich hin- und herbewegte, war nicht die der alten Frau: es war ein rotwangiges Geschöpf, mit blauen Augen und so rotblonden Haaren, als ob man sie mit Wasserstoff gebleicht hätte. Mehr sah ich nicht auf den ersten Blick, denn ich bin nicht zudringlich. Es gehörte sich nicht, eine Unbekannte wie ein Tölpel anzustarren. Außerdem war nichts Besonderes an ihr.

Wo mochte die alte Frau sein, die, mit einem weißen Tuch um den Kopf, jeden Morgen die Pflanzen goß? Wahrscheinlich war sie umgezogen, und die dort war die neue Mieterin.

»Jawohl«, sagte ich zu mir, »sehr poetisch, so zwischen Rosensträuchern, mit feurigen Haaren und geschminktem Gesicht.«

Ich bedauerte die Abwesenheit der alten Frau, ihr Gesicht voller Runzeln, ihre Ruhe, das um den Kopf gewickelte Tuch, die Gießkanne in der Hand, sie bewegte sich so langsam, daß man glaubte, sie stehe still. Die andere war überall zur gleichen Zeit und nahm den ganzen Hof für sich in Anspruch. Ein Quecksilber.

»Was hat sie nur, zum Teufel?«

Ich kehrte zu meiner Lektüre zurück, unaufmerksam, selbstverständlich, denn das Buch war ja nichts wert. Ich blätterte ständig weiter, und jedesmal, wenn ich ein Blatt umdrehte, schaute ich nach der Frau mit den brandroten Haaren und tat so, als ob es mich nicht interessierte. Sie hatte lackierte Fingernägel.

»Zierpuppe.«

Ich las den Roman weiter, ein ganz miserabler Roman, während jene Person sich zwischen den Rosen hin- und herbewegte. Ich bemerkte es ganz genau, daß sie mich beobachtete. Das machte mich verlegen. Ich bin schüchtern: Frauen gegenüber benehme ich mich wie ein Esel, rede dummes Zeug. Fünfunddreißig Jahre, öffentlicher Angestellter, ein Mann, dessen Tätigkeit durch Vorschriften bestimmt ist. Der Staat bezahlt mich nicht dafür, daß ich mir die Beine junger Lausemädchen betrachte. Und das war ein junges Lausemädchen. Außerdem weiß ich, daß ich häßlich bin. Da gibt es nichts zu rütteln, ich habe einen Spiegel im Haus. Die trüben Augen, der große Mund, die dicke Nase. Wie hieß die alte Frau, die die Pflanzen goß? Jedenfalls hat sie mich niemals beim Lesen gestört. Ich blieb, bis es dunkel wurde und die Kleine verschwand. Später fragte ich:

»He, Vitória, ist unsere Nachbarin hier auf der rechten Seite umgezogen?«

»Gestorben«, sagte Vitória, nachdem sie mich die Frage viermal hatte wiederholen lassen, denn es war Neumond, und sie hörte noch weniger als sonst. »Haben Sie nicht das Begräbnis gesehen? Na also. Jetzt wohnen andere Mieter da.«

Arme Alte: tot und begraben, und ich hatte die Veränderung im Hause nicht einmal bemerkt.

Abends kamen Moisés und Pimentel und redeten unaufhörlich, aber ich hörte nur mit halbem Ohr zu.

Außer den schon erwähnten Pflanzen gab es auch einen Mamãobaum auf dem nachbarlichen Grundstück. Sie war reizend, die Teufelskleine. In die Hölle mit ihr. Ein belesener und erfahrener Mann, der auf die Fünfunddreißig zusteuerte, ließ sich aus der Fassung bringen, beschäftigte sich mit so einem Nichts!

»Wollen wir den Blödsinn lassen.«

Ich provozierte Moisés und Pimentel, äußerte ganz sinnlose Meinungen, denn in Wirklichkeit verstand ich gar nicht, was sie sagten.

Am folgenden Tag – es war Samstag, und nachmittags waren die Ämter geschlossen – setzte ich mich wieder mit meinem Roman unter den Mangobaum. Die Blonde erschien in Begleitung von einer sommersprossenübersäten behäbigen Frau, und beide begannen die verdorrten Zweige der Rosenstöcke abzuschneiden. Die leichtfertige Kleine beachtete mich nicht: wahrscheinlich hatten die am vorhergehenden Tag gemachten Beobachtungen sie nicht befriedigt. Ein häßlicher Kerl: trübe Augen, dicke Nase, ein blödes Lächeln und dazu die Hilflosigkeit, die Schüchternheit, die an sich schon ein Elend ist.

Trotz dieser Nachteile standen meine Geschäfte nicht schlecht. Gerade weil mein Leben beinahe ohne Schwierigkeiten verlief, interessierte mich die Kleine – es war etwas

Neues, denn Gefühlsangelegenheiten waren mir immer fremd. Arbeit, verstanden? Arbeit und Armut. Manchmal zog sich mein Herz zusammen, wie die Feder einer Uhr. Eine Ratte nagte an meinen Eingeweiden.
In letzter Zeit nicht einmal so sehr, aber früher hatte ich ein Leben wie ein kleiner Hund geführt. Die Frauen strömten starke Gerüche aus und ich fühlte mich heftig von ihnen angezogen. Aber die Stimme des Abteilungsleiters dröhnte in meinen Ohren:
»Silva, fünf Tage Dienstentsetzung.«
Ein tintenbeschmierter Nagel bezeichnete auf dem Korrekturbogen das Corpus delicti. Ein Hundeleben. Wie sollte ich meine Pension bezahlen?
»Dona Aurora, Sie müssen Geduld haben. Sehen Sie zu, daß Sie mir ein billigeres Zimmer geben. Die Zeiten sind mies, dona Aurora.«
Die Straßen waren voller Frauen. Und die Ratte nagte in meinen Eingeweiden.
Eines Tages lud ich ohne Grund dona Aurora ein, mit mir ins Kino zu gehen. Ich habe manchmal solche idiotischen Einfälle. Ich mache etwas Verrücktes, obgleich ich ganz genau weiß, daß es eine Verrücktheit ist. Wenn ich versuche, den Fehler zu korrigieren, mache ich einen anderen und verwickle mich in immer größere. Eben das geschah. Ich lud dona Aurora und ihre Enkelin ein, mit mir ins Kino zu gehen. Dann bereute ich es und bot ihnen ein Erfrischungsgetränk an. Sie nahmen alles an – und damit begann meine Folter. Ich zog mit ihnen los, mit finsterem Gesicht, zahlte die Straßenbahn, das Eis und drei Eintrittskarten. Ich bin ein Rindvieh.
»Durchhalten, Narr, Simpel, Hurensohn.«
In Gedanken zählte ich das schwerverdiente und wenige Geld. Im Kino öffnete die Enkelin von dona Aurora einen riesigen Fächer, legte ihn über die Schenkel und schob mein Bein zwischen die ihren. Plötzlich hörte die Ratte auf

zu nagen. Ich war empört. Kalkulierte. Drei Fahrten mit der Straßenbahn – ein Mil zwei. Dreimal Eis – dreimal fünf, fünfzehn. Die Eintrittskarten für das Kino. Die Schenkel des Mädchens waren kalt. Bestimmt machte sie das aus Gewohnheit. Zur damaligen Zeit war ich wie ein Bock. Aber auch mir wurde kalt. Fünf Milréis für sechs Arbeitsstunden, nachts, einstweilige Dienstenthebung, Geldstrafen, die Zeitung ging mal so und mal so. Ein quälender Gedanke, am Ende des halben Monats ohne Geld zu sein, weil die Kasse leer war.

»Heute bekommt keiner was.«

Ich machte mich davon mit hängendem Kopf, um ein Glas Zuckerrohrsaft zu trinken und eine Pastete zu essen. Den Zaster eisern festgehalten, wie die Hinterwäldler es machen. Und in einer solchen Pleite: Straßenbahn, Eis, Kino. Und die Rückfahrt stand noch aus. Der Film war endlos. Das Mädchen hatte kalte Beine.

Die andere, die nur ein halbes Dutzend Schritte entfernt war und die trockenen Zweige der Rosenstöcke schnitt, die rot wie eine Paprikaschote war, die die Arme hob und die Achselhöhle zeigte, die mußte glühend heiß sein.

Eine brenzlige Sache!

Die sommersprossige und krausköpfige Frau hatte eine gewisse Ähnlichkeit mit ihr. Mutter oder Verwandte.

Das Buch lag vergessen auf meinen Knien, die Zigarette war ausgegangen, die Augen waren halb geschlossen. Ich erinnerte mich träge gewisser Dinge ohne Bedeutung. Im Cavalo-Morto gab es ein ganz schamloses Weibsstück. Sie hatte kein Benehmen, kreischte laut beim Liebesakt, wie Katzen und Zigeuner es tun. Wenn sie ihre Periode hatte, schrie sie wie eine Verrückte:

»Hau ab, Saukerl! Mach das mit deiner Mutter, räudiger Hund!«

Ich war sehr jung, und die Wutausbrüche erschreckten mich. Wilde Leidenschaft.

Von Antônio Justinos Fenster aus sah man einen gepflegten Garten, in dem drei alte Frauen, die wie Ameisen aussahen, die Erde umgruben, die Pflanzen schnitten und gossen.
Berta, eine hübsche, kleine Deutsche, die ich einmal kannte, hatte ebenfalls spitze, lackierte Fingernägel. Sie kratzte damit ganz sanft. Die erste Frau, mit Zartgefühl, mit der ich mich einließ. Ich hatte etwas Geld in der Tasche, das ich beim Kartenspiel gewonnen hatte, und den Empfehlungsbrief an den Direktor einer Zeitung, den mir ein Abgeordneter nach vielen Bücklingen meinerseits und vieler Lauferei gegeben hatte. Voller grammatikalischer Fehler. Ich steckte die Hand in die Tasche und überzeugte mich, daß die zerknitterten Geldscheine und das Empfehlungsschreiben wirklich vorhanden waren. Ich ging mit gesenktem Kopf, wälzte Gedanken. Plötzlich hörte ich, wie eine fremdländische Stimme, voller Rrs, in meiner Nähe flötete:
»Wollen der Herrr nicht hereinkommen?«
Und zwei kleine Hände faßten mich am Arm, zogen mich durch eine Tür bis zum Treppenabsatz. Ich hielt mich am Treppengeländer fest, war in die Enge getrieben, hüstelte, mit einem Kloß im Hals:
»Madame, ich bin ein ungehobelter Kerl. Niemals habe ich mich mit einer Dame, wie Sie es sind, eingelassen. Sprechen Sie offen, Madame. Wieviel darf ich Ihnen geben?«
Berta war sehr anmutig: blond, dicklich, mit einer sanften Stimme trotz der Rrs.
»Laß das. Mach keinen Quatsch.«
Und ich, mit der Hand in der Tasche, die das Geld umklammerte:
»Spielen Sie nicht mit mir, Madame. Ich bin ein Mann aus dem Innern des Landes, ein Vieh, ein Wilder. Wieviel pflegen Sie zu nehmen?«
Hübsch war sie, Berta. Und viel anständiger als dona

Auroras Enkelin. Straßenbahn, Kino, Erfrischungsgetränke. Ein verdorbenes Geschöpf. Dagoberto floh vor ihr. Ein Raubfisch. Von so was gefressen zu werden! Nur das nicht! Ich erinnerte mich an die Bänke in den öffentlichen Anlagen, an die Stiefel mit dem ausgeleierten Gummieinsatz.

»Mein Herr, ein von den Widerwärtigkeiten des Schicksals verfolgter Landsmann wendet sich an Euer Hochwohlgeboren.«

Und die stinkende Spelunke, die mit Weinflecken übersäten Tischtücher, der abscheuliche Fraß, und der Portugiese in schmutzigen Pantinen mit seinem Gesang. Wer mit solchen Erinnerungen wird an Frauen denken?

Die Kleine, auf der anderen Seite des Zaunes, beachtete mich nicht. Biest. Brandrotes Haar, gelackte Fingernägel, rot geschminkte Lippen und die Oberschenkel zur Schau gestellt.

»Manchmal ist das nur die äußere Erscheinung. Drunter – blaue Flecken und Lumpen. So ein Aas. Ich bin ein praktisch denkender, belesener, erfahrener Mensch, der durch des Teufels Küche gegangen ist. Scher dich in die Hölle.«

Ich stand auf, machte mich zurecht und zog mich, mit verschlossenem Gesicht, gewichtig, das Buch unter dem Arm, zurück. Am Vortag hatte der Direktor zu mir gesagt:

»Wir brauchen eine starke Regierung, Luís, eine Regierung, die die Leute kurz hält. Das Volk hat zuviel Freiheit. Eine harte Regierung.«

Natürlich hatte ich zugestimmt.

»Das ist es, was ich sage, Herr Doktor. Eine harte Regierung. Die die wirklichen Werte anerkennt.«

Ich betrachtete mich als einen wirklichen Wert, als einen kleinen Wert, eine Art gesellschaftliches Kleingeld, aber immerhin als einen Wert. Die Miete des Hauses war bezahlt. Ich konnte mich auf der Straße zeigen, ohne um die nächste Ecke verschwinden zu müssen. Mit nur zwei Stimmen Unterschied hatte ich die Wahl zum Sekretär des alagoanischen Presseverbandes verloren. Fünfhundert Milréis Gehalt. Mit ein paar Nebeneinnahmen konnte ich auf siebenhundert kommen. Ich konnte sogar heiraten. Heiraten oder mit einer vernünftigen, ordnungsliebenden Frau zusammenleben. Keine gemalte Zierpuppe. Eine ordentliche, verständige Frau. Ein so albernes Leben zu führen, eine taube, rheumatische Magd, die voller Narreteien war, zu ertragen!

»He, Vitória«, schrie ich der Alten ins Ohr, »was sind das für Leute hier nebenan, die gerade eingezogen sind?«

Vitória wußte es nicht. Ich versuchte, einen politischen Artikel von Pimentel zu lesen, aber ich war zerstreut, dachte an Berta, an die Enkelin von dona Aurora und an die Kleine vom Cavalo-Morto. Ich ging früh zu Bett. Ich konnte nicht schlafen: das brandrote Haar, die Augen und vor allem die Beine der Nachbarin fingen an, mich zu beunruhigen. Sie mußte wie Pfeffer sein. Ich verbrachte die Nacht, indem ich mir die tollsten Szenen mit ihr vorstellte. Am nächsten Morgen erhob ich mich schlechtgelaunt und unausgeschlafen. Wenn ich diese Anfälle habe, dann laufe ich eine Woche schweigsam und mutlos herum und habe nur Schweinereien im Kopf.

Noch habe ich nicht gesagt, daß ich in der Rua do Macena wohne, in der Nähe des Elektrizitätswerkes. Da ich mich immer mit mehreren Dingen beschäftige, vergesse ich oft die Hauptsache. Das Haus, in dem ich wohne, hat für mich übrigens keine besondere Bedeutung. Ich habe schon in vielen Bruchbuden gewohnt. Wahrscheinlich haben die Behausungen meinen Charakter beeinflußt, aber ich kann mich an die Raumaufteilung von keiner erinnern. Man

erwarte darum von mir auch keine Beschreibung dieser alten Wände, die Doktor Gouveia mir ohne Gewissensbisse für einhundertzwanzig Milréis im Monat vermietet, ohne die Wassergebühren.
Schließlich: für meine Geschichte ist der Hinterhof wichtiger als das Haus. Dort setzte ich mich jeden Nachmittag, wenn ich von der Dienststelle kam, mit einem Buch unter den Mangobaum. Dort war es, wo ich Marina zum erstenmal sah, im Januar vergangenen Jahres. Und dort wurden wir Freunde.
Wenn sie in dem Haus linker Hand gewohnt hätte, hätten wir uns vielleicht nicht kennengelernt. Wenn ich zum Dienst gehe, komme ich an dem Haus zur Rechten vorbei und begrüße die Leute, die aus dem Fenster sehen. Selten gehe ich die andere Seite entlang. Dort wohnt eine gewisse dona Rosália, deren Mann immer auswärts ist. Ein unsympathisches, leichenblasses, geschwätziges Weib. Ich begegne ihr nur selten. Zum Glück ist da eine Mauer, die uns trennt. Manchmal erscheinen Kinderköpfe über der Mauer und warten auf den günstigen Augenblick, um die Mangos von den Zweigen zu stehlen, die in den Bereich ihrer Klauen kommen. Ich verdrücke mich, um sie nicht zu erschrecken, aber sie sind sehr ängstlich und verstecken sich.
Der Hof des Hauses zur rechten Hand bildete meine Sichtgrenze: die Rosenstöcke, der Abfallhaufen, der Mamãobaum. Alles häßlich, armselig, schmutzig. Sogar die Rosenstöcke waren mickrig: nur ein paar unscheinbare Blüten. Die Müllhaufen in der Nähe, die stehenden Pfützen verpesteten die Luft mit ihrem Gestank. Aber es war still und schattig. Vitórias Geschrei war nur ein gedämpftes Murmeln. Vielleicht waren mir Mamãobaum, Rosen, Abfallhaufen gar nicht aufgefallen; wenn ich sie erwähne, so nur deshalb, weil sie beim Niederschreiben dieser Aufzeichnungen vor meinen Augen erscheinen.

Schließlich wurde ich Marinas Freund. Gewiß begannen wir mit Blickwechsel, Kopfnicken, Lächeln, wie das immer so geht. Darauf, dann und wann ein Wort, kurze Zeit danach waren wir Freunde, duzten uns. Jetzt, da ich versuche, unsere Gespräche wiederzugeben, wird mir klar, daß wir gar nichts sagten. Leichtsinnig, unfähig, einen Gedanken festzuhalten, hüpfte die Kleine wie eine Ziege um die Beete und von einem Thema zum andern. Was mich an ihr ärgerte, waren gewisse bornierte oder infame Neigungen.

»Warum läßt du dir keinen Smoking machen, Luís? Wie kann ein junger Mann, der Geld verdient, mit diesem geflickten Zeug herumlaufen? Wenn ich du wäre, würde ich etwas aus mir machen, mich nach der letzten Mode kleiden.«

Ich machte meine Witze mit ihr:

»Marina, ein Mann lebt nicht vom Smoking allein.«

Andere Male:

»Dona Mercedes hat heute in der Rosário-Kirche die Aufmerksamkeit der ganzen Welt auf sich gelenkt. Graues Kleid mit roten Aufschlägen, graue Handschuhe, rote Tasche, roter Hut und rote Schuhe. Magst du rot?«

Dona Mercedes ist eine vollreife Spanierin aus der Nachbarschaft. Sie hat heimliche Beziehungen zu einer hochgestellten Persönlichkeit, die nachts in ihr Haus schleicht. Sie besitzt eine Unmenge Möbel, verbringt die Tage damit, sich im Spiegel zu betrachten und die Fingernägel zu polieren, sie läuft in einem seidenen Morgenrock herum, und wenn sie in die Badewanne steigt, riecht es meilenweit nach Kölnisch Wasser. Marina hat eine blinde Verehrung für sie. Sie reißt die Augen auf und sagt:

»Dona Mercedes ist eine Schönheit. Sieht aus wie ein Kinostar.«

Ich kam in Fahrt:

»Was für ein Blödsinn. Eine so ordinäre Person wie die zu

loben, eine Zigeunerin, von der niemand weiß, woher sie kommt! Das ist nicht richtig. Eine alte, miese Ziege, ein Besen, eine Schreckschraube.«

Marina ereiferte sich:

»Miese Ziege, wieso denn? Dona Mercedes ist eine sehr gutaussehende, sehr guterhaltene, sehr vornehme Dame. Und reich. Sie hat eine Tochter im Internat und schickt ihrem Mann Geld.«

Ein Spatzenhirn, wie man sieht. Was für Ansichten! Wenn ich nicht ein Idiot gewesen wäre, mit dem Dünkel eines praktischdenkenden, belesenen und welterfahrenen Menschen, ich hätte sofort meine Beziehungen zu dieser Person abgebrochen. Eine alleinstehende Ausländerin zu bewundern, die eine Tochter im Internat hat und den abwesenden Ehemann unterhält!

Ich legte mich im Schaukelstuhl zurück, öffnete schlechtgelaunt das Buch. Die Lektüre interessierte mich zwar nicht, aber sie lenkte mich ab. Marina trieb sich herum, zupfte etwas gereizt Rosenblätter aus, hochnäsig, versuchte eine Unterhaltung anzuknüpfen. Sie spazierte zwischen den Beeten hin und her, räusperte sich und sagte plötzlich:

»Was für ein Buch liest du da?«

Ich spielte den Zerstreuten und vertiefte mich in das Buch.

»Muß ein interessantes Werk sein.«

»Nicht so sehr.«

»Ich lese auch ein interessantes Buch, aus der Jugendbibliothek. Sehr schwierig.«

Ich sah voll Haß auf sie.

»Auf Wiedersehen, Marina.«

Als ich in die Nähe der Küche kam, hörte ich Vitórias Stimme, die neben Currupacos Käfig stand und brummte:

»Unverschämtes Miststück. Techtelmechtelt mit einem Mann im Dunkeln! Aufdringliche Ziege.«

Tatsächlich, es war dunkel. Manchmal vergaß man die Zeit, und die Unterhaltung verlängerte sich bis in die Nacht. Ein von der Straße kommender Lichtschein beleuchtete einen Teil der Mauer.

Der Papagei richtete sein Knopfauge auf mich, zog das Bein hoch und verbarg gelangweilt den Kopf.

»Flittchen, aufdringliches«, wiederholte Vitória, als ich ihr den Rücken kehrte.

Ich ging durch das Haus. Kam zur Eingangstür, kehrte um, ging ins Eßzimmer, schlug einen Bogen und so weiter, trat mit festen Schritten auf. Man stelle sich vor: einen Smoking. Was zum Teufel sollte ich mit einem Smoking? Das wäre ein Spaß, wenn ich damit herumliefe oder mit einem Smoking ins Kaffeehaus ginge. Dumme Ziege.

»Eine rührende Geschichte. Den Namen des Autors habe ich vergessen. Wunderbarer Inhalt.«

Dumme Ziege. Sie las Gesellschaftsnachrichten, Heiratsanzeigen, Kindtaufen, Geburtstagsfeiern, solche Sachen. Dumme Ziege.

Erschöpft setzte ich mich einen Augenblick ins Eßzimmer. Die Pause rechtfertigte Augenblicke später eine weitere an der Eingangstür. Ich sah hinaus, betrachtete die Pflastersteine, die Gosse, den eisernen Pfosten, die Drähte, den Gehweg des Hauses auf der linken Seite. Ich wandte mich zur linken Seite. Die andere Seite interessierte mich nicht. Ich schlug das Türfensterchen zu und nahm meinen Spaziergang wieder auf. Erneutes Verweilen im Eßzimmer. Ich kraulte den Bauch des Katers, der sich vor Faulheit rekelte und die Pfoten von sich streckte. Schamloses Vieh, wie ein Weib. Der Hof im Dunkeln. Über den Bäumen war ein heller Schein zu sehen. Man konnte sogar eine in einiger Entfernung befindliche Anzeige lesen, aber in Bodennähe war alles schwarz. Eine Grille zirpte; wahrscheinlich im Gemüsebeet.

Wie groß mochte das Vermögen sein, das Vitória dort

verscharrt hatte? Meine Situation war gar nicht so schlecht. Ich hatte ungefähr drei Contos auf der Bank. Es gibt Leute, die mit weniger heiraten und leben.
Durch die Küchentür konnte man an der Wand den riesigen Schatten von Vitórias Kopf über dem Schatten der Zeitung sehen.
»He, Vitória, mach Kaffee.«
Ich mußte sie schütteln: »Kaffee, Vitória.«
»Was?«
Ich entfernte mich. Der Wasserkessel pfiff auf dem Herd. Der Schatten verschwand. Schlürfen der Schuhe und Selbstgespräche.
»Nutte, niederträchtiges Weibsstück.«
Auch ich begann bei meinem Gang durch das Eßzimmer zu schlurfen, rauchte, trank einen Schluck Zuckerrohrschnaps.
»Frauen gibt's genug.«
Die verfluchte Grille hörte nicht auf zu zirpen. Die Buchstaben der Anzeige waren riesig.
Nach einiger Zeit betrat ich wieder den Gang, erreichte die Eingangstür, öffnete das Guckfensterchen, betrachtete die Straße. Aber ich blickte nicht nach der rechten Seite. Die Pflastersteine, die Drähte, die Gosse. Das schamlose Miststückchen mußte sich irgendwo in der Nähe herumtreiben, schwang die Hüften auf dem Gehweg, sah ab und zu in das Zimmer von dona Mercedes und betrachtete die Möbel. Ich drehte mich nicht um.
»Hol's der Teufel. Warum sollte ich mir wegen dieser Idiotin den Kopf zerbrechen! Lackierte Fingernägel, geschminkte Lippen, Jugendbibliothek, Faulheit, Bewunderung für dona Mercedes – und zum Schluß: Puff-Straße. Das Ende ist immer die Puff-Straße, die Behandlung mit Kupfersulfat. Red keinen Unsinn. Luís. Mann ist Mann.«

Zur gleichen Zeit etwa tauchte Julião Tavares in meinem Haus auf. Ihr erinnert euch an ihn. Während einer Woche überschütteten ihn die Zeitungen mit Lob, aber es war alles gelogen. Julião Tavares hatte keine der Eigenschaften, die man ihm andichtete. Er war ein dicker, rotbäckiger, gutgelaunter, patriotischtuender Redner und Schreiber. Wenn er mich bei der Normaluhr, im Kaffeehaus oder sonst irgendwo traf, grüßte er mich von weitem und spielte den Überlegenen:

»Wie geht's, Silva?«

Nachts kam er zu mir nach Haus, stieß die Tür auf und erschien, wenn ich es am wenigsten erwartete, im Eßzimmer, das, ich weiß nicht, ob ich es schon gesagt habe, mein Arbeitsraum war. Und dann kam er mir mit Vertraulichkeiten, die mich langweilten. Eine verwickelte Sprache, viele Adjektive, Gedanken überhaupt keine.

Ich lernte diese Mißgeburt auf einer künstlerischen Veranstaltung im Historischen Institut kennen. Von Zeit zu Zeit stand einer auf und las eine literarische Arbeit vor. Dann nahm eine Dame vor dem Klavier Platz und spielte. Eine andere deklamierte. Dann kam wieder ein Mann, und so ging es weiter. Mitten in der Veranstaltung stürzte sich ein dicker Kerl aufs Podium und schrie eine wilde, patriotische Rede herunter. Er zitierte die Kokospalmen, den Strand, den blauen Himmel, die Kanäle und andere alagoanische Prachtstücke, dann stieg er herab und klatschte den Rednern, Dichtern und Sängerinnen, die nach ihm kamen, heftigen Beifall. Am Ausgang versetzte er mir einen Stoß. Er hielt mich am Arm fest und verhinderte so, daß ich die Treppe herunterfiel. Er entschuldigte sich, daß er mich angerempelt hatte, ich bedankte mich bei ihm, daß er mich am Arm festgehalten hatte, und wir gingen zusammen die Rua do Sol entlang. Er wiederholte mehr oder weniger, was er in seiner Ansprache gesagt hatte und erklärte, daß er Brasilien liebe.

»Ah, ich habe sofort gesehen, daß Sie ein Patriot sind.«
Das hatte noch gefehlt.

»Wer ist es nicht, lieber Freund? In dieser tragischen Stunde, in der das Schicksal unserer Nation auf dem Spiel steht . . .«

»Tatsächlich«, murmelte ich, »es sieht ziemlich schwarz aus.«

Worte kamen, Worte gingen, und ich erfuhr so nebenbei Leben, Namen und Absichten des Mannes. Reiche Familie. Tavares & Co., Lebensmittelhändler, Hausbesitzer, einflußreiche Mitglieder der Handelskammer, Ausbeuter. Wenn ich durch die Rua do Comércio ging, sah ich hinter dem Ladentisch zwei dickhalsige, schlechtgelaunte, in braunes Leinen gekleidete Kerle, beide vollständig gleich aussehend. Dieser Julião, der Sohn des einen, Schriftsteller, Doktor, hatte kleine, spitze Zähne und mußte eine Ratte sein, wie der Vater. Reaktionär und katholisch.

»Aus Disziplin, verstehen Sie? Ich sehe in der Religion eine Stütze der Ordnung, eine gesellschaftliche Notwendigkeit.«

»Wenn Sie gestatten . . .«

Ich widersprach ihm, weil ich ihn außerordentlich unsympathisch fand. Er hörte mir aufmerksam zu und zeigte sich interessiert zu erfahren, wer ich sei. Ich zuckte die Achseln, blickte mich nach allen Seiten um, machte eine vage Geste, suchte in der Luft Bestandteile meiner zerfahrenen Existenz.

»Luís da Silva, Macenastraße, Nummer soundsoviel. Angenehm, Sie kennenzulernen.«

Ich stürzte mich in die erste Straßenbahn, die vorüberfuhr. Aber es gelang mir nicht, diesen Mann loszuwerden. Einige Tage später besuchte er mich. Dann machte er daraus eine Gepflogenheit. Ich war »Luís hier« und war »Luís da«, er überschüttete mich mit Lobhudeleien, nur um andere zu empfangen. Ich habe dafür keine Begabung.

Zwei, drei Stunden unangenehmer Belästigung, die mich entnervt, verblödet, Nägel kauend zurückließen.
Wie ich schon sagte, ist mir das Schreiben eine Gewohnheit. Ich habe niemals studiert, bin ein ungebildeter Mensch und davon überzeugt, daß meine Schreiberei nichts taugt. Aber ich habe früh angefangen, Romane zu lesen, und es fällt mir nicht schwer, einen Artikel zu schreiben, vielleicht sogar eine Erzählung. Ich habe einen Band Gedichte geschrieben, die Rhythmus und Reim beachten. Es waren ungefähr zweihundert Sonette. Niemand wollte sie veröffentlichen, und mit der Zeit begriff ich, daß sie nichts taugten. Jedenfalls begleiteten sie mich auf allen Wegen. Eines Tages, es war in der Pension von dona Aurora, ließ sich mein Nachbar Macedo einfallen, eines dieser Sonette zu loben – es war eines der schlechtesten – und bot mir fünfzig Milréis dafür. Ich brauchte es nicht einmal abzuschreiben: ich riß die Seite aus dem Heft und steckte das Geld ein, nachdem ich geschworen hatte, daß das Ding noch unveröffentlicht war. Macedo wiederholte ungefähr zwanzigmal den gleichen Handel. Leider kehrte er nach São Paulo zurück, ohne sein Studium zu beenden. Seitdem versuche ich, einfältige, junge Leute zu finden, die mir diese Produkte abkaufen. Früher wurden sie in Zeitschriften veröffentlicht, heute erscheinen sie nur noch in Wochenblättern auf dem Land, und ich verkaufe sie für zehn Milréis. Das Heft ist auf ungefähr fünfzig, von Mäusen zerfressene Seiten zusammengeschrumpft.
Ich arbeite in einer Zeitung. Abends gehe ich auf einen Sprung dorthin und schreibe ein paar Zeilen. Die politischen Oberhäupter im Landesinnern liegen in ewigem Streit. Sie suchen mich auf, erklären mir die örtlichen Geschehnisse, und ich verarbeite alles zu abscheulichen Schmähartikeln, die, mit ihrem Namen unterschrieben, im nicht-redaktionellen Teil veröffentlicht werden. Ich verdiene an der Redaktion der Artikel und einen gewissen

Prozentsatz an ihrer Veröffentlichung. Ich reihe eine Menge Beleidigungen aneinander; um sie druckreif zu machen, benötige ich lange Erklärungen, denn die Bewohner des Landesinnern sind Wirrköpfe; dazu kommt, daß ich manchmal Leute verteidige, die man eigentlich angreifen müßte. Außerdem schicken mir zweitrangige Verleger schlecht übersetzte Bücher, idiotische Bücher, wie Marina sie liebt. Ich überfliege sie und schreibe ein paar oberflächliche Bemerkungen, dann verkaufe ich die Bände beim Antiquar für die Hälfte des auf der Umschlagseite stehenden Preises. Manchmal fragen mich junge Leute:
»Ist der Dingsda ein guter Schriftsteller, Luís?«
Wenn ich den Dingsda nicht kenne, antworte ich immer:
»Er ist ein Hornvieh.«
Und die jungen Leute glauben mir.
Es war ein Leben sturer Tätigkeit, das Julião Tavares durcheinanderbrachte. Er versperrte mir den Weg, zwang mich ständig stehenzubleiben, ging mir auf die Nerven.
Manchmal zerbrach ich mir den Kopf, um eine Spalte mit Liebenswürdigkeiten oder Beschimpfungen zu füllen. Das verstehe ich nämlich, sanfte oder bittere Eigenschaftswörter aneinanderzureihen, in Übereinstimmung mit dem erteilten Auftrag. Moisés trat ein, zog einen Stuhl heran, setzte sich, öffnete die Zeitung. Pimentel kam, blaß, traurig, schweigsam. Ivo hockte vollständig betrunken in einer Ecke, er besabberte sich, während er schlummerte. Keiner dieser Leute störte mich. Ich arbeitete in ihrer Gegenwart, als ob ich allein wäre, niemand unterbrach mich.
»Revolution in China«, sagte Moisés.
Pimentel reckte den Hals und legte die Stirn in Falten. Er witterte einen Stoff. Und dann tauchten die Chinesen der Zeitungsnotiz in verworrenen Bildern auf. Ivo beschwerte sich über die Teuerung der Lebensmittel. Er schnallte den Gürtel enger, gähnte und verlangte zu essen. Ich antwortete, ohne die Fragen richtig zu verstehen und ohne meine

Tätigkeit zu unterbrechen. Die Sätze flossen tropfenweise aufs Papier, die einen zogen die andern nach sich, und zum Schluß stand da diese abgemessene, wohlbedachte Prosa, die mir zum Hals heraushing. Wenn sich mir ein Ausdruck entzog oder wenn die Gedanken sich verwirrten, zündete ich mir eine Zigarette an. Und während der Kopf sich entnebelte, warf ich einen zerstreuten Blick auf die heruntergekommene Gestalt Ivos, der in der Ecke saß, mit geschlossenen Augen, und sich besabberte. Die Hände waren zwei dunkle Schwielen, die nackten Füße waren plattgedrückte Pfoten.

Ivo hat keinen festen Wohnsitz. Er kennt den ganzen Staat, ich nehme an, daß er den ganzen Nordosten bereist hat. Er betritt die Häuser ohne anzuklopfen, wie ein Hund, er richtet sich voll plumper Vertraulichkeit an die Leute, bittet immer um Essen. Verbringt einige Monate in einer Stadt, verschwindet plötzlich, taucht an kleinen Orten auf, auf Gütern, in der Hauptstadt. Schnüffelt durch Eßzimmer und Küchen. Spricht fast nichts: plappert törichtes Zeug, schwer verständlich, immer besoffen. Er tut, was man ihm aufträgt, nimmt, was man ihm gibt, aber er bedankt sich nicht und macht alles mit Ungeschick.

»Luís, Sinha Vitória, wo bleibt das Essen?«

Wenn man ihm keine Aufmerksamkeit schenkt, spricht er mit der Katze, mit dem Papagei, fummelt an den Töpfen herum, stiehlt kleine Gegenstände, die er nicht braucht.

Nach einjähriger Abwesenheit taucht er wieder auf und ich frage ihn:

»Wie geht's, Ivo?«

Aber ich denke an ganz etwas anderes.

»Schlecht, alles ein großer Mist, Luisinho. Der Magen knurrt.«

Und er beginnt wie ein Hund zu heulen. In Gedanken versuche ich den unterbrochenen Satz zusammenzuflicken.

»Iß was, Ivo. Vitória, einen Teller für Ivo.«

Der Mann von dem Institut hat mein Leben durcheinandergebracht und mich von meinen Freunden getrennt.

»Verdammt, was will der Kerl?« murmelte ich voller Wut an dem Tag, an dem Julião Tavares, ohne um Erlaubnis zu bitten, den Gang durchschritt und mit rotem Gesicht und allen Zeichen der Vertraulichkeit das Eßzimmer betrat.
Ich legte den Federhalter weg, Moisés faltete die Zeitung zusammen, Pimentel nagte an den Fingernägeln. So ging das sechs Monate lang: Fingernägel kauen, Zeitungen zusammenlegen, Schreibarbeit unterbrechen, Federhalter weglegen, Meinungen anhören, die von den unseren sehr verschieden waren. Die von Moisés waren offenkundig revolutionär; meine fragmentarisch, unbeständig und unzählbar; Pimentel war manchmal meiner, manchmal mehr Moisés' Ansicht.
Wir diskutierten selten. Der Jude erging sich in langen Dissertationen, die ich mit einem Kopfschütteln billigte oder mißbilligte. Es kam vor, daß ich zuerst zustimmte, dann ablehnte. Wenn ich trank, wurde ich geschwätzig und lehnte alles ab, aus reinem Widerspruchsgeist.
»Unsinn! Diese Schweinerei kommt nie in Ordnung. Revolution in Brasilien! Dummes Gerede! Wer soll Revolution machen? Die Arbeiter? Da kannst du lange warten. Die haben keinen Mumm, Menschenskind. Und die Landbevölkerung stimmt für die Regierung, sie liebt ihren Pfarrverweser.«
Was ich wollte war, mich überzeugen, daß ich Unrecht hatte. Ich wollte, daß Moisés Gründe vorbrächte und Ivo aufbegehrte.
»Zahlen. Keine Doktrinen und ähnlichen Schwindel. Statistik.«
Moisés sprach von Millionen klassenbewußter Arbeitsloser, wandte sich an Ivo, der seine Sprache nicht verstand.

»Ich verstehe nichts. Ihr seid Weiße, schaut zu, wie ihr zurechtkommt.«
Ich schrie der Magd ins Ohr:
»Er sagt, daß wir keinen Gott brauchen. Weder Gott noch Geistliche. Alles wird untergehen.«
»Um Gottes willen«, erwiderte die Frau.
Und sie zog sich in die Küche zurück. Ich nehme an, daß sie sich nie um das Seelenheil gesorgt hat. Sie betete mit lauter Stimme. Nachts haspelte sie das Vaterunser und das Ave-Maria herunter, bevor sie das Geld zählte. Jetzt sagte sie: »Um Gottes willen!«, machte Kaffee, las neben dem Papageienkäfig den Verladebericht. Ivo richtete seinen gierigen Blick auf die Scheiben des Speiseschrankes:
»Luisinho hat's gut! So viel Brot! So viel Fleisch!«
Er verzerrte den Mund, zeigte die weißen Zähne, reckte die muskulösen Arme.
»Eine verlorene Kraft«, sagte Moisés.
Vielleicht verbarg sich eine verlorene Intelligenz hinter den von Zuckerrohrschnaps trüben Augen. Ein unnützes Subjekt, schmutzig, unzufrieden, in Fetzen gekleidet, hungrig.
Das andere unnütze Subjekt, das aufgetaucht war, war ganz anders. Dick, gut gekleidet, parfümiert, geschwätzig, so gesprächig, daß uns bei seinen Aufschneidereien übel wurde. Wir konnten keine Freunde sein. In erster Linie: der Mann war Doktor, und das trennte uns. Pimentel, dessen Stärke das geschriebene Wort war, konnte es mit Julião Tavares nicht aufnehmen. Moisés, obwohl er fünf Sprachen sprach, verstummte. Auch ich, der ich viel gereist war und wußte, daß es Schmalspurdoktoren gab, zog den Schwanz ein.
Außerdem hatte Julião Tavares eine andere Erziehung als wir genossen. Er trug einen Frack, besuchte die Bälle der »Associação Comercial« und war übertrieben liebenswürdig. Eine äußerliche Liebenswürdigkeit. Ich hörte, wie er

sich beim Geburtstagsfest einer hochgestellten Persönlichkeit mit einer Zierpuppe unterhielt. Ich trank Bier im Garten. Die beiden, in einer Gartenlaube, redeten furchtbaren Unsinn. Da sie sehr laut sprachen, konnte ich alles hören, was Julião Tavares sagte. Alles Blödsinn. Wie die Ansprache im Historischen Institut. –

Ähnlichen Blödsinn versuchte der Kerl uns zu verpassen. Furchtbar. In seiner Gegenwart kam ich mir idiotisch vor. Ich lächelte, rieb mir die Hände mit jener Feigheit, zu der ein rauhes Leben mich gezwungen hatte und fand kein Wort. Meine Sprache ist ungehobelt, ordinär. Manchmal streue ich gemeine Schimpfworte ein. Beim Schreiben vermeide ich sie, aus Mangel an Gelegenheit und weil die Zeitungen sie nicht veröffentlichen würden, aber es ist meine gewöhnliche Sprechweise, wenn ich nicht einem Vorgesetzten gegenüberstehe. Mit Moisés ist es genauso. Nur wenn ihm der Ausdruck fehlt, nimmt er Fremdworte zur Hilfe. Unsere Unterhaltung ist natürlich, wir nehmen keine Rücksicht. Ich öffne ein Buch, lese, schneide Fratzen, plötzlich schreie ich:

»Was für ein Rindvieh! Himmel, Arsch und Zwirn! So ein Idiot!«

Moisés nimmt das Buch, liest eine Seite voller Aufmerksamkeit, murmelt:

»Ganz gute Sache; hat Ideen.«

»Was für Ideen?! Das ist ein Wanderprediger, der nicht zu schreiben versteht.«

Die Gegenwart von Julião Tavares macht solche Äußerungen unmöglich. Er sagte in bezug auf einen toten Dichter:

»Das war ein großer Geist, ein edler Geist. Welche Fülle der Gefühle! Zudem eine vollkommene Beherrschung der Sprache. Ein gottbegnadeter Künstler.«

Hurensohn. Dieser gottbegnadete Künstler ging mir wochenlang auf die Nerven, vertrieb mir den Appetit. In meiner Dienststelle, im Kino, in der Zeitung, im Kaffeehaus verfolgte mich die Erinnerung an die unsympathische Stimme:

»Ein großer Geist, ein edler Geist. Gefühl und vollkommene Beherrschung der Sprache.«

Hurensohn. Er konnte nicht unser Freund sein. Er traf mich auf der Straße:

»Wie geht's, Silva?«

Er saß im Kaffeehaus am gegenüberstehenden Tisch, mit übereinandergeschlagenen Beinen, mit allen Anzeichen, länger zu bleiben – Lächeln, Vaterlandsliebe, die Größe eines verstorbenen Dichters.

Ich begann, Julião Tavares zu hassen. Ich witterte ihn, bemerkte ihn von weitem, allein seine Art, die Tür zu öffnen, den Gang zu durchschreiten, genügte.

»Kanaille!«

Ich knirschte mit den Zähnen, ordnete meine Papiere, zitternd vor Wut. Alles an ihm war unecht, aus zweiter Hand.

Hätte der feige Hund sich natürlich benommen, ich hätte mich nicht geärgert. Wenn er eine Lobeshymne auf die Firma Tavares & Co. bestellt und bezahlt hätte, hätte ich den Artikel geschrieben. Jawohl. Ich habe schon viele Gemeinheiten begangen. Warum soll ich sagen, daß ich keine Gemeinheiten begangen habe? Und ob ich sie begangen habe! Es ist besser, die Maske abzunehmen und alles richtig zu erklären. Ich hätte den Artikel geschrieben und das Geld eingesteckt. Was ich nicht richtig fand, war, von Julião Tavares jeden Tag in seiner niederträchtigen Sprache hören zu müssen, Brasilien sei eine Welt, die alagoanischen Dichter seien außerordentliche Dichter und Tavares' Vater, Chef der Firma Tavares & Co., sei ein bemerkenswertes Talent, weil er Geld zusammengekratzt hatte. Dergleichen schreibt man in Zeitungen, aber kein Mensch mit halbwegs gesundem Menschenverstand nimmt es ernst.

Aber es im Eßzimmer zu sagen, rauchend, mit übergeschlagenen Beinen, das war schamlos. Wirklich, das war schamlos.

»Guten Tag, dona Adélia, wie geht es Ihnen?«
»So, so«, antwortete Marinas Mutter und näherte sich der Fensterbrüstung, um ihren schmutzigen Rock zu verdekken. »Wem geht es heute gut?«
Ich kannte dona Adélia schon einigermaßen, blieb manchmal auf der Straße stehen, um ein paar Worte mit ihr zu wechseln: »Guten Morgen, guten Tag, gewiß, wie geht es Ihnen?« Ich kannte auch Ramalho, ihren Mann, Elektriker bei der Eisenbahn, schweigsam, ernst, asthmatisch. Er mochte mich nicht, wahrscheinlich wegen meiner Gespräche mit seiner Tochter. Wenn wir miteinander plauderten, platzte er dazwischen:
»Marina, los, Teller waschen! Marina, paß auf die Töpfe auf. Ein junges Mädchen gehört in die Küche.«
Was hatte Marina mit Tellern und Töpfen zu tun?
»Altes Ekel!«
Und sie plauderte weiter.
»Vorsicht, Marina, mit dem Abendtau.«
Und Marina betrat verärgert das Haus.
Ramalho war von Natur aus ein unfreundlicher Mensch und demütig von Berufs wegen. Wenn er lächelte, legte sich sein Gesicht in tausend Falten. Die eine Schulter war höher als die andere. Dona Adélia, schlaff, mit kaum hörbarer Stimme, erschreckten Augen, schien sich ständig verbergen zu wollen. Jetzt indessen hatte sie sich vorgenommen zu reden. Sollte es wegen meines Techtelmechtels mit Marina sein? Sie seufzte, bewegte die Lippen, seufzte wieder:
»Es ist alles irrsinnig teuer, Luís.«
»Tatsächlich, irrsinnig teuer, dona Adélia. Haben Sie schon

gesehen, was Arzneimittel kosten? Die Apotheke hat einen riesigen Schlund.«

Dona Adélia machte eine Geste der Mutlosigkeit:

»Sprechen wir nicht davon. Man kann nicht einmal mehr krank werden, Luís.«

Wir schwiegen einen Augenblick, schauten mit gezwungenem Lächeln die Straße entlang.

»Ja, Senhora«, murmelte ich, rieb mir die Hände und lächelte die sommersprossige Frau an.

»So ist es«, antwortete dona Adélia.

Und, nach langem Schweigen, indem sie die Hände in die Schürze wickelte:

»Eine Familie unterhalten zu müssen, ist bitter.«

Ich stimmte erleichtert zu:

»Das ist es, dona Adélia, Ohne Zweifel! Nach dem Zwanzigsten muß man den Gürtel enger schnallen, um die Ausgaben zu verringern. Denn die Straße bedeutet: Kaffee, Theaterkarten, Wohltätigkeitsveranstaltungen. Furchtbar.«

»Und der Wochenmarkt, Luís! Ob es regnet oder die Sonne scheint, auf Biegen oder Brechen. Niemand kann ohne Essen leben.«

»Ganz richtig, dona Adélia. Niemand kann ohne Essen leben. Und das schlimmste ist die Miete, dona Adélia! Wieviel Miete zahlen Sie für Ihr Haus?«

»Hundertdreißig Milréis. Glatter Diebstahl.«

»Ich bezahle hundertzwanzig. Ein noch größerer Diebstahl, denn das ist kein Haus. Ein paar dreckige, dunkle Zimmer. Und so viele Mauselöcher, wie man noch nie gesehen hat. So kleine Mäuse, diese Größe, ich weiß nicht, ob Sie sie kennen, ganz wild danach, Stoffe anzunagen. Ich habe nicht ein ganzes Taschentuch, alles voller Löcher.«

»Bei uns ist das genauso«, erklärte dona Adélia.

Sie stieß einen Seufzer aus, der ihren umfangreichen Busen hob, lehnte sich weiter aus dem Fenster:

»Luís, ich möchte Sie um einen Gefallen bitten. Seit einer Woche trage ich mich mit dem Gedanken und habe keinen Mut. Heute laß' ich die Katze aus dem Sack.«
»Um was handelt es sich, dona Adélia?«
Dona Adélia seufzte nochmals.
»Ich dachte ... Wenn es Ihnen möglich wäre, verstehen Sie? Bitten ist keine Schande. Man macht aus der Not eine Tugend. Not kennt kein Gebot.«
»Sprechen Sie, dona Adélia.«
Sie dämpfte die zitternde Stimme, und ihr sommersprossenübersätes Gesicht wurde so rot wie das Kattunkleid:
»Es ist wegen Marina. Sie hat nichts zu tun, keine Beschäftigung ... Sie ist nicht faul. Sie näht, stickt, aber Hausarbeit bringt nichts ein. Man braucht unendliche Zeit für eine Stickarbeit, und zum Schluß erhält man ein Trinkgeld. Wenn es möglich wäre, Marina eine Anstellung zu besorgen ...«
Ich zündete eine Zigarette an, begann die Pflastersteine zu zählen, ich brachte es nicht fertig, meine Nachbarin zu enttäuschen.
»Verwenden Sie sich für sie.«
Ich Ärmster.
»Es ist schwierig. Man braucht eine Empfehlung.«
»Ich weiß, sagte dona Adélia. »Deswegen habe ich an Sie gedacht, Sie haben gute Beziehungen. Wir kennen nur Sie.«
»Sie sind im Irrtum, dona Adélia«, antwortete ich bestürzt. »Ich bin ein armer Teufel; ich habe nicht einmal einen Platz, wo ich mich zum Sterben hinlegen könnte. Eine Empfehlung von mir taugt nichts. Aber ich werde es versuchen, verstanden?«
Ramalho kam langsamen Schrittes um die Ecke des Elektrizitätswerkes, schwarz vor Staub und Kohle.
»Guten Abend.«
»Guten Abend, Herr Ramalho. Was macht die Fettlebe?

Wir sprachen gerade über die Teuerung.«
Ramalho schob den Kiefer vor:
»Es wird jeden Tag schlimmer. Da könnte ein Christenmensch verrückt werden. Ich werde Ihnen was erzählen.«
Aber er erzählte gar nichts. Es war seine Art, Sätze nicht zu Ende zu sprechen.
»Es ist so, wie ich Ihnen sagte«, murmelte ich. »Wir werden sehen. Um offen zu sein, ich weiß nicht, ob Marina sich einarbeiten wird. Kann sie maschineschreiben?«
»Gar nichts kann sie«, warf Ramalho ein. »Hast du den jungen Mann mit deinen Bitten belästigt, Frau? Hab' ich dir nicht gesagt, daß du nicht davon reden sollst?«
»Was soll das heißen, Herr Ramalho? Sie will, daß die Kleine arbeitet. Das ist doch natürlich.«
»Was denn arbeiten, junger Freund? Das Gesicht anstreichen, das ist das einzige, was sie versteht.«
Dona Adélia, schamrot, fuhr fort, ihre zitternden Finger in das Kleid einzurollen.
»Ich hab' das nur so gesagt. Ob es nicht möglich wäre. Ein kleines Gehalt, um die Kleidung zu bezahlen. Gibt es nicht viele junge Mädchen, die Angestellte sind? Bei der Telefongesellschaft, bei der Post . . .«
»Das sind Menschen, die wissen, wo sie die Nase haben, Menschenskind«, unterbrach Ramalho. »Oder Protektion genießen. Deine Tochter hat die Schule genauso verlassen, wie sie sie betrat. Entweder taugen die Schulen nichts oder sie ist zu blöd. Eine Stellung, um die Kleidung zu bezahlen! Das wäre ein Spaß. Sie braucht jeden Monat fünfzig Milréis allein für Schuhe. Soviel Geld, wie sie braucht, gibt es nicht.«
»Sie sind hart, Ramalho«, wagte ich einzuwerfen.
»Bin ich«, antwortete der Mann, keuchend vor Atemnot. »Ich schufte mich ab und lebe wie ein Hund.«
Er sprach mit gesenktem Kopf, die Augen zu Boden

gerichtet, mit unbeweglichem Gesicht, halboffenem Mund, sanfter Stimme, wahrscheinlich, weil er gewohnt war zu gehorchen.
»Ich sagte das nur, um es zu sagen«, stotterte dona Adélia und neigte sich zur Seite, ihr Fett über den Fenstersims verbreitend, wo sie die Ellbogen aufstützte. »Es war die Kleine, die das vorgeschlagen hat . . .«
Ramalho zündete die Pfeife an und begann, sich die Fingernägel mit dem abgebrannten Streichholz zu reinigen:
»So ist das. Nur ich weiß von nichts. Jeder macht, was er will. Die Weiber befehlen, und der alte Hahnrei erfährt als letzter, was los ist.«
Antônia, das Dienstmädchen von dona Rosália, ging vorbei und schwenkte die Hüften. Sie ging bis zur Ecke der Augusta-Straße, wo sie sich eine Weile mit einem Polizisten unterhielt. Dann kam sie zurück, immer noch mit schaukelndem Hintern und gespreizten Beinen.
Sie ist ein naives Geschöpf, eine Halbwilde. Sie glaubt alles, was man ihr sagt, und ist scharf auf Männer. Wenn sie einen erwischt, kennt sie keine Grenzen. Sie sucht nicht aus, sie fängt sich einen.
Nachmittags, wenn sie den Dienst beendet hat, stellt sie das Geschirr weg, zieht ihre besten Kleider an, die Lackschuhe, und zieht ab. Wenn sie ein bißchen Geld beisammen hat, verläßt sie ihren Arbeitsplatz und schafft sich einen Kerl an. Das geht immer schief. Sie verplempert ihre Ersparnisse, kehrt an ihre Arbeitsstelle zurück, kratzt wieder Geld zusammen, um ihre Liebhaber unterhalten zu können, und erlebt wieder eine Enttäuschung. Sie ist eine Kindernärrin: sie schreit den ganzen Tag mit ihnen herum und spielt mit ihnen. Aber abends vergißt sie alles und eilt zu ihrem Lump. Dona Rosália duldet sie wegen der Kinder. Wenn sie ihr den Lohn ausbezahlt, sagt sie mit rauher Stimme, die ich im Eßzimmer ganz genau hören kann:

»Nimm dein Geld, Antônia, und verschwinde. Ich will dich nicht mehr sehen.«
Antônia steckt das Geld ein, sucht ihre Siebensachen zusammen, küßt die Kinder und zieht singend ab, überzeugt, den richtigen Mann gefunden zu haben. Dann kommt sie vollkommen verhungert zurück, mit neuen Wunden gezeichnet.
»Du endest noch im Spital, Antônia.«
Aber die Kinder erheben ein wildes Geschrei – und Antônia bleibt.
Die Gegenwart dieser unsteten und mannstollen Person erweckt in mir Mitgefühl.
»Wie geht's, Antônia?«
Das Bauerntrampel öffnete die wulstigen Lippen und entblößte mit einem kindischen Lächeln ihre großen Zähne. Ramalho sah sie nicht, er hielt den Kopf gesenkt, in ein Selbstgespräch versunken, entfernte mit dem Streichholz die Aschenreste aus der Pfeife. Dona Adélia zeigte weiterhin ein beschämtes, mürrisches Gesicht und zerknitterte ihr Kleid. Mir war leicht, beinah fröhlich zumute, und es erstaunte mich, jene Leichenbittermienen zu sehen.
»Das hat nichts zu sagen. Wenn man richtig sucht . . . Es gibt viele, die sich ihren Unterhalt verdienen. Wollen mal sehen, ob sich was finden läßt, dona Adélia. Mal sehen. Ich sage Ihnen dann Bescheid.«
»Märchen«, murmelte Ramalho niedergeschlagen. »Die taugt zu gar nichts. Wer die heiratet, macht ein schlechtes Geschäft.«

Da die Hitze unerträglich war, öffnete ich das Fenster, das zum Hof führte. Ein Strom heißer Luft schlug mir ins Gesicht. Ich lehnte mich zum Fenster hinaus und unterhielt mich damit, die Bewegungen der Frau zu verfolgen, die die Flaschen spülte. Die Katze sprang vom Ast des

Mangobaumes über die Mauer und kletterte auf einen Haufen mit Abfällen und Glasscherben. Der verdrossen aussehende Mann bewegte sich zwischen den Bottichen und füllte die Fässer unter dem Dach.
Was Marina wohl machte? Ich dachte an dona Mercedes. Die hatte ein feines Leben. Der Kerl, der sie aushielt, war ein schamloser Betrüger: bis über die Ohren verschuldet, gab große Festlichkeiten und stellte seiner Geliebten ein Auto zur Verfügung. Verdammt, wie konnte ein Mannskerl an so lappigem Fleisch Gefallen finden?
»Gauner, Schwindler, Schweine!«
Ich schlug das Fenster mit Gewalt zu. Dann öffnete ich es wieder. Die magere Frau, in Hockstellung, den Rock zwischen die Beine geklemmt, spülte immer noch Flaschen. Der Mann mit dem verdrossenen Gesicht ging zwischen den Bottichen hin und her.
Ganz bestimmt lackierte meine Nachbarin sich in diesem Augenblick die Fingenägel. Ich geriet in Zorn:
»Vitória, warum fegst du das Haus nicht richtig? Überall Dreck, ganze Berge von Dreck. Alles voller Staub.«
Vitória hörte meinen Tadel nicht. Ich nahm ein Tuch und wischte den Geschirrschrank ab:
»Schweinerei!«
Ich nahm ein Buch, öffnete die Tür und ging, voller Zorn auf den Geliebten von dona Mercedes, die Stufen hinab, die in den Hof führten. Alter Strolch. Hatte Schulden in den Geschäften, beim Lebensmittelhändler, beim Schneider. Er hatte sich an Zuckerrohrfabrikanten, an Bankiers, an die Mitglieder der Handelskammer mit unterwürfiger Schmeichelei herangemacht. Die kleinen Gläubiger ließen sich aus Angst das Fell abziehen; die großen bluteten aus Geschäftsrücksichten: sie hatten bestimmte Interessen, drehten die Dinge wie sie wollten. Und ein Mistkerl wie dieser bedeutete etwas im Staat. Eine Katastrophe!
Ich setzte mich in den Schaukelstuhl, zündete eine Zigaret-

te an, öffnete das Buch und begann ganz mechanisch zu lesen. Manchmal gähnte ich und unterbrach die unverständliche Lektüre.
Der Garten, den die vorherige Mieterin jeden Morgen gegossen hatte, war verschmutzt, verwahrlost, mit Unkraut und trockenen Blättern übersät.
Ich ließ das Buch sinken und schloß verärgert die Augen. Aber die Augen waren nicht vollständig geschlossen: unter den halbgeschlossenen Lidern konnte ich die Dinge, die sich in einem Umkreis von zehn bis fünfzehn Metern befanden, erkennen – den Stamm des Mamãobaumes, den Müllhaufen, die welken Blüten. Dona Adélia wusch im Badezimmer die Wäsche, das schaumige Wasser quoll aus dem Raum und bildete in der Nähe des Zauns eine Pfütze.
Wenn diese blonde Ziege etwas getaugt hätte, dann würde sie der Mutter geholfen haben, die Wäsche einzuseifen. Faulheit. Aber sie las irgendeinen Schundroman, zupfte sich mit der Pinzette die Augenbrauen aus oder rasierte sich die Achselhöhlen. Am Anfang hatte sie sich noch um die Blumenbeete gekümmert. Später pflegte sie mit einem Buch in der Hand zu erscheinen, das sie nicht öffnete. Sie redete mit mir. Ich ärgerte mich über ihr Gerede, das, wie ich schon sagte, vollkommen blödsinnig war. Ich ärgerte mich wirklich. Aber da saß ich dennoch mit halbgeschlossenen Augen, schaute auf die Blumenbeete und hoffte, daß die Kleine erscheinen würde.
Seit einer Woche bemühte ich mich, ihr eine Stellung zu besorgen. Wie man weiß, ist es nicht leicht, eine Anstellung zu finden. Die Leute, an die man sich wendet, lächelten. Keine Schwierigkeiten, alles in Ordnung, selbstverständlich. Sie hören unsere Bettelei mit Geduld an und schreiben Empfehlungsbriefe an andere Personen. Die wieder schreiben Empfehlungsbriefe an Dritte, und so geht es weiter. Jeder schiebt die Sache auf einen anderen. Ich sprach mit

dem Direktor meiner Abteilung:
»Doktor, ich habe eine Nachbarin, ein tüchtiges Mädchen, kann einem leid tun. Sie reißt sich die Beine aus, um ihre Familie zu unterstützen, aber Sie wissen ja, Hausarbeit wirft keinen Gewinn ab. Wenn Sie helfen könnten, mit Ihren Beziehungen ...«
Der Direktor antwortete zerstreut:
»In Ordnung. Wollen mal sehen.«
In den anderen Abteilungen dieselbe Geschichte, mit kleinen Variationen.
»Ein anständiges Mädchen, gebildet, bringt sich um, um ihren Eltern zu helfen. Vorbildlich. Die Mutter krank ...«
Kurz: ein Haufen unnützer Lügen. In den Banken:
»Ein vertrauenswürdiges Mädchen, einige Kenntnisse in kaufmännischer Buchführung und Mathematik.«
In den Geschäften:
»Sehr gute Schulbildung, viel gelesen, ausgezeichnete Rechenkenntnisse. Sie könnte die Korrespondenz übernehmen.«
In den Redaktionen:
»Mensch, kannst du nicht eine Stellung in der Ausgabeabteilung besorgen für ein Mädchen, das ich kenne? Irgendwas, einen Druckposten, der zwei- oder dreimal im Monat einen Vorschuß erlaubt.«
Schließlich fand ich für Marina eine Stellung in einem Stoffgeschäft mit einem Monatsgehalt von hundert Milréis. Jetzt saß ich hier und beobachtete den nachbarlichen Hof aus dem Augenwinkel. Klack, klack, klack. Das war das Klappern der Flaschen. Wasser wurde vergossen: der verdrossene Mann füllte die Bottiche. Dona Adélia hustete im Badezimmer, während sie die Wäsche auswrang. Vitória sang in der Küche: »Currupaco, papaco, das Weib des Macaco ...« Der Hahn im Stall versuchte eine Henne zu besteigen. Ich hatte genau dasselbe vor, nur mit mehr

Geschick und langsamer. Das Hühnchen erschien nicht. Wer sich mit ihr einläßt, macht ein schlechtes Geschäft. Ramalho hatte recht. Wenn schon er, der Vater, eine derartige Meinung hatte, man stelle sich vor. Rasierte Achselhöhlen, blutrote Fingernägel und Augenbrauen wie zwei Striche. Eine enthaarte Frau. Wozu, zum Teufel, reißt sich eine Person die Augenbrauen aus?

Plötzlich erschien das Miststückchen in meinem begrenzten Beobachtungskreis. Wie ich schon sagte, konnte ich nur zehn bis fünfzehn Meter des Gartens überblicken. Zuerst unterschied ich die roten Spitzen der Schuhe, jene Schuhe, von denen Ramalho sagte, daß sie fünfzig Milréis kosteten und nur einen Monat hielten. Um in den Garten zu gehen, die besten Schuhe und straffsitzende, seidene Strümpfe für die wohlgeformten Beine. Hervorragende Beine. Die Schenkel und die Hinterbacken brachten die Nähte des engen Rocks beinah zum Platzen.

Vielleicht hatte das Miststückchen bemerkt, daß ich nur so tat, als ob ich schliefe: sie begann herumzuscharren, lachte leise, bewegte sich vorwärts, rückwärts, zeigte sich von vorn und hinten. Ich atmete schwer und dachte an den Geographieunterricht von Antônio Justino: »Zuerst verschwindet der Rumpf, dann verschwinden die Masten.« Jetzt war es genau umgekehrt, wenn Marina sich entfernte, verschwand zuerst der Oberkörper, das heißt die Taille, denn Kopf und Brust befanden sich außerhalb meines Blickfelds.

Sie kehrte mir den Rücken zu.

»Ai, jai, jai.«

Ein Lachen, wie ein Tuscheln. Sie beugte sich nach vorn: die feine Gürtellinie verschwand, die Hüfte trat stärker hervor. Der Stoff zeichnete den Einschnitt der Hinterbakken ab. Ein Schritt, ein zweiter Schritt. Das Hinterteil verschwand, jetzt waren es die dicken Oberschenkel, die hervortraten. Noch ein Schritt: eine Falte in dem cremefarbigen Strumpf ließ das Kniegelenk erkennen. Das volle Bein wurde immer dünner, bis es in der schmalen Ferse endete, die in den Absatz der roten Schuhe eingelassen schien.

»Ai, jai, jai.«

Das gedämpfte Lachen entfernte sich, es drang an mein Ohr wie das Pfeifen einer Ratte. Genau, wie das Pfeifen einer Ratte. Das Pfeifen einer Ratte oder das Brutzeln von auf dem Rost gebratenem Fleisch. Es schien mir, als ob das Pfeifen aus mir käme, als ob mein Fleisch gebraten würde und brutzelte . . . Die roten Absätze wandten sich nach der anderen Seite. Die Schuhspitzen erschienen und rückten vor. Ein Stück des Schienbeins wurde sichtbar. Die Hände zerrten den Rock hoch, man konnte Knie und Schenkel sehen. Da sie sich nach vorn beugte, verschwand der Bauch.

»Ai, jai, jai.«

Die Ratte nagte in meinem Innern. Ich spürte den Geruch von gebratenem Fleisch. Nein, von weiblicher Ausdünstung, der gleiche Geruch, der mich früher verfolgte, wenn ich kein Geld hatte. – »Dona Aurora, sehen Sie zu, daß Sie mir ein billigeres Zimmer besorgen. Die Zeiten sind schlecht, dona Aurora.«

Auch Bertas Beine waren so wohlgeformt. Nur waren Bertas Beine nackt, alles an Berta war nackt gewesen.

»Ai, jai, jai.«

Da waren die Hüften wieder zu sehen. Wozu all der Stoff? schrie es in mir. Wäre es nicht besser, alles herunterzureißen, dort im tiefen Grund des Gartens? Nackte Schenkel, nackter Hintern.

So sah ich Marina mit halbgeschlossenen Augen, wie einst Berta vor mir erschienen war. Die Hinterbacken wuchsen ins Ungeheure – ich konnte kaum noch atmen. Wenn dona Adélia und Vitória erschienen wären, hätten sie folgendes gesehen: Marina, völlig entkleidet, nach vorn gebeugt, ließ

einen riesigen Hintern sehen.
Unsinn. Dona Adélia, fischblütig, war mit ganz anderen Dingen beschäftigt, wrang Wäsche im Badezimmer aus. Und Vitória unterhielt sich mit dem Papagei, einem Lebewesen, das sie liebte und das keine unanständigen Gedanken in ihr hervorrief.
Klack, klack, klack. Die magere Frau spülte immer noch Flaschen. Aus dem Wasserhahn strömte Wasser in den Zuber. Man konnte es deutlich hören. Anfänglich war es nur ein unbestimmtes Geräusch. Jetzt aber vernahmen meine gereizten Sinne alles. Das Klappern der Flaschen, das Geräusch des Wassers, die Ausrufe der Straßenverkäufer, der Lärm der Automobile, das Rennen der Kinder von dona Rosália im anliegenden Hof, der Geruch der Blumen, des Abfalls, des stehenden Wassers, das Fleisch von Marina, all das nahm stürmisch von meinem Körper Besitz. Ich schloß die Augen. Die Pfütze, die armseligen Blumenbeete, der Dreckhaufen verschwanden. Was ich deutlich sah, waren die weißen Hinterbacken Marinas, die weißen Schenkel.
»Ai, jai, jai.«
Sie mußte sich etwas entfernt haben, denn es waren nur noch Absätze und Spitzen der Schuhe zu sehen. Näher und näher, der Geruch immer aufdringlicher, die Ausdünstungen immer stärker – ich fühlte, wie diese Annäherung eine Art Ohnmacht hervorrief. Das Buch entfiel meiner Hand, ich setzte mich auf, kreuzte die Beine, sah Marina, die wie eine Verrückte lachte, am Fuß des Zauns:
»So was! Wie du die Augen aufreißt! Du siehst aus, als ob du einen Schlaganfall bekommen würdest.«
Ich mußte lächerlich aussehen. Ich senkte beschämt den Kopf, rieb die Augenlider, schüttelte den Kopf, um die unzüchtigen Gedanken zu vertreiben, die mir durch den Sinn gingen. Als ich aufhörte, die Augen zu reiben, stand Marina immer noch an derselben Stelle, zeigte die Zähn-

chen, soviel freche Herausforderung im Gesicht, daß ich, in die Enge getrieben, mir vollkommen blöd vorkam. Zum Glück konnte ich jetzt nur ihren Oberkörper von der Taille ab sehen.

»Du siehst aus wie ein Gespenst«, spottete Marina. »Hast du von einer toten Seele geträumt?«

»Gar nichts habe ich geträumt!«

Ich befand mich in einem Zustand stumpfer Erschlaffung. Ich hatte den merkwürdigen Eindruck, als ob sich die Luft in eine schwere, klebrige Masse verwandelt hätte. In dieser gallertartigen Umgebung bewegte sich, schwamm Marina, über alle Maßen schön, ihre kleinen, runden Brüste hoben und senkten sich, wollten aus dem Ausschnitt des Kleides springen, die begehrlichen blauen Augen, das feuerfarbene Haar, das der laue und aufreizende Wind, der vom Hof herüberwehte, aufgelöst hatte. Es kam mir der verrückte Gedanke, daß man Marina in zwei Teile zerlegt hatte. Bei lebendigem Leib in zwei Stücke zersägt, wie man es früher machte. Dieser absurde und blutrünstige Gedanke bereitete mir große Genugtuung. Hinterbacken und Beine auf einer Seite, Kopf und Rumpf auf der anderen. Der untere Teil bewegte sich wie der abgeschnittene Schwanz einer Eidechse. Aber ich beobachtete den unteren Teil nicht, der mich so verwirrte: der Strahl der blauen Augen traf mich, und ich wünschte, den Speichel, der die etwas dicken Lippen meiner Freundin befeuchtete, mit meinen Küssen zu trocknen. Sie war wunderschön. Wie eine piepsende Maus war sie ein paar Minuten hin- und hergerannt. Ich war ein ganz gewöhnlicher Kater. Ich konnte mich mit einem Satz auf sie werfen und sie verschlingen: sie stand am Fuß des halbzerfallenen Zauns, den Vitória jeden Monat verschob, und forderte mich mit ihren Augen, mit den kleinen Zähnen heraus. Ich stürzte mich nicht auf sie. Ich setzte ein finsteres Gesicht auf, das komisch sein mußte, denn Marina begann zu lachen:

»Marina«, sagte ich mürrisch, »hat deine Mutter nichts gesagt?«
»Was gesagt?«
»Über eine Stellung. Eine Stellung für dich. Es ist gut, wenn ein Mensch an die Zukunft denkt. Habt ihr vorher nicht darüber gesprochen?«
»Nein.«
»Ah, ich dachte. Na, ja. Deine Mutter hat mit mir gesprochen, und ich habe mich umgesehen. Ich tat, was ich konnte.«
Marinas Gesicht wurde lang, und eine Runzel schob sich zwischen die Augenbrauen:
»Es sieht so aus, als ob es meiner Mutter um das bißchen, was sie mir gibt, leid täte.«
»Sag das nicht, Menschenskind. Es ist zu deinem Nutzen.«
Dona Adélia kam aus dem Badezimmer mit einer Schüssel feuchter Wäsche, die sie im Haus bügeln wollte.
»Guten Abend«, schrie sie von weitem.
Sie betrat sofort das Haus. Es wurde dunkler. Jenes »Guten Abend« war eine Art Zensur, die sie nicht deutlich auszusprechen wagte, weil sie Angst vor der Tochter hatte.
»Da siehst du es, Marina. So spät, und die Arme muß noch Wäsche waschen.«
Marina hüllte sich in Schweigen, zerstampfte Erdklumpen mit ihrem Absatz.
»Entschuldige meine Offenheit. Ich sollte mich über eure häuslichen Angelegenheiten nicht äußern. Ich habe es nur getan, weil deine Mutter mit mir darüber sprach, verstehst du? Weil ich Freundschaft für dich empfinde. Deswegen habe ich mich darum gekümmert.«
»Hast du was gefunden?« fragte Marina ohne Begeisterung.
»Ja. Um die Wahrheit zu sagen, eine große Sache ist es

nicht. Anstellung beim Staat gibt es nicht. Alles in festen Händen, da ist nichts zu machen. Aber ich habe was gefunden.«

»Und wo?«

»In einem Geschäft. Hundert Milréis monatlich. Am Anfang. Dann sieht man zu, eine leichtere und besser bezahlte Arbeit zu finden. Wichtig ist es anzufangen.«

»In einem Geschäft?« sagte Marina mit einem bösartigen Lächeln. »Verpflichtet, Witze und Beleidigungen der Kunden zu erdulden. Und Kniffe von den Angestellten. Sehr gut.«

»Oh! Marina!«

»Ich glaube, meine Mutter hat die Absicht, mich auf die Straße zu schicken. Und du auch.«

»Oh! Marina! Was für ein Gedanke! Wenn du nicht willst, kein Wort mehr darüber! Ich habe mich in diese Sache eingelassen, weil mich deine Mutter darum gebeten hat, verstehst du. Und weil ich dich gern habe.«

Marina war gerührt. Ihre Augen füllten sich mit Tränen, ihre Lippen bebten:

»Danke, Luís.«

Und sie streckte die Hand aus. Ich stand auf, berührte ihre Finger. Der Kontakt mit der warmen Hand machte mich zittern; entzündete wieder die brutalen Wünsche, die schon abgeklungen waren. Ich betrachtete sie von oben bis unten, sah, wie sich die Brüste hoben und senkten, die Schenkel, die Hüftlinie. Es überfiel mich der Wunsch, ihr den Rock herunterzureißen. Ich wiederholte wie ein Irrer:

»Weil ich dich sehr gern mag, Marina.«

Ich drückte ihre Hand, biß sie, biß Handgelenk und Arm. Marina, blaß, fragte nur:

»Was soll das, Luís? Was soll die Verrücktheit?«

Aber sie entfernte sich nicht. Ich räumte die wurmstichigen Pfähle des Zauns beiseite, riß Marina an mich, umarmte sie, küßte sie auf Mund und Hals. Während ich sie küßte, tasteten meine Hände ihren Körper ab. Als wir uns trennten, standen wir zitternd voreinander und fraßen uns gegenseitig mit den Augen auf. Alles um mich herum drehte sich. Marina war so verwirrt, daß sie vergaß ihre Brust zu verbergen, die aus dem Ausschnitt des Kleides heraussah. Ich wollte sie beißen, gleichzeitig aber hatte ich Angst, daß uns dona Adélia überraschen und ihre Tochter in diesem zerzausten Zustand sehen würde.

»Mein Gott!« rief Marina erschrocken.

Sie drehte sich plötzlich um. Als sie mir ihr Gesicht wieder zuwandte, war die Brust verschwunden.

»Was haben wir getan, Luís?«

Und sie begann zu weinen. Ihre Erschütterung entfachte meine Eitelkeit, ein wenig meine Reue und beinah die Gewißheit, daß niemand vor mir ihre Brüste berührt hatte. Trotz der törichten Bewunderung, die Marina für dona Mercedes hatte, deutete ich ihr Schluchzen als Beweis der Unschuld.

»Was haben wir getan, Luís?«

Ihr weinerliches Geleier ging mir auf die Nerven. Ich kratzte mir die Stirn und sagte beklommen:

»Hol's der Teufel, Marina. Niemand hat Schuld. Es geschah eben. Jetzt heißt es: Weitermachen. Irgendwann werden wir heiraten. Ja, daran müssen wir denken. Was meinst du?«

Einsilbig, ohne Anteilnahme zu zeigen, stimmte sie zu.

»Ja.«

Diese lahme Zustimmung verwirrte mich. Ich hatte schon verschiedene Male daran gedacht, mich mit ihr zu verbinden, aber es war mir niemals der Gedanke gekommen, daß meine Freundin zögern könnte. Ich biß mir voller Verdruß die Lippen:

»Ich habe das gesagt, weil ich dachte . . . Verstehst du. Ja, natürlich. Nun weißt du es also.«

»Marina!« Ramalho schrie aus dem Haus. »Vorsicht mit dem Abendnebel.«
»Es ist gut«, sagte Marina rasch. »Alter Meckerer! Wenn du meinst, daß es sein soll . . . Leb wohl.«
»Leb wohl, Marina. Noch etwas. Lassen wir Nebensächlichkeiten. Warum treffen wir uns nicht im Dunkeln, um Mitternacht, wenn deine Leute schlafen? Ja oder nein? Gib mir einen Kuß.«
»Marina, komm die Teller spülen.«
»Komme schon.«
Und sie machte sich eilig davon.
Ich setzte mich in den Schaukelstuhl und griff nach dem Buch:
»Die hat den Teufel im Leib. Ich wollte ihr eine gewisse Unabhängigkeit verschaffen. Das ist nun vorbei. Ich mag die Kleine. Ich binde mir einen Stein um den Hals und ersaufe.«

Auf der meinem Haus gegenüberliegenden Seite zog eine merkwürdige Familie ein, die keine Verbindung mit ihren Nachbarn hatte: ein alter, verkümmerter, bärtiger Mann und drei blasse, schmutzige, schlecht gekleidete, rothaarige, ungekämmte Mädchen. Der Mann, dessen Namen niemand kannte, ging mit gesenktem Kopf, finsterm Blick und grüßte niemanden. Manchmal erschien die Gestalt eines Mädchens am Fenster; wenn aber jemand auf der Straße erschien, schloß sich das Fensterchen in der Tür lautlos.
»Ich möchte wissen, was das für eine Sorte von Leuten ist«, murmelte dona Adélia zwischen den Zähnen. »Können nur Viecher sein.«
»Glaube ich auch, dona Adélia«, stimmte Antônia bei. »Wie in einer Höhle versteckt. Nur Tiere.«
Ivo versuchte die Höhle zu betreten, klopfte an die Tür,

bat um Essen: ohne Antwort. Eines Tages versperrte mir dona Mercedes den Weg:
»Können Sie mir sagen, was hier los ist?«
»Woher soll ich das wissen, meine Dame?«
»Wovon leben diese Leute?« fragte dona Adélia.
Ramalho erklärte:
»Jeder hat seine Mittel und Wege.«
»Das stimmt«, bestätigte dona Adélia.
Während das Dienstmädchen hinter Männern her war, vergaß dona Rosália ihre Kinder und beobachtete stundenlang das Haus der merkwürdigen Familie, bis sie Schwielen an den Ellbogen bekam:
»Was für ein Leben! Da verschimmelt der Mensch ja. Gehen nicht einmal in die Kirche.«
»Vielleicht sind es Protestanten«, bemerkte Ramalho.
»Ganz bestimmt. Müssen Ungläubige sein.«
Sogar Marina platzte vor Neugierde:
»Luís, schau, daß du dahinterkommst.«
Plötzlich begannen häßliche Gerüchte zu zirkulieren: die Mädchen seien die Töchter und Geliebten des Alten.
»Entsetzlich! Gleich drei!«
»Deswegen sieht er so traurig aus. Das sind Gewissensbisse.«
»Wahrscheinlich.«
»Ich möchte wissen, wie man das erfahren hat.«
»Wie man das erfahren hat?! Man erfährt alles.«
»Aber wer hat es gesehen?«
Der Holzkohlenhändler hatte gesehen, wie der Alte im Zimmer sich eines der Mädchen vorknöpfte. Schweinerei. Haben nicht einmal die Tür zugemacht. Dona Mercedes sagte das abschließende Wort:
»Das ist die Wahrheit.«
»Hat Ihnen der Holzkohlenhändler das erzählt, dona Mercedes?«
»Nein, es war eine andere Person. In der Stadt, wo sie

gewohnt haben, wußten alle Leute Bescheid. Das hat man mir jedenfalls gesagt. Ich weiß es aus zuverlässiger Quelle.«
Wer mochte das erzählt haben? Wahrscheinlich das hohe Tier, mit dem sie zusammenlebte.
»Habt ihr gehört? Dona Mercedes hat es bestätigt.«
»Da kann man das Kotzen bekommen«, sagte Antônia und spuckte aus.
»Drei Töchter vernaschen! Ein Werwolf!«
Von da an hieß der Alte »Werwolf«.
»Es scheint, daß der Werwolf krank ist. Er ist heute morgen nicht erschienen.«
»Das sind die Sünden.«
Die Kinder von dona Rosália erzählten Geschichten vom Werwolf, und ihr Held war der Nachbar. Die Nachricht kam Julião Tavares zu Ohren:
»Man sagt, daß ein Alter hier seine Töchter entjungfert hat? Was ist damit los?«
»Verleumdung«, antwortete Moisés.
»Jedenfalls wird es gut sein, der Sache nachzugehen. Vielleicht kann man sich eine zurechtbiegen.«
Schweinehund! Der Werwolf blieb wie er war, gleichgültig. Sein Gesicht war verwittert. Er war so zerstreut, daß er Leute auf der Straße anrempelte, und die Chauffeure bremsten ihre Wagen mit Gewalt, um ihn nicht zu überfahren. Und die Töchter? Du lieber Gott, blaß, häßlich, kämmten sie sich nicht einmal. Ob sie von etwas wußten? Vielleicht wußten sie nichts. Als sie hierher gekommen waren, hatten sie das Unglück gewiß schon mitgebracht. Möglich, daß sie den Ausdruck des Abscheus, die Gesten der Verachtung, die schlechten Witze, die man auf der Straße hinter ihnen herrief, wahrgenommen hatten. Armer Werwolf! Er hatte keine bestimmten Stunden, zu denen er kam oder ging. Immer allein. Er hatte nicht einmal einen Regenschirm, einen Spazierstock, notwendige Gegenstände für einen so

altersschwachen Menschen. Er schwankte von einer Seite zur andern, ohne Richtung und Ziel. Was für ein Leben! Keine erkennbare Ablenkung. Dieser Gedanke, daß ein Mensch keine Ablenkung haben könnte, war für mich außerordentlich schmerzlich. Obwohl ich ein furchtbares Leben hinter mir hatte, hatte es auch in den härtesten Zeiten immer Beschäftigungen gegeben, die mich zerstreuten. Ich verglich mich mit dem Werwolf. Ich war, gemessen an ihm, beinah glücklich und der Vergleich marterte mich.

Marina hatte davon Abstand genommen, mich nachmittags zu sehen, aber wir trafen uns jede Nacht im Hinterhof. Sie schlüpfte durch das Loch im Zaun, lehnte sich an den Stamm des Mangobaumes, die Küsse und Knutschereien entnervten uns.

»Gehen wir rein, ein bißchen ausruhen, Marina. Wenn du schon hierhergekommen bist, kannst du auch noch einen Schritt weitergehen.«

»Bist du verrückt? Ich geh sofort. Eines Tages sitzen wir in der Patsche. Die Alten werden alles entdecken, Skandal schlagen, und dann wird der Teufel los sein.«

»Hör auf, Marina, komm rein.«

»Good bye.«

»Komm doch, Marina.«

»Schieb ab, Werwolf.«

Sogar in solchen Augenblicken tauchte der Name des Nachbars auf. Was mich am meisten ärgerte, war, daß ich nicht wußte, ob die Leute, die von ihm sprachen, die schmutzige Geschichte glaubten. Es erfüllte mich mit Wut, daß ich mich selbst von dem blöden Gerede nicht freimachen konnte. Ohne es zu wollen, verachtete ich den unglücklichen Wolfsmenschen. Wenn es wahr sein sollte? Die Sache war unglaubwürdig, eine Verleumdung, albernes Geschwätz. Aber soviele Leute wiederholten dasselbe Gerede . . . Ähnliche Fälle waren bekannt.

»Quatsch. Zeit mit solchem Unsinn zu verlieren. Hol's der Teufel.«

Es ist wahr, das Gesicht des Werwolfs flößte keine Sympathie ein. Und die Töchter?! Mit offenem Mund, bleich, schlecht gewaschen, schwammig . . . Verdächtige Gestalten. Diese Zweifel waren furchtbar. Ich wandt mich an meinen jüdischen Freund, um mich davon zu befreien:

»Das ist die Hölle. Eine harmlose Person, die keiner Fliege etwas zuleid tut!«

»Gemeinheit«, sagte Moisés ganz ruhig.

»Verleumdung. So eine Kanaille verdient Prügel.«

»Dann red' doch nicht darüber, Mensch. Wozu im Dreck wühlen?«

»So ist es auch nicht«, warf Julião Tavares ein. »Inzest ist eine natürliche Sache, läßt sich erklären.«

»Jetzt geht's los mit den Haarspaltereien.«

Ich beachtete das Gerede von Julião Tavares nicht. Ich erinnerte mich an eine andere Unglücksgestalt: ein Mann aus dem Landesinnern, dem ich vor vielen Jahren begegnet war, als er nach Verbüßung seiner Haft aus dem Gefängnis kam. Es war ein Hungerleider aus Ceará, der während der Trockenzeit im Ort aufgetaucht war. In Fetzen gekleidet, von Wunden bedeckt, trug er ein vierjähriges Töchterchen auf dem Rücken. Er wohnte mit dem Kind in der Hurenstraße und lebte von Almosen. Eines Tages hörten die Nachbarn Schreie, die aus der aus Stroh und Lehm gefertigten Hütte drangen, in der die beiden wohnten. Neugierige sammelten sich an, schauten durch ein Loch in der Wand und sahen den nackten, auf einer Strohmatte liegenden Mann, wie er dem vierjährigen, nackten, blutüberströmten Kind mit Gewalt die Beine öffnete. Man sprengte die Tür, warf den Mann ins Loch, verprügelte ihn bis zur Bewußtlosigkeit – er gestand halbtot, von Säbeln bedroht, daß er die Kleine vergewaltigt hatte. Prozesse, Verurteilung durch den Richter. Jahre später untersuchten die

Ärzte die Kleine: sie war unversehrt. Sie war nur völlig verdreckt und litt an Weißfluß. Man hatte den Mann eingelocht, verprügelt, ihm den Prozeß gemacht und verurteilt, weil er das Kind mit den primitiven Mitteln der Volksmedizin behandelt hatte.

»Hörst du, Moisés? Ochsenziemer. Mit dem Säbel bedroht, den Fuß auf die Brust gesetzt.«

Moisés entrüstete sich. Julião Tavares gähnte:

»Das ist ganz natürlich. Die Gerechtigkeit ist nicht unfehlbar.«

»Marina, so kann das nicht weitergehen. Gehen wir hinein.«

»Ich nicht!«

Sie wand und drehte sich, verteidigte mit Nägeln und Zähnen ihre Jungfräulichkeit.

»Gut, dann müssen wir eben so schnell wie möglich heiraten.«

»In was für Kleidern?« sagte Marina.

»Woran fehlt es denn?«

»An allem. Ich bin eine Braut, die nichts auf dem Hintern hat, mein Junge.«

Ich wurde ungeduldig:

»Und wenn schon! Bei uns gibt's keine Förmlichkeit. Wir werden schon durchkommen. Ich habe einige Ersparnisse, nicht viel, aber immerhin etwas. Du brauchst ja nicht viele Sachen. Ein paar Kopfkissenbezüge, ein paar Handtücher . . .«

Man sieht, ich hatte die besten Absichten. Aber ich hatte Angst, unsere bescheidenen Verhältnisse in ein gesellschaftliches Ereignis zu verwandeln.

Das alles kam ganz langsam, unmerklich. Natürlich habe ich Monate gebraucht, um diese Marina aufzubauen, die in mir lebt und die sich von der anderen unterscheidet, sich aber von ihr nicht trennen läßt. Bevor ich die Kleine mit den lohfarbenen Haaren kennenlernte, schien sie mir aus vielen Teilen eines weiblichen Wesens zusammengesetzt und manchmal paßten diese Teile nicht recht zusammen und hinterließen den Eindruck, als ob meine Nachbarin aus den Fugen gegangen wäre. Noch jetzt fürchte ich, daß die andern, die lesen, was ich schreibe, genau dasselbe sehen, was ich damals sah: ein Gemisch von Teilen und Eigenschaften: Hinterbacken, Schenkel, Augen, Arme, Unruhe, Lebhaftigkeit, Luxusbedürfnis, Wärme, Bewunderung für dona Mercedes. Es war schwierig, diese und viele andere Dinge so zu vereinigen, daß aus ihnen die Gestalt entstand, mit der ich mich nachts am Fuß des Mangobaumes traf. Faul, undankbar, leichtsinnig. Marinas Mängel schienen mir nur am Anfang unserer Beziehungen verdammenswürdig. Nachdem sie sich zusammengefügt hatten, um mit den übrigen Teilen eine vollständige Gestalt zu bilden, fand ich sie natürlich, und konnte mir Marina ohne sie nicht vorstellen, wie ich sie mir ohne Körper nicht vorstellen konnte. Zudem war sie anschmiegsam und sehr sauber. Sehr sauber, widmete den Händen übertriebene Pflege. Sie verbrachte eine Stunde im Badezimmer, und die weiße Wäsche, die sie trug, strömte Sauberkeit aus. In Augenblicken der Vertraulichkeit fühlte ich manchmal eine verrückte Versuchung: ich beugte mich herab, ergriff den Saum ihres Hemdes, küßte ihn und biß hinein. Das bereitete mir ein außerordentliches Vergnügen.

»Das schlimmste ist, daß du noch nicht um meine Hand angehalten hast«, stöhnte Marina.

Sie stellte sich trotzig. Ich maß ihrem Schmollen keine besondere Bedeutung bei, aber der Gedanke quälte mich, anderen zu erklären, was nur uns selbst betraf. Widerwärtige Erklärungen. Ich mußte mich mit Ramalho verständigen, um seine Zustimmung bitten, Unfug reden. Ich würde ihm einen Brief schreiben, von heiligen Banden sprechen,

ehelichem Glück, Hochzeit. Furchtbar. Allein der Gedanke, diesen Brief zu schreiben, machte mich krank. Ehrbare Absichten. Dann mußte man Möbel kaufen, Küchengerät, Fenstervorhänge, Kissen. Ehrbare Absichten. Am Sonntag, in der Messe, würde der Pater ansagen: »Luís Pereira da Silva, fünfunddreißig Jahre alt, etc., etc. und Marina Ramalho, etc., etc. wollen in den heiligen Stand der Ehe treten.« Luís Pereira da Silva, fünfunddreißig Jahre, dachte nicht an Kirche und Hochzeitsversprechen. Was sollte Luís Pereira da Silva mit diesem Gerede? Dann die schriftliche Mitteilung, große goldene Buchstaben, Einladungen an die Kollegen der Abteilung, Bekannte, Marinas Freundinnen, an den Patenonkel, der als Offizier beim Heer diente. Unerläßlich die Einladung des Patenonkel, der als Offizier in Mato Grosso stationiert war. Irgend jemand würde mir ein Telegramm schicken. Ehrbare Absichten. Marina legte Telegrammen große Bedeutung bei.
»Morgen werde ich um dich anhalten«, brummte ich vor mich hin und ergänzte in Gedanken die blöden Phrasen des Briefes. »Morgen werde ich sprechen. Oder schreiben.«
Die Hand des Gatten, eheliche Vereinigung, ehrbare Absichten – das war nach Marinas Geschmack. Wahrscheinlich würde sie die Mitteilung ausschneiden und sorgsam aufheben, die die Zeitung auf der siebten Seite veröffentlichen würde, da, wo die Gedichte stehen. Mit dem offenen Buch in der Hand, würde mich der Standesbeamte fragen: »Luís da Silva, wollen Sie sich mit dona Marina Ramalho verheiraten?« Und ich, verwirrt, würde ein einsilbiges Wort stammeln, die Hände reiben. Marina in weißem Kleid und Orangenblüten im Haar würde bleich und innerlich erregt mit dem Kopf nicken. Der Direktor würde sagen: »Sie gehören jetzt zu den Männern, die Verantwortung tragen, Luís.« Dona Adélia würde weinend die Tochter umarmen, wie das so üblich ist. Die Schuhe würden meine Hühneraugen drücken, und das Telegramm hätte

mehr oder weniger folgenden Inhalt: »Dem geschätzten Freund herzliche Glückwünsche.« Autos vom Haus zur Kirche und von der Kirche zum Haus. In meinem Zimmer würden ein paar neue und überflüssige Dinge herumstehen. Nachts, wenn ich versucht hätte, von meiner Frau die letzte Liebesbezeugung zu erhalten, würde sie begeistert von der ganzen Herrlichkeit gesprochen haben. Am folgenden Tag würde sich dona Rosália aus dem Fenster hängen und schreien: »Du hast schön ausgesehen in deinem Brautschleier, Püppchen.« Was mochte dieser Unfug kosten? Meine drei Contos würden wahrscheinlich zum Teufel gehen.

»Hol's der Teufel, Marina. Wollen sehen, daß wir das möglichst einfach erledigen.«

Am nächsten Tag hob ich fünfhundert Milréis von der Bank ab und suchte das Nachbarhaus auf:

»Dona Adélia, bitte rufen Sie Marina.«

Und während ich wartete:

»Hat sie Ihnen etwas erzählt oder nicht? Nun ja. Es scheint, daß wir uns im kommenden Monat verloben werden. Seien Sie so freundlich und erklären Sie das Ihrem Mann. Er weiß es schon, nicht wahr?«

Dona Adélia verwickelte sich in weitschweifige Reden, daß es ihr Mann wisse und auch nicht wisse. Er wisse, daß ich die Kleine gern habe. Das habe man deutlich sehen können. So plötzlich heiraten, sei allerdings eine Überraschung.

Marina kleidete sich in dem nebenanliegenden Raum an, stolperte über Möbel, warf Dinge zu Boden:

»So ist das, dona Adélia. Frisch gewagt ist halb gewonnen. Finden Sie nicht? Erklären Sie es Ihrem Mann. Um die Hand anhalten und so, ist ziemlich lästig, ich habe dafür keine Begabung. Komm schon, Marina.«

»Eine Minute«, sagte meine Freundin und zeigte ihr Gesicht in der Türöffnung. »Ich bin gerade dabei, die Schuhe anzuziehen.«

»Rede nicht! Du schminkst dir die Lippen. Ihre Tochter ist das reinste Gemälde, dona Adélia.«
Ohne zu wissen, ob dies Lob oder Tadel bedeuten sollte, lächelte dona Adélia gequält und rechtfertigte Marina:
»So ist die Jugend.«
Ich steckte die Hand in die Tasche, um die fünfhundert Milréis herauszuholen, dann genierte ich mich. Ich nahm eine Zigarette heraus, die ich zwischen den Fingern zerquetschte, während ich die Bilder an der Wand betrachtete.
»Sie haben ein sehr schönes Herz-Jesu-Bild.«
Marina erschien, wand sich wie eine Schlingpflanze und war angezogen, als ob sie auf ein Fest ginge. Als sie meine Hand nahm, klammerte sie sich mit verkrampften Fingern und ausgestrecktem Arm an mich und zeigte sich in dem Lichtstrahl, der durch das Fenster fiel. Ich hatte den Eindruck, als ob mein Arm ungeheuer gewachsen wäre. Die Fingerspitzen schienen ein aufgeschreckter Haufen Ameisen, der plötzlich die Form eines weiblichen Körpers annahm. Die Ameisen kamen und gingen, bissen in die Fingerspitzen, in die Handfläche, den Handrücken, liefen unter der Haut her, bissen mich furchtbar. Ich war mit giftigen Gerinnseln übersät. Ich konnte die Bewegungen dieser unscheinbaren Tierchen, die die Brust, das Gesicht und den Hinterteil von Marina bildeten, nicht erkennen, aber ich fühlte ihre Bisse – wahrscheinlich hatte ich brennende, weitaufgerissene Augen. Mit einem Ruck befreite ich mich von der Kralle, die mich festhielt und wurde wieder ein vernünftiges Geschöpf.
»Marina und ich haben uns geeinigt. Je schneller, desto besser«, sagte ich zu dona Adélia. »Arme Leute kennen keinen Luxus.«
»Es kommt darauf an, die Schicklichkeit zu wahren«, meinte Marina.
»Selbstverständlich. Aber ohne Übertreibung. Nicht wahr,

dona Adélia? Auf den Schleier kann man verzichten. Wozu einen Schleier? Von mir aus können wir heute heiraten.«
Marina empörte sich, schmollte. Dona Adélia rutschte unruhig auf dem Stuhl hin und her, der unter der übermäßigen Fettmasse stöhnte, senkte die Augen, versteckte die fleischigen Hände unter der Schürze und gab, töricht wie sie war, sowohl mir als auch ihrer Tochter recht.
»Genauso ist es, Luís, arme Leute können sich keinen Luxus leisten. Mit Schicklichkeit, und dann? Früher hieß Brautstand schuften, Leinenwäsche nähen, Bettdecken säumen, was für eine Arbeit! Arbeit für Monate. Heute säumt man Bettdecken mit der Maschine, ruckzuck, an einem Tag.«
»Man kann auch ohne gestickte Bettdecken leben.«
»Das ist eine Arme-Leute-Hochzeit«, sagte Marina.
Dona Adélia bat mit flehenden Augen um Ruhe.
»Was die Leinenwäsche betrifft, dona Adélia . . .«
Ich schwieg aus Scham, fünfhundert Milréis anzubieten.
Die Frau seufzte:
»Zu meiner Zeit war ein Heiratsantrag eine sehr ernsthafte Sache.«
Ja, und jetzt stand ich da und unterhielt mich über Bettlaken.
»Was die Bettwäsche betrifft, dona Adélia, so dachte ich . . . Mit Marina habe ich schon gesprochen. Wahrscheinlich hat sie es Ihnen gesagt. Um die Sache abzukürzen, Sie verstehen doch.«
Sie verstand.
»Früher oder später hätte ich sowieso solche kaufen müssen. Wozu Formalitäten? Deswegen habe ich Marina vorgeschlagen . . . Sie nehmen mir das nicht übel, denke ich.«
Sie nahm es nicht übel:
»Wenn zwei Personen sich verstehen . . .«
»Das ist es. Eine Art Vorschuß. Die eine Hand gibt, die

andere nimmt. Bleibt alles in der Familie.«
Ich händigte Marina den Fünfhundert-Mil-Schein aus: »Hier, mein Kind. Beginn mit den notwendigen Vorbereitungen. Und auf Wiedersehen, ich möchte meinen Dienst nicht versäumen.«
Marina nahm das Geld ohne Verlegenheit. Es rührte mich, weil ich glaubte, daß sie damit zeigen wollte, daß sie mit mir einig war. Ich gab ihr ein paar belanglose Ratschläge und zog mich zurück.
Der erste Bekannte, den ich auf der Straße traf, war Julião Tavares. Ich hatte ein unangenehmes Gefühl, empfand den Widerwillen, der mich immer überfiel, wenn ich dem Kerl begegnete. Ich tat so, als ob ich ihn nicht sähe und betrat ein Geschäft, um nicht mit ihm sprechen zu müssen. Meine Dienstzeit ging im Flug und äußerst angenehm vorüber. Das Kaffeehaus war voller freundlicher Gesichter. Teile der Unterhaltung sind mir in Erinnerung geblieben. Der blinde Losverkäufer ging zwischen den Tischen hin und her; er klopfte mit seinem Stock auf den Boden; rief die Losnummern aus.
Wenn ich das große Los gewinnen sollte, würde Marina handgestickte Bettdecken haben. Arme Marina! Sie brauchte weiche Stoffe, goldene Armbänder, Flitterstaat.
Die Stühle in meinem Haus waren recht gewöhnlich. Auf dem abgenutzten Fliesenboden kein Teppich. Kein Bild an der Wand. Die Matratze, hart wie Stein, Marinas Körper würde blaue Flecke bekommen. Ich war mit wenigem zufrieden, hatte mich frühzeitig daran gewöhnt, am Wegrand oder auf Bänken zu schlafen.
»Sechzehntausenddreihundertvierundachtzig«, leierte der Blinde und klopfte mit seinem Stock auf den Zementboden.
Oder sollte es eine andere Nummer gewesen sein? Hundert Contos, genügend Geld für Marinas Glückseligkeit. Wenn ich die hätte, würde ich in der Nähe des Leucht-

turms einen Bungalow bauen, einen Bungalow mit Aussicht auf die Bucht. Nachmittags, wenn ich vom Dienst käme, würde ich, ähnlich wie Tavares & Co., Dr. Gouveia und andere, mich dort ausruhen, meiner Frau Geschichten erzählen und die Kokospalmen, die Boote und Fischer betrachten.

»Sechzehntausenddreihundertvierundachtzig.«

In meinem Schlafanzug, rauchend, würde ich von dort oben die Dächer der Stadt betrachten, die kleinen Straßenbahnen, die geräuschlos und beinah unmerklich die Runde machten, die Lichter der Straßenbeleuchtung und die nachtschwarzen Kokospalmen. Ein paar Ölgemälde würden mein Eßzimmer schmücken. Marina würde auf einer Baumwollmatratze schlafen. Wenn sie aus dem Bett sprang, würde sie auf einen wollhaarigen Teppich treten, der ihre nackten Füße liebkoste.

»Sechzehntausenddreihundertvierundachtzig.«

Ein weicher Teppich, ohne Zweifel. Und die Baumwollmatratze des Bettes wäre mit einer gestickten Decke bedeckt, mit einer Decke, die zu sticken man sechs Monate brauchte.

Einige Tage später rief mich Marina, um mir zu zeigen, was sie gekauft hatte. Es war fast nichts: seidene Strümpfe, seidene Hemden und anderer Kram.

»Und der Rest?«

»Was für ein Rest?« fragte sie erstaunt. »Das ist alles. Sieh mal, sind die Hemden nicht gut gemacht, sag, daß die Farben dir gefallen.«

»Sehr schön«, murmelte ich.

»Aber du siehst ja gar nicht hin.«

»Wozu? Ich verstehe nichts davon. Soviel ich sehe, fehlt fast alles.«

»Was soll ich machen? Bei dieser Teuerung. Jedenfalls

nehme ich an, daß du es billigst . . .«
Nicht zu ändern! Sollte ich mit ihr streiten, sollte ich sie bitten, Vernunft anzunehmen, sollte ich ihr erklären, daß ich arm sei, daß ich keine seidenen Hemden, keinen teuren Puder und keine sechs Paar Strümpfe auf einmal kaufen konnte? Sechs Paar Strümpfe, welche Verschwendung! Wenn sie über der Schreibmaschine schwitzen oder wenn sie die Launen des Bürovorstehers erdulden müßte, würde sie solche Torheiten nicht begehen. Aber ich schimpfte sie nicht aus, wie ich es hätte tun müssen.
»Es ist gut. Wir werden kaufen, was noch fehlt. Sei sparsam, hast du gehört? Es ist wenig Geld im Kasten.«
Ich zückte weitere fünfhundert Milréis. Dann ließ ich mir weitere zweihundert abzwacken, kaufte Möbel auf einer Versteigerung und kleidete mich ein, denn meine Hemden waren fadenscheinig und mein Jackett war voller Flicken. Marina zollte der Veränderung, die sich mit meinem Äußeren vollzog, Beifall:
»Du mußt diesen Kragen ändern lassen. Sonst sitzt der Anzug gut. Deine Füße sehen nach nichts aus mit diesen scheußlichen Schuhen. Du siehst aus wie ein Pfau, schöne Federn, plumpe Füße.«
Ich schenkte Ivo meine abgetretenen Schuhe und kaufte neue. Das Geld verschwand, die Anschaffungen verschluckten meine geduldig gemachten Ersparnisse. Ich lebte in Unruhe; wenn ich unterwegs war, rechnete ich hin und her. Und noch hatte ich kein einziges Geschenk für Marina gekauft.
Ich hob mein Konto bei der Bank auf, betrachtete aufmerksam eine Schaufensterauslage mit Schmuck, wählte eine Armbanduhr und einen Ring. Ich verließ den Juwelierladen mit zwanzig Milréis in der Brieftasche, außer ein paar Silber- und Nickelmünzen. Sonst nichts. Nur Vertrauen in die Zukunft, trotz der Enttäuschungen, die ich erlitten hatte. Die Hinterwäldler glaubten an meine schrift-

stellerische Begabung. Zwanzig Milréis für Kaffee und Zigaretten.

Ich war von einer närrischen Zufriedenheit erfüllt. Ich nahm die Hand nicht aus der Tasche, betastete das Schächtelchen, fühlte unter dem Seidenpapier den weichen Samt. Auf der weißen Haut ihres wohlgerundeten Armes würde das Uhrarmband einen schwarzen Reif bilden, der weiße Stein würde an ihrem kleinen Finger blitzen.

»Moisés, pump mir fünfzig Milréis bis zum kommenden Monat.«

Als ich in die Macenastraße kam, traf mich ein harter Schlag. Es war die größte Enttäuschung, die ich je erlebt hatte. Julião Tavares lag im Fenster meines Zimmers, mit rotem Gesicht, vollgefressen und begaffte Marina, die ihn vom gegenüberliegenden Haus aus anstierte und so hingerissen war, daß sie mein Kommen nicht bemerkte. Ich stieß die Tür mit einer heftigen Bewegung auf, mein Herz bebte vor Zorn, und ich pflanzte mich vor Julião Tavares auf, von dem tollen Wunsch besessen, ihm den Hals umzudrehen.

»Willst du was von mir?«

Die Wut verschlug mir die Stimme. Julião Tavares fing an zu sprechen, und ich beruhigte mich nach und nach, aber ich verstand nicht, was er sagte. Schweinehund. Vor ein paar Monaten war er in einen Prozeß wegen Entjungferung verwickelt gewesen, dem er sich, dank des Geldes seines Vaters, entzogen hatte. Er verzehrte mit seinen geilen Augen alle hübschen Weiber, denen er begegnete, er hätte wirklich eine Tracht Prügel verdient. Und so ein Hund machte Verse, war ein Dichter.

Er stellte sich in Pose, die Worte flossen ihm leicht von den Lippen, aber ihr Sinn entging mir nach wie vor.

»Willst du was von mir?« wiederholte ich, ohne daran zu denken, daß der Kerl mir wahrscheinlich schon Antwort gegeben hatte.

Die Geschwätzigkeit von Julião Tavares ging mir auf die Nerven. Eine sturzbachähnliche und ölige Stimme, die ununterbrochen weiterfloß. Meine Wut ließ nach, der Schweiß verklebte Hemd und Körper.
Der Anzug des Störenfrieds saß ausgezeichnet, die Schuhe glänzten. Ich senkte den Kopf. Meine Schuhe waren schlecht geputzt, von Staub bedeckt, Füße wie ein Pfau.
Julião Tavares sprach über die Politik unseres Landes. Der Gießbach bedeckte sich mit Fettflecken, die sich ausbreiteten.
Sollte ich mit diesem Strolch diskutieren? Ich wünschte mir, ihn zu beleidigen.
»Ich bin nie um diese Zeit zu Haus. Ich habe Dienst, verstehst du? Ich bin ein vielbeschäftigter Mann.«
»In Ordnung«, antwortete Julião Tavares. »Ein ausgefülltes Leben, ein beispielhaftes Leben, der Arbeit gewidmet.«
Nur mit Fußtritten.
»Sehr gut, Herr Doktor.«
In letzter Zeit sagte ich, zwar widerstrebend, du zu ihm.
»Schöne Phrasen über die Arbeit anderer zu machen, ist eine Sache, eine andere, selber zuzugreifen.«
Julião Tavares' Gesicht verfinsterte sich:
»Jeder von uns hat seine Aufgabe, Menschenskind. Jeder weiß, wo ihn der Schuh drückt.«
Ich betrachtete seine Füße, und meine Wut nahm zu:
»Deine scheinen dich nicht sonderlich zu drücken.«
»Meinst du?«
Ich senkte den Kopf, biß mir auf die Lippen, um die Beleidigungen nicht hinauszuschreien, die mir in der Kehle steckten. Ich begann mit festen Schritten im Zimmer auf und ab zu gehen. Von einer Seite zur anderen waren es vier Schritte. Durch die Tür, die offengeblieben war, konnte ich die Pflastersteine, die Abflußrinne und die Beine der Vorübergehenden sehen, nur die Beine, denn ich hielt, wie ich

schon gesagt habe, den Kopf gesenkt. Meine Neugierde konzentrierte sich auf die Schuhe der Vorübergehenden. Die Holzlatschen eines Austrägers gingen vorbei, Antônias Sandalen, ein Paar alte Schuhe, von denen ich annahm, daß sie dem Werwolf gehörten. Die Kinder von dona Rosália tobten und schrien, aber sie waren barfuß.

Ich erinnerte mich an das Gut meines Großvaters. Schlangen krochen im Hof herum. Ich sammelte kleine Steine, die ich nach ihnen warf, bis sie tot waren. Manchmal dauerte die Spielerei etwas länger, aber schließlich starben die Schlangen, und Berge von Steinen häuften sich neben ihren toten Körpern. Eines Tages hatte sich eine Klapperschlange um den Hals des alten Trajano gewickelt, der auf einer Bank unter dem Vordach schlief. Ich betrachtete diesen seltsamen Schmuck von weitem. Die Schlange klapperte. Trajano hüpfte herum und schrie: »Nehmt sie weg, nehmt sie weg, nehmt sie weg.« Die Binsenschuhe des Viehknechts Amaro gingen vom Ochsenzaun zur Ziegenhürde. An den Tagen, an denen das Vieh eingetrieben wurde, rappelte Camilo Pereira da Silva sich auf und zog das Wams und den ledernen Beinschutz an. Der Riemen des Lederhutes endete unter dem Kinn in einer Schleife, die ein lächerliches Bärtchen bildete. So aufgeputzt, stolzierte Camilo Pereira da Silva wie ein Hahn über den Hof und ließ die Räder seiner Sporen klirren.

Ich hob den Kopf. Julião Tavares lächelte und fuhr fort mit seinem öligen Gesabber. Man hörte in der Nähe das Klingen von Eisen. Das waren die Spitzhacken der Straßenarbeiter, die die Steine herausrissen, um das Straßenpflaster in Ordnung zu bringen. Am Ende einer dieser Reisen von vier Schritten sah ich in einigen Metern Entfernung einen Berg von mit Sand bedeckten Pflastersteinen. In einer Staubwolke waren gebeugte Gestalten zu erkennen, die sich hin- und herbewegten. Ich wünschte alle diese Pflastersteine auf Julião Tavares zu werfen.

Ich senkte wieder den Kopf, entmutigt, betrachtete wieder die Füße der wenigen Fußgänger, die sich auf der Straße sehen ließen. Sie kamen und gingen. Eins, zwei, eins, zwei – dann eine halbe Wendung. Dieses Hin und Her konnte einen verrückt machen. Die offenstehende Tür lud mich ein, alles im Stich zu lassen, ohne Ziel und Verstand wegzulaufen – eins, zwei, eins, zwei – und nicht mehr halt zu machen. Kein Sergeant würde mir befehlen, eine Kehrtwendung zu machen. Meine Schritte würden mich nach Westen führen, und je weiter ich ins Landesinnere eindränge, desto freier würde ich mich von den Fesseln fühlen, die man mir angelegt hatte, wie einem Pferd, das den Trabschritt lernen soll. Ich würde wieder ein halber Zigeuner werden, ein Halbwilder, ich würde herumschweifen und von Fazenda zu Fazenda ziehen, ich würde den Lieder der Volkssänger und dem Gespräch der alten Frauen an der Quelle lauschen, ich würde am Rand der schmalen Pfade kleine Holzkreuze sehen, dieselben Kreuze, die ich schon vor vielen Jahren gesehen hatte, mit trockenen Blumen und Bändern geschmückt, die die Farbe verloren hatten. Ich würde mit dem Kinn auf eines dieser Kreuze weisen. Wer liegt hier begraben? Und irgend jemand würde mir Auskunft geben und die Geschichten der Volkssänger und der Alten an der Quelle wiederholen: »Ein Bursche, der mit der Braut eines andern liebäugelte.«
Ich zitterte. Meine Finger krampften sich zusammen, bewegten sich auf Julião Tavares zu. Mit einem Satz konnte ich ihm an den Hals fahren.
Ich dachte an Evaristo und an die Schlange, die sich um den Hals des alten Trajano gewickelt hatte. Ich blieb mitten im Zimmer stehen, entsetzt über das schreckliche Bild, das vor mir erschien. Der Hals des Kerls wurde länger und länger, die Wirbel gingen auseinander, die Lippen öffneten sich, blau, geschwollen, die schwarze Zunge kam zum Vorschein, die kleinen Rattenzähne.

»Bist du krank?« fragte mich Julião Tavares.
Ich nehme an, daß meine Antwort ziemlich ungereimt war. Der Kerl stand auf, kam auf mich zu, ich wich ihm aber mit einem Schimpfwort aus. Ich erinnere mich nicht, was ich sagte, aber ich weiß genau, daß es ein gemeines Schimpfwort war. Julião Tavares richtete sich auf.
»Leck mich am Arsch«, knurrte ich.
Anscheinend hatte er es gehört. Aber er tat so, als ob er nichts gehört hätte. Er nahm seinen Hut und ging.
»Großartig!«
Und ich rieb mir die Hände:
»Wegen so eines Schlappschwanzes verliert ein Mann seine Fassung. Haltet die Schnauze, schert euch in den Hühnerstall, hol euch der Teufel, fahrt in die Hölle.«
Ich ging in die Küche und sprach einige Minuten mit Currupaco.
»Das Essen steht auf dem Tisch«, sagte Vitória.
Ich ging ins Eßzimmer, trank einen Zuckerrohrschnaps, schaute einen Augenblick über die Mauer und sah die Frau, die die Flaschen wusch und den Mann, der die Bottiche füllte.
Der Schatten des Mangobaumes fiel über den Hof.
»Die Fliegen fressen das Abendessen«, schrie Vitória.
Ich setzte mich an den Tisch, nahm noch einen Schluck Zuckerrohrschnaps, dann ging ich auf die Straße. Marina war am Fenster.
»Was ist los? Wohin so eilig? Sprich doch mit einem Menschen!«
Mir schien, sie verstellte sich. Schamlose Person.
»Ich hab dir nichts getan, mein Junge. Rutsch mir den Buckel runter!«
Ich ging ohne Sinn und Verstand durch die Straßen, blieb vor den Schaufenstern stehen, fühlte die Versuchung, die ausgestellten Waren zu zerstören. Frauen, die diesen Kram voller Bewunderung betrachteten, verdienten die Peitsche.

Ich ging in die Redaktion der Zeitung, las die Telegramme. Es waren Nachrichten ohne Bedeutung, aber ich glaubte in ihnen ernste Symptome einer sozialen Zersetzung zu entdecken. Ich betrachtete die Plakate der Kinos, ohne die Titel zu lesen. Betrat mechanisch den Raum. Der Portier weiß, daß ich von der Presse bin und verlangte keine Eintrittskarte. Ich setzte mich nicht, blieb im Hintergrund unter der Vorführkabine stehen, ohne die Leinwand zu sehen. Ich achte niemals auf die Dinge. Weiß der Teufel, wozu ich Augen habe. In ein Zimmer eingeschlossen, die Blicke schweifen über ein Buch, wie eitel und dumm bin ich: Mein Weg war lang, und was habe ich getan: Zeitungspapier gekaut. Idiot. Der Film hätte mich ablenken können. Nach Schluß der Vorstellung hätte ich aus der Beobachtung der Gesichter lernen können. Ich bin ein Rindvieh. Wenn mir die Wirklichkeit ins Gesicht glotzt, bricht meine kleine Welt zusammen. Am Ausgang des Kinos traf ich Moisés, der an einem Pfosten der Straßenbeleuchtung lehnte und die Zeitung las.
»Laß das Geschreibsel, Moisés«, sagte ich ungeduldig. »Taugt ja doch nichts.«
Moisés faltete die Zeitung zusammen und lächelte:
»Was ist los mit dir?«
»Was ich dir sage. Es taugt nichts. Die geschriebene Sprache ist eine niederträchtige Einrichtung, die ihr erfunden habt, um die Menschheit mit Machenschaften oder Lügen zu betrügen.«
»Was, zum Teufel, ist mit dir los?« fragte Moisés.
»Ganz und gar nichts! Es hat keinen Wert, glaub mir, es hat keinen Wert. Ein Mensch verbringt sein Leben damit, diesen Unsinn wiederzukäuen. Verlorene Zeit. Jedes Kind steckt dich in den Sack, Moisés, jede Kuh kann uns unter den Pantoffel bringen.«
Um elf Uhr saß ich in der *Helvetica* und trank Zuckerrohrschnaps. Die Personen, die an anderen Tischen saßen,

Beamte, Politiker, Geschäftsleute, Chauffeure und Huren, konnte ich nicht deutlich unterscheiden. Ein mageres Geschöpf stieß eine der Halbtüren auf, die auf die Livramento-Kirche ging und kam langsam näher. Niemand beachtete sie.

»Pst. Setz dich hierher.«

Sie näherte sich zögernd und wartete auf eine Wiederholung der Einladung.

»Setz dich.«

Sie setzte sich. Ihre Brust war ein Brett, die Arme waren Streichhölzer, die Beine ein Paar Stecken. Es war mir unerklärlich, wie sie den Körper tragen konnten. Ihr Gesicht war nicht häßlich, vielleicht war es sogar einmal schön gewesen.

»Trinkst du was?«

»Nein, danke.«

Sie ließ ihren Blick über die Tische gleiten.

»Suchst du jemand?«

»Ja. Es scheint, daß er heute nicht kommt. Es ist schon spät!«

»Wo wohnst du?«

»Hier, in der Rua da Lama. Ganz in der Nähe.«

Sie zeigte den Schlüssel, den sie in der Hand hatte.

»Trink was«, drang ich in sie.

»Nein, senhor. Ich trinke nicht.«

Sie hustete und schaute auf die Küchentür.

»Eine Kleinigkeit zu essen?«

Pimentel betrat den Raum und fragte mich im Flüsterton: »Wo hast du diese Schreckschraube aufgegabelt?«

Armes Ding. Sie war nicht häßlich, sie war nur verbraucht.

»Willst du nicht?«

Sie zögerte, wurde rot. Dann entschloß sie sich:

»Vielen Dank. Ich nehme an. Sie gehen doch mit mir, nicht wahr? Es ist nicht weit.«

Sie aß mit gesenktem Kopf, schweigend, nahm ein zweites

Mal. Erst als sie den Kaffee getrunken hatte, sagte sie:
»Gehen wir?«
Ich steckte die Hand in die Tasche und erinnerte mich, daß ich nur noch einen Zwanzig-Mil-Schein hatte. Ich nahm das Wechselgeld entgegen und erhob mich.
»Kommen Sie mit mir?« fragte die Frau noch einmal.
Ich trank den Rest des Zuckerrohrschnapses:
»Also, los.«
In der schmutzigen Kammer zog sich die Kleine aus und umarmte mich unbeholfen. Ihr Haar roch nach einem Übelkeit erregenden Öl.
»Verhalt dich ruhig.«
Ich entfernte mich, setzte mich aufs Bett, ohne den Hut abzunehmen. Sie ließ mich in Ruhe, kreuzte Beine und Arme, um die schlaffen Brüste zu verbergen. Sie beugte sich nach vorn, so daß man nur einen Teil des runzeligen, dunkelhäutigen Bauches sehen konnte.
»Gehst du schon viele Jahre auf den Strich?«
»Vier Jahre.«
»Aha.«
Vier Jahre. Und das Ergebnis war dieses von der Syphilis zerfressene Knochengestell. Handtücher lagen am Boden, ein Irrigator mit übermangansaurem Salz. Auf dem Nachttisch billiges Parfum, um den starken Spermageruch zu übertäuben.
Ich mußte rauchen. Eine Zigarette fand ich, aber ich suchte in allen Taschen nach Streichhölzern. Was ich fand, war das Päckchen mit dem Samtkästchen – die Armbanduhr und den Ring.
»Sei so gut und gib mir Streichhölzer.«
Die Frau stand auf. Mager wie ein Hund, dünne Beine mit Krampfadern, hängende Hinterbacken. Nur Haut und Knochen!
»Danke.«
Ich zündete die Zigarette an. Die Frau setzte sich neben

mich und begann ihre berufsmäßige Arbeit: Umarmungen, Küsse, etc.

»Verhalt dich ruhig.«

Ich steckte die Hand in die Tasche, fühlte durch das Seidenpapier den weichen Samt. Das Uhrarmband würde sich wie ein schwarzer Reif um den rundlichen, samtweichen Arm legen. Meine Küsse würden am Handgelenk beginnen, wo der Reif sich um den Arm legte. Würde es das Klopfen der Uhr oder des in den Adern strömenden Blutes sein? In der Dunkelheit des Hofes würde ich den Arm mit Küssen bedecken, und die Haut würde sich mit kleinen, nadelstichfeinen Knoten überziehen.

»Warst du immer so mager?«

»Oh! nein!« antwortete die Frau und verbarg die Hängebrüste unter den knochigen Ellbogen. »Ich war rundlich, dick.«

Ich liebkoste das Seidenpapier mit den Fingerspitzen. Die Frau gähnte gelangweilt. Wie spät mochte es sein? Vielleicht ein Uhr. Die Blätter des Mangobaumes hüllten den Hof in Dunkelheit. Die kleinsten Geräusche schwollen an: das Zirpen der Grillen in den Blumenbeeten, das Fallen der Blätter, die Arbeit der Ameisen. Das rote Licht des Leuchtturms überflutete das Dach. Eine Minute später war es nicht mehr rot, war es weiß. Wir waren übertrieben vorsichtig, fürchteten, daß man unser Stöhnen in den verschlossenen Häusern hören könnte.

»Anscheinend bringt das nicht viel ein, was?« fragte ich, indem ich meinen Blick über den kleinen Tisch, den zerbrochenen Spiegel, den Irrigator, die schmutzigen Hemden, über die ganze Erbärmlichkeit dieses Raumes gleiten ließ.

Die Frau ließ ihre Mutlosigkeit erkennen:

»Na, und? Das sehen Sie doch!«

»Ja. Kein Geschäft. Warum suchst du dir nicht was anderes?«

Sie hob die Schultern und antwortete beinah verdrossen:
»Was anderes? Was denn? Immer dieselben Ratschläge. Von hier gibt's nur einen Weg: ins Grab.«
Wirklich, sie konnte einem leid tun, es gab nur den Weg ins Grab, mit Zwischenstation im Krankenhaus. Unglückswurm. Im Vergleich zu ihr konnte ich mich glücklich preisen. Ich wiederholte mir dies automatisch, während ich das Samtkästchen betastete. Ich zog meine Hand voller Wut aus der Tasche, stand auf und rieb mir die Hände. Der Sinn der Worte, die in meinem Geist wirbelten, wurde mir jetzt ganz deutlich. Richtig, ein glücklicher Mensch. Was fehlte mir denn? Ich war frei. Wenn dieses Unheil nach meiner Verheiratung über mich hereingebrochen wäre? Die schamlose Person, Bewunderin von dona Mercedes, war imstand, einem vorsichtigeren Mann als mir Hörner aufzusetzen. »Dona Mercedes ist wunderschön, sieht aus wie eine Filmschauspielerin.« Miststück. Ich gewann meine Freiheit zurück. Schon seit einer ganzen Weile hatte ich nichts mehr mit Huren zu tun gehabt. Jetzt war ich auf der Bude von so einer. Das schlimmste war, daß ich nur noch vierzehn Milréis und ein paar Kupfermünzen hatte. Das Geld hatte sich in nichts aufgelöst, war verschwunden, hatte sich in seidene Hemden und Puder verwandelt. Immer noch das kleinere Übel.
»Die Ringe gehen zum Teufel, die Finger bleiben.«
Eine ausgezeichnete Lösung. Freiheit, völlige Freiheit. Ich fing an, ganz blödsinnig zu singen und klopfte mit den Fingern auf den Nachttisch:

Freiheit, Freiheit,
Breite deine Flügel über uns . . .

»Ist Ihnen nicht gut?« fragte die Frau. »Besser, Sie legen sich hin, ruhen sich aus. Gehen wir schlafen.«
Von wegen, schlafen!
»Nein, adieu. Hier. Ich geb dir nicht mehr, weil ich nicht

mehr habe, hörst du? Entschuldige.«
Die Frau wies die zehn Milréis zurück, die ich ihr anbot: »Können Sie behalten. Wir haben ja nichts gemacht. Außerdem haben Sie mein Abendessen bezahlt. Ich hatte Hunger.«
»Nein. Nimm, was ich habe.«
»Vielen Dank. Aber ich habe Ihnen schon gesagt, daß ich nichts annehme. Ich hatte Hunger.«
Ich wurde wütend und antwortete heftig:
»Mach mich nicht verrückt. Du bist doch keine Uhr, die umsonst arbeitet. Du hast auch keine Verpflichtung, dich nackt vor mir zu zeigen. Zwei Stunden blödes Gerede, nutzloses Gequatsche. Bist du eine Uhr? Nein, bist du nicht.«
Verschreckt nahm die Frau das Geld. Ich glaube, sie hielt mich für verrückt. Wirklich, ihre letzten Worte hatten mich wütend gemacht.

Marina erklärte mir sehr deutlich, daß ich im Unrecht sei. Daß ich kein Vertrauen zu ihr habe. Sie weinte, und ich, halb ja, halb nein, war darauf und daran zu glauben, daß ich mich geirrt hatte.
»Kann ich es verhindern, daß mich die Leute anschauen? Kann ich den Leuten die Augen verbinden?«
Nein, meine Dame. Die Sache lag anders. Sie hatten sich gegenseitig mit Blicken aufgefressen, die Welt um sich vergessen. War es so oder nicht? Ja, mein Herr, aber ohne Nebengedanken.
»Kann ich den Leuten die Augen verbinden?«
Diese dummen Worte wurden viele Male wiederholt, und in Ermangelung von Besserem mußte ich sie mir gefallen lassen. Ohne Zweifel. Heute leben die Frauen nicht mehr wie früher im Verborgenen und weichen den Blicken der Männer aus. Alles geht ganz offen vor sich, von Angesicht

zu Angesicht. Eine Person läßt sich mit einer anderen ein. Gefallen sie einander, schön und gut; wenn nicht, dann nicht! Um die Wahrheit zu sagen: ich hatte nichts gesehen. Der Schein trügt. Ist die Erde nicht rund? Dieser Beweis für Marinas Unschuld schien mir beachtenswert. Wieviel unschuldig verurteilte Menschen gibt es auf dieser niederträchtigen Welt! Der Landarbeiter, der angetroffen wurde, wie er seine vierjährige Tochter schändete – das war doch ein Beispiel. Die Nachbarn hatten gesehen, wie der Mann die Beine der Kleinen auseinanderzog, alle Welt war davon überzeugt, daß er ein Ungeheuer sei. Ein Irrtum. Wer konnte sagen, daß es so und nicht anders war? Ich versuchte mir einzureden, daß es Julião Tavares gar nicht gab. Julião Tavares war ein Phantasiebild. Ein unangenehmes Pantasiebild, das ich von meinem Haus fernhalten mußte, wenn ich mich mit dem anderen, angenehmen Phantasiebild verband, das weinend vor mir saß.

»Es ist gut, mein Kind. Es zahlt sich nicht aus, länger darüber zu sprechen. Trockne deine Tränen. Wenn du sagst, daß nichts war, dann war nichts. Schluß, kein Wort mehr darüber. Hier ist ein kleines Geschenk, das ich dir mitgebracht habe. Schau, ob es dir gefällt.«

Marina ließ ihre Klagelieder verstummen und brach in laute Fröhlichkeit aus. Viele Dankesbezeigungen, ein paar Küsse mit noch tränenfeuchtem Gesicht. Ich fand diese plötzliche Veränderung befremdlich.

»Nervös. Wenn sie verheiratet ist, wird es besser werden.«

Marina betrachtete Uhr und Ring: hob die Hand, entfernte sie, näherte sie dem Gesicht.

»Sehr schön. Du hast dich in Unkosten gestürzt!«

Unkosten! Ich pfiff auf dem letzten Loch und schuldete Pimentel fünfzig Milréis.

»Mach dir keine Gedanken. Was wir in Ordnung bringen müssen, ist die Geschichte mit der Hochzeit. Wann soll sie sein?«

Ihre Antwort kam zögernd. Sie sei dabei, die Ausstattung zu sticken, Kopfkissen zu machen. Gewisse Dinge fehlten noch. Ich wurde ungeduldig:
»Wenn du dich erst entscheiden willst, wenn du alles beisammen hast ... So findet die Sache kein Ende. Wir wollen den Tag festlegen. Einverstanden? Schreib auf, was noch fehlt.«
»Vielleicht ist es besser, wenn ich die Einkäufe mache.«
»Ja. Vielleicht«, stotterte ich gequält. »Ich will offen mit dir reden. Bei mir ist Matthäi am letzten, verstanden? Wir müssen billige Sachen kaufen.«
Ich erwartete, daß meine Verlobte sich mit dieser Situation abfinden würde. Wir waren arm. Sie senkte den Kopf, und der Teil des Gesichtes, der nicht geschminkt war, wurde blaß:
»Gut.«
»Gib mir den Bestellzettel.«
»Wozu? Wo wir doch so arm sind ...«
»Laß das«, antwortete ich beleidigt. »Wo soll der Luxus herkommen? Reich bin ich nicht, aber um in Anstand zu leben, dazu langt es. Gib mir den Bestellzettel.«
Marina gab mir Papier und Bleistift und diktierte mir mit einem hinterhältigen Lächeln ganz ausgefallene Sachen. Ich merkte, daß sie die niederträchtige Absicht hatte, mich zu demütigen. Als sie von Teppichen und Tapeten sprach, konnte ich mich nicht mehr zurückhalten:
»Das geht zu weit. Ich versuche, aus der Not eine Tugend zu machen, verstehst du. Sag, was wir unbedingt brauchen. Mein Großvater hatte keine Teppiche und war ein glücklicher Mensch.«
»Damals war das anders«, antwortete Marina.
»Nun gut.«
Die Teppiche schrieb ich nicht auf. Ich schloß die Bestellung ab und verabschiedete mich in ziemlich kläglicher Verfassung. Es war alles aus den Fugen geraten. Später traf

ich Moisés: »Hör mal. Meinst du, daß mir dein Onkel diesen Mistkram auf Kredit verkauft?«
»Auf Kredit kaufen ist ein mieses Geschäft«, sagte Moisés. »Besser ist, bar zu bezahlen.«
»Wenn ich aber nichts habe? Ich bin pleite, Moisés. Schick mir das Zeug.«
So kam es, daß ich mich bis über die Ohren verschuldete. Marina nahm die Sachen entgegen, kalt wie eine Hundeschnauze, unempfindlich für das riesige Opfer, das ich gebracht hatte. Undankbares Geschöpf. Wenn ich nicht blind gewesen wäre, hätte ich sofort merken müssen, daß sie sich den Kopf hatte verdrehen lassen. Verdrehen lassen von einem Subjekt, das ihr seidene Hemden, seidene Strümpfe kaufen konnte. Was waren die groben Stoffe dagegen, die ich bei dem alten Abraham oder Salomon, Moisés' Onkel, gekauft hatte? Sie betrachtete die armseligen Fetzen nicht einmal, die, vergessen, auf einem Stuhl lagen.
Ich erinnere mich genau der stummen Szene, die sich an jenem Nachmittag abspielte. Sie saß auf einem Stuhl, den Kopf zurückgelehnt, die Beine übereinandergeschlagen, die Finger über dem Knie gekreuzt, ohne mich zu sehen, als ob sie allein wäre. Ihre starre Miene zeigte Müdigkeit, Widerwillen. Ab und zu klopfte sie mit dem Absatz auf den Boden. Der straff sitzende Rock ließ den Schenkel erkennen, aber meine Aufmerksamkeit konzentrierte sich auf Arme und Finger. Sie trug weder die Armbanduhr, noch den Ring, die ich ihr am Vortag geschenkt hatte. Das enttäuschte mich, aber ich würgte die Flüche und Beleidigungen, die mir auf die Lippen kamen, hinunter, aus Angst, gewalttätig zu werden: – »Gemeines Stück! Man bringt sich um, um so einem Mistvieh gefällig zu sein, und zur Belohnung erhält man einen Fußtritt. Gemeines Biest. Unverschämtes Aas.« Ich wollte wieder von Julião Tavares anfangen, aber ich fürchtete, sie werde mich nicht überzeu-

gen können, daß ich mich geirrt hatte. Ihr Gesicht blieb unbeweglich, als ob ich nicht anwesend wäre. Sie hielt die feinen Hände über dem Knie gekreuzt. Es begann dunkel zu werden. Ramalho, von Öl verschmiert, verbrachte seine Tage in der Hitze des Elektrizitätswerkes und schuftete sich zu Tode. Dona Adélia ertrug die Küche voller Rauch und vergiftete ihre Lungen. Marina blieb unbeweglich. Was sollte ich in einer solchen Lage machen? Ich betrachtete das aufgerissene Paket auf dem Stuhl. Unsere Begegnungen im Hof lagen weit zurück. Uhr und Ring hatte ich ihr am Vortag geschenkt, aber auch sie waren uralt. Es schien mir, als ob ich sie einer anderen Person geschenkt hätte. An was mochte Marina denken? Ich konnte ihr Gesicht nicht mehr erkennen: es zerfloß in der Dunkelheit. Ich fühlte mich wie betäubt, hatte einen Kloß in der Kehle. Wenn ich etwas gesagt hätte, wären es Beleidigungen gewesen. Eine derartige Undankbarkeit! Das hatte ich nicht erwartet. Menschen und Dinge, alte und neue, die keinen Zusammenhang hatten, brodelten in meinem Kopf und vermischten sich miteinander. Am Hofeingang erklärte mir José Baía die Tugenden des Schwarzen-Ziegen-Gebetes. Evaristo schaukelte, am Ast des Rizinusbaumes hängend, hin und her. Berta nahm mich beim Arm und zog mich bis zum Fuß der Treppe. Ich hielt mich am Geländer fest: – »Sehen Sie denn nicht, Madame, daß ich mir eine Dame wie Sie nicht leisten kann?« Tavares & Co., Lebensmittel- und Weinhändler in der Rua do Comércio, Anzüge aus grobem Leinen, lebten hinter Stoffballen versteckt und waren Ratten. – »Ich habe in meinen Artikeln sehr oft die Erste Republik angegriffen, Herr Doktor. Meine Ansichten sind bekannt.« Armseliges Weibsstück aus der Rua da Lama. Strich um die Tische, vom Hunger geplagt, um elf Uhr nachts.

»Gut. Ich glaube, ich gehe jetzt, Marina. Gute Nacht.«

»Du gehst schon?« fragte Marina, ohne sich zu rühren.

»Ja.«
Ich entfernte mich, maulte:
»Den Ehemann des Geldes wegen wählen. Wie erbärmlich! Eine schlimmere Art von Prostitution gibt es nicht.«

Warum sprach dieses Geschöpf nicht offen mit mir? Sie hätte mich rufen müssen und sagen: »Luís, wir wollen Schluß machen. Ich dachte, ich hätte dich gern, aber das war ein Irrtum. Ich bin in einen anderen vernarrt. Bist du mir böse?« Und ich hätte geantwortet: »Bin ich nicht, Marina. Warum solltest du gegen deinen Willen heiraten? Das wäre verheerend. Adieu. Und werde glücklich.« Das hätte ich gesagt. Es hätte mir Kummer bereitet, aber es wäre kein Unglück geschehen. Ich hätte mich an Marina voller Eitelkeit, sogar voller Stolz erinnert: »Jawohl, ich habe eine Frau geliebt, die Charakter hatte, die alles rundheraus sagte.« Es gäbe dann nicht dieses Leid, die Erinnerung an elende Dinge.
Was mir von der ganzen Romanze, die sich in einem Hinterhof abspielte, am deutlichsten in Erinnerung blieb, waren die Berge von Abfall, das Wasser, das die Erde aufweichte, der Geruch der Dreckhaufen, die Aasgeier in den Zweigen der Mangobäume, die nach toten Ratten im Müll ausschauten. So stumpfsinnig, so fade! In dieser verpesteten Umgebung hörte Marina nicht auf, mich zu reizen. Sie hielt mich an sich gefesselt, spielte Katze und Maus mit mir, strich den engen Rock glatt, der ihre Schenkel und Hinterbacken vorteilhaft nachzeichnete.
»Marina, dein Verhalten ist nicht in Ordnung. Warum läßt du mich nicht sausen? Geh anderswohin. Gib diese Sackgasse auf.«
»Bist du eifersüchtig? Tust mir leid.«
Wir sprachen nicht mehr von der Hochzeit. Ich glaube, daß sie sich aus Gewohnheit so verhielt. Oder sie wollte

auf diese Weise das Zeug abbezahlen, das meine Ersparnisse aufgefressen hatte. Aber sie entfernte sich immer weiter von mir, und ich konnte sie nicht halten. Manchmal war sie mürrisch, gab sich ein ernstes Aussehen. Ständig war sie zerstreut, hatte eine Art, den Kopf zurückzulegen, den Mund zu öffnen und über mich hinwegzusehen. Dies fesselte mich an sie und quälte mich. Ich nehme an, daß sie die Absicht hatte, sich langsam von mir loszumachen oder aber sich von den Gewohnheiten zu befreien, die sie angenommen hatte.

Am Spätnachmittag dieses Getue, aber morgens, wenn ich ins Büro ging, lag sie im Fenster und techtelmechtelte mit Julião Tavares. Einmal verließ ich meinen Dienst vor Mittag, nur um die beiden zu überraschen. Als ich um die Ecke der Rua Augusta bog, sah ich Julião Tavares im Gespräch mit ihr, rot wie ein Krebs, schnaufend, aufgelöst, den Leinenanzug mit verschwitzten Achselhöhlen. Als er mich sah, drehte mir die Kanaille den Rücken zu, denn er war mit mir auf Kriegsfuß. Ich schüttete mein Herz bei dona Adélia aus; sprach über den Skandal:

»Billigen Sie das Verhalten Ihrer Tochter?«

Dona Adélia rang die Hände, schluckte und antwortete völlig verworren:

»Das ist die Jugend.«

Ich verlor die Fassung:

»Schöne Jugend! Schamlos ist das. Ich beneide ihr Los nicht, dona Adélia. Ihre Tochter wird ein schlechtes Ende nehmen.«

»Wer Familie hat, muß mit allem rechnen, Luís. Niemand darf sagen: ›Von diesem Brot esse ich nicht; von diesem Wasser trinke ich nicht.‹«

»Darf man auch nicht, dona Adélia. Es ist traurig. Sie waschen, bügeln, kochen und Ramalho bringt sich in der Hitze des Elektrizitätswerkes um, um die Ansprüche dieser Närrin zu befriedigen. Ihre Tochter hat kein Herz.«

»Sie ist noch sehr jung«, sagte die Mutter. »Später wird sich alles finden. Wenn sie heiratet, wird alles besser werden.«
»Und Sie glauben, daß es auf der Welt einen Idioten gibt, der sich von ihr hinters Licht führen läßt? Sie wird nicht heiraten, dona Adélia. Sie wird vor die Hunde gehen.«
Dona Adélia hatte Tränen in den Augen und stotterte unzusammenhängende Worte:
»Also ... Ich habe es nicht gewußt. Eine abgesprochene Sache ... Es gibt keinen Grund, glauben Sie mir, Luís, es gibt keinen Grund. Warum auch?«
Es machte mir Vergnügen, die arme Alte zu quälen:
»Dona Adélia, sehen Sie mich an. Finden Sie, daß ich wie ein Hahnrei aussehe?«
»Um Gottes willen, Luís«, stieß die Frau hervor und wich mit aufgerissenen Augen zurück. »Wie sollte ich auf so einen Gedanken kommen?«
»Also, wenn Sie finden, daß ich nicht wie ein Hahnrei aussehe, dann stellen Sie mir keine derartigen Fragen.«
Es war mein Wunsch, mich von diesen Menschen zu befreien, mich still zu verhalten, ungnädig die Hände in den Hosentaschen zu vergraben, den Hut ins Gesicht zu ziehen. Ich bemühte mich, ganz in meiner stumpfsinnigen Arbeit aufzugehen: Lobeshymnen auf die Regierung zu schreiben. Romane zu lesen und mir eine Meinung über sie zu bilden. Es gibt nichts Lästigeres. Anfangs liest man mit Vergnügen. Aber wenn es zur Pflicht wird, und wenn man sagen muß, ob und warum eine Sache gut oder schlecht ist, dann gibt es kein Buch, das nicht zur Qual würde.
Ich hätte umziehen sollen. Das Haus ist unbequem, voller Lärm und scheint verhext. Die Mäuse verhinderten, daß ich mich auf meine Arbeit konzentrierte. Sobald ich nach dem Papier griff, begannen sie in den höchsten Tönen zu pfeifen, was mich peinigte. Sie hatten ein Loch in den Speiseschrank gemacht und lebten dort in höllischem

Lärm. Manchmal roch es nach Fäulnis. Vitória regte sich auf, stellte alles auf den Kopf, fummelte mit einer Gießkanne und Kreolin herum, setzte alles unter Wasser. Aber der Gestank wich nicht. Schließlich entdeckten wir, daß sich der Bücherschrank in einen Mäusefriedhof verwandelt hatte. Die elenden Viecher wählten sich meine Lieblingswerke als Grabstätten. Davor aber verwandelten sie die Bücher in einen übelriechenden Brei aus Papierschnitzeln. Sie pinkelten auf die Literatur und fraßen meine unveröffentlichten Sonette auf. Ich konnte nicht schreiben.
Die Grillen belästigten mich nicht, ich kann schreiben auch wenn ich die Grillen höre. Sie bildeten ein ganzes Orchester, aber ich nahm keine Notiz von ihnen. Sie sprangen auf mein Schreibpapier, ich schnellte sie mit dem Finger weg, und sie setzten ihr Konzert irgendwo anders fort.
Die Mäuse waren es, die meine Geduld zernagten. Es war so, als ob sie etwas in mir zernagten. Ich erinnerte mich an die Zeit, als ich, vom Geruch der Frauen angezogen, durch die Straßen ging. Die Ratten müssen klein, winzig klein gewesen sein. Sie rannten durch das Eßzimmer, spielten, ohne Furcht zu zeigen, mit meinen Pantoffeln. Schamloses Gesindel. Ich stand auf, öffnete den Speiseschrank, drei oder vier sprangen heraus und verschwanden in den Löchern in der Wand. Dann kamen sie zurück, zuerst scheu, wurden zutraulich, näherten sich, zierliche Tiere mit lebhaften Augen und spitzen Ohren. Um sie für ein paar Minuten zur Ruhe zu bringen, streute ich Brot aus, das sie im Nu auffraßen. Ein elendes Haus. Und Dr. Gouveia verlangte dafür einhundertundzwanzig Milréis Miete! Manchmal krachte das wurmzerfressene Holz.
»Eines Tages fällt das Dach zusammen«, stöhnte Vitória. »Warum ziehen Sie nicht aus?«
Die Nächte waren furchtbar. Die Hähne zeigten die Stunden an, sie waren lästiger als die Uhren. Und die Mäuse gaben keine Ruhe. Während einige das Holz des Speise-

schrankes zernagten, zerstörten andere die Manuskripte im Bücherschrank und starben: an der Literatur. Man sollte diese dreckigen Bücher verbrennen. Aber das Haus wurde von Flöhen überfallen. Der Kater trieb sein Liebesspiel auf dem Dach, gemeines Vieh. Langgezogene, herausfordernde Schreie:
»Hau ab, Teufel!« Wenn Marina sich erregte, dann wand sie sich wie eine Katze und miaute. Miaute ganz leise, um die Nachbarschaft nicht zu wecken.
Das Geräusch der Haken, an denen die Hängematte befestigt war, brachte mich auf. In heißen Nächten schlief Marina in der Hängematte, schaukelte.
Die Haken quietschten. Ich müßte einen phantastischen Roman, einen blödsinnigen Roman lesen, in dem Männer und Frauen absurde Erfindungen wären, einander niemals Kummer bereiteten oder verrieten. Eine einfache Geschichte, mit unkomplizierten Charakteren. Unglücklicherweise rührte mich eine derartige Literatur überhaupt nicht mehr.
Die Haken hörten nicht auf zu quietschen. Wahrscheinlich lag sie auf dem Rücken, mit links und rechts überhängenden Beinen, die Füße auf den Boden gestützt, um die Hängematte im Schwung zu halten. Vielleicht war sie der Hitze wegen nackt.
Ramalho hustete. Dona Adélia ruhte ihre müden Knochen in dem harten Bett aus.
Oder aber sie ruhte nicht. Es konnte sein, daß sie sich mühte, Rechnungen aufzustellen – soundsoviel für die Miete, soundsoviel fürs Essen, soundsoviel fürs Licht, soundsoviel für Kleidung. Auch Vitória stellte murmelnd ihre Rechnungen auf. Die Zahlen vermischten sich mit dem Krähen der Hähne, dem Pfeifen der Mäuse. Anfang des Monats würde sie das Geld nachzählen, das sie im Salatbeet, am Fuß des Mangobaumes, in der Nähe des Zaunes vergraben hatte. Im Augenblick war niemand dort. Nur

winzige Tiere, Grillen, Ameisen.
An was mochte Marina denken? Wahrscheinlich an den anderen. Ein dicker, rotbäckiger, schwitzender, großschnäuziger Kerl, mit aus dem Kopf springenden Augen. War es möglich, daß ihr so etwas zusagte?
Ramalho hustete. Mich überkam der Wunsch, Julião Tavares mit Öl verschmiert und mit Kohle verdreckt zu sehen, wie ihm die Funken des großen Ofens das aufgedunsene Gesicht versengten. Warum nicht? Das Fett zerschmelzen. Überflüssiger, fauler Phrasendrescher. Kanaille.

Langsam entfremdeten wir uns, einen Monat später waren wir Feinde. Am Anfang kam es zu Streitereien, halben Versöhnungen, bitteren Auseinandersetzungen mit dona Adélia. Verlorene Zeit. Marina hatte sich wirklich von Julião Tavares den Kopf verdrehen lassen. Ich ging mit sauertöpfischem Gesicht durch die Straßen; wühlte in meiner Enttäuschung, die ich zu unterdrücken versuchte.
»An Weibern fehlt es nicht.«
Ich begann sie zu suchen, zu beobachten. Warum sollte es nur das kleine Miststück geben? Eine Sekretärin begegnete mir überall, sie war nicht zu verachten. Hübsch, grüne Augen und ein Heiligengesicht. Ich bog um eine Straßenecke – und stand ihr gegenüber; ich nahm die Straßenbahn – und sie war meine Reisegefährtin. Nach so vielen zufälligen Begegnungen begrüßten wir uns, obwohl wir nicht wußten, welchen Weg jeder von uns einschlagen würde. Manchmal war ich zerstreut; dachte an nebensächliche Dinge. Wenn ich es am wenigsten erwartete, tauchten die Katzenaugen der Sekretärin auf. Andere Male wieder kam mir plötzlich der Gedanke, ich würde ihr begegnen. Und es geschah auch. Dann verschwand sie für Wochen. Wenn sie nicht verschwunden wäre, wäre mein Leben heute möglicherweise ein anderes. Vielleicht auch nicht. Zwei

Menschen finden sich für eine Minute, aber es liegt ein Hindernis zwischen ihnen. Wahrscheinlich dachte die Sekretärin mit den grünen Augen, wenn sie mir auf der Straße oder in der Straßenbahn zulächelte, an eine Art von Julião Tavares, der sie Stunden später besuchen würde. Wahrscheinlich wohnte sie in einem Haus mit einem schmutzigen Hinterhof, las blödsinnige Romane, bewunderte eine Nutte wie dona Mercedes. Der Vater war ein armer, kränklicher, von der Arbeit verbrauchter Mann, die Mutter wusch Wäsche und klagte über die Teuerung.

Vitória hatte recht:

»Mannstolles Weib. Reibt sich an Männern.«

Der unverschämte Kerl betrat, ohne zu fragen, das Haus, blieb stundenlang, Vertrauter der Familie, ein Herz und eine Seele. Stieß die Tür auf, tat so, als ob alles ihm gehörte. Ramalho drehte sich nicht einmal um: schaute aus dem Fenster; verstimmt, rauchte seine Pfeife, biß sich auf die Lippen, machte sich klein. Er unterhielt sich mit mir, um sich Luft zu machen:

»Heiraten Sie nicht, Luís. Das rate ich Ihnen.«

Wenn der Eindringling verschwand, begannen die Zänkereien:

»Findest du das vielleicht in Ordnung? Jeder, der will, kann hereinkommen.«

Marina verteidigte sich frech:

»Er kam, weil ihr ihn reingelassen habt. Ist das meine Schuld? Ich hab ihn nicht aufgefordert. Kann ich anderen Leuten Vorschriften machen?«

»Sprecht leise«, bat dona Adélia. »Die Nachbarn hören zu.«

»Was für Nachbarn!« schrie Ramalho. »Ich mache Krach, wenn's mir paßt. Das ist doch keine Pension.«

Er machte keinen Krach. Julião Tavares besuchte das Haus nach wie vor und brachte den Frauen Geschenke. Manchmal aß er dort zu abend. An diesen Tagen brachte ein

Austräger von Tavares & Co. eine Kiste mit Päckchen, Konservenbüchsen und Flaschen. Ich konnte von meinem Eßzimmer aus die Unterhaltung, das Gelächter, das Geräusch der Gläser und Bestecke hören. Zum Schluß artete die Sache in eine Ansprache aus.

Ramalho nahm an diesen Festgelagen nicht teil: er setzte sich den Hut auf, steckte seine Pfeife an und verließ das Haus. Dona Rosália bewegte den Kopf mit einem maliziösen Lächeln hin und her.

»Üble Angelegenheit. Ich gebe der Sache kein Jahr und es riecht nach Lavendel.«

Antônia besprach den Fall mit dem Polizisten an der Ecke.

Ich begann im Gang auf und ab zu gehen, betrachtete die Schuhspitzen, die abgetretenen Backsteine, die rote Leiste an der feuchten Wand. Ein Rohr lief dort entlang. Einige Schrauben der Verbindungsstücke waren schlecht angezogen und ließen das Wasser durch, das auf den abgenutzten Backsteinen eine Pfütze bildete. Das Rohr streckte sich wie ein dickes, straff gespanntes Seil, wie ein sehr langer Strick. Ich ging auf und ab, lauschte auf die kleinsten Geräusche, die aus dem Nachbarhaus drangen. Vor allem die Stille machte mir zu schaffen. Wenn sie mit den Gläsern anstießen oder schwatzten, ging es noch an. Aber wenn sie schwiegen, tauchten beklemmende Bilder vor mir auf. Wahrscheinlich war dona Adélia in die Küche gegangen, um Kaffee zu kochen. Und die beiden nahmen die Gelegenheit wahr. Ohne Zweifel. Ich konnte mir denken, was sie machten. Eine ganz bestimmte Sache, ohne Zweifel.

»Was haben Sie?« fragte Vitória.

Ohne Zweifel, ich konnte es mir genau vorstellen. Und ich wand den Blick nicht von der Wand mit der roten Leiste, mit dem Wasserrohr.

»Ein Stück dieses Rohres ist eine furchtbare Waffe. Eine furchtbare Waffe, zertrümmert den Schädel eines Mannes.

Ich hab es schon gesehen.«
Aber dieses am Boden befestigte Rohr war viel zu lang, war als Waffe nicht zu gebrauchen: es sah aus wie ein langgezogener Strick. Wenn Stille eintrat, verweilte ich im Eßzimmer, das Wand an Wand mit dem Raum lag, in dem die Sippschaft sich vergnügte, legte die Hand wie eine Muschel ans Ohr, hielt den Atem an. Ich durchlöcherte mit meinen Augen den Kalk, der sich von der Wand löste und der Mauer den Anblick eines sommersprossenübersäten Gesichtes gab. Auf der anderen Seite der Tisch in Unordnung, voller Speisereste, Zigarettenstummel, das befleckte Tischtuch, offene Flaschen, und die beiden dicht aneinandergedrängt, Schenkel an Schenkel. Dona Adélia hatte am Herd zu tun, atmete den Rauch ein, zog die Augenbrauen hoch, stöhnte eine Entschuldigung: »So ist die Jugend.« Sie ließ sich nicht blicken, verbrannte sich beim Auswringen des Kaffeesackes die Finger. Die beiden, aneinandergeschmiegt, flüsterten leise, scheuerten sich aneinander. Ein paar Knöpfe waren aufgesprungen. Doch das alles war nur Vermutung. Vielleicht befand sich dona Adélia im Zimmer, saß etwas weiter weg, beobachtete mit offenen Augen, was unter dem Tisch vor sich ging. Geschichten! Sie hielt sich versteckt und entschuldigte das schamlose Miststück: »So ist die Jugend.« Schamlosigkeit. Hockten aufeinander, die Augen blutrotunterlaufen, Speichel im Mundwinkel, Tiere. Ich näherte mich der Wand. Dort waren sie, nur wenige Schritte entfernt, angetrunken, küßten sich. Es trat für ein paar Augenblicke Stille ein, aber mir schien es eine überlange Zeit, die genügte, um allerlei Gemeinheiten zu begehen. Plötzliches Auflachen, und die unterbrochene Unterhaltung wurde fortgesetzt. Die überstürzte Sprache Marinas war nicht zu verstehen, die von Julião Tavares hörte ich deutlich, und sie flößte mir Abscheu ein: sie ließ mich an Fett, an weiße Farbe, an etwas Schlabbriges denken, an irgend etwas wie rohen Speck. Ein

aufgeschwollener Hals, keine Knochen, alles nur Fett. Wenn der Kerl über die Straße ging, den Blick nach oben gerichtet, gutgelaunt, gutgekleidet, mit kleinen Trippelschritten, wabbelte seine Schwarte. Alles an ihm war wabbelig, schlaff, wie Pfannkuchen. Plötzlich begann dona Adélia zu sprechen. Dieselben Beschwerden wie immer, dieselben Klagelieder. Nie habe ich jemanden so jammern hören. Langgezogene, monotone Worte, ein kleines Pfeifen am Ende jeder Pause. Die Stille regte fast ebenso sehr auf wie Julião Tavares' Ergüsse. Ich entfernte mich, schüttelte den Kopf, um die Unterhaltung nicht zu hören, ging den Gang entlang, hustete, stampfte mit den Füßen, versuchte an andere Dinge zu denken, aber alles wirbelte durcheinander. Nach der Revolution von 1930 waren viele Verbrechen begangen worden. Hatte es einen Zweck, darüber zu schreiben? Unmöglich, denn ich arbeitete ja für ein Regierungsblatt. Moisés hatte sich aus dem Staub gemacht: die Polizei stellte jungen Leuten nach, die verdächtige Bücher lasen und leise sprachen. Ivo stahl mir ein paar Pfennige. Die Kleine mit den Katzenaugen war verschwunden. Die Frau aus der Puffstraße, die ich einmal nachts in der »Helvetica« getroffen hatte, hatte Pech gehabt, sie lag im Krankenhaus mit der Allerweltskrankheit. Die ölige Stimme von Julião Tavares hörte nicht auf, mich zu verfolgen. Es war, als wenn ich vor einem Radioapparat säße und eine fremde Sprache hörte. Ich entfernte mich. Die öltriefenden Worte verfolgten mich. Einige kamen vollständig an mein Ohr, andere veränderten sich – unerklärliche Geräusche und verworrene Laute. Ich mußte mit jener Stimme Schluß machen. Wenn der Kerl die Schnauze gehalten hätte, wäre meine Unruhe abgeklungen. Die hungrige Nutte aus der Rua da Lama, Ivo, Moisés, die Kleine mit den Katzenaugen, all das wirbelte unaufhaltsam durch meinen Geist, ohne Gestalt anzunehmen. Ein Geräusch, dann nichts mehr.

Was blieb, war jenes Fett, das sich über die Wände verbreitete. Manchmal war ich überzeugt, daß Julião Tavares schwieg, aber seine Stimme verfolgte mich trotzdem. Ich bewegte mich, hustete. Und ich betrachtete hartnäckig das Rohr, das sich wie ein Strick am Fuß der Wand entlangzog.

Sonntags gingen sie zusammen ins Kino, Arm in Arm, spielten Mann und Frau – er mit bedeutender und selbstzufriedener Miene, sie affektiert und wie eine Puppe gekleidet. Seide, Samt, teure Pelze, Hände und Hals mit so viel Gold behangen, daß es eine Schande war. Die Nachbarn bevölkerten die Fenster. Dona Mercedes empörte sich, die Töchter des Werwolfs zeigten ihre entsetzten Gesichter hinter den Fenstergittern, Antônia ging von einer Seite zur andern und sammelte die Kommentare ein. Rufe flogen hin und her. Man wollte wissen, ob sie noch eine Jungfrau sei. Es gab verschiedene Meinungen. Man unterhielt sich über die Veränderung ihrer Erscheinung: über die Dicke des Bauches, über die Art ihres Gehens. Ich, mit aufgerissenen Ohren, heuchelte Gleichgültigkeit, fing da und dort ein Wort auf.
»Was gibt's, Antônia?«
Antônia schwenkte die Hüften und stoppelte Bruchstücke der Redereien zusammen.
Die beiden gingen, eng aneinandergeschmiegt, die Straße entlang, sie verrenkte die Glieder, spielte sich auf, wand sich wie eine Schlange. Sie verschwanden um die Ecke, die Straße blieb leer. Dann erschienen sie wieder. Sicherlich hatten sie darauf verzichtet, ins Kino zu gehen. Als sie näherkamen, entdeckte ich meinen Irrtum: es war ein anderes Paar. Julião Tavares und Marina verwandelten sich für Augenblicke in die Personen, die vom Deodoro-Platz kamen; aber ich fuhr fort, sie von weitem zu sehen, an

verschiedenen Plätzen.
Die drei Töchter des Werwolfes erschienen zugleich, wie ein Bündel, ein Wirrwar von zubergstehenden Haaren und entsetzten Augen. Antônia, rot und weiß bemalt, verließ das Haus, um sich einen Kerl zu suchen. Der Wind heulte in den Leitungsdrähten der Nordostbahn und die Drähte schaukelten wie Stricke hin und her.
Julião Tavares und Marina gingen eng aneinandergeschmiegt die Livramentostraße entlang, scheuerten sich aneinander. Stühle standen auf der Straße. Man mußte auf der Bordsteinkante gehen. Ein Schritt daneben und man landete in der Gosse. Vor der Kirche hatte sich auf den Bänken des kleinen Platzes ein merkwürdiges Volk versammelt: schmutzstarrende Männer, Frauen ohne Begleitung. An allen Ecken verlassene Kinder. Flüstern, Schimpfworte, Unzufriedenheit, aufrührerische Phrasen. Auf dem schmalen Gehsteig vor der Kirche drängten sich die verlassenen Kinder zusammen. Wartende Automobile, schlafende Chauffeure, Vagabunden, Huren, die sich am Anfang der Puffstraße zur Schau stellten.
Dona Rosália unterhielt sich mit dona Adélia. Anspielungen, hinterlistiges Gerede: »Beschweren Sie sich nicht, meine Liebe. Es gibt schlimmere Pechvögel. Sie haben jemanden, der für Sie sorgt.« Dona Adélia lächelte etwas gequält, bewegte die Lippen und fand keine Antwort.
Noch ein paar Schritte, und die beiden erreichten das Kaffeehaus. Julião Tavares ging mit Stelzschritten, wie ein Pfau. Die Leute verstummten, glotzten Marina an, die aber niemanden beachtete, hoheitsvoll in ihrem Kleid, das ihr stramm auf dem Hintern saß, mit roten Fingernägeln, roten Lippen und ausgezupften Augenbrauen vorüberschritt. Sie betraten das Kino. Julião Tavares kaufte eine Zeitung. Im Warteraum drehten sich alle Leute um, mit einer Frage im Blick. Julião Tavares setzt sich, in seiner Eitelkeit, er tat so, als ob er die Telegramme lesen würde.

»Wer ist das?« Halblaute Auskünfte, viel Neid. Jawohl! Was für ein Glückspilz! Marina ließ den Männern das Wasser im Munde zusammenlaufen.

Jetzt war es dunkel. Ich lehnte mich aus dem Fenster, rauchte, ohne die Straße zu sehen. Ivo tauchte auf, Pimentel, die Stenotypistin, die verschwunden war. Wo mochte sie sein? Ein hübsches Mädchen, mit zärtlichen Katzenaugen. Liebenswürdig, ohne Dünkel. Wenn ich den Hut zog, antwortete sie mit einem bescheidenen Lächeln. Mein Wunsch war, das Haus zu verlassen, sie zu suchen. Vielleicht war sie mit ihrem Liebhaber in einem Vorstadtkino. Armes Ding. Wahrscheinlich dachte sie nicht einmal daran, bearbeitete den ganzen Tag mit steifen Fingern die Schreibmaschine, für zweihundert Milréis im Monat. Vielleicht hatte sie jüngere Geschwister. Zärtlichkeit überfiel mich, ich wollte mit jenem Mädchen, das gewöhnliche Kleider trug und eine Aktentasche unter dem Arm hatte, eine Verbindung eingehen. Wir würden glücklich sein. Sie würde weniger arbeiten. Wenn sie erschöpft nach Hause käme, würde sie, um sich zu zerstreuen, mit dem Papagei plappern, würde sie mit ihren müden Händen das Fell der Katze streicheln. Ich würde einen Band Erzählungen schreiben, den sie, voller Interesse, in ihrer Freizeit auf der Maschine tippen würde. Wir würden Moisés und Pimentel einladen. Während das Lumpengesindel in dem nebenanliegenden Haus trank, würden wir über Literatur sprechen. Moisés würde die Bücher heruntermachen, die nur aus wohlgefeilten Phrasen bestehen. Die Kunst sollte allen zugänglich sein, im Dienst der Politik stehen. »Was sagst du, Pimentel?« Pimentels Antwort würde darin bestehen, das Gesicht zu verziehen. Wenn er schreibt, kann er manches zum Ausdruck bringen. Sobald er die Hemdsärmel aufgerollt, ein Blatt Papier vor sich hat, umklammern seine ungelenken Finger kraftvoll den Federhalter, und er schuftet wie ein Steinklopfer. Danach stellt er die Gedan-

ken ab und glättet die Stirn. »Was sagst du, Pimentel?« Er würde gar nichts sagen. Warum sollte sich ein Mann in eine Diskussion einlassen, ohne dazu gezwungen zu sein? Auf der anderen Seite der Wand Lachen und Gläserklirren. Wir würden ruhig in unserer Unterhaltung fortfahren.
Wo mochte die Stenotypistin mit den Katzenaugen sein? Feststand jedenfalls, daß ich eine Frau brauchte. Ich mußte mit dieser Verrücktheit Schluß machen und mich in Abenteuer stürzen. Wenn ich ein Weibsstück wie Berta finden könnte ... Die Teufelin von einer Deutschen kam mir immer wieder in den Sinn, wahrscheinlich, weil sie die erste hübsche und saubergewaschene Frau war, mit der ich geschlafen hatte. »Wollen Sie nicht eintreten?« Phantastisches Weib, reine Arierin. »Gnädige Frau, wie sollte ein Mann wie ich es wagen, sich mit einer Dame Ihrer Klasse einzulassen?« Die reine Arierin antwortete in einer unbeholfenen Sprache.
Manchmal holte sich Ramalho einen Stuhl und setzte sich vor den Hauseingang. Ich betrachtete zerstreut die Telefondrähte, die wie schlaffe Stricke hin und her schaukelten. Immer wieder kam mir dieser Vergleich zwischen Telefondrähten und Stricken in den Sinn. Wenn ich arbeiten, schreiben könnte, würde ich mich von dem Gedanken an jene Drähte befreien ... Aber ich konnte nicht: die Politiker aus dem Landesinnern brauchten meine Gelegenheitsliteratur nicht mehr. Außerdem hatte ich das Bedürfnis, zu trinken, war faul, verbrachte viele Stunden im Kaffehaus, warf mein Geld zum Fenster hinaus. Mein Gehalt löste sich in Nichts auf, die Schulden wuchsen.
Aber damals dachte ich nicht an derartige Dinge. Ich dachte an meine alte Misere, hatte den Eindruck, mit Stricken gefesselt zu sein, die mir die Bewegung abschnürten. Ich saß auf einer Bank in den Parkanlagen, meine Stiefelabsätze waren abgelaufen, meine Strümpfe bestanden nur noch aus Löchern, und wartete sehnlichst auf

irgendeine fremde Hilfe. Ich betrachtete die Gesichter der Vorübergehenden mit ängstlicher Beklommenheit. Der Hunger wühlte in meinen Därmen, ein viele Tage alter Hunger, den ich mit ein paar Stückchen Brot und einigen Gläschen Zuckerrohrschnaps zu betäuben suchte. – »Landsmann, ein vom Unglück Verfolgter aus dem Nordosten . . .« Ich konnte das Gesicht des Mannes nicht richtig erkennen: ich senkte den Kopf, mein Blick verdunkelte sich und heftete sich auf meine Zehen, die aus den durchlöcherten Schuhen schauten. Wenn ich könnte, wenn ich mich nicht beobachtet fühlte, wenn ich nicht zu erschöpft wäre, würde ich den Mann umbringen, um ihm das Kleingeld zu rauben. Ich war schmutzig, die Sitzfläche meiner Hose zerrissen, die Aufschläge in Fetzen, die Krawatte zu einem Strick zusammengedreht. Ich nahm die auf den Bänken liegengebliebenen Zeitungen und suchte in den kleinen Anzeigen nach Arbeit, aber die Buchstaben tanzten vor meinen Augen und flohen vor meinem Blick. Ich träumte von ungeheuren Reichtümern, von auf der Straße gefundenem Geld, von einem Raubüberfall, den auszuführen ich niemals den Mut gehabt hätte, dem plötzlichen Auftauchen eines reichen und aufgeklärten Gutsbesitzers, der zu mir sagen würde: – »Niemand erkennt deinen Wert, mein Junge. Dir fehlen Kleider. Kleider und Pflege. Laß uns essen gehen. Und sieh zu, daß du nach São Paulo kommst, schau dich im Kaffeegeschäft um.« Jede Arbeit, die man mir gegeben hätte, wäre mir recht gewesen. Ich bot mich als Kneipenkellner an, als Zeitungskorrektor. Zeitungen zogen mich an wie verrückt. »Ich möchte gern, daß Sie mich ausprobieren, daß Sie mich einige Tage ohne Bezahlung arbeiten ließen.« Nichts als Demütigungen. Dann landete ich in der Pension von dona Aurora. Der Hunger hörte auf, aber dafür fehlten mir die Weiber um so mehr. Die auf der Straße an mir vorbeigingen, strömten einen starken Geruch aus, und ich lief mit geblähten Nüstern hinter ihnen her, folgte ihrer Witterung wie ein Bock. Auf der harten Matratze meines Eisenbetts marschierten Wanzen über die gelben Knochen, die Dagoberto dorthin geworfen hatte.

Spätnachmittag. Dona Rosálias Kinder rannten auf dem Gehsteig hin und her und machten einen wahnsinnigen Lärm. Die Jalousien im Haus des Werwolfs waren heruntergelassen. Ich lag im Fenster, rauchte und sah die lange, schmale Straße entlang. Manchmal erschreckten mich in der Ferne auftauchende Gestalten. Die Telefondrähte schwankten wie Seile im Wind.

Meine Gedanken flohen diesen Ort, betraten das dunkle Gemach, das sich unter der Treppe befand. Dagoberto griff nach einem Rückenwirbel, ich schlug das Lehrbuch auf. Der zahnlose Totenschädel sah furchtbar aus, von Zigaretten verbrannt, das Stirnbein voller Löcher diente als Aschbecher. An was mochte der Besitzer dieses Totenschädels gestorben sein? Aber Dagoberto und die Knochen verschwanden. Dona Aurora und ihre Enkelin erschienen auf dem Weg ins Kino. Meine schwitzenden Hände umklammerten die Geldscheine, ich lächelte versteckt und leise und machte meine Rechnung. Dona Aurora nahm in der Straßenbahn den Platz von zwei Passagieren ein, schaukelte im Rhythmus des Wagens, die weißen Locken bewegten sich im Wind. Ich hatte den Eindruck, daß ihr das Fett vom Körper fließen müsse, wenn sie nicht so fest eingeschnürt gewesen wäre. Die Enkelin gab sich überheblich, Fächer, Lorgnon und Augen strahlten Eitelkeit aus. Im Kino sah niemand auf die Leinwand. Schrecklich langweilige Stunden, in denen Teile zweier Menschen sich fanden. Nur Teile, andere blieben in weiter Entfernung. Die Beine der Kleinen fühlten sich kalt an. Wo mochten ihre Gedanken weilen? Ich dachte an die Bank in der Parkanlage, an die zerrissenen Schuhe, an den Portugiesen in der Kneipe, an den Revisor. Meine starren Finger ruhten auf dem Knie der

Kleinen, und ich erinnerte mich an Dagobertos Schachtel mit den Knochen, sagte in Gedanken wissenschaftliche Bezeichnungen. Dona Aurora schlief.
Sicherlich leerte sich um diese Stunde das Capitólio, wandelnde Kleidungsstücke zogen durch die Gänge, die an den Warteraum grenzten. Die Ventilatoren standen still, eine ungewöhnlich starke Hitze machte sich bemerkbar. Marina war erschöpft, kniff die Augen zu, machte sich in dem zerknitterten Kleid kleiner, gähnte; Julião Tavares fächelte sich mit der Zeitung Wind zu.
Was zum Teufel machte ich hier, aus dem Fenster gebeugt? Ich ging ins Zimmer zurück, öffnete ein Buch, versuchte zu lesen, indem ich die Sätze mit dem Finger begleitete. Wenn ich einen Abschnitt beendet hatte, suchte ich mit dem Finger die Stelle, wo wahrscheinlich der Punkt sein mußte. Es schien mir, als ob diese Übung meine Aufmerksamkeit auf den Text lenken würde: manchmal gelang es mir, den Sinn einer ganzen Seite zu erfassen. Aber der Finger wurde müde, starr, und die Augen wandten sich von den Buchstaben ab, hefteten sich an das Tischtuch, begleiteten die Bewegungen der Fliegen auf den Flecken. Eine Uhr schlug. Julião Tavares und Marina waren abwesend. Vitória sprach mit lauter Stimme in der Küche. Antônia wiegte das jüngste Kind von dona Rosália in den Schlaf, der niederträchtige Säugling brüllte wie am Spieß. Zum Glück war es für die Mäuse noch zu früh, das Holz im Speiseschrank zu zernagen. Das Grammophon von dona Mercedes begann zu spielen, der Hahn von dona Adélia schlug mit den Flügeln. In der Ferne das Lied eines Betrunkenen. Was für ein Ende mochte Ivo genommen haben? Der Pfiff eines Zuges, wahrscheinlich zehn Uhr. Die Uhr im Eßzimmer stand wie gewöhnlich. Schritte auf der Straße. Wer mochte es sein? Sehr spät. Das Geräusch der Wagen verstummte. Der Kater strich miauend über die Dächer. Die herumliegenden Papiere, die Bücher mit den

nicht aufgeschnittenen Seiten erregten meinen Widerwillen. Das Geräusch eines Riegels im Nachbarhaus, Schritte auf dem Gang. Sicherlich waren sie zurückgekommen. Ein Irrtum. Es war Ramalho, der das Haus betrat, niedergeschlagen, würde er der Frau wegen des Betragens der Tochter Vorwürfe machen. Manchmal zogen sich die Auseinandersetzungen über Stunden hin, mit immer denselben abgedroschenen Worten. Von Marina keine Spur.
»Ist das in Ordnung?«
Dona Adélia weinte, schneuzte sich, brachte sinnlose Entschuldigungen vor.

Dona Rosália war verheiratet, aber ich kannte ihren Mann nicht, er war Reisender und meistens im Innern des Landes. Ich kannte nur seine Stimme. Wenn er nach monatelanger Abwesenheit zurückkam, geriet das Haus in Aufruhr. Ein braunhäutiger, glatzköpfiger Kerl murmelte eine Begrüßung und berührte den Hut, wenn er an meinem Haus vorbeiging. Ich nehme an, daß es der Mann von dona Rosália war, aber ich weiß es nicht genau. Er sprach mit sanfter, gedämpfter Stimme, ganz anders jedenfalls als die Stimmen, die ich in meinem Eßzimmer hörte. Niemals sah ich den braunhäutigen, glatzköpfigen Mann das Haus auf der linken Straßenseite betreten, aber da sein Erscheinen mit der Anwesenheit von dona Rosálias Mann zusammenfiel, nahm ich an, daß es sich um ein und dieselbe Person handelte.
Antônia trat an mein Fenster, zwinkerte mit den Augen und flüsterte mir zu: »Der Mann ist da.« Sie war scheinbar verärgert und entfernte sich mit einem niederträchtigen Lächeln, im Schunkelschritt, die Beine voller Narben weit gespreizt. Um sie nicht zu kränken, lächelte ich und dankte für die Mitteilung, während ich sie zum Henker wünschte, denn in den folgenden Tagen würde es unmöglich sein,

ruhig zu schlafen. Die ehrenwerte dona Rosália geriet in einen Zustand höchster Erregung, und der Mann führte sich auf wie ein Bock. Das dauerte eine Woche, oder mehr als eine Woche, bis die beiden sich beruhigten und der Mann wieder auf Reisen ging.

Während dieser ständig erneuerten Flitterwochen mußten die Kinder früh zu Bett. Antônia machte den Kaffee fertig und beeilte sich, in die Puffgegend zu kommen. Und die Liebesspiele begannen geräuschvoll und aufdringlich. Vor der blöden Geschichte mit Marina war mir das unerträglich. Ich schrieb, las, schlief, erwachte, stand auf und legte mich wieder hin. Ich konnte mich nicht beherrschen, ich zog mich an, ging auf die Straße, um Mitternacht, in der Morgenfrühe. Schließlich hielt ich es nicht mehr aus: wenn Antônia unter Meckern den Kaffee auftrug, das Geschirr umstieß, wenn die Vordertür mit einem Knall zufiel, dann nahm ich meinen Hut und verließ das Haus. Jetzt konnte ich mich nicht mehr von hier entfernen. Ich bildete mir ein, daß Julião Tavares in meiner Abwesenheit in das Haus eindringen und das wenige, was ich noch besaß, mitnehmen würde: Bücher, Papiere, die Flasche mit Zuckerrohrschnaps. Ich kam mir wie ein an der Kette liegender Hund vor, wie ein vom Aas angezogener Geier. Wenn ich wenigstens schlafen könnte . . .

Während des Tages ging ich viele Male an Marinas Haus vorbei und wünschte, mich mit ihr zu versöhnen. Aber es fehlte mir der Mut, vor Beschämung senkte ich den Kopf, meine Ohren brannten.

Was kümmerte es mich, daß Marina einem anderen gehörte? Frauen gehören überhaupt niemandem, haben keinen Eigentümer. Sinha Germana hatte Trajano Pereira de Aquino Cavalcante e Silva gehört, nur ihm, aber wie weit lag das zurück! Trajano hatte Sklaven, fesselte seine Knechte an Baumstämme. Wenn ihm die Mordbuben begegneten, dann fegten sie den Boden mit ihren Lederhüten.

Jetzt war alles anders. Sinha Germana hatte ihn nie betrogen: sie hatte sich in dem von rohem Leder gefertigten Bett Trajanos auf dem Rücken Schwielen zugezogen. »Sinha Germana!« Ob krank oder gesund, ob gern oder nicht, Sinha Germana war immer, begierdelos, friedlich, für den raschen rohen Liebesakt des Rohlings bereit. Ohne jede Arglist. Wie sehr hat mich die Stadt meinen Großeltern entfremdet! Für mich war die Liebe immer etwas Schmerzliches, Schwieriges und Unvollkommenes gewesen.
Wenn Marina zurückkehren würde ... Warum nicht? Wenn sie zurückkehrte und Julião Tavares vollständig vergäße, würden wir glücklich sein. Es war unsinnig anzunehmen, daß eine Person, die mit geschlossenen Augen durch das Leben ging, sie ausgerechnet in dem Augenblick öffnen sollte, in dem unsereins erschien.
Ich lag nackt auf dem Rücken im Eisenbett, wälzte mich auf der Matratze hin und her und kratzte mich, von Flöhen zerbissen. Um die Lichtrechnung der Nordostgesellschaft nicht wachsen zu lassen, war das einzige Licht, das es im Zimmer gab, die Zigarette. Ich mußte sie ständig betrachten. Manchmal fühlte ich mich wie gelähmt, das Licht nahm ab, bedeckte sich mit Asche. Dann fuhr ich plötzlich erschreckt empor: es schien mir, daß ein Unglück geschehen würde, falls die Zigarette ausging. Und ich rauchte wie ein Verzweifelter und blies in die Asche. Unmöglich zu schlafen. Das Zimmer von dona Rosália grenzte an meines. Antônia hatte mir im Vertrauen gesagt: »Der Mann ist gekommen.« Es mußte der braunhäutige, kahlköpfige Kerl sein, der den Hut mit den Fingern berührte und eine Begrüßung murmelte. Jetzt konnte man deutlich die Worte vernehmen: »Mein Wusselchen, Dickerchen ...« Ich verstehe nicht, wie die Kreaturen sich so lautstark lieben konnten, ohne sich um die Neugier der Nachbarn zu kümmern. Dona Rosália schöpfte Luft, hatte lange Zukkungen, die mit einem schrecklichen »ui« endeten, das man

bis auf die Straße hören mußte. Vor diesem langgezogenen Schrei, hörte man den Mann obszöne Worte ausstoßen. Es schien mir, als ob sich mein Zimmer mit losen, umherfliegenden Geschlechtsteilen füllte. Die Glut der Zigarette beleuchtete ineinandergeschlungene, stöhnende Körper: »Mein Wusselchen, Dickerchen . . .« – »Ui!« In der Dunkelheit verschwand die dünne Wand. Wir waren zu dritt in demselben Raum. Ich wälzte mich, von Flöhen zerbissen, auf der schmalen Matratze hin und her, atmete den Geruch von schmutzigem Bettzeug und Sperma ein. Sie waren ineinander verschlungen, krümmten sich, schwitzten, bissen einander. Das würde viele Stunden so weitergehen. Dann würden die Stille, die Erschöpfung, das Licht der Morgendämmerung, die Wand uns wieder trennen. Wenn wir uns begegneten, würden wir eine leichte Kopfbewegung machen, einen flüchtigen Gruß murmeln. Dona Rosália würde sich ins Fenster legen und das verdächtige Verhalten des Wolfsmenschen und Marinas Betragen kritisieren, der kahlköpfige, braunhäutige Mann würde wieder ins Innere des Landes reisen, ich würde Berichte redigieren: »In Übereinstimmung mit Artikel soundso der Verordnung vom . . .«

Es gab keine feste Regel, kein Fenster, keinen Schaukasten. Was es gab, waren zwei Betten ganz in meiner Nähe. Eines krachte schamlos. »Wusselchen, Dickerchen . . .« Diese Verkleinerungsformen standen im Widerspruch zu der schweren, schleppenden Stimme des Mannes. Übrigens war dona Rosália gut vierzig Jahre alt und keineswegs dick: sie war mager, knochig, hatte ein eingefallenes Gesicht mit tiefen Augenringen, die am folgenden Tag erschreckend aussahen. Einige Minuten Stille. Sie würden mich schlafen lassen. Von wegen! Ich zündete noch eine Zigarette an und blickte starr in die Glut, die sich mit hastigen Bewegungen näherte und entfernte, wie ein von Flöhen gebissenes Wesen. Dieser Feuer-Lauf fesselte meine Aufmerksamkeit. Wenn Marina zurückkehrte ... Warum nicht? Wasser wäscht alles ab, Wunden vernarben. Es lohnte sich nicht, an den andern zu denken. Julião Tavares war ein Irrweg. Wieviel Irrwege beschreitet man im Leben! Wer versteht es schon, mit Sicherheit weniger gefährliche Pfade zu wählen? Man kommt, geht, macht ein paar Kurven und Zickzacklinien, und manchmal fliegt man auf die Nase. Wasser wäscht alles ab, selbst die schlimmsten Wunden vernarben. Ich erinnerte mich an einen Sturz, der mich vierzehn Tage ans Bett gefesselt hatte. Das Pferd hatte sich aufgebäumt, ich fiel auf die Steine im Ipanemafluß, schlug mir den Schädel auf und schürfte meinen Schenkel auf. Warum war eine Verletzung beschämend und eine andere nicht? Nach diesem Sturz fühlte ich mich eine Zeitlang schlapp, hustete, niemals habe ich die Sache überwunden, nicht einmal beim Militär.

»Das waren Verletzungen, die mich hätten beschämen müssen, denn sie haben mich geschwächt. Und trotzdem fühle ich keinerlei Scham.«

Die Glut der Zigarette näherte sich meinen Lippen, leuchtete auf, funkelte, schien mich im Dunkeln zu foppen. Sinha Germana hatte nur Augen für den alten Trajano. Ohne Zweifel. Ich hätte Sinha Germana im Kino auf der Straße sehen mögen, mit einer Aktentasche unter dem Arm und später im Büro, wie sie die Tasten der Schreibmaschine bearbeitete und die herausfordernden Reden der Männer über sich ergehen ließ. Andere Zeiten, andere Sitten.

Warum behauptete dona Rosália, daß Marina eine Dummheit begangen hatte? Es gab keine Gewißheit. Und wozu Gewißheit?

»Was interessiert es mich, was in fremden Häusern passiert?«

Doch was in dona Rosálias Bett passierte, geschah beinah in aller Öffentlichkeit, die Nachbarn jedenfalls wußten es. Seit einigen Minuten schon verhielten die beiden sich ruhig. Wahrscheinlich hatten sie den Hals voll, lagen getrennt, jeder auf seiner Seite. Ein Irrtum. Das Geräusch begann wieder: ein Flüstern, das sich steigerte und in Schreie überging, lange Küsse, schmatzende Laute.

Wenn sie aus dem Fenster blickte und die Straße beobachtete, dann bediente sich dona Rosália einer sehr maßvollen Sprache, um die Töchter des Wolfsmenschen zu kritisieren, zimperlich vor lauter Sittsamkeit.

Ein Kind pißte ins Bett und weinte. Man hörte ganz deutlich, wie die Tropfen zu Boden fielen.

»Halt den Mund!« befahl dona Rosália.

Das Weinen hörte auf, aber das Tropfen war weiterhin zu vernehmen, der Atem des Mannes ging schwer, unregelmäßig, röchelnd, schnaubend, von Räuspern unterbrochen, wie der Atem eines Erstickenden. Das reizte mich derart, daß ich mir die Ohren mit den Händen zuhielt und in die Bettdecke biß, um nicht zu schreien. Das Schnauben des erschöpften Hundes durchdrang meine Hände, zerriß mein Gehör, und die Urintropfen, die in das faule Stroh der Matratze sickerten, fielen in mein Gehirn wie Hammerschläge. Das Kind begann wieder zu weinen.

»Halt den Mund.«

Das unterdrückte Schluchzen des Kindes und der keuchende Atem des Mannes. Es hatte keinen Zweck, sich die Ohren zuzuhalten, die sich wie Schröpfköpfe an den Handflächen festsaugten. Ich streckte mich, rekelte mich. Ich legte mich auf den Rücken, die Hände auf der Brust gekreuzt und versuchte die Muskeln zu entspannen und nicht zu denken. Unter den halbgeschlossenen Augenlidern sah ich die Glut der Zigarette, die sich mit Asche bedeckte. Ruhig, ganz ruhig, keine Gedanken. Ich fühlte den Wunsch zu weinen, ich hatte einen Knoten in der Kehle.

»Ruhig, ganz ruhig.«

Diese Wiederholung brachte mich nur noch mehr auf,

machte mich verrückt. Der Körper im Zustand völliger Ruhe, die Zigarette erloschen. Ich wußte nicht, was aus meinen Beinen geworden war. Die Hände ruhten auf der Brust. Aber die Beine, wo waren sie? Strichen durch die Luft, wie ein Ballon. Der beinah schlafende Körper, ohne Beine. Die Gedanken ließen mich nicht zur Ruhe kommen, verstümmelte Gedanken. Krieg in Europa. Dona Mercedes kaufte neue Schallplatten für das Grammophon. Moisés versteckte sich aus Angst vor der Polizei. Ein reiner Geist, ein schwankender Geist, körperlos. Die Stiefelabsätze des Werwolfs wurden immer schiefer. Wo mochte Ivo sein? Ein schwebender Geist. Wie würde das sein? Der Geist Gottes schwebte über den Wassern.
Die Flöhe bissen mich. Ich bemühte mich, ohne meine Stellung zu ändern, meine Gedanken auf nichts zu richten. Wenn ein Gedanke auftauchte, wies ich ihn zurück, klammerte mich an einen andern, der sofort verschwand. Einige kehrten voller Beharrlichkeit zurück. Die Schuhe des Wolfsmenschen waren abgetreten. Der Geist Gottes schwebte über den Wassern.
Kalter Schweiß brach mir aus, der die Qual der Flohstiche und der Unbeweglichkeit nur noch größer machte. Schließlich lenkten mich Flohstiche und Unbeweglichkeit von jenen Küssen und Schreien ab. Wieder das Weinen des Kindes, wieder die ungeduldige Stimme dona Rosálias:
»Halt den Mund, du Satan!«
Das Weinen hörte nicht auf. Schritte von nackten Füßen, Schläge, Knüffe. Das Kind weinte leise, und schließlich beruhigte es sich. Wieder leise Schritte, jemand ließ sich in das krachende Bett fallen. Der Geist Gottes schwebte über den Wassern. Was mochte mit meinen Beinen sein? Waren sie an die Erde gebunden oder schwebten sie in der Luft? Einfacher wäre es zu erfahren, was mit dona Rosálias Beinen geschah. Das Schnaufen hielt an, das Schnaufen eines grunzenden Schweines. Wie lange würde das noch

dauern? Ivo, die Schallplatten, Moisés, die Stiefel des Wolfsmenschen, alles nutzlos. Nutzlos die Flohstiche. Der glatzköpfige, braunhäutige Mann mit den Knopfaugen schnaubte und keuchte, der Speichel lief ihm über die Lippen und besabberte die trockene Haut von dona Rosália. So war es wirklich: aufgerissene Augen, weitoffene Nasenlöcher, aus dem Mund laufender Speichel, das bärtige Gesicht des Mannes kratzte und bürstete das Fell von dona Rosália. Und dann dieser röchelnde Atem eines erstickenden Tieres!
Ich richtete mich auf und zündete eine Zigarette an. Umsonst die Anstrengung, mich unbeweglich zu verhalten, die Stiche der Flöhe zu ertragen. Ich krampfte die Hände zusammen. Röcheln eines erstickenden Tieres. Ich hatte den Wunsch, den Hals des glatzköpfigen, braunhäutigen Mannes zuzudrücken, so lange zuzudrücken, bis der Mann steif und kalt wäre. Zuerst würde er sich zur Wehr setzen und um sich schlagen, dann würde es nur noch ein Zucken und Zittern sein. Meine Finger würden sich nicht lockern, sie würden sich in das schweigende, bewegungslos werdende Fleisch bohren. Dieser Gedanke scheuchte andere zurück. Der Geist Gottes schwebte nicht mehr über den Wassern. Ein sterbender, die Körperwärme verlierender Mensch, meine Finger drangen in das schweigende Fleisch. Ich erinnerte mich nicht an Julião Tavares. Was vor meinen Augen erschien, war ein glatzköpfiger, braunhäutiger Kerl, von dem ich annahm, daß er der Mann von dona Rosália war, was vielleicht gar nicht stimmte. Kurzum: ich wollte einen Menschen töten, der mir den Schlaf raubte.

In meinen Erinnerungen gibt es merkwürdige Lücken. Unbedeutende Dinge blieben haften. Dann, ein fast völliges Vergessen. Meine Handlungen scheinen verworren und ängstlich, als handelte es sich um die einer anderen Person.

Ich denke mit Gleichgültigkeit an sie. Manche Taten scheinen unerklärlich. Sogar Gesichtszüge von Menschen und Erinnerungen an Orte, die ich kannte, werden undeutlich. Alles ein einziges Durcheinander, aus dem sich der Gedanke, Marina wieder zu besitzen, hervorhob. Mehr als ein Monat, beinahe zwei Monate der intimen Beziehungen zu dem anderen. Ich versuchte mit allen Mitteln eine Wiederannäherung. Der Verdruß, die Wut, die ich in jenen endlosen Tagen gefühlt hatte, das bißchen Eigenliebe, das mir geblieben war, alles verschwand. Nachmittags setzte ich mich wieder in den Schaukelstuhl, öffnete ein Buch. Marina war nicht da. Ich streckte mich aus, tat so, als ob ich schliefe, beobachtete eine Stunde lang aus halbgeschlossenen Augen das Nachbargrundstück. Die Hühner gackerten, dona Adélia sang im Badezimmer, der Schatten des Mangobaumes wurde länger, jenseits der Mauer wusch die Frau die Flaschen und bewegte sich im Rhythmus eines Negertanzes, und der Mann mit dem traurigen Gesicht füllte die Kübel. Manchmal verrieten rasche Schritte Marinas Anwesenheit. Ich schämte mich, die Augen zu öffnen, und wenn ich sie schließlich öffnete, war sie fort. Ich erhob mich gereizt. Wie ein Schuljunge wertvolle Zeit zu verlieren! Ich versuchte mir einzubilden, daß meine Zeit wertvoll sei.

Nachts setzte ich mich auf den Gehsteig vor dem Haus und betrachtete die Straße. Ramalho tat das gleiche. Ein Wort gab das andere – da wir leise sprachen, mußten wir unsere Stühle zusammenrücken. Nachdem sich die Tochter mit Julião Tavares eingelassen hatte, zeigte mir dona Adélia Abneigung. Anfänglich war es Unterwürfigkeit, Schüchternheit, Schuldbewußtsein gewesen, jetzt aber beachtete sie mich nicht mehr: sie runzelte die Stirn und brummte vor sich hin. Ramalho, der mir zuerst mit Mißtrauen

begegnet war, wurde ein ausgezeichneter Freund und gab mir Ratschläge:
»Heiraten Sie nicht, Luís! Heiraten ist eine Fallgrube. Die Welt ist verloren.«
»An all dem ist das Kino schuld, Ramalho. Sie besuchen es nie. Sie sind ein glücklicher Mensch. Die Schamlosigkeiten, die auf der Leinwand passieren, können Sie sich nicht vorstellen.«
Ramalho senkte nachdenklich den Kopf:
»Es muß auch wegen des Fehlens von Gottesfurcht sein.«
»Ja. Das kann auch sein.«
Tatsächlich, meine Nachbarin kümmerte sich wenig um die Kirche, aber das machte mir keine Sorgen.
»Das Kino ist eine Teufelseinrichtung, Ramalho. Sie können sich das nicht vorstellen. Schamlose Küsse, Zungenküsse, ich will lieber nicht davon reden. Wahrscheinlich kocht den jungen Mädchen das Blut, wenn sie aus dem Kino kommen.«
»Das muß wohl so sein«, stimmte Ramalho zu. »Deswegen gibt es soviele zügellose Menschen.«
»Zügellos. Wo gäbe es heute noch Zügel? Ein Kerl läuft hinter einem Rock her, nimmt sich das Weibsstück, läßt es sausen, nimmt eine andere, und es ist dasselbe Zuckerschlecken.«
»Schamlosigkeit!«
»Ja. Alles ist schamlos. In früheren Zeiten hat man so was wie Ehre ernstgenommen. Eine Frau, die ins Gerede kam, konnte sich begraben lassen.«
»Konnte sie«, sagte Ramalho mit müdem Ton und hustete.
»Und die Rache war furchtbar.«
»Entsetzlich«, sagte ich mit erregter Stimme.
Wenn unser Gespräch soweit gediehen war, erzählten wir immer eine Reihe von Fällen, um unsere Behauptungen zu illustrieren. Einmal in Fahrt gekommen, erzählte Ramalho,

die Pfeife zwischen den Zähnen, mit den gleichen Worten immer dieselbe Geschichte. Manchmal unterbrach ich ihn:
»Das haben Sie schon erzählt.«
Aber Ramalho fuhrt fort, ohne sich unterbrechen zu lassen: er sprach, um sich selbst ein Vergnügen zu machen, auf mich hörte er gar nicht. Vielleicht wollte er sich selbst täuschen und sich davon überzeugen, daß auch er in der Lage wäre, Heldentaten zu vollbringen. Die Worte veränderten sich nicht. Er war ein Freund der Wahrheit und hatte eine schwache Phantasie. Meine Erzählungen waren mit den seinen nicht zu vergleichen: da sie sehr zahlreich waren, vergaß ich häufig gewisse Einzelheiten, es entstanden Lücken, Zusammenhänge fehlten. Außerdem bediente ich mich einer verschnörkelten Sprache, die mein Nachbar unrichtig fand und verbesserte.
Die sensationellste Geschichte von Ramalho war folgende: ein Gelegenheitsarbeiter hatte der Tochter des Zuckermühlenbesitzers das Feigenblatt durchstoßen. Als der Mühlenbesitzer die Gemeinheit erfuhr, ließ er den Kerl fesseln und während der Nacht begann er, ihn ganz langsam mit dem Messer zu durchbohren. Beim Morgengrauen lebte der Kerl zwar noch, aber er war durchlöchert, wie ein Sieb. Dann schnitten sie ihm die Hoden ab und steckten sie ihm mit einem Dolch in den Hals. Dann säbelten sie ihm die Lippen ab. Dann öffneten sie ihm die Halsschlagader, denn der Morgen kam herauf, und man konnte die Folter nicht fortsetzen.
»Furchtbar, Ramalho! Was für eine ungeheuerliche Geschichte!«
Ich bat ihn um Erklärungen:
»Warum haben sie ihm zuerst die Eier und dann die Lippen abgeschnitten?«
»Wer weiß?«
Am nächsten Tag erzählte er dieselbe Geschichte: der Kerl

starb ganz langsam, ohne Lippen, den Mund voller Blutschaum wegen der Schreie. Ich hätte gewünscht, daß Ramalho dieser Geschichte irgend etwas beigefügt hätte. Aber Ramalho wußte nur dies und war unfähig zu erfinden. Darum machte er Pausen, um sich genau an die Tatsachen zu erinnern, schlug sich vor die Stirn, vernahm sich gewissermaßen selbst und klagte sich an, wenn er eine falsche Information gab:
»1910. Gelogen. 1911. 1911, Manuel?«
Die beiden Daten riefen eine richtige Bekümmernis hervor. Niemals konnte er sich für eines entscheiden. Er verlor sich in Berechnungen, bei denen er sich immer wieder auf bemerkenswerte Ereignisse seines bescheidenen Lebens bezog: der Hochzeitstag, die Übersiedelung in die Hauptstadt, die Masern der Tochter. Dona Adélia, Orangenblüten im Haar, ohne jenen schwammigen und plumpen Körper, war sehr hübsch gewesen, die Reise mit der Eisenbahn, der Zug der Great Western entgleiste, Marina war voller Gerinnsel und roter Schrammen.
In jener Nacht kam Ramalho wieder auf diese drei bedeutenden Ereignisse zu sprechen. Er war niemals zuvor mit der Eisenbahn gefahren. Und dann gab es gleich eine Entgleisung.
»Ist das nicht eigentümlich? Jeden Tag fahren Züge, die pünktlich ankommen. Und gerade dann, wenn ich fahre, passiert ein Unglück. Sieht das nicht aus, als ob ein Teufel auf mich gewartet hätte, um die Räder aus den Schienen zu schleudern?«
Er beschrieb die Szene. Sie befanden sich auf einsamer Strecke. Die Passagiere schauten aus den Fenstern und sahen nur ein fernes Licht. Es war kalt. Er zog den Rock aus und wickelte die Kleine ein, die auf einer Bank des Zweiter-Klasse-Wagens zappelte. Einige Arbeiter schliefen auf Bündeln. Eine Alte stöhnte ab und zu: »Macht das Fenster zu.« Ein parfümiertes junges Mädchen schmiegte

sich an die Männer. Er beruhigte die Kleine, die sich auf der schmutzigen Bank ungeduldig hin und her bewegte. Und er betrachtete voller Mißtrauen das Mädchen, aus Furcht, daß sie sich dona Adélia nähern könnte. Ein Straßenmädchen, wohlriechend, die sich an Männern rieb, in diesem kleinen Abteil voller Menschen und beinahe ohne Licht. Nur eine rauchende Ölfunzel mit einem verrußten Zylinder.
Dona Adélia, braungebrannt, fröhlich, mit festem Fleisch, war ein Pfundsweib. Die Hochzeit hatte vier Jahre vor dieser Reise stattgefunden. Wirklich eine Schönheit. Sie tanzte die ganze Nacht ohne Unterbrechung mit Schleier und Blumen im Haar. Sie sah den jungen Männern mit forschem Blick in die Augen und die Kerle senkten den Blick.
»Ich schlug mir an die Brust und forderte die Kerle heraus.«
Zehn Jahre später hatte Marina Masern. Sie war darauf und daran abzukratzen.
»Besser, sie wäre gestorben, als sie noch unschuldig war und niemandem Verdruß bereitete.«
Das Fieber dauerte viele Tage. Sie konnte kaum noch atmen, war mager wie ein Zahnstocher, und die Fliegen kreisten um ihre trüben Augen. Dona Adélia, vollständig erschöpft, zog die geflochtenen Sandalen hinter sich her, die wie zwei Kröten aussahen. Sie wurde schlaff, verzagt, niedergedrückt und gewöhnte sich daran, im Flüsterton zu sprechen und vor allen Leuten den Kopf zu senken.
Ramalho seufzte und schob die Geschichte von dem Negerlümmel dazwischen, der der Tochter des Zuckermühlenbesitzers die Jungfräulichkeit geraubt hatte.
»1910 oder 1911?«
Niemals wußte er das genaue Todesdatum des Negerlümmels. Das hatte keinerlei Bedeutung: ich merke mir keine Zahlen, und Ramalhos angstgequälte Verwirrung reizte

mich. Während er sich an den Kopf schlug, die Geschichte von hinten nach vorn und von vorn nach hinten erzählte, begann ich allmählich eine schwarze, nackte Gestalt zu sehen, die ausgestreckt auf dem Straßenpflaster lag. Der Leib war eine dunkle Masse zerstückelten Fleisches, die vom Todeskampf verkrampften Glieder waren mit Löchern übersät, aus denen Blut floß, der Mund ohne Lippen zeigte in einer entsetzlichen Fratze pferdeartige, rote Zähne, die heraustretenden Augen waren rotgefärbt. Der Neger röchelte. Das Blut floß zwischen den Ritzen der Pflastersteine und bildete eine Pfütze im Abflußgraben. Die Pfütze wurde größer und verwandelte sich in kurzer Zeit in ein schäumendes, rotes Rinnsal.

»Ei, ei«, seufzte Ramalho. »Ich muß in den Dienst.«

Er erhob sich, als ob er vom Stuhl ein riesiges Gewicht hochstemmen müßte. Und mißvergnügt, keuchend, die eine Schulter hochgezogen, die andere gesenkt, die Pfeife zwischen den Zähnen, machte er sich auf den Weg zum Elektrizitätswerk. Ich folgte ihm mit dem Blick bis zur Ecke. Wenn er den Gehsteig verließ, zitterte ich: es schien mir, als ob er seine Schuhe mit Blut besudeln würde.

Der Plattenspieler von dona Mercedes spielte Karnevalsmärsche. Dona Adélia öffnete die Holzfensterchen: »Hm, hm!« Dona Rosália hatte rotes Haar. Antônia, rotgeschminkt, ging mit gespreizten Beinen und wackelndem Hintern vorbei. Ihre Röcke strömten einen starken Blutgeruch aus. Wahrscheinlich hatte sie ihre Menstruation und wusch sich nicht. Die Telegrafendrähte der Great Western schaukelten wie Seile im Wind. Ich befürchtete, daß die Vorübergehenden über den am Boden liegenden Neger stolpern würden. Knirschte mit den Zähnen und sagte mit leiser Stimme:

»Was für ein Blödsinn! Was für ein Blödsinn!«

Aber die Gestalt wälzte sich immer noch am Boden. Jetzt war sie weder schwarz noch nackt. Langsam wurde sie

weiß und fett, das Blut erstarrte, die Wunden schlossen sich.
Um diese Zeit ruhte sich Marina wahrscheinlich aus, lag rücklings in der Hängematte. Mit einem Bein hielt sie die Hängematte in Bewegung, und die Haken knirschten: ran, ran. Wahrscheinlich vergeudete sie die Zeit mit Gedanken an einen dummen Roman. Die Luft kühlte ihre verschwitzten Schenkel. Und die Haken knirschten: ran, ran.
»Was für ein Blödsinn! Was für ein Blödsinn!«
Die auf dem Pflaster liegende Gestalt war weißhäutig und trug einen dunklen Leinenanzug, die Achselhöhlen zeigten Schweißflecken. Glücklicherweise war kein Blut mehr zu sehen, die klebrige Flüssigkeit im Abflußgraben, in dona Rosálias Haar, in Antônias Röcken war verschwunden. In der Umgebung war alles ruhig. Menschen kamen und gingen, Kinder spielten, Automobile lärmten. Der Mann hatte herausquellende Augen und wälzte sich voller Verzweiflung hin und her. Ein Stück des um den Hals gebundenen Stricks schnitt in sein weißes Fleisch, und die Hände zerrten an den beiden Enden, die abgerissen schienen. Es waren nur noch die beiden Enden, die die Hände festhielten, der Mittelteil war verschwunden, war im Speck des schwammigen Fetts versunken.
Der Plattenspieler von dona Mercedes zermürbte die Nerven. Die Haken knirschten, ein Polizist, der in einiger Entfernung stand, wog den Gummiknüppel in der Hand und betrachtete gleichgültig die Straße. Ich preßte die Finger zusammen, krallte die Nägel in die Handfläche, zitterte, verkrampfte die Muskeln. Der Schweiß näßte mein Hemd. Und der Mann auf dem Straßenpflaster röchelte mit aufgerissenen Augen, violettem Gesicht, hervorstehenden Zähnen und aus dem Mund hängender Zunge.

Als die Operntruppe kam, war ich auf dem Hund. Ich schuldete drei Monate Miete und ärgerte mich über die von Fehlern strotzenden, groben Briefe von Dr. Gouveia. Auch das noch! Wegen so eines Drecks, wegen ein paar Monaten Miete für einen Schweinestall. Ich würde alles bezahlen, natürlich. Ich mußte nur meine Ausgaben etwas einschränken und in die Zeitung zurückkehren. Marina sollte der Teufel holen.

Ich stürzte mich mit Strohfeuer-Begeisterung auf den Papierkram. Verlorene Zeit. Marina ging nicht zum Teufel. Ich trieb mich auf der Straße herum, verbrachte Stunden im Kaffeehaus, ohne Sinn und Verstand, trinkend. Es wäre einfach gewesen, mein Leben zu ordnen, die Schulden zu bezahlen, alles ins Gleichgewicht zu bringen. Ein bißchen guter Wille und Planung.

»Noch einen Kognak.«

Planung, ganz recht, damit konnte man alles in Ordnung bringen. Ich machte mich auf den Weg, betrachtete die Schaufenster und Plakate. Idiot von einem Doktor, einen guten Mieter zu schikanieren. Schweinerei.

»Wer wie ich im Dreck gesteckt hat, hält sich nicht mit Kleinigkeiten auf. Schweinerei. Ich hab schon ganz andere Dinge durchgemacht.«

In diesem Zustand befand ich mich, als ich die Ankündigung der Operntruppe las. Ich schenkte ihr keine Bedeutung. Schmierentruppe, ausgesungene Sänger, abgetakelte Sängerinnen wahrscheinlich. Ich zuckte die Schultern: ich verstehe nichts von Musik und habe ein miserables Gehör. Die Wände des Kaffeehauses waren mit Bildern der Künstler bedeckt. Den Bildern nach gab es eine Sängerin, die ganz ordentlich aussah.

Am Tag der Eröffnungsvorstellung bemerkte ich eine Unruhe in Ramalhos Haus. Morgens kamen Schachteln und Pakete, später kam eine schwarzgekleidete Person, ganz bestimmt die Schneiderin, der Austräger des Schuhgeschäfts erschien zu verschiedenen Malen, zuletzt kam Chico, der Briefträger, der es verstand, den Damen die Haare zu schneiden. Marina feuerte die Schuhe in die Ecke und rannte durch den Gang, schrie nach ihrer Mutter, die sich schwerfällig hin und her bewegte. Am Abend hupte ein Auto vor der Tür, und Marina trat aus dem Haus, wie eine der Damen aus dem Villenviertel gekleidet, wenn sie zu einem Fest im »Club Comercial« gingen. Sie überquerte den Gehweg ohne sich umzudrehen und stieg in die Limousine, wo das weiße Hemd von Julião Tavares unter dem elektrischen Licht aufleuchtete. Die Räder bewegten sich geräuschlos in Richtung Deodoro-Platz, und in der Straße blieb ein eigentümlicher Geruch von Benzin, Puder und Parfum zurück.

Fünf Tage hintereinander wiederholte sich die gleiche Szene: Marina überquerte den Gehweg mit den sicheren Bewegungen einer Dame aus dem Villenviertel, das Halsgeschmeide glitzerte, und die Luft erfüllte sich mit einer fremdartigen Mischung aus Benzin und Parfum.

Ich konnte mich nicht mehr halten: verließ das Haus, lief ziellos durch die Straßen und ermüdete mich in langen Fußmärschen. Der Winter hatte eingesetzt. Es nieselte fast ununterbrochen. Ich setzte mich auf eine Bank der Praça dos Martírios, und die von den Blättern der Bäume herabfallenden Wassertropfen näßten meinen unbedeckten, brennenden Kopf. Der Wachtposten schlief am Eingang des Palastes. Zwischen den Bäumen am Fuß des Hügels gewahrte ich Teile der geschlossenen Kirche. Die Motoren machten einen furchtbaren Lärm. Ab und zu hupten Automobile. Alle benutzten mit Parfum vermischtes Benzin. Dann begann ein Radio Opern zu krähen. Geruch und Lärm wurden unerträglich. Ich versuchte, Nase und Ohren zu vergessen, riß die Augen auf. Der Wachtposten schlief, auf sein Gewehr gestützt. Ein unangenehmer Dienst. Armer Kerl, im Stehen zu schlafen. Er erwachte, öffnete den

Mund, betrachtete gelangweilt die Gitter des Gartens, die offene Eingangshalle, die rote Treppe im Hintergrund. Der rote Teppich der Treppe machte einen unangenehmen Eindruck auf mich. Es hätte eine andere Farbe sein können. Die Lichter des Leuchtturms änderten sich von Minute zu Minute: weiß, rot, weiß, rot. Warum gab es keine dritte Farbe? Alles war aufreizend, aber der Leuchtturm zog mich an. Jedenfalls zeigte er mehr Abwechslung als der Wachtposten, hatte mehr Leben.

Ich stand auf, ging die Santa-Cruz-Gasse hinauf, überquerte schlammbedeckte Straßen, betrat eine Kneipe, versuchte, mich mit Vagabunden zu unterhalten, trank Zuckerrohrschnaps. Die Vagabunden brachten mir kein Vertrauen entgegen. Sie saßen, wie ich, auf alten Kisten, lehnten sich an die feuchte und schmutzige Theke und tranken Zuckerrohrschnaps. Aber zwischen ihnen und mir gab es einen großen Abstand. Meine Worte hatten für sie keine Bedeutung. Ich wollte etwas sagen, ihnen zu verstehen geben, daß ich auch ein Vagabund sei, daß ich ruhelos umhergelaufen sei, auf den Bänken der öffentlichen Parkanlagen geschlafen, Hunger gehabt hätte. Sie nahmen mich nicht ernst. Sie sahen in mir einen Kerl von korrektem Betragen, blaß, der hustete, weil der Regen seine Kleidung durchnäßt hatte. Die Ölfunzel schaukelte über der fettverschmierten Theke hin und her. Männer in Trikothemden stellten ungeheure Muskeln zur Schau, die mich beschämten.

Ich duckte mich. Sie sympathisierten nicht mit mir. Für sie war ich ein Berichterstatter, der Eindrücke sammelte. Keinerlei Sympathie.

Die Literatur trennte uns, was ich von ihnen weiß, habe ich aus Büchern. Es rührt mich, von fremdem Elend zu lesen, ich denke an mein eigenes, vergangenes Elend, an meine Wanderjahre, die mich von Fazenda zu Fazenda führten, an den kurzen Schlaf am Straßenrand oder auf Bänken der

Gartenanlagen. Aber der Hunger verschwand, die Qualen sind nur noch Erinnerungen. Wo mögen sich die anderen Vagabunden von damals herumtreiben? Natürlich hat der einstige Hunger mein Gedächtnis geschwächt. Ich erinnere mich an unbeholfene schweigsame Gestalten, die sich wie Tiere bewegten und fluchten. Welches Ende mochten sie genommen haben? In Krankenhäusern gestorben, im Gefängnis, unter den Rädern der Straßenbahn, bei blutigen Auseinandersetzungen im Elendsviertel. Einige wenige hatten, wie ich, eine öffentliche Anstellung gefunden, waren zu unbedeutenden Schrauben der Staatsmaschine geworden, besuchten andere Elendsviertel, tölpisch, ohne die leiseste Ahnung, betrachteten voller Staunen Menschen und Dinge. Würden auch ihre kleinen Schraubenseelen sich immer um einen Punkt drehen?
Ich wollte mich in die hinterste Ecke setzen, weit weg von der Petroleumlampe, weit weg von den Männern mit den ärmellosen Hemden und den Weibern, die die Schlappen hinter sich herzogen. Vagabunden? Keine Spur. Es waren Leute verschiedener Berufszweige. Der schmutzige Neger war Schuhputzer. Das Weib mit den Schlappen, die eine Flasche Petroleum an einer Schnur am Finger baumeln ließ, sah aus wie eine anständige Person, verheiratet oder mit einem festen Verhältnis. Das weiß und rot geschminkte Mädchen, mit den Narben auf dem Arm, mußte eine Nutte sein, wie Antônia. Der dicke Kerl war Maurer, man sah es an den Kalkflecken auf seiner Kleidung. Ein Maurer mit einem solchen Körper, was für eine Gefahr! Ein Nickerchen auf dem Bau, ein Fehltritt auf dem Gerüst, am nächsten Tag würde die Familie Trauer tragen. Der Junge mit den langen Haaren, der Gitarre spielte, hatte wahrscheinlich keine Stellung. Bei Fastnachtsumzügen und bei den Krippenspielen war er sicher eine der bedeutendsten Personen. Auf dem Schiff aus Lehm und Sparren, das man vor der Kneipe aufbaute, war er in dem Weihnachtsspiel

ein Tier, ein Seemann oder vielleicht sogar der Admiral. Die Kinder, die bei schönem Wetter auf der Straße laut schreiend spielten, saßen Stunden später in der Schule, die Ellbogen auf die Bänke gestürzt und hörten oder hörten nicht auf die Stimme der Lehrerin. Zwanzig Jahre später würden sie so etwas wie Tambourmajore der Karnevalsgesellschaft sein, Bootsleute im Krippenspiel, friedliche Hausfrauen, die am Zeigefinger eine mit einer Schnur am Flaschenhals befestigte Flasche Petroleum trugen, Bettler, wie jener, der das ausgestreckte Bein mit Tuchfetzen umwickelt hatte. Glücklicherweise schliefen die Fliegen, und der Mann mit dem von Tuchfetzen umwickelten Bein brauchte den wohltätigen Seelen nicht mit lauter Stimme den Himmel zu verheißen und sie mit leiser Stimme zum Teufel zu wünschen. Jetzt war von Almosen keine Rede, und der Mann mit dem von Tuchfetzen umwickelten Bein unterhielt sich mit den anderen in beinah natürlichem Ton. Der Inhaber der Kneipe war traurig. Wahrscheinlich dachte er an die Miete, an die hassenswerte Erscheinung eines Doktor Gouveia, an Steuern und Rechnungen. Vielleicht würde die Kneipe innerhalb von sechs Monaten geschlossen sein, und er müßte dann mit seinem Krimskram, mit der Frau mit der Petroleumflasche am Finger und den Kindern, die auf der regennassen Straße tanzten, den Hügel verlassen, um am Ufer des Reginaldo zu leben, in Fieber, Überschwemmung und Unrat. Die Kinder sangen und tanzten auf der nassen Straße. Innerhalb von zwanzig Jahren würde die, denen es Spaß machte, sich im Kreis zu drehen, Schrauben sein. Sie würden zwar nicht wissen, was außerhalb ihrer Umgebung vor sich geht, aber sie würden die Dinge, in die sich ihre Schraubenwindungen einpaßten, genau kennen. Würde es in zwanzig Jahren noch solche spiralförmig gewundenen Kreaturen geben, die, obwohl sie die Welt kannten, sich damit begnügten, in einem Hinterhof zu leben, Fäulnis einzuatmen, verwelkte

Gartenbeete zu betrachten und die Verlangen nach einem solchen verdorbenen Stück zeigten? Hier war alles so einfach! Der Steg der Gitarre schnarrte, das volltönende Gelächter der geschminkten Frau füllte den Platz. Die Geschichte, die der wie ein Mischling aussehende Mann mit der haarigen Brust und dem narbigen Gesicht dem Schuhputzer erzählte, mußte interessant sein. Ausdrucksvolle Gesten, wahrscheinlich Capoeira. Ich verstand die Sprache nicht, die Einzelheiten, die Bewunderung hervorriefen, gingen mir verloren. Das Gelächter der Frau verwandelte sich auf dem kurzen Weg von ihrem Mund zu meinem Ohr, es erreichte mich kalt und wie eingefroren. Der Karnevalsmarsch wurde auf der Gitarre zu einem Trauergesang. Alle jene Menschen verstanden sich ausgezeichnet. Sie unterschieden sich stark voneinander, aber irgend etwas hielt sie zusammen, sicherlich die Flicken, die schmutzige Kleidung, die Unbekümmertheit, die Freude, irgend etwas. Nur ich konnte sie nicht verstehen. »Ja, mein Herr. Nein, mein Herr.« Zwischen ihnen und mir gab es jenen »Herrn«, der uns trennte. Ich war ein Kerl mit einer unverständlichen Sprache und geschraubter Redeweise. Jener Mann, der wie ein Mestize aussah, von seinem Heldentaten sprach und sich auf einem Bein im Gleichgewicht hielt, hatte einen enormen Bizeps. Wahrscheinlich konnte er ohne besondere Anstrengung einen Mann erdrosseln. Das geschminkte Mädchen roch nach Puder. Nach Puder und Benzin. Der Junge mit den langen Haaren hörte auf, Samba zu spielen und begann, seinem Wimmerholz blödsinnige Töne zu entlocken, die sich wie Opernarien anhörten. Unerträglich. Schließlich, was machte ich hier, auf einer Kiste sitzend, vor einem leeren Glas? Ich versuchte, meine Aufmerksamkeit auf die Kinder zu lenken, die tanzten und sprangen, wie meine Gespielen und Mitschüler von Meister Antônio Justino im Sand vom Cavalo-Morto einst tanzten und sprangen. Schon war ich wieder

dabei, in der Vergangenheit unterzutauchen, mich wie eine Schraube zu drehen. »Der König, mein Herr, beauftragte mich euch zu sagen, ihr möget zum Friedhof gehen und das Gebein eines Toten mitnehmen.« Wer hatte Mut? Die Kühnsten kamen bis zur Honórios-Mauer am Ende der Straße. Ein Stückchen weiter spukte es, und niemand wagte sich dorthin. Ich wollte schreien und mich wie die andern im Sand wälzen. Aber mein Vater stand an der Ecke und unterhielt sich mit Teotoninho Sabiá. Er erlaubte nicht, daß ich mich den Kindern näherte, wahrscheinlich, weil er befürchtete, daß sie mich verderben würden. Immer spielte ich allein: Das war der Grund, warum ich so blöde und unglücklich wurde.
Ich erinnerte mich an meine Ankunft im Ort. Die Straßen flößten mir einen großen Schrecken ein: niemals hatte ich gedacht, daß Straßen so lang und breit sein könnten. Ich verließ das Haus und ging auf dem Gehsteig, betrachtete ein zweistöckiges Haus, wo sich ein uniformierter Mann aus dem Fenster lehnte. Ich wollte mich verdrücken und trat in die erste Tür, die ich fand. Im Eßzimmer entdeckte ich eine Frau, die, eine Katze neben sich, auf einem Stuhl saß und ihr Kind stillte. Ich wurde verwirrt und fragte: »Wem gehört diese Katze?« Die Frau antwortete: »Mir.« Ich verließ das Haus und ging weiter auf dem Gehsteig spazieren, aber ohne dem Mann in der Uniform, der sich aus dem Fenster des zweiten Stockes lehnte, Beachtung zu schenken. Ich unternahm es, ein zweites Haus zu betreten. Die Frau im Eßzimmer stillte das Kind. Neben ihr die Katze. Ich fragte wieder: »Wem gehört diese Katze?« Die Frau antwortete: »Mir.« Später fand mich der Korporal José da Luz allein und verirrt und brachte mich nach Haus. Ein großer und blöder Junge, ganz anders als die Jungens, die am Fuß des aus Erde und Sparren gefertigten Schiffes spielten. In der Schule von Meister Antônio Justino setzte ich mich weit entfernt von den andern, natürlich, um nicht

ihrem schlechten Einfluß zu erliegen.
Ich stand hier, an die Theke gelehnt, ohne zu verstehen, was sie sagten, halb betrunken, reizbar und eitel, wie ein Tier voller Mißtrauen. All das beschämte mich: die einfache Unterhaltung, die Fröhlichkeit, besonders die Muskeln des Mannes, der mit dem Schuhputzer sprach. Riesige Muskeln und Hände, die spielend einen Feind erdrosseln konnten. Ich stand auf.
»Unerträglich.«
Die Frau roch nach Benzin. Der Gitarrist spielte Opern.
»Unerträglich.«
Der Bizeps und die Hände des bäurisch aussehenden Mannes waren wirklich riesig.

Der letzte Tag war schrecklich. Als das Auto abfuhr und die gestärkte Hemdbrust von Julião Tavares in der Dunkelheit verschwand, entfernte ich mich nicht vom Fenster. Ich kaute an meiner Zigarette und sog die unangenehmen Gerüche ein, die die Straße füllten. Nicht der leiseste Wunsch, den Platz dos Martírios aufzusuchen oder den Hügel zum Leuchtturm hinaufzusteigen oder den Kerlen, die sich an die dreckige und fettige Theke der Kneipe lehnten, zuzuhören. Ich tastete die leere Brieftasche ab, steckte die Finger in die kleinen Taschen, leer. Ich fühlte mich verletzt und ohne Lust, allein durch jene merkwürdigen Straßen zu gehen. Ich fühlte mich schwach und wehrlos.
Warum glänzte die Hemdbrust von Julião Tavares und zerknitterte nicht? Julião Tavares war steif wie ein in Gips verpackter gebrochener Knochen, mit starrem Rückgrat, sein Blick war fest, mindestens zwanzig Schritte weit geradeaus gerichtet. Die Hemdbrust war vollkommen glatt.
Mein Hemd wölbte sich über der Brust, eine Katastrophe. Wenn ich mit gesenktem Kopf über die Straße gehe, als ob

ich nach verlorenem Geld suche, krempelt sich der Stoff am Bauch auf, drückt sich zusammen, und ich muß ihn herunterziehen, in Ordnung bringen, ihn mit dem Gürtel, der sich gelockert hat, festhalten. Diese ständigen Bewegungen geben mir den Anschein einer schlotterigen Gliederpuppe, einer Person, die von Flöhen gestochen wird. Das Hemd rutscht mir immer wieder heraus, ich bin unfähig, es glattgestreckt zu halten. Auch das Rückgrat aufrecht zu halten, ist mir unmöglich. Der Teufelsknochen fällt nach vorn, und dann sieht es aus, als ob ich mit den Händen den Boden berührte. Ich richte mich auf. Ich bin ein Zweifüßler und muß die Würde der Zweifüßler wahren. Ein Hund wie Julião Tavares geht kerzengerade, und ich gehe zur Erde gebeugt wie ein Tier! Ich richte das Rückgrat auf. Was kann mir geschehen? Wenn Dr. Gouveia an mir vorbeigehen sollte, werde ich so tun, als ob ich ihn nicht sähe. Ich kann die Miete nicht bezahlen. Ich zahle sie nicht. Soll ich vielleicht stehlen? Dr. Gouveia soll sich zum Teufel scheren. Wenn ich dem Gouverneur und dem Minister begegnen sollte, wäre es genauso, als ob ich ihnen nicht begegnete. Ich sehe sie nicht, auf der Straße bin ich ein Mensch. Glauben die vielleicht, daß ich mich verbeugen, lächeln würde, mit dem Hut in der Hand, kreuzlahm? Ob die das glauben? Dann sind sie im Irrtum. Ich bin ein Zweifüßler. Das ist es, ein Zweifüßler. Aber es ist nicht nötig, daß Dr. Gouveia, der Gouverneur oder der Minister mir auf der Straße begegnen. Vielmehr ist es sehr gut, diese herausfordernden Personen nicht zu sehen. Wenn sie etwas von mir wollen, werden sie es mich von weitem wissen lassen: einen Zettel schreiben oder die Zeitung anrufen und Pimentel einen Auftrag für mich geben. Ich werde die Miete für einen Monat zahlen, wenn ich kann, oder ich werde noch einen Artikel schreiben, wie ich ihn schon hundertmal geschrieben habe und immer wieder schreibe, indem ich einfach die Worte auswechsle. Die Leute beherr-

schen mich, ohne ihre Schnauzen zu zeigen: sie benutzen das Telefon oder ein Stückchen Papier.
Denkt Ihr vielleicht, daß ich immer mit krummen Buckel rumlaufen werde, den ich mir auf der schmutzigen Schulbank von Meister Antônio Justino, auf den Parkbänken, auf dem Hocker des Korrektors am Redaktionstisch angewöhnt habe? Denkt Ihr das? Ich versuche, die Rückenwirbel aufzurichten, aber sie scheinen so locker zu sein, als ob sie nur durch Fäden zusammengehalten würden, wie die Knochen, die Dagoberto auf mein Bett zu werfen pflegte. Allmählich renken sie sich ein, rutschen sie ab, und nach zwanzig Minuten peinvoller Mühen sieht mein Körper wie ein Bogen aus. Der Kopf hängt herunter, als ob ich Geld auf der Straße suchen würde, und das Hemd schlägt Falten auf der Brust. Es hat keinen Zweck, es herunterzuziehen und es in der Hüfte festzuhalten. Es rutscht immer wieder herauf und das ärgert mich. Solange ich damit herumfummele, sehe ich die Leute nicht. Was soll in Zukunft aus mir werden? Selbstverständlich flöße ich den Arbeitern kein Vertrauen ein. In einer stürmischen Versammlung wird Ramalho mit einer hochgezogenen und einer gesenkten Schulter, müde und asthmatisch, mich anklagen: »Kamerad Luís da Silva, hast du einen Artikel geschrieben, in dem du den Imperialismus verteidigst?« – »Nein, habe ich nicht geschrieben. Sehe ich so aus, als ob ich den Imperialismus verteidigen würde?« – »Ich habe hier das Original; es ist deine Schrift«, würde der Junge mit den langen Haaren sagen, der Gitarre spielt. Moisés würde keinen Mut haben, für mich einzutreten. Pimentel hatte man erschossen. Der Wolfsmensch würde sich ganz gemächlich einige Notizen machen. An solche Dinge denke ich, mit gesenktem Kopf, gerunzelter Stirn. Wenn Dr. Gouveia, der Gouverneur, der Minister an mir vorbeigehen sollte, werde ich sie nicht sehen: ich werde meinem Weg mit bescheidener Würde, mit in die Weite schweifendem Geist folgen. Die Bekann-

ten, die mich sehen, werden denken: »Luís da Silva ist ein Kerl, der sich nicht unterjochen läßt.« Und die, die mich begrüßen und keine Antwort erhalten, werden sagen: »Luís da Silva ist ein Rindvieh, ein Idiot, ein Simpel.« Es ist besser, das Rückgrat nicht aufzurichten. Wenn ich es aufrichtete, müßte ich es bei jedem Schritt eilig und betrübt wieder krümmen, den Hut in der Hand. So aber sehe ich niemanden, gehe meiner Wege, remple die Fußgänger an, stottere Worte der Entschuldigung, bohre mich in die Zukunft wie eine Schraube. »Kamerad Luís da Silva, vor der Revolution hast du die niederträchtigen Politiker aus dem Innern des Landes, die diebischen Bürgermeister gelobt. Wo ist das Geld, das diese Leute dir gaben?« Was weiß ich!

Jetzt hatte ich kein Geld. Manchmal steckte ich die Hand in die Tasche. Ich war hilflos und vollkommen allein, lehnte am Fenstersims, hörte den Lärm der Automobile. Ich hatte nicht den geringsten Wunsch, vor den Leuten zu fliehen, die ins Theater gingen. Ich wäre auch gern gegangen, um mich in einen Sessel in der Nähe der Bühne zu setzen, Beifall zu klatschen und die Logen zu betrachten. In fünf oder sechs Tagen würde ich mein Gehalt bekommen. Im Augenblick hatte ich kein Geld, nur ein paar Münzen. Eine Anleihe, warum nicht?! Aber wer würde mir zu dieser Stunde zwanzig Milréis pumpen?

Dona Mercedes stieg in den Wagen. Der Mann, der sie aushielt, begleitete sie nicht. Der Kerl war sich seiner Verantwortung bewußt; Familienvater, würde nur in Gesellschaft seiner Frau und Töchter ins Theater gehen. Dona Mercedes setzte sich in eine Loge, nicht ganz vorn, ein bißchen versteckt, und zeigte sich nicht allzusehr.

Falls Pimentel käme, würde er mir vielleicht eine Pressekarte besorgen. Oder eine Anleihe. Innerhalb von fünf bis sechs Tagen würde die Staatskasse mein Gehalt ausspucken.

»Sollte ich noch in zehn Jahren dieses Gehalt beziehen?«
Und Julião Tavares? Julião Tavares hätte man des Landes verwiesen, erschossen oder aufgehängt. Aufgehängt, Julião Tavares, gehenkt. Marina würde sich nicht mehr die Fingernägel lackieren und in einem Waisenhaus arbeiten.
Zwanzig Milréis, zwanzig Milréis. Ich erinnerte mich an die Versteigerungen, durch die man vor der Dorfkirche versuchte, Geld für einen Heiligen aufzutreiben. »Zwanzig Milréis für diesen Gegenstand . . .« Das Glasauge von Pater Inácio, das unbeweglich in seiner dunklen Augenhöhle ruhte, war von unheilverkündender Härte.
Zwanzig Milréis, zwanzig Milréis. Es gab keine Versteigerungen, es gab keine Heiligen, Marina arbeitete in einem Waisenhaus. Julião Tavares hatte man aufgehängt, Pater Inácio war seit vielen Jahren tot.
Um diese Stunde begann sich der Zuschauerraum zu füllen, ein junger Mann machte Witze, die geschminkten und in lange Mäntel eingepackten Sängerinnen betraten das Theater durch die kleine Tür des Kassenraumes. Schwarze Umhänge. Es schien mir, als müßten die Umhänge schwarz sein, aber ich wußte nicht, woher mir dieser Gedanke kam.
Zwanzig Milréis, zwanzig Milréis. Pater Inácio bohrte sein hartes und unbewegliches Auge in die Versteigerungsteilnehmer und ging, ganz in Schwarz gekleidet, mit auf dem Rücken verschränkten Händen um den Tisch.
Eine Anleihe hätte mich retten können. Ich dachte an meine Zusammenkünfte mit Marina zur späten Nachtzeit, im Garten. Gewiß hatte sie alles vergessen, ich aber erinnerte mich ganz genau. Die Ameisen zerfraßen die Blätter. Ab und zu sprang eine Grille im Blumenbeet in die Höhe, erschreckte uns. Das Licht der Stadt machte sich nur ganz schwach bemerkbar. Wir konnten auf Kleidung fast verzichten. »Laß uns ins Haus gehen, Herzchen.« Die Lichter waren erloschen, und ich erreichte es, daß sich Marina

auszog. Ich küßte sie von Kopf bis Fuß. Ich fühlte, wie sich ihre geschmeidige Haut unter meinen Küssen mit kleinen Knoten bedeckte. Sie beugte sich nieder und bedeckte die Brüste mit ihren Händen. Ich betrachtete sie, konnte aber nur einen Schatten wahrnehmen, der sich unter den Blättern des Mangobaumes krümmte. Es schien mir, als ob Marina schwarz gekleidet wäre.

Dort unter den Wurzeln, am Fuß des Baumes, versteckte Vitória ihre Schätze. Diese Stelle war mir vertraut, ich hätte sie mit geschlossenen Augen finden können.

Ich verbrachte eine endlose Zeit am Fenster und betrachtete die zum Theater fahrenden Automobile. Noch immer fuhren einige vorüber. Gut. Die Vorstellung hatte noch nicht begonnen.

Zwanzig Milréis. Fünf oder sechs Tage später würde ich das Geld mit hundert Prozent Zinsen zurückbezahlen. Ich würde dem alten Abraão zehn Prozent bezahlen. Für nur eine Woche. Pimentel erschien nicht, Moisés ebensowenig.

Sicherlich war der Zuschauerraum beinah besetzt, es würde schwierig sein, einen Platz in der Nähe des Orchesters zu bekommen. »Reihe D, Reihe F.« – »Ausverkauft. Nur noch ab Reihe S.«

Marina betrachtete gleichgültig mit dem Lorgnon die Logen, die jungen Männer hefteten gierige Blicke auf sie. Dona Mercedes biß sich voller Verdruß auf die Lippen. Julião Tavares schien, in seinen Smoking gezwängt, weniger dick. In ein paar Jahren wäre er erhängt. Aber jetzt war er sehr lebendig. Das weiße, faltenlose Hemd, die Hemdknöpfe funkelten, der Rubin am Mittelfinger funkelte, der Aufschlag des Smokings funkelte.

Ich ging enttäuscht ins Zimmer zurück, schaute aus dem Eßzimmerfenster. Vitória stellte die Kaffeetasse, die Zukkerdose und die Thermosflasche auf den Tisch und ging schlafen. Ich hörte, wie sich der Schlüssel im Schloß

drehte, hörte das Murmeln eines Gebetes und das Klappern des Rosenkranzes. Dann folgte Schweigen. Die Augen einer Katze erschienen über Dona Rosálias Mauer. Currupaco bewegte sich in seinem Käfig und schlug mit den Flügeln.
Eine unwürdige Tat. Jawohl, eine unwürdige Tat, aber ich wagte mir nicht einzugestehen, um welche Tat es sich handelte, was unwürdig sein sollte. Furchtbar, so etwas in Gedanken festzuhalten. Ich wollte nicht denken.
Das Theater mußte ausverkauft sein. Der Billettverkäufer schlief. Ein Auge auf der Bühne betrachtete den Zuschauerraum durch das Loch im Vorhang. Marina gähnte hinter vorgehaltenem Fächer, Julião Tavares langweilte sich.
Schließlich fand Vitória immer Kleingeld von mir, wenn sie den Boden auffegte. Dann erschien es auf dem Eßzimmertisch, auf Stühlen, unter dem Kopfkissen, aber vorher war es an einem Ort versteckt, den ich sehr wohl kannte. Wahrscheinlich irrte sich die Alte bei ihren Abrechnungen und ließ einige Münzen in der Erde vergraben. Natürlich waren dort zwanzig Milréis, die mir gehörten. Ich entrüstete mich über die Alte und begann sie in Gedanken herunterzumachen:
»Diebin! Ein Mann hat Schwierigkeiten wegen zwanzig Milréis, ein Drecksgeld, und zu wissen, daß dieses elende Weibsstück die Ersparnisse von ihm, mit saurem Schweiß erworbenen Ersparnisse, in einem Erdloch verbirgt.«
Ich wollte noch einmal auf dem Boden stehen, auf dem Marina gestanden hatte, ich wollte mich noch einmal an den Stamm des Mangobaumes lehnen, wo sie nackt gestanden hatte, in die Dunkelheit gehüllt, wo sie sich gewunden und sich in den Arm gebissen hatte, um nicht unter den Küssen zu schreien, mit denen ich ihre Schenkel und ihren Bauch bedeckte. Ich stieg die Stufen hinab. An der Toilettentür trat ich in eine Pfütze.
Julião Tavares würde aufgehängt werden. Marina würde in

einem Waisenhaus arbeiten.
Das war die Stelle, wo sie eines Nachts das Hemd ausgezogen hatte. Jetzt war sie in ein langes Gewand gehüllt. Ihr Lorgnon beleidigte die Frauen, die in den anderen Logen saßen. Der Vorhang war schon aufgegangen. Figaro und Almaviva versteckten sich unter Rosinens Fenster. Dr. Bartholo schloß die Tür. Marina schaute gelangweilt auf die Bühne.
Vor einigen Monaten hatte sie hier im Dunkeln gestanden, nackt, der ganze Körper mit kleinen Knoten, wie mit Nadelstichen, übersät. Ich erstarrte, knirschte mit den Zähnen, stampfte voller Wut den Boden, der Vitórias Schätze verbarg. Unter den Sohlen meiner Schuhe, in ein paar Zentimetern Tiefe war das Geld, das ich brauchte. Nur ein bißchen die Erde aufkratzen, die Hand in die Erde versenken und ein paar Münzen herausnehmen.
Die Augen der Katze blitzten wieder über dona Rosálias Mauer auf, standen still, runde phosphoreszierende Augen. Ich dachte an die Sekretärin, die verschwunden war. Vielleicht war sie krank. Oder tot. Zierlich, schwächlich, schmalbrüstig, maschineschreibend.
Ich bewegte mich, aber ich konnte die Augen nicht von den beiden Fackeln wenden, die mich von der Mauer aus bespitzelten. Ich fühlte, wie die Erdschollen unter den Sohlen meiner Schuhe zerfielen, ich hörte beinah das Klimpern der Münzen. In der Nähe ließen sich Schritte vernehmen. Ich versteckte mich und machte mich klein, voller Furcht, daß jemand die Mauer erklimmen könnte, um den Spionagedienst der Katze zu unterstützen. Scham und Verlegenheit erfüllten mich. Eine unwürdige Handlung. Ich versuchte diese Gedanken von mir zu weisen, indem ich an Marina dachte. Ich stellte sie mir ganz schwarz gekleidet vor. Ein ungreifbarer Schleier, den meine Hände und Küsse durchdringen würden.
Don Basílio verglich die Verleumdung mit einer Feuers-

brunst. Was mochte Marina tun, gelangweilt, hinter ihrem Fächer gähnend? All das, nur um sich zu zeigen, um ihre Kleider und das Lorgnon zur Schau zu stellen. Mißgelaunt, schläfrig. Auch Julião Tavares war mißgelaunt und schläfrig. Don Basílio beschrieb die Feuersbrunst und begleitete mit seinen Händen die Bewegung der Flammen. Anfänglich waren es kleine Flammen. Don Basílio bückte sich, berührte mit den Händen beinah den Fußboden, um die Höhe der Flammen zu beschreiben.
Meine Hände waren dabei, die Wurzeln des Mangobaumes freizukratzen.
»Was für eine Erbärmlichkeit! Was für eine Erbärmlichkeit!«
Ich wiederholte die Worte wie ein Idiot und betrachtete die beiden unbeweglichen Funken über der Mauer. Meine Finger wühlten die Erdklumpen beiseite. Ich kratzte die Erde mit den Fingernägeln auf, wie eine Katze!
»Was für eine Erbärmlichkeit! Was für eine Erbärmlichkeit!«
Klebrige Feuchtigkeit lief über meine Arme, befleckte das Hemd. Fünf, sechs Tage später würde ich das Geld von der Staatskasse erhalten. Ich würde das Geld erhalten, einen Schein in Silbermünzen wechseln und die Münzen mit einem Aufgeld von hundert Prozent vergraben. Wenn Moisés gekommen wäre ... Moisés und Pimentel erschienen nur, wenn ich sie nicht brauchte. Ich würde das Geld mit Zinsen zurückerstatten. Ich nahm an, daß Vitória nicht mit dem Onkel von Moisés zu vergleichen war. Vitória war nicht von Gewinngier besessen: sie bewahrte lediglich das verdiente Geld in der Erde auf. Sie wollte, viel oder wenig, daß es in Sicherheit wäre. Der Gedanke, daß sie auftauchen könnte, mürrisch, die rheumatischen Beine schleppend, ließ meine Finger erstarren. Ich überraschte mich dabei, wie ich mit leiser Stimme wiederholte:
»Geld wurde gemacht, um zu zirkulieren.«

Vitória schlief ganz bestimmt, träumte von Schiffen und ihrem Papagei. Die Augen der Katze wurden größer, immer größer, beleuchteten den ganzen Hof.

»Ja oder nein. Ja oder nein. Es ist blödsinnig, einfach blödsinnig. Schließlich wurde das Geld gemacht, um zu zirkulieren.«

Ich erinnerte mich an ein Kinderspiel. Kopf oder Schrift? Zeigte sich der Kopf: ja, zeigte sich die Schrift: nein. Ich würde die Hand in die feuchte Erde stecken, eine Münze herausnehmen, ein Streichholz anzünden. Sollte sich die Schrift zeigen, würde ich schlafen gehen, ohne Marina zu sehen. Soviel Qual wegen einer Weibsperson! Schlafen, schlafen. Ich fühlte die schweren Augenlider, ich glaube, daß mein Kopf, von den Augen der Katze geblendet, heruntersank und daß ich einschlief. Sollte es Kopf sein, würde ich die Sache rasch erledigen und ins Theater gehen. Ich war beinah gewiß, daß sich alles wieder einrenken würde, wenn ich ins Theater ginge: Marina würde zu mir zurückkehren, Julião Tavares würde das Nachsehen haben, sich auflösen, zerfließen, wie ein Tropfen Öl im Wasser zerfließt. Die Hand in die Erde stecken, eine Münze herausnehmen, ein Streichholz anzünden. Ich wies den Gedanken zurück. Welcher Wahnsinn! Das entsetzliche Licht der Katzenaugen genügte. Rasch die Sache vollenden. Rasch vollenden. Ich war ja kein Wilder, um mich kindischer Mittel zu bedienen. Ja oder nein. Ein freier Mensch. Ganz recht, ein von Aberglaube freier Mensch. Ich begann voller Verzweiflung die Erde aufzuwühlen, rieb mir die Finger wund. Die Entscheidung war gefallen. Schluß! Sechs Tage später würde ich den doppelten Betrag in das Erdloch zurücklegen.

»Überhaupt keine unwürdige Handlung. Überhaupt keine unwürdige Handlung.«

Ich fuhr fort, die Grube mit den Nägeln zu vertiefen, wie eine Katze. Ich würde das Geld mit hundertprozentigem

Aufschlag zurückgeben. Raub. Ich würde mich selbst berauben, um den Schatz der Diebin zu vermehren. Ich erschrak. Und wenn das Geld nicht da wäre? Wenn es die Alte an einer anderen Stelle versteckt hätte? Ich durchwühlte voller Eile die weiche Erde. Würde ich noch zeitig genug kommen, um den zweiten Akt zu sehen? Jetzt fühlte ich keine Scham: ich empörte mich, durch mein Zögern so viel Zeit verloren zu haben. Ein freier Mensch, ohne Zweifel. Die Katze störte mich. Müßte ich nicht befürchten, Lärm zu machen, so würde ich eine Handvoll Erde nach dem Tier werfen. Die Feueraugen verschwanden und ich würde mich beruhigen.

Endlich! Ich fühlte sie unter meinen Fingern: riesige Goldmünzen aus Portugal, Münzen aus der Kolonialzeit, kleinere und größere Münzen aus der Kaiserzeit, heute gültiges Geld von zehn Tostões und zwei Milréis. Ich nahm zwanzig Ein-Mil-Stücke. Zwanzig Milréis, oder mehr, denn Vitória vergrub bestimmt keine Kupfermünzen. Ich schüttete die Grube wieder zu, ging ins Badezimmer, um Hände und Münzen zu waschen. Ich bürstete sie, trocknete sie mit dem Taschentuch ab. Und floh, durchquerte eilig das Haus, öffnete die Tür zur Straße. Ich würde noch das Ende des zweiten Aktes oder den Beginn des dritten Aktes erreichen. Mir fiel ein, das Geld zu zählen. Ich knüpfte das Taschentuch auf und betrachtete die noch feuchten Geldstücke. Sechsundzwanzig Milréis in Silber und zwei Pfund Sterling. Ich nahm meinen Hut und ging die Straße entlang. Wo, zum Teufel, mochte Vitória diese Goldstücke gestohlen haben?

Ich bemühte mich, langsam zu gehen, ich hatte keine Eile mehr. Etwas betreten, das Taschentuch mit den Silbermünzen in der linken, die beiden Pfund Sterling in der rechten Hand, näherte ich mich dem Platz. Es widerstrebte mir, die Münzen in die Tasche zu stecken. Ich betrachtete aufmerksam meine Finger, roch an ihnen. Ein Geruch von Grün-

span, Schmutz unter den Nägeln. Schweinerei. Ich rieb die Hände mit dem feuchten Taschentuch ab.
Ich mußte das Geld loswerden. Ich dachte daran umzukehren, nochmals dem Blick der Katze gegenüberzutreten. Ein Schuhputzer betrachtete meine Schuhe und klopfte mit der Bürste an den Putzkasten. Wo würde ich das Zeug aufheben? In der Nähe des Theaters, schon etwas ruhiger geworden, hielt ich an. Ich bückte mich und versteckte die beiden Pfund Sterling im Schuh. Die Silberstücke verknotete ich in meinem Taschentuch.

Ich brachte ernsthafte Verwirrungen in ein Leben. Als ich mein Gehalt erhielt, ließ ich mir im Kaffeehaus zweiundfünfzig Silberstücke geben. Vitória machte, ohne es zu wissen, ein großes Geschäft. Hundert Prozent Zinsen. Nachts fügte ich zu diesem Betrag die beiden Pfund Sterling und später, als alles ruhig geworden war, legte ich das Geld unter die Wurzeln des Baumes. Dummerweise stapelte ich die Münzen aufeinander, wie in einer Rolle, das heißt, legte sie in anderer Ordnung zurück als ich sie vorgefunden hatte. Ich glaube, daß das Vitórias Mißtrauen erweckte.
Am folgenden Tag zahlte ich ihr den Lohn. Und ich sah, daß sie, wie in den vorhergehenden Monaten, das Papiergeld wechselte und nachts im Garten verschwand. Aber die Verstörtheit, die gewöhnlich drei oder vier Tage dauerte, hörte sofort auf und machte einer Niedergeschlagenheit Platz, die mir großes Unbehagen bereitete. Ich hörte sie die ganze Nacht Geld zählen. Wie ich schon sagte, sie dachte laut. Das Metall klimperte auf dem Bett der Alten, und die Zahlen wuchsen endlos zu sich immer wieder verändernden Summen. Manchmal knirschte der Schlüssel im Schloß, die Tür öffnete sich, wurde wieder geschlossen, die Eßzimmertür wurde geöffnet, schwere Schritte gingen die

Stufen hinab. Eine halbe Stunde später kam die Frau zurück, die Münzen begannen wieder auf der Bettdecke zu klimpern. Dann verschwand Vitória wieder. Ich schlief, aber der Riegel der Eßzimmertür und das Schloß des anliegenden Raumes weckten mich. Die Selbstgespräche und das Klimpern raubten mir den Schlaf.

Ich stand früh auf und fand Vitória sehr alt und schwach. Sie ließ sich in einer Ecke der Küche zu Boden sinken, und es war schwierig, sie wieder auf die Beine zu bringen. Sie unterließ es, den Garten aufzusuchen und dem Papagei Unterricht zu erteilen. Ich stellte fest, daß sie die Erde aufgegraben und die Löcher notdürftig zugedeckt hatte.

»Vitória!«

Ich schämte mich, sie zu rufen. Ich fürchtete, daß sie ihre weißen, müden Augen kummervoll auf mich richten würde.

»Vitória!«

Sie saß auf ihrem Stuhl, zusammengefallen, und bewegte schweigend die dicken Lippen. Und wenn sie den Kopf hob, zeigte ihr Gesicht den Ausdruck eines furchtbaren Verdachtes. Wenn ihre Rechnung richtig war, so mußte es sie erschrecken, in einem Erdloch sechsundzwanzig Milréis zuviel gefunden zu haben, wenn sie nicht richtig war, glaubte sie sich vielleicht beraubt. Vitória schluckte ihre Zweifel hinunter, schaute beklommen, mit einer ohnmächtigen Frage in den Augen, auf den Papagei.

»Ruh dich aus, Vitória, du bist krank.«

Sie fand keine Ruhe, mein Mitleid war unnütz. Ich stürzte eine Seele in Zweifel, die in Frieden gelebt hatte. Alle Sicherheit des Daseins war ihr verlorengegangen. Der vorgezeichnete Weg von ihrem Zimmer zum Fuße des Mangobaumes, ein kurzer Weg, den ihre plumpen und schleppenden Schritte in der Dunkelheit zurücklegten, war plötzlich abgeschnitten.

»Ruh dich aus, Vitória.«

Ein unnützer Rat. Vitórias Himmel, ein winziger Himmel, in dem Grillen und Ameisen hausten, war zerstört worden.

Die Besuche von Julião Tavares wurden spärlicher, und Marinas überschäumende Fröhlichkeit ließ mehr und mehr nach. Im Nachbarhaus herrschte tiefe Stille. Ramalho war zufrieden.
»Es sieht aus, als ob das närrische Ding Verstand angenommen hätte.«
»Meinen Sie?« fragte ich ungläubig.
»Es will mir so scheinen. Junge Menschen schießen ins Kraut und machen Dummheiten. Das liegt im Blut. Aber eines Tages finden sie den richtigen Weg.«
Dona Adélia lief mit langem Gesicht und roter Nase herum, schneuzte sich und stieß lange Seufzer aus. Eines Tages sah ich, wie Marina sich in der Nähe des Mangobaumes erbrach. Würganfälle schüttelten ihren Körper, krümmten ihn derart zusammen, daß sie mit verzerrtem Gesicht, bleich, an dem Baumstamm haltsuchen mußte. Sie sah mich nicht und ging ins Haus zurück, noch immer würgend.
»Was mag sie haben?« sagte ich zu mir, ohne den Grund ihres Erbrechens, ihrer Blässe und ihres Spuckens zu erraten.
Sie war häßlich. Gut. Sie war mehr als häßlich, gelbhäutig, krümmte sich, wischte sich mit dem Kleiderärmel den Schweiß aus dem Gesicht, versuchte zu brechen, bespie die ganze Kleidung.
»Ausgezeichnet!«
Wo waren die teuren Kleider, die Schminke, die Ziererei und das herausfordernde Benehmen, die dona Rosália so empörten? Dort stand sie mit krampfhaft verzerrtem Gesicht, geschlossenen Augen, dem Kopf, der sich wie der

einer Eidechse hin und her bewegte.
»Was, zum Teufel, mag sie haben?«
So unbeherrscht sich zu besabbern.
»Ausgezeichnet! So ist es besser. Der Teufel soll sie holen.«

Einige Stunden später löste ein Geschöpf den kleinlichen Gedanken an Rache auf, ein Geschöpf, das an einer Straßenecke auftauchte und sofort wieder verschwand, aber das tief in mein Gedächtnis eingegraben blieb.
Wie manche unbedeutende Ereignisse Gestalt gewinnen und den Menschen verwirren können! Wir gehen, ohne etwas zu sehen. Die Welt ist von Nebel verhüllt. Plötzlich erweckt ein Ding unter tausenden unsere Aufmerksamkeit und verfolgt uns. Ich weiß nicht, ob das bei anderen auch so ist. Bei mir ist es so. Ich gehe wie ein Blinder, ich kann nicht sagen, warum ich dahin oder dorthin gehe. Im allgemeinen weiche ich nicht vom Wege ab – es sind Zusammenstöße, die mich betäuben: das Brett des Baugerüstes, das mir den Hut vom Kopf schlägt, das eine Beule an der Stirn hinterläßt, der Gehweg flieht mir unter den Füßen, als ob man ihn auf einmal weggezogen hätte, das Auto hält plötzlich in einigen Zentimetern Entfernung von mir mit metallischem Lärm, mit einem heftigen Kreischen der Reifen auf dem Pflaster und einem Schimpfwort des Chauffeurs. Ich kehre beschämt in die Gegenwart zurück, nehme mir vor, mich zu bessern. »Verzeihung, Verzeihung!« sage ich zu den Personen, die mich anrempeln, weil ich stur meines Weges gehe. Die Personen sind auf dem Weg ins Geschäft, sie drehen sich nicht einmal um, und ich halte mich für einen schlecht erzogenen Menschen. Ich habe den Eindruck, von Feinden umgeben zu sein, und da ich langsam gehe, bemerke ich, daß es die anderen viel zu eilig haben, um mir über die Füße zu stolpern und mich mit

ihren Absätzen zu treten. Je mehr ich mich umzingelt fühle, desto mehr isoliere ich mich, desto trauriger werde ich. Ich will mich zurückziehen, mich von jenen fremden Menschen lösen, die ich nicht verstehe, will Currupaco zuhören, lesen, schreiben. Die Menge ist schrecklich und mir feindlich gesinnt. Selten finde ich etwas, das Beziehung zu mir hat: das gallenbittere, verhungerte Gesicht eines Arbeitslosen, das Flüstern junger Menschen, die miteinander ins Bett wollen, das Weinen eines verirrten Kindes. Manchmal macht mich das verwirrt, raubt mir den Schlaf. Man weiß ja schon, was passiert, wenn der Mann von dona Rosália da ist; wenn er nicht da ist, denke ich an Liebespaare, die sich in unbequemen Stellungen vor Schaufenstern umarmen, an den hungernden Arbeiter, der seinen Herrn bedroht, an das weinende Kind, das nach seiner Mutter ruft. All das sah und hörte ich ganz plötzlich, vielleicht habe ich es gar nicht deutlich gesehen und gehört, aber wenn ich allein bin, nimmt es Gestalt an – und ich kann das Kind, den hungernden Arbeiter, das Liebespaar, das gern ins Bett gehen möchte, deutlich vor mir sehen. Sie nehmen von mir, wenn man so sagen will, gewaltsam Besitz. Ich machte nicht die geringste Anstrengung, zu beobachten, was in der Menge vor sich ging, ich ging mit gesenktem Kopf, rempelte rechts und links die Fußgänger an. Plötzlich ein Schrei, ein Wort voller Bitterkeit, ein Stöhnen – und einige Figuren nahmen Gestalt an, begannen, mich im Bett zu belästigen.

Die Person, die ich erwähnte, tauchte plötzlich zwischen der Rua Primeiro de Março und der Rua do Comércio vor mir auf. Ich wollte um die Ecke biegen, sie kam in entgegengesetzter Richtung – und es gab einen heftigen Zusammenprall. Die Krempe meines Hutes schlug ihr ins Gesicht, verletzte sie wahrscheinlich.

»Verzeihung! Verzeihung!«

Ich trat einen Schritt zurück und sah eine riesige Erschei-

nung vor mir, die ebenfalls zurückgewichen war und mit der Hand das Auge bedeckte, das die Krempe meines Hutes getroffen hatte. Das offene Auge, die zusammengekniffenen Lippen, die Runzeln des Gesichts drückten Schreck, Wut und Schmerz aus. Ich preßte mich an die Wand und ließ sie vorbeigehen. Es war nur ein kurzer Augenblick, aber er genügte, um sie von Kopf bis Fuß betrachten zu können. Eine Minute später war sie verschwunden, das verzerrte Gesicht, das unverletzte Auge mit dem Ausdruck des Hasses auf mich gerichtet. Der Raum, den sie auf dem Gehsteig eingenommen hatte, wurde von anderen Gestalten ausgefüllt, die kamen und gingen, ohne mein Interesse zu erwecken. Aber das Bild der ersten Gestalt blieb in mir lebendig. Es war eine dicke, schlecht gekleidete Frau und mit einem ungeheuren Bauch. Ich begriff nicht, wie sie sich in so vorgeschrittenem Zustand der Schwangerschaft, kurz vor der Entbindung, auf die Straße wagen konnte. Der Rock war vorn nach oben gerutscht und zeigte die schmutzigen, geschwollenen Beine. Die schmutzigen und geschwollenen Füße schienen zu groß für die durchlöcherten Schuhe. Sie führte an der einen Hand ein mageres und blasses Kind, mit der anderen bedeckte sie das Auge und einen Teil des Gesichtes. Ich drückte mich an die Wand und flüsterte verwirrt:
»Verzeihung! Verzeihung!«
Nachdem die erste Überraschung vorüber war, verursachte der Anblick dieser Gestalt ein Kitzeln in meinem Hals und den idiotischen Wunsch zu lachen. Der unförmige Bauch setzte dem abgeschabten Tuch, das ihn zu umschließen versuchte, Widerstand entgegen. Hier war also ein Bürger, der die Menschen bedrohte, ehe er geboren war. Die Mutter, die nur eine Gesichtshälfte hatte, krümmte sich unter der Wirkung des Anpralls zusammen und durchbohrte mich mit hartem Blick, mit einem halb zornigen, halb leidvollen Blick.

»Verzeihung! Verzeihung!«
Plötzlich hörte das Kitzeln auf, der Wunsch zu lachen verschwand, und ich blickte verstört auf jenen ungeheuren Bauch, der mich herausforderte. Das verschossene, zerknitterte und geflickte Kleid war am Bersten, die Füße, gewaltsam in zerrissene Schuhe gezwängt, schienen Klumpen. Als sie zurückwich, riß sie das Kind, das zu weinen anfing, an sich. Kein Wort, nur ein Ausruf des Schmerzes und der Wut, ein heiserer, wilder Schrei. Wahrscheinlich hatte sie schon andere Püffe einstecken müssen, aber jener, der besonders heftig war, erschöpfte ihre Geduld. Sich unter die Leute wagen, völlig achtlos, mit so einem Bauch! Nur in einem dringenden Fall.
Sie war der Typ jener Frau aus der armseligen Vorstadt, die Häuser fegt, Töpfe wäscht und Knöpfe annäht, während sich schon die Geburtswehen bemerkbar machen, die allein gebärt und drei Tage später wieder aufsteht, um ihrer Arbeit nachzugehen. Ein trauriges Leben, ein Hundeleben. Der Mann geht nach der einen Seite, sie nach der anderen, schleppt das kleine Mädchen mit sich, den unförmigen Bauch, hetzt sich ab und muß Schläge auf die Augen aushalten. Vielleicht war sie am Vorabend der Geburt, vielleicht war es heute, vielleicht fühlte sie schon, wie sich ihr Leib zusammenkrampfte. In wenigen Stunden würde sie sich auf dem harten Bett hin- und herwälzen, das erschöpfte Fleisch würde aufreißen, die Zähne würden in die geflickte Bettdecke beißen. Und der Kerl außer Haus, niemand, um die Hebamme der armen Leute zu rufen. Eine Nachbarin würde sich um das Haus kümmern, Feuer machen, Gerstenwasser zubereiten und zwischen den Zähnen hervorstoßen:
»Schweinerei. Was für Menschen!«
Dann würde sie Trost spenden:
»Habt Geduld. Es ist gleich vorbei! Strengt euch an!«
Die Frau war verschwunden, das Profil, das mich mit

haßerfülltem Blick ansah. Der Wunsch zu lachen war mir vergangen. Ein ungeheurer, immer dicker werdender Bauch auf der Straße, ein Bauch, der phantastische Proportionen annahm. Die Fußgänger durchschritten diesen durchscheinenden Bauch, manchmal machten sie mittendrin halt und – es war absurd – das gab mir den Eindruck ungewöhnlicher Schwangerschaften.
Jetzt erschienen zwei voneinander verschiedene Bilder: ein Bauch, der die ganze Stadt überlagerte, und die Frau, die nur eine Gesichtshälfte sehen ließ. Im sichtbaren, vom Schmerz verhärteten Teil des Gesichts zeichneten sich nach und nach die Züge von Marina ab. Die grauen Haare der Frau wurden blond. Die Wangen waren geschminkt, die eine Hälfte des Mundes übertrieben rot, das eine Auge blau.
Ich kochte vor Wut. Wenn ich an jenem Tag Julião Tavares begegnet wäre, einer von uns wäre auf der Strecke geblieben.

Einige Tage später war ich im Badezimmer, nackt, rauchte, tüftelte Verrücktheiten aus, wie ich es immer tue. Damit verbringe ich zwei Stunden, auf dem Boden hockend. Um sechs Uhr trinke ich eine Tasse Kaffee, dann gehe ich ins Badezimmer. Ich verlasse es um acht Uhr oder nach acht. Ich ziehe mich schnell an und eile ins Amt. Während ich im Badezimmer rauche, nackt, mit ausgestreckten Beinen, gehen in meinem Leben große Veränderungen vor. Ich schreibe ein Buch, ein bemerkenswertes Buch, einen Roman. Die Zeitungen schlagen Krach, einige greifen mich an, andere verteidigen mich. Der Direktor betrachtet mich voller Wut, aber ich weiß ganz genau, daß es Eifersucht ist und kümmere mich nicht darum. Ich werde es noch weit bringen. Wenn der Mann mich wegen einer falschen Information zurechtweist, so weiß ich, daß er sich ärgert, weil mein Buch in der Großstadtpresse besprochen wird. Ich nehme seine Kritik mit Gelassenheit entgegen. Irgend jemand wird sagen:

»Meinen Glückwunsch, Silva. Sie haben ein hervorragendes Werk geschrieben. Das ist die Meinung der Kritiker.«

»Vielen Dank, Herr Doktor.«

Ich öffne den Wasserhahn, mache meine Füße naß. Manchmal beschäftige ich mich während einer ganzen Woche damit, dieses Buch zu schreiben, das einen großen Erfolg haben und in andere Sprachen übersetzt werden wird. Aber das entnervt mich. Ich lebe in einem Wolkenkuckucksheim. Wenn ich aus dem Haus trete, übersehe ich meine Bekannten. Ich komme zu spät ins Amt. Beim Schreiben lasse ich Worte aus, und wenn jemand mit mir spricht, kann es geschehen, daß ich ganz unsinnige Antworten gebe. Ich mache eine ungeheure Anstrengung, mich auf meine gewöhnlichen Obliegenheiten zu konzentrieren, und das ist schmerzlich. Es gelingt mir nicht, wieder der gewöhnliche Luís da Silva zu sein. Man betrachtet mich voller Verwunderung: natürlich rede ich Unsinn, fühle es, daß ich ein blödes Gesicht ziehe. Ich versuche, diese Anfälle von Größenwahn zu unterdrücken, kämpfe verzweifelt, um sie fernzuhalten. Sie machen mir kein Vergnügen: sie erregen mich und entmutigen mich. Glücklicherweise vergehen Monate, ohne daß sich das wiederholt.

Gewöhnlich sitze ich einfach im Badezimmer, entweder denke ich an gar nichts oder aber an verschiedene Dinge gleichzeitig, die Füße im Wasser, rauchend, ein ganzer Luís da Silva. Eine Ameise, die erscheint, bringt eine riesige Menge von Erinnerungen mit sich, alles, was ich in Lehrbüchern über dieses Insekt gelesen habe. In diesem Augenblick gibt es kein übersetztes Buch, keine Eitelkeit. Ich betrachte die Ameise. Wenn sie verschwinden will, hole ich

sie zurück, ziehe am Boden mit dem nassen Finger einen Kreis, setze sie auf diese Insel, von der sie nicht entweichen kann. Ich beobachte sie und denke an ihre Gewohnheiten, wie sie im Jahrbuch beschrieben wurden.
Ramalhos Waschraum ist von dem meinen durch eine dünne Wand getrennt. Wenn ich auf dem Zementboden sitze, mit der Ameise spiele oder an das Buch denke, kann ich die Personen, die dort baden, genau unterscheiden. Ramalho hustet, spuckt und schmeißt die Tür mit Gewalt zu. Er schüttet sich drei Eimer Wasser über den Kopf und reibt sich niemals ab. Haut die Tür wieder zu und fertig. Das dauert eine Minute. Dona Adélia kommt auf leisen Sohlen, wäscht sich und singt kaum hörbar: »Gelobt sei . . .« Marina betritt es mit geräuschvollem Ungestüm. Sie hat es betreten. Jetzt ist sie zurückhaltend und still geworden, aber im vergangenen Jahr brauste sie wie ein Wirbelwind herein, riß sich die Kleider vom Leibe und schrie mit lauter Stimme. Wenn die Knöpfe nicht sofort aus den Knopflöchern sprangen, dann zerrte sie die Kleider herunter und fluchte: »Hol dich der Teufel!« Und die Knöpfe flogen, und der Stoff zerriß. Man konnte jede Einzelheit der lang dauernden Badehandlung wahrnehmen. Sie brauchte zehn Minuten, um sich die Zähne zu putzen. Wasser klatschte auf den Boden, das Geräusch des Zähnebürstens, von einzelnen Worten, die keinen Sinn ergaben, unterbrochen. Dann pißte sie. Ich hielt den Atem an und schärfte das Ohr, um dieses langanhaltende Geräusch des Pissens nicht zu verlieren, das mir Marina kostbar machte. Selbst nach unserem Streit wartete ich immer auf diesen Augenblick und widmete ihm meine ganze Aufmerksamkeit. Wenn Marina sich in meiner Gesellschaft auszog, fühlte ich kein sonderliches Vergnügen. Es kam alles zu plötzlich, betäubte mich. Und meine Freundin setzte mir einen ganz sinnlosen Widerstand entgegen: sie klemmte die Beine zusammen, krümmte sich,

bedeckte ihr Brüste mit den Händen, sie konnte nicht einen Augenblick ruhig sein. Jetzt riß sie die Knöpfe ab, fluchte, putzte die Zähne und pißte. Der Wasserhahn wurde geöffnet, das Rauschen des Wassers, ein paar kleine Schreie, das Schnauben eines jungen Tiers. Der Wasserhahn wurde geschlossen – ein Reiben und Bürsten, das nicht aufhörte.
»Komm herein, Marina«, polterte dona Adélia. »Laß das jetzt, du verbrauchst die ganze Seife.«
Marina schnalzte verächtlich mit der Zunge. Das Geräusch der Hände, die die weiche Haut massierten, war weiterhin zu vernehmen.
»Nicht so wild, Marina. Komm ins Haus.«
Der Schaum in der Achselhöhle und in den Schamteilen machte ein »Gluglu«, das mich außerordentlich erregte. Es war, als ob Marina sich die Haut abziehen wollte. Ich stellte sie mir in ihrer Nacktheit vor, mit ihrer rotgeriebenen Haut. Ich stellte sie mir ganz weiß vor, mit Seifenschaum bedeckt, mit schneeweißem Haar, wie eine alte Frau. Diese beiden Bilder bereiteten mir lebhaftes Vergnügen. Ich wünschte, daß Julião Tavares sie so sähe: wenn das Monatsblut tropft oder aber runzlig und altersschwach, mit Bauchhaaren, die wie Baumwolle aus der Kapsel brachen. Der Wasserhahn wurde geöffnet. Marina war wieder jung und schön, nahm den Mund voller Wasser und spritzte es an die Wand, atmete tief, stieß unzusammenhängende Worte aus.
Nie hatte ich den Wunsch, sie in diesem Zustand zu sehen. Im Oberteil der Mauer war ein lockerer Backstein, den man leicht entfernen konnte. Wenn ich eine Kiste am Fuß des Wassertanks aufgestellt hätte, wäre es mir ein leichtes gewesen, den Backstein zu entfernen und Marinas Körper zu sehen. Der Versuch reizte mich nicht. Die Anstrengung, die notwendig gewesen wäre, das Gleichgewicht zu bewahren, hätte meine Aufmerksamkeit vermindert. Außer-

dem wollte ich sie ohne ihre Zustimmung nicht nackt sehen. Ich begnügte mich mit jenen Geräuschen und sah sie in meiner Vorstellung. Ich hätte mich mit ihr von hier aus unterhalten können, in der Zeit als wir noch Freunde waren. Wir hätten den Eindruck gehabt, zusammen zu baden. Aber meine Freundin wäre in den Grenzen des Erlaubten geblieben, hätte wohltönende Worte benutzt, hätte sich bemüht, liebenswürdig zu sein. Was mich entzückte, war ihre unbesonnene Art, die unbedachten Worte, Verse alter Lieder, das Gluglu des Wassers und das volltönende Pissen.

Aber all das ist vorbei. Es war schon einige Zeit her, daß diese mir so vertrauten Geräusche immer seltener wurden. An jenem Tage wurde mir alles klar, und der Verdacht, den ich auf der Straße gefaßt hatte, wurde bestätigt. Marina betrat das Badezimmer, verharrte einige Minuten schweigend und zog sich langsam aus. Ihre Bewegungen waren so langsam, daß ich sie nur mit Anstrengung wahrnehmen konnte. Ich mußte sie ahnen. Sie schneuzte sich und wusch die Hände unter der Wasserleitung.

»Heilige Jungfrau!«

Dann fing sie wieder an zu spucken. Ihre Wehklage ließ eine ungeheure Enttäuschung erkennen. Es schien mir, als ob sich die Welt entvölkert hätte und Marina vollständig allein wäre. Ich empfand den Wunsch, an die Wand zu klopfen und zu rufen:

»Marina, was ist geschehen?«

Ich wollte von ihr bemogelt werden, ich wollte, daß sie schwor, es sei alles in Ordnung. Ich biß in meine Hand, um nicht zu schreien.

Ich taumelte zurück wie ein Betrunkener. Aber der unförmige Bauch hörte nicht auf, mich zu verfolgen. Ich mußte mit jemandem sprechen, ins Kaffeehaus gehen, mich von dieser Zwangsvorstellung befreien, von dem Haß, der mich erfüllte.

Sie brauchte mich nicht, das stand fest. Sie brauchte Julião Tavares, der verschwunden war. Brechanfall folgte auf Brechanfall. Manchmal schneuzte sich Marina und wusch sich die Finger. Bald wurde ihr Schluchzen lauter, bald leiser. Der Schleim, den das Wasser hinunterspülte, die Tränen, der starke Speichelausfluß, das Elend, die Verlassenheit, all das zog mich an.
»Hilf mir, Mutter Gottes.«
Ihre Klage zerriß mir das Herz und steigerte meinen Haß gegen Julião Tavares. Ich sah ihn deutlich vor mir, wie an jenem Nachmittag, als ich ihn an meinem Fenster überraschte, wie er Marina anschmachtete. Er war verwirrt, hatte versucht, mich mit schönen Reden in die Irre zu führen. Ich stieß gemeine Flüche aus, ging von einer Seite des Zimmers zur anderen, hatte nur den einen Wunsch: zu fliehen, dachte an die Fazenda, an Camilo Pereira da Silva, an Amaro, den Viehhirten und an die Schlangen, vor allem an die, die sich um den Hals des alten Trajano gewickelt hatte.
»Was soll aus mir werden, heiliger Gott?«
Der Fehltritt Marinas war offenbar. Ich erinnerte mich an meinen Zorn, an die harten Worte, die ich dona Adélia vor einigen Monaten ins Gesicht geschleudert hatte: »Glauben Sie vielleicht, daß sie wieder auf den rechten Weg zurückfinden wird? Die Hoffnung können Sie aufgeben. Sie wird vor die Hunde gehen.« Jetzt war es soweit, es war ihr übel, sie kotzte, tastete den Bauch ab und die geschwollenen Brüste. Tränen stiegen auf und versiegten, manchmal hörte es sich an wie das Jammern eines müden Kindes, dann wieder brach sie in Schluchzen aus, in einem Anfall hysterischer und wilder Schreie. Betrachtete sie wirklich den Bauch und die Brüste, die anschwollen? Es war unmöglich sich vorzustellen, was sie im Augenblick machte. Stöhnen und Tränen. Sonst kein Laut. Dumpfe Verzweiflung, Aufruhr eines betrogenen Tiers. Weder ab-

gerissene Worte, noch Gesang, noch Schritte auf dem feuchten Zement, noch aus dem Wasserhahn fließendes Wasser. Tage vorher, hatten mir diese zusammengesetzten Geräusche ein fast vollständiges Bild von Marina gegeben. Ich wußte, wann sie sich bückte, wann sie sich erhob, wann sie die Haare bürstete, wann sie den Nabel mit Seifenschaum liebkoste, die Brustspitzen, die Schamteile. Kleine Schreie. Sie atmete anders als gewöhnlich. Jetzt war sie wahrscheinlich wie gelähmt. Die Gesten bereiteten ihr kein Vergnügen mehr. Der Singsang bereitete ihr kein Vernügen mehr. Vielleicht betrachtete sie den formlosen Bauch und die schmerzenden Brüste gar nicht. Der ganze Körper war für sie zu einem Gegenstand des Widerwillens geworden. Der Unterleib war hart, irgend etwas preßte ihren Kopf zusammen, wie eines der Folterwerkzeuge aus einem Strick und einem Stück Holz, das man im Innern des Landes gebrauchte. Die Hölzchen drehten sich, der Strick schnitt ins Fleisch, die Knochen krachten, das Gehirn verbrannte. Ich fühlte Wut, Abscheu, Mitleid und Ekel. Ich spuckte, wie Marina. Diese Regungslosigkeit und dieses Weinen quälten mich. Warum ließ sie nicht Wasser über sich laufen, warum verbrachte sie nicht eine Stunde unter dem Wasserhahn, um sich einzuseifen und abzubürsten? Sie putzte sich die Nase, wahrscheinlich vermischten sich ihre Tränen mit Resten von Puder und Staub, der Schweiß verlieh ihrer Haut Glanz und erzeugte Jucken in den Achselhöhlen, Schlaftrunkenheit machte ihren Körper schlaff. Sie war schmutzig und häßlich, sie mußte baden.
Schläge waren an der Tür zu hören. Das Weinen brach ab. Mein Badezimmer leerte sich. Ich spitzte die Ohren, riß die Nasenlöcher auf: nur der unangenehme Geruch des aus der Gosse kommenden, eine Pfütze bildenden Wassers, das Geplapper des Papageis, der mit anderen unsichtbaren Papageien schwatzte. Wieder Schläge an der Tür und die Stimme von dona Adélia:

»Marina!«
Marina öffnete den Wasserhahn und begann sich zu waschen, sang mit heiserer Stimme, mit zugeschnürter Kehle ein Lied, entsetzlich. Aber die Schläge an der Tür und die Stimme wurden immer lauter.
»Marina, mach die Tür auf. Mach die Tür auf, mein Kind.«
Ein zorniges, keuchendes Flehen, das eine große Anstrengung verriet. Marina mußte beinah sauber sein. Der Schweiß, der Schleim, der Staub, die Tränen und die Schminke waren im Abfluß verschwunden, Marina war eine andere, rosenrot, mit kerzengeradem Rückgrat, wie ein Jahr vorher, als sie hochmütig, mit feuerflammendem Haar, zwischen den Blumenbeeten erschien. Die Traumerscheinung hatte sich aufgelöst.
»Marina!«
Marina sang weiter, schrie, lärmte. Was sollten dona Adélias Klagen und Vorwürfe? Das Wasser floß ab und verlor sich, erstickte die schrille, zitternde Stimme. Und Marina trocknete sich ab, sang voller Wut.
»Mach auf, mein Herzchen.«
Der Schlüssel drehte sich, die Tür öffnete sich plötzlich und schloß sich wieder. Die beiden standen sich Auge in Auge gegenüber, in verlegenem Schweigen. Ich setzte mich auf den Rand des Wassertanks und betrachtete den lockeren Backstein.
»Was ist das für eine Heulerei?« fragte dona Adélia mit schwacher Autorität. »Ich bin ein gläubiger Mensch. Man könnte meinen, es sei jemand gestorben.«
Wahrscheinlich wußte dona Adélia ungefähr, was geschehen war. Aber sie tat so, als ob es für jedes Unglück auch eine Medizin gäbe, oder eigentlich, da dies nicht möglich war, als könnte man seine Hände in Unschuld waschen, in Wehklagen ausbrechen und die Verantwortung dem Schicksal zuschreiben.

»Ich kenne dich nicht wieder. Was ist los?«
Marina brach wieder in Tränen aus, die mit bitteren Worten verbunden waren, die ich nicht verstand. Dona Adélia wankte unter dem Schlag.
»Wie furchtbar, mein Kind! Mein Gott! Unsere Liebe Frau von Amparo steh' mir bei.«
»Was hat das mit Gott, mit Unserer Lieben Frau zu tun!« schrie Marina und schickte das Gejammer und die religiösen Gefühle ihrer Mutter zum Teufel. »Wer ist schuld? Hast du es nicht gewußt? Warum so tun, als ob du es nicht gewußt hättest? Du hast es gewußt.«
Die beiden Frauen schwiegen, schnaubend.
»Da zieht man eine Tochter auf«, stöhnte dona Adélia, »träumt ein Leben lang von ihrem Glück, und dann auf einmal eine solche Bescherung!«
»Na also«, sagte Marina mit einem kleinen Lachen. »Ein Prachtstück. Siehst du?«
Sie hatte sich ein bißchen beruhigt und die Sprache wiedergefunden. Sie war mit ihren Wehklagen schon nicht mehr allein auf der Welt. Sie konnte sich auf ihre Mutter stürzen, keuchend, atemlos, wie ein schlecht gezähmtes Tier, das zu beißen versucht:
»Du tust mir leid! Hast nichts gesehen, nichts gewußt. So unschuldig! Jetzt weißt du es. Also. Unter die Räder gekommen, mit einem Kind im Bauch. Mach kein so scheinheiliges Gesicht. Es ist so, wie ich sage. Oder glaubst du, daß ich lüge? Entjungfert, mit einem Bankert im Wanst. Das willst du nicht hören? Dann stopf dir die Ohren zu.«
»Halt den Mund, Marina«, stotterte dona Adélia zitternd. »Respektiere mich, Marina.«
Dieser pflaumenweiche Befehl schien mir lächerlich und unangebracht, aber er hatte eine überraschende Wirkung: Marina mäßigte sich. Ich betrachtete dona Adélia von allen Seiten und fand nichts Respektwürdiges an ihr. Weder

respektwürdig noch hassenswert. Ich erinnerte mich an das, was ihr Mann gesagt hatte: »Sie tanzte mit den Orangenblüten im Haar wie ein Kreisel, sah den Männern ins Gesicht, ohne mit der Wimper zu zucken. Was! Und die Kerle wurden ganz verwirrt.« Jetzt war sie wie ein Sack, nichts als ängstliche Verwirrung, von dem Wunsch beseelt, in der Erde zu versinken, sich unsichtbar zu machen, die lautlosen Schritte der geflochtenen Sandalen, die langsame und vorsichtige Art eines Menschen, der heimlicherweise nach den Dingen greift und Angst hat, sie zu zerbrechen und einen Rüffel zu bekommen. Nichts davon konnte Respekt einflößen. Sie war ganz elende, unaufrichtige Unbeholfenheit, dazu ausersehen, Grobheiten und Pöbeleien zu erdulden. Wenn der Hausherr kam, die Miete zu kassieren, schrie er: »Ich stell euch den ganzen Krempel auf die Straße.« Ramalho zankte mit ihr wegen der Unterhosen ohne Knöpfe. Sie konnte einem leid tun! An ihr allein hing alle Arbeit! Dona Rosália verspottete sie: »Regen Sie sich nicht auf. Sie haben wenigstens jemand, der alles für Sie tut.« Dona Adélia rang die Hände und schluckte die Herausforderung hinunter. Julião Tavares, der Hund, sagte ihr geschmacklose Schmeicheleien. Dona Adélia senkte den Kopf. Nur ein fast unhörbarer Laut der Zurückweisung: »Hm! Hm!«

»Respektiere mich, Marina.«

Dieser herausgestotterte Befehl war gar kein Befehl: es war eine schreckerfüllte, tränenreiche Bitte. Marina schwieg und begann zu schluchzen. Ich hatte den Wunsch, durch die dünne Wand zu schreien:

»Ihre Schuld ist es nicht, daß Sie in solchen Verhältnissen leben, dona Adélia. Sie waren nicht immer so. Sie hatten ein rosiges, freundliches Gesicht, tanzten wie ein Kreisel, blickten den Burschen offen in die Augen, und die Burschen wurden verlegen. Ihr Mann war voller Stolz und sagte: ›Was wollt Ihr?‹ Dann hat man das aus Ihnen

gemacht. Einen alten Lappen, ein verkommenes, altes Weib. Der Austräger, der an ihre Tür kommt, brüllt: ›Bezahlen Sie Ihre Rechnung, Madame. Mein Chef hat den Kanal voll.‹ Und Sie leiden darunter, denn Sie haben noch Reste von Würde und wollen, daß man Sie respektiert. Die Würde des Menschen erschöpft sich nie, dona Adélia. Ein Mensch mag ein eitriger Dreckfetzen sein und sich mit anderem Schmutz auf einem Misthaufen wälzen. Aber er erinnert sich an die Zeit, als er noch jemand war, bevor man ihn zu einem Gebrauchsgegenstand machte. Dona Adélia erinnert sich an die Orangenblüten, die ihren hübschen Kopf zierten! So viele Hoffnungen! Und heute dieses Stückchen Elend. Man machte aus Ihnen eine Billardkugel, ein Ding, das dahin rollt, wohin man es stößt. Dabei haben Sie wie ein Kreisel getanzt und Ramalho war zufrieden.«
Marina hörte nicht auf zu weinen. Dona Adélia beklagte sich mit leiser Stimme. Auch ich hatte den Wunsch zu heulen. Das Schicksal der beiden Frauen und das eigene schmerzten mich.

Es war merkwürdig, daß sie nicht ein einziges Mal des Namen Julião Tavares erwähnten. Kein Wort über jenen feigen Hund. Das war es, was mich am meisten überraschte, als ich, ziemlich spät, das Badezimmer verließ. An diesem Tag fehlte ich im Dienst.
Marina verfiel in eine stumpfsinnige Resignation, ergab sich ihrem Schicksal, dona Adélia machte niemanden verantwortlich. Julião Tavares war wie ein Balken, der sich vom Gerüst löst und einem Vorübergehenden den Schäden spaltet. Oder eine Strafe, der Wille der Vorsehung, irgend etwas dieser Art. Niemand sprach von ihm. Er war erschienen voll leerer Versprechungen, alles war Betrug. Er hatte sich in mein Haus eingeschlichen, ohne aufgefordert zu

sein, hatte mich bei der Arbeit gestört, meine Freunde vertrieben. Hatte meine Abwesenheit benutzt, um Marina zu verführen. Und war verduftet. Zeigte sich selten, kurze Besuche, sicherlich in der Befürchtung, daß die Kleine eine Torheit begehen und ihm Schwierigkeiten machen würde.

Niemand dachte daran, die beiden Frauen waren Fatalistinnen und klagten das Schicksal an. Närrinnen. Der kindische Behelf, sich gegenseitig zu beschimpfen und sich die Haare zu raufen, brachte mich auf. Es war klar, daß Julião Tavares sterben mußte. Ich versuchte nicht, die Gründe dieser Notwendigkeit zu untersuchen. Sie drängte sich auf, bohrte sich in meinen Kopf, wie ein Nagel. Ein Nagel durchbohrte mein Gehirn. Es war blödsinnig, aber ich hatte tatsächlich den Eindruck, als ob ein spitzer Gegenstand meinen Kopf durchbohrte. Ein entsetzlicher Schmerz, ein Gedanke, der alle anderen Gedanken auslöschte. Julião Tavares mußte sterben.

Dona Adélia war gerechtfertigt: »Sie waren nicht immer so. Sie waren stark und schön. Der Kreisel hat sich in eine Billardkugel verwandelt. Sie sind ein armseliger Dreckfetzen.« Marina wurde gerichtet und freigesprochen. Wahrscheinlich ließ ich mich durch romantische Lektüre beeinflussen. Ich vergaß, daß sie noch vor einem Jahr dona Mercedes um die seidenen Strümpfe und Kleider beneidet hatte. Jetzt hatte sie alles: Strümpfe, Kleider, ein Kind im Ranzen, ein Kind, das genauso sein würde wie der Vater, dick, pausbäckig und niederträchtig, genauso wie der Großvater, der Tavares von Tavares & Co., Ratten.

Marina war ein Gebrauchsgegenstand und verdiente Mitleid. Dona Adélia war ein Gegenstand und verdiente Mitleid. Auch Julião Tavares war ein Gegenstand, aber ich fühlte kein Mitleid mit ihm. Ich fühlte, wie der Haß, den er mir immer eingeflößt hatte, wuchs.

Er mußte sterben. Julião Tavares in Stücke zerhackt, wie

der Bengel in der Geschichte von Ramalho. Der Gedanke an eine lange Folter mißfiel mir jedoch. Ekel, Angst, Abscheu vor Blut. Julião Tavares würde eines gewaltsamen Todes sterben, aber ohne Blut vergießen. Im Wachen und im Träumen sah ich ihn blauviolett, mit herausquellenden Augen, mit aus dem Mund hängender Zunge. Ich dachte oft an den muskulösen Arm des dunkelhäutigen Mannes, der oben am Leuchtturm dem Burschen Capoeira beibrachte. In einem Anfall von Begriffsverwirrung bildete ich mir ein, der Mann mit den Muskeln zu sein.

Die Muskeln von mestre Domingo gehörten dem alten Trajano. Auch die Muskeln und der Bauch von Quitéria. Sinha Germana empfing und gebar auf dem Ochsenfell, dem Benutzung und Alter die Haare geraubt hatten. Quitéria gebar ihre Kinder auf der nackten Erde, unter den Catingabäumen, hinter dem Viehzaun, und bei schwierigen Geburten auf dem Gestell mit Lederriemen. Eine Brut verschiedener Hautfarbe und Altersklassen, mehrere von Trajano, breitete sich an jenen Ufern aus, dunkelhäutige Mischlinge, die von Zeit zu Zeit heimlich erschienen und Trajano um seinen Segen baten. Die Kinder von Sinha Germana gingen alle zugrunde: nur Camilo Pereira da Silva kam davon, der sich in Romane vertiefte und diese Vorliebe für Bücher auf mich übertrug. Quitéria und andere Weiber bevölkerten die Gegend mit starken und wilden Mulatten, die Trajano Pereira de Aquino Cavalcante e Silva gehörten.

Die beiden letzten Geburten Quitérias ereigneten sich noch zu meiner Zeit. Sinha Terta, die Hebamme des Hofes, führte in dem neben der Küche gelegenen Raum ihren Schnabel spazieren. Trajano strich voller Sorge um den Nachwuchs, der nicht von ihm stammte, um die Tür. Obwohl er keinen Anspruch mehr erheben konnte, bewahrte er auch noch nach der Sklavenbefreiung die Gepflogenheiten eines Patriarchen. Er war erledigt. Samstags ging er ins Dorf, um sich zu besaufen. Er stützte sich auf die Schulter von mestre Domingos und bekotzte sich von oben bis unten: »Schwarzer! Hast du keinen Respekt vor deinem Herrn?« Ich war nicht dabei, als er den schwarzen Weibern Kinder machte, aber ich war dabei, wenn die Mulatten ihn mit leiser Stimme um seinen Segen baten, und ich sah, wie er auf Zehenspitzen um Quitérias Zimmer schlich und sich für die Kinder interessierte, als ob sie von ihm wären.

Quitéria sperrte die Beine auseinander, stöhnte und wälzte sich auf dem Gestell hin und her, daß die Streben krachten. Dann Stille, merkwürdige Geräusche, Schreie, Sinha Tertas Stimme, die die von Quitéria begleitete, schleppend, nasal:

> Heilige Margarida,
> Bin weder trächtig noch schwanger.
> Befreie mich von dem toten Körper,
> Den ich im Bauche habe.

Dann wurde irgend etwas ausgeschüttet und Sinha Terta sagte:

»Gelobt sei Unser Herr Jesus Christus.«

Mein Großvater beruhigte sich.

Die anderen Schwarzen der Fazenda hatten sich nach 1888 davongemacht. Trajano war jetzt nur noch Herr einer einzigen Sklavin, die mit ihm unter den Catingabäumen schlief und nicht frei sein wollte. Ich kannte Trajano, als er schon völlig heruntergekommen war, Zuckerrohrschnaps soff wie ein Loch und nicht mehr genug Ansehen hatte, um eine Bande aufzustellen und das Gefängnis zu stürmen. Aber die Mordknechte zogen noch den Hut, wenn sie ihm begegneten, kupferrote Burschen mit blutunterlaufenen Augen und Muskeln wie Stahl. Wenn der Alte einen Nachbar hätte umlegen wollen, dann hätte er José Baía gerufen, jenen lustigen Kerl, der mir unter dem Vordach des Hauses Geschichten von Schlangen erzählte. Er hätte die Sache mit halben Worten abgesprochen und ihm ein paar Geldscheine gegeben. Und nichts hätte seine Ruhe stören können. Er hätte geraucht und sich mit seinen Sandalen, seinem Hemd und seinen Unterhosen aus rohem Leinen auf der Veranda mit gespreizten Beinen in die Hängematte gelegt.

Ich erinnerte mich daran und betastete voller Unwillen meine armseligen Muskeln. Welch ein Elend! Das ständige Schreiben, das krumme Rückgrat, die Nase über dem Papier, all das hatte meine Kraft, meinen Mut aufgezehrt. Was sollte das Geschreibsel? »Schreib so, Luís.« Und Luís gehorchte. »Schreib anders, Luís.« Und Luís brachte Gedanken und Interessen anderer Leute zu Papier. Welche Erbärmlichkeit!

Ich dachte an den wie ein Landbewohner aussehenden Mann, den ich oben beim Leuchtturm getroffen hatte. Er hatte Hände und Füße wie die Kerle, die den Hof mit ihren Lederhüten fegten, wenn sie Trajano sahen.

Auf dem Hof wimmelte es von Schlangen. Eine ringelte sich um Trajanos Hals, als er auf einer Bank unter dem Vordach schlief. Trajano wachte auf, kam aber nicht vollständig zu sich, weil er schon ganz verkalkt war. Er stand auf, torkelte, schrie und hüpfte wie ein Verrückter, als ob er den Veitstanz hätte. Er verlor eine Sandale. Voller Angst steckte er die Finger zwischen die Glieder dieser lebenden Halskette und schrie:

»Nehmt sie weg, nehmt sie weg, nehmt sie weg!«

Wer sollte den Alten von einer Klapperschlange befreien, die sich um seinen Hals geringelt hatte? Ich war noch viel zu klein und betrachtete alles mit riesigem Staunen. Mir schien die Schlange ein Schmuckstück, etwas, das sich Trajano um den Hals gelegt hatte, um sich von den anderen zu unterscheiden. Wer sollte sie anfassen?

»Nehmt sie weg, nehmt sie weg, nehmt sie weg!«

Quitéria zog den Rosenkranz mit den weißen und blauen

Perlen hervor: »Barmherzigkeit!« Trajano Pereira de Aquino Cavalcante e Silva tanzte auf der gestampften Erde. Schließlich ließ ihn die Schlange los, und Camilo Pereira da Silva tötete sie mit einem Messer, mit dem man Ochsen beschnitt. Quitéria hing sie über ein Stück Holz, wo sie wie ein Strick hin- und herbaumelte und warf sie zu den anderen Schlangen am Fuß des Juazeirobaumes.
Quitéria war tot. Und ihre Söhne und die der anderen Schwarzen, die sich nach 1888 in Strohhütten am Ufer des Ipanema angesiedelt hatten, begannen die Abkömmlinge ihrer früheren Herren zu mißachten. Viele von ihnen schlossen sich Räuberbanden an, die den Nordosten beunruhigten, Besitzungen niederbrannten, weiße Mädchen notzüchtigten und die reichen Leute an den Ästen der Bäume aufknüpften.

Ivo erschien im Haus, ausgehungert, halb nackt und halb betrunken, wie immer. Während Vitória das Essen für ihn zubereitete, überreichte er mir ein Geschenk:
»Das hier, Luisinho, hab ich euch mitgebracht.«
Und er legte das Stück eines Strickes auf den Tisch.
»Was soll ich damit machen, Ivo? Wo hast du das gestohlen?«
»Ich hab's nicht gestohlen, Luisinho, ich hab's auf der Straße gefunden. Ich hab's für euch aufbewahrt. Es ist schön.«
Dann machte er sich über das Essen her, das Vitória ihm anbot.
»Vielen Dank, Ivo.«
Ich näherte mich dem Tisch und rollte den Strick auf. Aber ich ließ ihn mit Schaudern fallen und steckte die Hände, empört über den Caboclo[1], in die Tasche:

1 Caboclo = Halbblutindianer. Anm. d. Übers.

»Nimm das weg, Ivo. Zum Teufel, was für ein idiotisches Geschenk soll das sein?«
Der Mann wunderte sich:
»Warum? Hebt es auf, Luisinho. Ich geb es euch gern. Man kann es zum Aufhängen der Hängematte benutzen.«
Ich dachte an die Hängematte, in der Marina nachts schlief und die mir mit dem Quietschen der Ringe den Schlaf raubte.
»Ich will es nicht. Nimm es schnell weg.«
Ich vermied es, das Ding, das auf dem Tisch neben Ivos Teller lag, beim Namen zu nennen. Es schien mir, als ob sich ein Teil meiner Gedanken offenbaren würden, falls ich den Namen ausspräche. Solange es zusammengerollt war, schien es dem Gegenstand, der mich verfolgte, nicht ähnlich. Es war eine kleine, harmlose Rolle. Sobald ich aber den Strick aufrollte, empfand ich einen heftigen Schock, der mich zitternd zurückweichen ließ. Ehe ich überlegen konnte, hatte ich den Eindruck, daß das Ding mich in Fesseln schlagen oder beißen würde.
Ich erinnerte mich an Chico Cobra, einen Quacksalber in unserem Ort, der immer mit einem hohlen Kürbis voller Schlangen herumlief. Nachdem Chico Cobra auf dem Markt einen Mann umgebracht hatte, flüchtete er sich in den Wald, baute eine Strohhütte und umgab sich mit Surucucus und anderem giftigen Gewürm. Alle Versuche der Polizei, ihn zu verhaften, schlugen fehl. Es gelang niemandem, sich der Strohhütte des Verbrechers zu nähern: auf einen Kilometer Entfernung schon konnte man die Erdhügel mit den riesigen Schlangen sehen.
Ich wollte Ivo beschimpfen. Es schien mir, daß er nur gekommen war, um sich über mich lustig zu machen. Dazu hatte er kein Recht. Er stieß die Tür auf, trat ungefragt ein, nie habe ich ihm Essen verweigert. Mich verspotten? Ich konnte mich nicht zurückhalten:
»Unverschämter Kerl, undankbarer.«

Ivo schaute mich voller Erstaunen an:
»Was ist denn los?«
Ich wurde verlegen. Ich war dabei, dummes Zeug zu sagen.
»In Ordnung. Wir wollen nicht mehr darüber reden.«
Ich begann von einer Wand zur anderen zu gehen, aber da ich beim Auf- und Abschreiten mit der Schuhspitze an das Wasserrohr stieß, gab ich die Sache auf und begann um den Tisch herum zu wandern, immer kleiner werdende Kreise beschreibend. Zum Schluß berührte ich fast die Stühle, und das gab mir den Eindruck, als ob Ivo und der Tisch aneinander gekettet wären. Ich setzte mich. Das Grauen, das der Strick mir einflößte, ließ nach, aber die Ungereimtheiten meines Verhaltens und meiner Ideen blieben bestehen. Es kam mir vor, als läge eine meiner Ideen auf dem Tisch und simulierte Schlingen und Spiralen. Das war so verrückt, so ungewöhnlich, daß mich plötzlich ein wildes Lachen überfiel, das Ivo erschreckte. Die auf dem Tisch liegenden, ineinander verflochtenen Windungen des Stricks bildeten einen Knäuel, einen mehr oder weniger runden Knäuel. Mit ein wenig Anstrengung konnte ich annehmen, daß er rund war, mehr oder weniger rund, vergleichbar einem flachen Kopf, der aus wunderlichen Windungen bestand, die sich wie Eingeweide bewegten. Ich dachte an Gehirnwindungen, stand auf und trank einen Schluck Zuckerrohrschnaps. Dann setzte ich mich wieder. Ich hörte nicht auf zu lachen, obwohl ich gar nicht lachen wollte. Ivo riß die Augen auf, und das brachte mein idiotisches Gelächter zum Schweigen. Ich fühlte mich beobachtet und unterdrückte den geräuschvollen Ausbruch. Ich beruhigte mich scheinbar. Weder nervöses Lachen, noch übertriebene Wut. Meine ganze Aufmerksamkeit konzentrierte sich auf das verworrene Knäuel, das auf dem Tisch lag.
»Iß ruhig weiter.«

Ivo aß alles auf. Vitória nahm den Teller weg. Ich trank noch etwas Zuckerrohrschnaps, blieb auf dem Stuhl hokken, die Hände auf dem von Flecken bedeckten Tischtuch und betrachtete den Strick.

Ich erinnerte mich an Fabrícios Tod, Freund und Gevatter meines Vaters. Niemals zuvor hatte ich einen ermordeten Menschen gesehen. Quitéria saß auf der Maniokmühle, die im Hof vergammelte, schneuzte sich, seufzte, sprach von Fabrício wie von einer außerordentlichen Erscheinung und erzählte von seinen wunderbaren Heldentaten. Rosenda unterbrach die Erzählung mit Zwischenrufen, ich dachte an José Baía. Ich floh aus dem elterlichen Haus und schlich mich zum Gefängnis, wo der Körper von Fabrício aufgebahrt war, der Oberkörper nackt, die Augen erloschen. Dieser Cangaceiro erhielt für mich eine übermäßige Bedeutung. Keiner der Toten, denen ich später im Leben oder in Büchern begegnete, war wie er. Ich verglich Fabrício mit berühmten Toten, aber Fabrício hielt allen Vergleichen stand, denn er war der erste Ermordete, den ich je gesehen hatte, außerdem hatte ihn Quitéria mit ihrem Lob ausgezeichnet, und er war der Gevatter meines Vaters. In der Redaktion zogen viele Kadaver an mir vorbei, während ich bei der Revision den Satzbau ausbesserte oder Polizeiberichte schrieb! Keiner hinterließ auch nur den geringsten Eindruck. Fabrício war von der Hüfte nach oben nackt, von Messerstichen durchlöchert. Er sah furchtbar aus. Ich verbrachte mehrere Nächte, ohne richtig schlafen zu können, wachte angstgequält und laut schreiend auf. Der zweite Ermordete, den ich sah, beeindruckte mich zwar, aber er raubte mir nicht den Schlaf. Dann gewöhnte ich mich daran.

Ivo bat um einen Zuckerrohrschnaps. Ich füllte ein Gläschen für ihn und eins für mich.

»Auf eure Gesundheit, Luisinho.«

Er hockte sich neben dem Wasserrohr auf den Boden und

begann, an die Wand gelehnt, zu schlummern. Ich setzte mich wieder an den Tisch, kreuzte die Arme auf dem Tischtuch, meine Hand berührte fast den Strick. Ich war halb betäubt, die Augenlider wurden mir schwer. Die Eisenringe der Hängematte im Nebenhaus quietschten. Ivo hatte gesagt: »Hebt das auf, Luisinho. Man kann damit die Hängematte befestigen.« Meine Finger näherten sich den Windungen des Stricks, aber als ich den Strang berühren wollte, löste er sich auf und schlug nach meiner Hand, als ob er Leben hätte.

Marina, voller Ekel und niedergeschlagen, versuchte sich in den Schlaf zu wiegen, um ihr Elend zu vergessen. Das Geräusch der Eisenringe erinnerte mich an die Zeit, da sie mich mit ihrem Lachen und Singen verrückt gemacht hatte. Das Mitleid, das ich vor einigen Tagen empfunden hatte, verschwand. Ich kam in Wut und bedachte sie in Gedanken mit allen möglichen Schimpfworten. Ich stand auf, schlug auf den Tisch, und die Windungen des Stricks begannen zu zittern. Ich betrachtete Ivos glanzlose Augen mit Mißfallen.

Tote können mich nicht erschüttern. Viele Leute im Dorf endeten von einer Kugel oder vom Messer getroffen. Ich gewöhnte mich daran, Tote aus der Nähe zu sehen. Nach einiger Zeit riefen sie in mir keine Gemütsbewegung mehr hervor. Wenn die Hängematte, an einer langen Stange befestigt, die zwei Eingeborene auf den Schultern trugen, am Straßenende erschien, eilte ich auf die Straße, um die Farbe des Tuches festzustellen, mit dem der Tote bedeckt war. War es weiß, dann kam der Trauerzug an meinem Haus vorbei, betrat das Seitengäßchen, bog beim Cavalo-Morto ab und nahm den Weg zum Friedhof. Die Hängematte der Leute, die einer Gewalttat zum Opfer gefallen waren, waren mit einem roten Tuch bedeckt und nahmen den Weg zum Gefängnis auf der anderen Seite des Platzes. Ich machte mich davon. Keinerlei Mitgefühl, ich wurde

gefühllos. Fünfzig Stiche in Brust und Bauch! Sehr gut. Jetzt hatte ich auf einmal Angst, einen Strick anzufassen.
»Hast du schon jemand umgebracht, Ivo?«
Der Mann riß erschreckt die Augen auf:
»Ich? Da sei Gott vor. Für solche Sachen bin ich nicht zu haben, Luisinho. Ich hab noch nicht einmal ein Küken geschlachtet.«
»Aber den Wunsch hast du schon gehabt, nicht wahr?«
»Rede keinen Unsinn, Luisinho. So was sagt man nicht.«
Ich fing wieder an zu lachen und rieb mir die Hände. Plötzlich erstarrte das Lachen, ich blieb vor Ivo stehen, die Hände auf den Tisch gestützt, das Lachen blieb mir im Halse stecken.
Manchmal, Stunden nachdem man die rot bedeckte Hängematte in den Ort überführt hatte, geschah es, daß eine Bande von Hilfspolizisten das Gefängnis überfiel und den gefesselten Verbrecher mit sich nahm. Die Hilfspolizisten sprachen mit lauter Stimme und zeigten voller Selbstbewußtsein ihre Dolchmesser und Vogelflinten, die Arme des Mörders waren gefesselt, vom Bauch an nach oben war er mit Stricken umwunden. Die Ortsbewohner bekamen es mit der Angst zu tun. Die Tricktrackspieler ließen Bretter und Steine im Stich. Der beinah blinde Acrísio klopfte mit dem Stock auf den Boden und bat vergebens um eine Erklärung. Der Doktor, der log wie gedruckt, erzählte Geschichten aus dem Amazonasgebiet. Da der Amazonas in weiter Ferne lag, und da er wußte, daß niemand die Wahrheit seiner Erzählungen untersuchen würde, log er fröhlich drauflos. Batista kam in einem roten Morgenrock aus dem Haus. André Laerte, mit steifen Schnurrbartspitzen wie ein Kater, eilte rasch und lautlos durch die Straßen. Pater Inácio hob drohend den Regenschirm und schrie: »Kanaillen! Schweinehunde!« Der Korporal José da Luz, etwas angeheitert, schleppte seine bedeutende Erscheinung nachlässig und mit langsamen Schritten, den Gürtel halb

offen, ins Gefängnis, während er leise sang: »Ich bin ein Polizeisoldat und lebe nur für die Montur . . .« Auch der Verbrecher trat sehr selbstsicher auf, schritt durch den Raum mit erhobenem Kopf, die Stirn von Runzeln zerfurcht, mit wildem Blick, erhobener Nase, vor Stolz beinahe berstend. Ein paar Stunden später würde er in einer Ecke des Gefängnisses hocken, ohne eigenen Willen, wie Ivo. Aber jetzt, in Gegenwart der Neugierigen, die sich herumstießen, spielte er das wilde Tier: blähte die Nüstern, biß sich die Lefze, riß an den Stricken und grunzte. Die Leute betrachteten ihn voll Bewunderung, und die Hilfspolizisten bliesen sich wie Frösche auf, ihn lebendig gefangen zu haben. Rosenda glotzte voller Verwunderung.

»Wir sind gewohnt, solche Burschen kirre zu machen, meine schwarze Perle.«

Der Gefängniswärter rasselte mit den Schlüsseln, der Polizeivorsteher trat mit verschlossenem Gesicht dem Volk gegenüber und sah beinahe so bedeutend aus wie der Gefangene. Die drei alten Weiber, die wie Ameisen aussahen, erschienen am Fenster, um ebenso schnell wieder zu verschwinden. Filipe Benigno strich sich den Bart und spuckte lange und schwierige Worte aus. Die Volksmasse drängte sich auf dem Gehsteig vor dem Gefängnis. Die Hilfspolizisten löschten ihren Durst an der Theke von Teotoninho Sabiá. Der der Polizei ausgelieferte Verbrecher schritt durch die Menge und betrat, schwarz von Staub und schweißbedeckt, die Polizeistation. Im Dunkeln des Kerkers empfing der Gefängniswärter, nachdem der Schlüssel im Schloß gerasselt hatte, zweihundert Réis Haftgeld und löste die Fesseln, die die Knochen verrenkten und dem Mann ins Fleisch schnitten. Einen Pferdedieb würde man mißhandeln, er würde kniend, vom Bauch nach oben nackt, die Lederscheide des Buschmessers erdulden müssen, ein Soldat würde ihn am rechten Arm festhalten und auf die Brust schlagen, ein anderer würde den linken Arm

festhalten und ihn auf den Rücken schlagen. Dann würden sich die andern Gefangenen, die Mitgenossen, nähern und ihm plötzlich die Beine unter dem Bauch wegtreten. Der Körper würde auf den schwarzen, von Speichel, Blut, Eiter und rot verschmutzten Boden stürzen. Der Ochsenziemer würde durch die Luft pfeifen und dem Gefangenen in die unbedeckten Lenden schneiden. Das würde man mit Dieben, Landstreichern, mit Leuten, die unbedeutende Verbrechen begangen hatten, machen. Ein Mörder war etwas anderes, verdiente Achtung. Wenn er auf dem Gehsteig erschien, drängten sich die Menschen zusammen, um ihm den Weg freizumachen, und die Augen öffneten sich weit in fast religiöser Hingerissenheit, in einer Mischung aus Zustimmung und Angst. In Gegenwart dieses Mannes wurde es still. Dann erhob sich eine flüsternde Unterhaltung, die seine Tat übertrieb. Die Taten der anderen Verbrecher verblaßten vor den seinen. Der da, das war ein Kerl, jawohl. Man zählte die Messerstiche oder die Schüsse. Die Soldaten auf den schmutzigen Schlafgestellen gähnten. Sie waren es satt, Blut zu sehen. Der Gefangene, das Gesicht von Staub und Schweiß bedeckt, knurrte und spielte seine Rolle des wilden Mannes. Ich versuchte, in ihm eine Ähnlichkeit mit meinem Freund José Baía zu entdecken.
Vitória nahm den Teller weg und reinigte das Tischtuch. Durch einen Stoß an das Tischbein rollte sich der Strick auf und streckte sich der Länge nach fast über den halben Tisch. Vitória setzte sich in die Nähe der Küchentür und entfaltete die Zeitung. Eine Windung des Strickes sah wie die Schlinge eines Kreisels aus, mit dem Kinder auf der Straße spielten. Man legt den Finger in die Schlinge und schließt eine Wette ab. Der Gegenspieler zieht die Schlinge zu. Wenn sich die Schlinge um den Finger schließt, hat man verloren. Wenn ich den Finger in jene Schlinge, neben dem Kaffeefleck auf dem Tisch steckte, würde sie sich

schließen? Wenn ja, was würde geschehen?
Ich dachte an den Viehhirten Amaro und an Evaristo. Amaro auf der obersten Sprosse der Viehhürde, verbrachte eine Stunde damit, das Vieh anzulocken.
»Ich werde das braune Rind einfangen.«
Und der Lederstrick begann sich zu drehen. Das Ende des Lassos hob und senkte sich. Während des Geographieunterrichts in der Schule von Antônio Justino verglich ich den Viehhirten Amaro mit der Sonne. Der Viehhirte Amaro war eine Art Sonne, die auf einen Zaun geklettert war. Das Lasso, das um ihn kreiste, war die Erde. Plötzlich fiel diese merkwürdige Erde auf das braune Rind herab und hielt es an den Hörnern fest. Wenn nur wenig Viehzeug in der Hürde war, war das eine Spielerei. Aber wenn die Tiere zum Brennen zusammengetrieben wurden, füllte sich die Hürde, die Hörner stießen aneinander, und man konnte den Kopf des ausgesuchten Tieres kaum erkennen. Das Lasso kreiste eine Ewigkeit in der Luft, sank herab, ging hart am Ziel vorbei und stieg wieder in die Luft. Amaro ließ seine Lockrufe hören, das Vieh wurde unruhig und stieß sich mit den Hörnern. Ich saß auf der obersten Sprosse der Pforte, mein Herz schlug bis zum Hals, ich setzte alles auf Amaros Erfolg. Meine Hände bedeckten sich mit Schweiß. Warum machte Amaro nicht Schluß damit? Plötzlich brachen die Lockrufe ab, das Schwirren des Lassos haftete noch für einen Augenblick in meinem Ohr. Das Tier war gefesselt.
Evaristo war in Schwierigkeiten. Er hatte in guten Verhältnissen gelebt, war wahlberechtigt, Gerichtsbeisitzer, hatte Geld für Kirchenfeste gegeben. Und die Leute, die ihm im Ort auf der Straße begegneten, zogen den Hut.
Ein wortkarger, fleißiger Mensch, der ernsthafteste Mann, den man sich vorstellen konnte. Er widmete sich verschiedenen Tätigkeiten, er war Landwirt, redigierte Vollmachten und Bittschriften. Als er schon beinah siebzig war,

begann es mit ihm abwärts zu gehen. Die Augen ließen nach, das Gedächtnis ließ ihn im Stich, die mageren Arme hatten keine Kraft mehr, die Hacke zu halten oder den Hobel, den Schmiedehammer und die Metallschere. Evaristo verstand es, viele Dinge herzustellen, aber er war in keinem Beruf richtig zu Haus. Und als das Alter kam, fühlte er sich schwach, die zittrigen Finger konnten kaum noch den Krückstock halten. Wenn er ging, bildete er einen Doppelbogen: einen mit den krummen Beinen und einen mit der eingefallenen Brust. Wenn er saß, stützte er die Hände auf den Knauf des Stocks und das Kinn, mit der schlaffen, dunklen, wie ein Spinnweb herunterhängenden Haut, auf die harten, behaarten, von riesigen Adern durchzogenen Hände. Es ging abwärts und immer weiter abwärts mit ihm, und in dem Häuschen, das sich am Ende der Rua da Cruz versteckte, erlosch das Feuer. In jenen langen Wintermonaten zitterten Evaristo und seine Frau vor Kälte und waren dem Wahnsinn nahe, denn der Hunger war groß. Wenn der Abend kam, gingen sie auf und ab, stolperten über die Möbel, da es kein Licht gab im Haus, sie betrachteten die armselige Straße. Ein hartnäckiger Regen beschlug die Scheiben der trüb scheinenden Laternen. Die Alten drängten sich aneinander, um der Kälte besser zu begegnen, und die Straßenbengel, die an dem Haus vorüberkamen, schauten durch die Fensterspalten und schrien:
»Unmoralisches, altes Pack! Umärmelt! macht Schweinereien!«
Die Nächstenliebe ließ nicht auf sich warten: Filipe Benigno, André Laerte, der alte Acrísio, die drei Frauen, die wie Ameisen aussahen, legten eine Liste auf – und Evaristo erhielt wöchentlich zehn Milréis. Der Winter ging vorbei. Evaristo legte ein Beet mit Bohnen auf dem Grundstück an. Und als die jungen Bohnen aufbrachen und die Maisstauden Kolben ansetzen, stammelte er voller Verlegenheit

einige Worte des Dankes und verzichtete auf weitere Hilfe.
»Arm aber stolz«, sagte eine der Frauen, die wie Ameisen aussahen.
Rosenda und der Korporal José da Luz stimmten zu.
Die Ernte ging zu Ende, der Alte fühlte Hunger, sah sich nach allen Seiten um und fand keine Hilfe. Er suchte Arbeit, aber er war siebzig Jahre alt, und niemand schenkte ihm Vertrauen. Eines Tages betrat er die Bäckerei von José Inácio, die Hand auf den Leib gepreßt.
»Ein Almosen um aller Heiligen willen«, flüsterte er.
José Inácio war verärgert.
»Ein Almosen um aller Heiligen willen«, stöhnte Evaristo fast ohne Stimme.
»Laß mich in Ruh . . .«
José Inácio stieß einen Fluch aus, der Evaristos Ohren beleidigte.
»Ich bitte um ein Almosen bei allen Heiligen«, murmelte der Alte erschrocken, ohne zu ahnen, daß der Fluch ihm gegolten hatte.
José Inácio hatte vielen Bettlern geholfen. Niemals hatte er sich grob gezeigt. Evaristo war in einem ungünstigen Augenblick gekommen, als der Inhaber der Bäckerei verärgert war.
»Ich bitte um ein Almosen bei allen Heiligen«, wiederholte Evaristo leise.
José Inácio zeigte auf einen Korb mit trockenem Brot und schrie brutal:
»Nimm davon.«
Später hatte er Gewissensbisse, wie er Teotoninho Sabiá erklärte. Er erinnerte sich, daß der Alte nie jemanden belästigt hatte. Er lief zur Tür, um ihn um Entschuldigung zu bitten, aber die Straße war leer.
An diesem Tag betrat Evaristo das Haus, die Füße wie ein Krüppel schleppend und gab seiner Gefährtin ein trocke-

nes Brot. Er blieb einige Minuten stehen und sah zu, wie sie die zahnlosen Kiefer in die harte Kruste schlug, dann trat er an die von Löchern übersäte Wand, wo ein Strick auf einem Zapfen hing.
»Hm! Hm!« sagte die Alte. »Härter, als das Horn eines Ochsen.«
»Bestimmt«, murmelte Evaristo.
Die Frau aß das Brot und legte sich auf die Pritsche. Sie sah, wie ihr Mann mit der Hand die Wand abtastete, aber da sie kurzsichtig war, konnte sie nicht genau sehen, was er suchte.
»Ich sah nur, daß er mit der Hand die Wand abtastete«, erklärte sie am nächsten Tag André Laerte. »Ich drehte mich um und schlief.«
Einige Stunden später fand man Evaristo am Ast eines Rizinusbaumes aufgehängt. Ich wollte ihn sehen, aber ich hatte keinen Mut näherzutreten: ich blieb in einiger Entfernung stehen und sah den hin- und herbaumelnden Körper, dessen Füße den Boden gerade berührten, als ob sie zum Sprung ansetzten. Ich staunte, daß die schwachen Zweige eines Rizinusbaumes den Körper eines Mannes tragen konnten. Rosenda sagte mir, daß in dem Augenblick, in dem ein Christenmensch sich den Strick um den Hals legt, sich der Teufel auf seine Schultern setzt. Evaristo schaukelte hin und her. Manchmal sah man den gebeugten Rücken, manchmal die weißen Barthaare, die aus dem Munde hängende Zunge, die herausquellenden Augen, die Glatze. Es sah aus, als ob er zum Sprung ansetzen würde. Dieser närrische Gedanke, daß ein Toter einen Sprung machen könnte, beschäftigte mich. Der langgestreckte Leichnam, der den Boden gerade noch berührte und der mich mit einem Satz zu überfallen drohte, flößte mir Angst ein. Der dünne Strick, an dem er hing, sah von weitem gesehen genauso aus wie der, der auf meinem Tisch lag und sich aufdrehte und wieder zusammenrollte. Evaristos hin-

fällige Frau betrachtete ihn ohne Tränen.
Vitória las in der Küche die Zeitung. Die Haken knirschten nicht mehr. Ivo schlief, an die Wand gelehnt, mit offenem Mund. Ich nahm den Strick, rollte ihn zusammen und steckte ihn in die Tasche. Das Herz schlug mir bis zum Hals.
»Scher dich zum Teufel, Ivo«, schrie ich.
Ivo schnarchte. Ich schüttelte ihn. Er stand auf und blieb in vorgebeugter Haltung stehen, als ob er zum Sprung ansetzte.
»Scher dich zum Teufel. Mich zu belästigen! Ich hab nichts mit dir zu tun. Hau ab.«
Ivo senkte den Kopf:
»Ihr habt recht. Auf Wiedersehen, Luisinho. Vergelt's Gott.«

Julião Tavares betrat das Kaffee. Ich wollte mich möglichst weit weg setzen, kehrte ihm den Rücken, beobachtete ihn aber in dem mit weißen Buchstaben bedeckten Spiegel. Ich tat so, als ob ich Verachtung empfände, als ob ich von seiner Gegenwart keine Kenntnis nähme. Ich sah aber den Rock mit den durchgeschwitzten Achselhöhlen, die hervorquellenden Augen, das herabhängende Haar, den schwammigen Hals, die dicken Backen, alles von weißen Linien überzogen, die auf dem Spiegel die Getränke ankündigten. Wenn man mich ansprach, stieß ich irgendeinen Laut aus, mit wilder, gutturaler Stimme, wie ich es früher bei den Maultier- oder Ochsentreibern gehört hatte, und trotz der in der Stadt verbrachten Jahre nicht verlernt hatte. Während ich zerstreut diese fremdartigen und rauhen Laute ausstieß, las ich die Anzeigen, die auf dem Spiegel standen. Ich fügte die Buchstaben der längeren Worte neu zusammen und bildete andere Worte.
Diese Beschäftigung ist für mich zu einer Gewohnheit

geworden, von der ich mich nicht mehr befreien kann. Ich zähle die Kombinationen, die sich ergeben, an den Fingern ab, bilde Zwanziger-Gruppen, entsprechend den beiden offenen und geschlossenen Händen. Wenn viele Vokale vorhanden sind, gelingt es mir, sechzig, achtzig und manchmal hundert und mehr Worte zu bilden. Dasselbe mache ich mit den Reklameschildern der Geschäfte, mit Filmplakaten, mit Überschriften von Zeitungen und Büchern. Dieser idiotische Zeitvertreib wirkt auf mich wie ein Beruhigungsmittel: ich vergesse die Demütigungen und Schulden, höre auf zu denken. Wenigstens denke ich nicht ausschließlich an eine Sache. Aber ich sehe ganz genau, was um mich vorgeht. Nach und nach stellen sich Zeichen der Ungeduld ein: die Finger krampfen sich zusammen, die Nägel verletzten die Handflächen, und ich ärgere mich, mit solchem Unsinn Zeit zu verlieren, aber gewöhnlich unterbreche ich das Zählen nicht.
Während ich dort in der Ecke saß, das Gesicht zur Wand gekehrt, fühlte ich mich weit ab von der Welt. Ich sah nur noch die weißen Buchstaben auf dem roten Gesicht von Julião Tavares. Ich erinnerte mich an die furchterregenden Masken, mit der die Wilden ihre Gesichter bemalen, und an die Gepflogenheiten der Buschräuber, ihre Feinde mit einem glühenden Eisen zu brandmarken. Aus der weißen Beschriftung ließen sich manchmal Namen ablesen, die sehr gut zu Julião Tavares paßten. Wenn ich ein Buschräuber aus dem Sertão wäre und Julião Tavares mir auf einem abgelegenen Weg begegnete, so würde ich mich mit ihm in einen Zweikampf einlassen und ihm mit einem glühenden Eisen ein paar der weißen Buchstaben, die im Spiegel auf seinem Anzug und seiner Haut zu sehen waren, in die Schnauze brennen. Die Kaffeetasse in meiner Hand zitterte, ich verschüttete Zucker auf die Untertasse und auf die marmorne Tischplatte, trank den Kaffee mit maschinenmäßigen Bewegungen. Die mit Bleiweiß aufgemalten Schrift-

zeichen bedeckten die auf der Straße vorbeigehenden Menschen mit Zebrastreifen. Ganz bestimmt würde auch Marina auftauchen.
Nachdem Julião Tavares aufgehört hatte, das Nachbarhaus zu besuchen, rief jegliche Abwesenheit Marinas in mir den Verdacht hervor, die beiden träfen sich. Ich nahm meinen Hut und folgte ihr, versteckte mich, drückte mich an die Häuserwände, fürchtete, daß meine Spitzelei entdeckt würde. Offenbar hatten die beiden wieder miteinander Beziehungen aufgenommen. Der dicke Kerl würde an einer Straßenecke auftauchen, seiner Geliebten den Arm reichen und sie in eine Absteige führen. Meine Gewißheit begann zu schwinden. Marina ging wie andere Frauen auf der Straße, betrachtete Schaufenster, betrat Geschäfte. Ich wartete an der ersten Straßenbahnhaltestelle. Minuten später begann die Verfolgung wieder, bis sie in ihrem Haus verschwand. Einerseits fühlte ich mich erleichtert, andererseits betrogen. Es war klar, daß sie sich irgendwo treffen würden. Ich machte mir Vorwürfe, nicht richtig aufgepaßt zu haben. Ganz bestimmt war mir eine halboffene Tür oder eine dunkle Treppe entgangen, wo die Schamlose Unterschlupf suchte. Mein Wunsch war umzukehren, um die Gegend, die Ecken und Bäume der Rua Augusta zu untersuchen. Ich war überzeugt, daß, während ich Marina nachspürte, Julião Tavares mich von weitem beobachtete, stehenblieb und sich versteckte.
Hier im Kaffeehaus, mit der zusammengerollten Zeitung auf der Marmorplatte, winkte er mit der kurzen, dicken Hand nach allen Seiten, ein ständiges Lächeln auf den dicken Lippen, zerfloß er fast vor den jungen Mädchen, die auf dem Gehsteig vorübergingen. Das runde Gesicht hinter den weißen Strichen auf dem Spiegel begann zu glühen, die dicken Backen schwollen an, die blauen Augen wollten aus den Höhlen quellen und sich in den Busenausschnitt der Frauen versenken.

Ich suchte eine Zigarette, fühlte den rauhen Strick. Seit jenem Nachmittag trug ich ihn, zusammen mit zerquetschten Zigaretten, in der Tasche.
Die Buchstaben der Anzeigen verschwanden, und meine ganze Aufmerksamkeit konzentrierte sich auf Julião Tavares. Ich erinnerte mich an unsere erste Begegnung im Institut. Er rasselte eine abscheuliche Reihe von Phrasen über die Landesfahne herunter. Beim Weggehen gab er mir einen Stoß, hielt mich am Arm fest und begann vertraulich zu werden. Eine halbe Stunde später setzte er mir seine Reformpläne auseinander.
»Das Land braucht dies, braucht jenes.«
»Ah! Ich habe sofort gemerkt, daß Sie ein Patriot sind.«
Jetzt hatte er einen anderen aufs Korn genommen, den Ellbogen auf die Marmorplatte gestützt, die Stimme ölig, den Blick auf die Weiber gerichtet. Ich begann unruhig zu werden, knirschte mit den Zähnen, murmelte ein paar unanständige Worte. Ich maß den beiden Mistviechern keine Bedeutung bei, sie sollten sich zum Teufel scheren. Sie hatten zusammen geschlafen, sie war schwanger. Ausgezeichnet. Darauf kam es an: sich dickmachen zu lassen, niederzukommen, das Kind auszusetzen, in die Puffstraße überzusiedeln, mit dem Tripper zu enden. Ein Kind im Bauch, ein Kind von jenem Schweinehund. Einer war genauso viel wert wie der andere.
Ich umklammerte den Strick mit ganzer Kraft. Als ich die Hand aus der Tasche nahm, konnte man an den Fingern die Zeichen sehen, die er hinterlassen hatte, blaurote Zeichen auf verschwitzter Haut. Ich fühlte den Wunsch aufzuspringen und dem Kerl eine Schlinge um den Hals zu legen.
Der Polizeichef war hier und trank Kaffee. Er saß mit gesenktem Kopf da, grübelte über irgendeinen Fall.
Was konnte mir geschehen? Man würde mich ins Loch stecken, mir den Prozeß machen und mich verurteilen. Ich

würde meine Stellung verlieren und die Strafe absitzen. Das Leben im Gefängnis würde nicht schlechter sein als das, welches ich führe. Tatsächlich sind die Türen dort schwarz und dreckig, die Eisengitter schwarz und dreckig, die Bettstatt schwarz und dreckig. Das flößt mir Widerwillen ein. Der Schimmel, der Geruch und die abscheuliche Farbe, jene Dunkelheit, die die Menschen in Schatten verwandelt, die langsamen Bewegungen dieser Gespenster erschrecken mich. Ich kann mich nicht an schwarze, schmutzige Gitter lehnen. Ich wasche die Hände unzählige Male am Tag, ich wasche den Federhalter, bevor ich zu schreiben beginne, es ekelt mich vor Begrüßungen, bei denen ich jemandem die Hand drücken muß, eine Hand, von der ich nicht weiß, was sie vorher gemacht hat, eine Hand, deren Finger in der Nase gebohrt oder an den Oberschenkeln irgendeiner Marina herumgefummelt haben. Ich brauche viel Wasser und Seife. Hinter jenen Gittern leben, den von Auswurf, Blut, Eiter und Schlamm bedeckten Boden betreten zu müssen, ist furchtbar. Aber das Leben, das ich führe, ist vielleicht noch schlimmer. Nein, vor dem Gefängnis hatte ich keine Angst. Wenn man mir Wasser zum Händewaschen gäbe, würde ich mich daran gewöhnen. Der Rest des Körpers könnte schmutzig sein, die Läuse könnten von meinem Kopf Besitz ergreifen, und die zerfetzte Kleidung könnte das frierende Fleisch knapp bedecken. Wenn sie mir Wasser zum Händewaschen geben würden, wäre alles in Ordnung. Aber würden sie mir Wasser zum Händewaschen geben? Der Gesichtsausdruck des Polizeichefs war verdrießlich. Wahrscheinlich hatte er Unannehmlichkeiten, wahrscheinlich stand er unter irgendeinem Zwang und verstand darum den Zwang, den ich fühlte, die Hände zu waschen. Ganz entschieden, die Polizei flößte mir keine Furcht ein.
Angst vor Julião Tavares? Es gab keinen Grund dafür. Julião Tavares würde versuchen, sich von seinem Stuhl zu

erheben, er würde vergebens Lärm schlagen, er würde mit den Händen auf den Tisch hauen und eine Kaffeetasse zerbrechen. Die roten Backen würden sich blau verfärben, blaue Ränder würden sich um die Augen legen, die blauen, hochmütigen Lippen würden sich öffnen und die Rattenzähne, die schwarze, dicke Zunge sehen lassen, die Bewegungen der Hände würden nachlassen, zum Schluß würde es nur noch ein Schütteln, ein Zucken sein. Die Finger auf der Marmorplatte, die Füße mit den blauunterlaufenen Nägeln würden erstarren. Ein Auflauf, umstürzende Tische, der Polizist an der Normaluhr würde pfeifen, Menschen würden auseinanderstieben, Schreie.

Angst vor der öffentlichen Meinung? Es gibt keine öffentliche Meinung. Der Zeitungsleser duldet eine Menge ungereimter Meinungen, behauptet dieses und jenes, zuletzt wird er so konfus, daß er nicht mehr weiß, wohin das führen soll. Wenn ich einen solchen Leser höre, denke ich an die Zeit, als die Menschen noch keine Zeitungen lasen. Ich denke an Filipe Benigno, der über eine gewisse Zahl ziemlich sicherer Ideen verfügte, an den alten Trajano, der sehr beschränkte Ideen hatte, an mestre Domingos, der überhaupt keine Ideen hatte und glücklich war. Und ich bedauere diese Konfusion, diesen babylonischen Turmbau, der den Besuchern des Kaffeehauses den Kopf verdreht. Ich will schreien:

»Sie schreiben so, weil man Ihnen befiehlt, so zu schreiben. Später werden sie anders schreiben. Es ist Betrug, Gemeinheit.«

Ich verabscheue das langweilige Geschreibsel, das nur dazu dient, in Ramalhos Kopf Verwirrung anzurichten. Pimentel ist ein Gauner. Warum schreibt Pimentel nicht immer dieselben Artikel? Wenn er sie wiederholen würde, dann würde er, der an nichts glaubt, eines Tages an seine Artikel glauben.

Es gibt keine öffentliche Meinung: es gibt nur einander

widersprechende Meinungsfetzen. Sollte ich Julião Tavares töten, so würden einige für mich, einige gegen mich sein. Vor Gericht würde die eine Hälfte der Richter weiße, die andere Hälfte schwarze Kugeln in die Urne werfen. Welche Tat ich auch beginge, immer würde ich Teile der öffentlichen Meinung in Aufruhr setzen. Zwecklos, Übereinstimmung zu erwarten. Ein Verbrechen, eine gute Tat, das Ergebnis ist immer das gleiche. Schließlich wissen wir schon gar nicht mehr, was gut und was böse ist, so abgestumpft sind wir.
Ich hatte die öffentliche Meinung nicht zu fürchten. Vielleicht fürchtete ich sie doch. Ganz bestimmt hatte ich vor all diesen Dingen Angst. Es war eine aus alten Zeiten stammende Furcht, eine Furcht, die in meinem Blut rumorte und die meine verschwitzten und zitternden Finger erstarren machte. Der rauhe Strick war vom Schweiß meiner Hände geschmeidig geworden. Und meine Hände zitterten. Die Peitsche des Sklavenaufsehers, die vor zweihundert Jahren einen meiner schwarzen Vorfahren gezüchtigt hatte, der Hinterhalt, in den die Weißen einen anderen, dunkelhäutigen Vorfahr getrieben hatten . . . Ich betrachtete mich im Spiegel, sah zwischen den Linien der Beschriftung die verzerrten Lippen, die Pferdezähne, die glanzlosen Augen, die runzlige Stirn. Ich suchte in meinem Gesicht nach Anzeichen der beiden unglücklichen Rassen. Sie waren es, die mir das Leben verbitterten, die mich in diesem Leben hin- und herstießen, verhungert, zerlumpt und voller Träume. Ich brauche keine Autos und keine Radios, ich könnte sehr gut in einer Strohhütte leben, auf einer hölzernen Pritsche schlafen, auf einer Ochsenhaut oder in einer Hängematte, wie Quitéria, wie der alte Trajano und Camilo Pereira da Silva. Wozu habe ich mir angewöhnt, bedrucktes Papier zu lesen und das Geräusch der Linotypmaschinen zu hören? Am liebsten würde ich Tuchsandalen tragen, in einer Hängematte unter dem Vor-

dach schlafen, nichts oder in aller Unschuld die Geschichte von den zwölf französischen Pairs lesen.

Wo mochten die Abkömmlinge des Viehtreibers Amaro sein? Vielleicht war der Polizist an der Normaluhr einer von ihnen? Wenn ich Julião Tavares umbrächte, würde der Polizist nicht den Gummiknüppel schwingen: er würde pfeifen. Andere kämen, die mich von weitem bedrohen würden. Der Polizist hat keinen Mut. Wenn er Mut hätte, würde er nicht stundenlang die Automobile an der Normaluhr betrachten: er würde Landgüter zerstören, Häuser anzünden, weiße Mädchen vergewaltigen, die Gutsbesitzer an den Ästen der Juazeirobäume aufhängen. Die Landbewohner, Wilde beinahe, schmutzig, lange Haare, die Lederhüte mit Medaillen verziert, riesige, schwere Patronengürtel, würden sich erheben, würden töten, rauben, vergewaltigen. Kein Respekt vor den Behörden. Wenn ein Polizeioffizier über Land fahren sollte, würde er im Hinterhalt sterben. Und wenn er nicht sofort sterben sollte, um so schlimmer: man würde ihn ins Unterholz schleppen und foltern. Die Felder sind verwüstet, das Vieh ist schwarz von Ungeziefer, die beherzten Männer würden zur Flinte greifen und sich den Patronengürtel umschnallen. Der Polizist an der Normaluhr war in die Stadt gekommen und hatte sich eine Anstellung besorgt. Er ist mager wie ich, zivilisiert wie ich. Wenn es auf der Straße Aufruhr gibt, pfeift er. Wenn in den Fabriken ein Streik ausbricht und man ihm befiehlt, auf die Streikenden zu schießen, dann schießt er. Sobald der Streik aufhört, kehrt er in die Tretmühle des Alltags zurück, mager, traurig. Er ist ungefähr so wie ich.

»Schreib einen Artikel über Löhne, Luís.«

Ich gähne und schmiere widerwillig einen Artikel herunter. Ich weiß, daß ich eine Gemeinheit begehe. Ich denke an das, was später geschehen wird. Wenn es zu einem Umsturz käme, würden sie meine Geschicklichkeit als Schreiber benutzen? Und der Polizist? Würde er weiterhin bei der Normaluhr stehen, die Automobile beobachten und nötigenfalls pfeifen? Und Julião Tavares, der Patriot und Verseschmied? Wozu konnte Julião Tavares dienen? Jetzt war er eine überaus bedeutende Person. Tavares & Co., Lebensmittelhändler in der Hauptstraße, waren Ratten. Die hochgestellte Persönlichkeit, die zur späten Nachtzeit dona Mercedes besuchte, hatte riesige Schulden bei Tavares & Co. Und Julião Tavares war ein bedeutender Mann. Der Gedanke, eine so bedeutende Person wie Julião Tavares zu töten, konnte einem Angst machen.

Während der Dienstzeit gelang es mir, mich abzulenken. Die riesigen Bücher mit Lederrücken und zerrissenen Seiten, die Eingaben, das Läuten des Telefons und das Tack-Tack der Schreibmaschinen ließen mich die Umwelt vergessen. Was draußen gut, nützlich, wahr oder schön ist, hat hier keine Bedeutung. Alles ist anders. Wir atmen eine Luft ein, die von Papier und Tinte erfüllt ist und arbeiten beinahe im Dunkeln. Die Stimme des Direktors ist sanft, schlechtgelaunt, dienstlich. Wenn einem Beamten ein Fehler unterläuft, dann verweist der Direktor auf die dem Fall entsprechenden Paragraphen und Artikel. Es kommt vor, daß der Beamte sich verteidigt und einen anderen Artikel anführt. Dann verliert der Direktor seine Haltung und wird mißmutig: er verstehe, daß der Dienst schwierig sei, aber er unterwerfe sich den Vorschriften, und er sei erstaunt und mache sich um einen Angestellten Sorge, der versuchte, sich hinter den Vorschriften zu verschanzen. Wir bewegen uns wie Teile einer alten Uhr. Unsere verbrauchten Walzen mit den ausgebrochenen Zahnrädern greifen schlecht in die anderen verbrauchten Walzen mit den ausgebrochenen Zahnrädern. Was in diesem Betrieb Wert hat, sind die trägen, verschlafenen Dinge. Wenn der

Betrieb zum Stillstand käme, wir würden es nicht bemerken: wir würden fortfahren, mit den Federn das zerknüllte und zerrissene Papier zu beschmieren, die erloschene Zigarette zwischen den Fingern. Wir würden aufhören ein Nickerchen zu machen, aber wir würden den Stillstand der spärlichen Bewegungen nicht zur Kenntnis nehmen. Der von außen kommende Lärm würde uns nur gedämpft erreichen. Welcher Lärm, welche Revolution wäre in der Lage, diesen Seelenfrieden zu stören?
Es war also in meiner Dienststelle, wo ich etwas Ruhe fand. Die Trugbilder, die mich auf der Straße verfolgten, schienen verblaßt, auseinandergezogen und unvollständig. Die düstere Umgebung voller verstaubter Akten war dem intensiven Leben, das diese Schemen draußen hatten, feindlich. Wenn die Schatten Gestalt annahmen, genügte das Tack-Tack der Schreibmaschine, das Rascheln eines Papiers, der ferne Laut einer Klingel, eine unzufriedene und süßlich klingende Stimme, all die winzigen Kleinigkeiten, aus denen mein Leben bestand, um die flüchtigen Bilder auszulöschen. Julião Tavares war ein Schatten, der sich aufblähte und die Gestalt eines Luftballons annahm. Dieser bunte Gegenstand schwankte in der Luft, von einer Schnur festgehalten. Der Wind riß ihn hin und her, aber die kurze Schnur erlaubte es nicht, daß er sich allzu weit vom Kaffeehaus entfernte. Marina war ein anderer Schatten, der sich langsam in der Hängematte schaukelte. Das Kreischen der Eisenhaken wurde durch das Klingeln des Telefons unterbrochen. Die Hängematte schaukelte hin und her, Marina entfernte sich einen Meter nach links, einen Meter nach rechts, weiter ging es nicht. Die Gefahr, daß die beiden sich begegneten, verschwand, es war als ob sie angekettet wären.
Sobald ich meine Dienststelle verließ, änderte sich alles. Wenn ich über das Straßenpflaster stolperte, sah ich, von der Sonne geblendet, wie Fußgänger ineinanderflossen und

sich wieder trennten, und das schien mir voll versteckter Zweideutigkeit. Die Männer, die sich den Frauen näherten, verrieten geheime Absichten, und in den Augen der Frauen, die den Männern auswichen, glänzten Versprechungen. In offenen Automobilen saßen Paare, geschlossene Wagen flitzten vorbei und ließen mich zerknitterte Röcke, Stöhnen und seltsame Gerüche ahnen. Alle Fahrzeuge beförderten Sünden. Die Stadt war in der Brunftzeit, war wie der Schweinestall des alten Trajano. Welche Gefahr! Drei Stunden versteckt – und draußen diese lasterhafte Menge, die wie Böcke brünftig grunzte, mit Manieren, Zurückhaltung und Raffinesse, die aber wie Trajanos Böcke grunzte.
Die Uhren schlugen. Ganz bestimmt schauten die Männer auf die Zifferblätter und dachten an ihr Stelldichein. Ich beeilte mich. Drei Stunden zwischen den Wänden einer öffentlichen Leichenkammer eingesperrt. Ich stellte mir vor, was in diesen drei Stunden geschehen konnte und geriet in Panik. Ich rannte nach Hause in wildem Galopp. Das Eßzimmer, die rote Wand mit Feuchtigkeitsflecken, das eiserne Rohr. Vitória stellte das Geschirr auf den Tisch. Ich versuchte, mich mit ihr zu unterhalten, ich dachte an die Münzen und empfand Reue, sprach von den Dampfern. Vitória nannte die auf der Liste stehenden Passagiere. Sie versuchte, Currupaco eine der Passagierlisten einzupauken, aber der Papagei beachtete ihre Bemühung nicht und beschränkte sich auf die Verse vom Affenweib, das spinnt und näht und seit vielen Jahren Tabak schnupft.
»Sie sind mager wie ein Gerippe. Sie essen nicht!«
Sie erzürnte sich und gab mir Ratschläge. Da ich ihr keine Aufmerksamkeit schenkte, entfernte sie sich und sprach mit dem Papagei:
»Der Papagei hat nicht gegessen, darum ist er gestorben.«
Ich aß etwas, betäubte den Magen, betrachtete den Garten,

verdrossen über das Geplapper der Alten. Ich ärgerte mich und hatte den Wunsch, sie um Ruhe zu bitten. Sie fuhr aber fort, so laut zu sprechen, daß man sein eigenes Wort nicht verstehen konnte.

»Kauf ein Päckchen Zigaretten, Vitória.«

Als sie zurückkam, gab ich ihr einen anderen Auftrag, und so gelang es mir, einige Zeit allein zu sein. Ich näherte mich der fleckigen Wand, legte die Hand wie eine Muschel ans Ohr und wartete, wartete, bis ich jene erregte Stimme hörte, die sich langsam verlieren würde. Ich stand auf, durchschritt den Gang und erreichte die Straße.

Zehn Minuten später betrat ich das Kaffeehaus. Julião Tavares war dort, in Gespräche verwickelt. Ich setzte mich an meinen Platz. Sobald Moisés und Pimentel erschienen, würden wir uns unterhalten, über das in der Zeitung erschienene Geschwätz reden, die Lokal-Schriftsteller herunterreißen. Ich fühlte mich in Sicherheit. Von dem Gespräch angeregt, suchte ich nach Zigaretten, aber ich zog die Hand aus der Tasche, als ob mich etwas gebissen hätte. Jenes Ding machte meiner Ruhe ein Ende.

»Ein Päckchen Zigaretten.«

Ich öffnete das Päckchen Zigaretten und ließ es auf dem Tisch liegen. Am nächsten Tag würde ich den Strick über dona Rosálias Mauer werfen.

»Rauch doch, Pimentel.«

Nein. Die Kinder würden das Ding an sich nehmen, damit spielen, mit jenem schmutzigen und gefährlichen Ding. Ich würde das Ding über die Mauer auf den Dreckhaufen werfen, auf den man Glasscherben und tote Ratten warf. Ivo, der Hund, fand, daß ich nicht genügend Ärger hatte und erfand noch zusätzliche Scherereien. Der Teufel sollte Ivo holen.

»Kunst muß so und so sein«, erklärte Moisés.

Die ewige Masche, Kunst als politisches Propagandamittel. Ich wollte den Juden herausfordern, dann gab ich nach,

verlor die Lust zu diskutieren.
»Ich bin sicher, unbedingt sicher.«
Ich überzeugte mich immer mehr, daß meine Sicherheit nicht so unbedingt war. Es schien mir, als ob Feinde mich auf der Straße aus dem Hinterhalt bespitzelten.
»Ein Regierungsangestellter gewöhnt sich daran, nichts außer seinen Aktenstücken zu sehen. Er lebt wie ein Blinder. Ist es nicht so, Pimentel?«
»Zweifellos.«
Pimentel stimmte zerstreut zu. Er fordert niemanden heraus. Wenn er schreibt, verbeißt er sich in eine Meinung und pfeffert alles aufs Papier. Wen's trifft, soll's treffen. So entstehen wütende, aggressive Artikel. Verheerend wie die Pest. Aber im Gespräch stimmt er allem zu, was man sagt.
»Fahr fort, Moisés. Wie ist das?«
Ruhig, völlig ruhig. Ivo war ein großer Taugenichts. Wo mochte sich Ivo herumtreiben? Wahrscheinlich strolchte er durch die Landbezirke. Traurig, an Ivo zu denken, der nur dazu da war, anderen Leuten lästig zu fallen.
»Es steht sehr schlecht, liebe Leute. Alles im Arsch. Es gibt keinerlei Sicherheit.«
Es gab auch keine. Meine Ruhe wurde nach und nach von einer Unruhe abgelöst, die mich meinen Kameraden gegenüber brutal machte. Unbeständigkeit, Verfall, eine verlorene Welt. Ich führte keine Gründe an, gab keine Erklärungen ab: ich wollte Moisés herausfordern.
»Da gibt es keine Rettungsmittel. Gerede. Alles verloren.«
Ich wiederholte, ungeschickt, dieselben Phrasen. Eine blöde Dickköpfigkeit. Ich wollte die anderen übertrumpfen, kam mir wie ein Esel vor, und das brachte mich noch mehr auf. Lächerlich, einfach lächerlich. Ich zankte mich mit Moisés herum, der, ohne sich zu erregen, mit mir sprach. Manchmal wurde alles dunkel um mich – vor

meinen Augen erschienen bunte Streifen. Ich befürchtete, Moisés schwer zu beleidigen. Meine Hände bewegten sich auf ihn zu, krampften sich zusammen, als ob sie ihn erwürgen wollten. Ich suchte etwas, tastete die Hosentasche ab, in der ich den Strick hatte, der meinen alten Anzug ausbeulte. Ich senkte den Kopf, klemmte die Hände zwischen die Schenkel, voller Scham, und fragte mich, ob Moisés meine Anfechtung und die Bewegungen wahrgenommen hatte. Es schien mir, daß ich ein Verbrechen begangen hatte. Eine Roheit.

»Jawohl, mein Herr. Aus solchen Unterhaltungen entstehen oft verheerende Konflikte.«

Ich sagte dies mit leiser Stimme, aber die beiden Freunde hörten ein paar Worte und entsetzten sich. Verheerende Konflikte, Streitigkeiten, Schlägereien, Schießereien. Da erschien in riesigen Buchstaben über vier Spalten die Nachricht: »Kommunist im Kaffeehaus ermordet.« Schlechter Titel. Pimentel würde einen besseren erfinden. Eine Woche lang würde er interessanteste Dinge schreiben. Während ich mir über diesen Unsinn den Kopf zerbrach, betrachtete ich mich im Spiegel: ein idiotisches Gesicht. Es war offenkundig, daß man sich über mich lustig machte, Julião Tavares auf der anderen Seite des Raumes machte sich über mich lustig, man konnte es zwischen den weißen Zeilen des Spiegels sehr gut sehen. Ich bemühte mich, meine verzerrten Gesichtszüge zu glätten, ich versuchte, Moisés' Reden zu verstehen. Mit den herausquellenden Augen, der verkrampften Kinnlade, die meinen Mund wie einen Rüssel erscheinen ließ, sah ich aus wie eine Ratte, eine wohlerzogene Ratte, die mit ihren Pfoten in einem Päckchen Zigaretten wühlte.

»Zweifelsohne, zweifelsohne.«

Jetzt stimmte ich allem zu. Hatte ich irgendeine Überzeugung?! Ich senkte langsam die Hand, berührte die aufgeblähte Hosentasche. Ich dachte an Chico Cobra und an

den Kürbis voller Schlangen. Irgend etwas fehlte mir.
»Zweifelsohne.«
Ich erhob mich:
»Es ist gut. Ich komme gleich wieder.«
Ich lief in die Rua do Macena, betrat das Haus, ging in das Eßzimmer, in den Hof, in das Badezimmer, wartete, bis ich Zeichen von Marinas Anwesenheit vernahm. Dann kehrte ich zu der unterbrochenen Unterhaltung mit meinen Freunden zurück.
»Ruhig, ganz ruhig.«
Wenn Julião Tavares nicht anwesend war, wartete ich einen Augenblick an der Tür, dann stürzte ich mich auf die Straße, um ihn zu suchen.

Marina ging mit raschen Schritten, bog um Ecken, drehte sich um, als ob sie Angst hätte, verfolgt zu werden. Sie betrat verschiedene Geschäfte, versteckte sich in einem Kino. Ich blieb etwas zurück und verlor sie beinah aus den Augen. Dann näherte ich mich wieder. Marina ging von einer Seite zur anderen, wie eine Ameise, die die Richtung verloren hat. Es war als ob sie den Teufel im Leib hätte. Sie betrat eine Straße, wo die Schuhe mit den hohen Absätzen im Sand versanken, jene Schuhe, die fünfzig Milréis kosteten und nur vier Wochen hielten. Ich folgte ihr mit einiger Mühe, fuhr mir mit dem Taschentuch über das Gesicht. Ich verbarg mich hinter dem Vorsprung eines Hauses, denn manchmal machte sie sich zurecht und beobachtete die Straße im Spiegel. Zweimal blieb sie stehen, zog die Schuhe aus und schüttete den Sand aus. Dann begann sie die Hausnummern zu studieren. Da sie sich ziemlich weit von mir entfernt hatte, eilte ich rasch eine Häuserreihe lang, um mich an der nächsten Straßenecke zu verstecken. Dann wagte ich einen neuen Vorstoß und kam ihr ziemlich nah. Der Stadtteil spottete jeder Beschreibung: Gras auf

den Gehsteigen, Abfall, herumstreunende Hunde, der eine oder andere Lausebengel, der vor den Türen der armseligen Verkaufsläden herumlungerte. Schmutzige Häuser, viele mit revolutionären Phrasen in Kohleschrift bedeckt. Ich dachte an Tavares & Co. und an Dr. Gouveia.
»Bestimmt treibt sich Moisés hier herum und verteilt Handzettel an diese Leute.«
Aber man sah keinen Menschen. Nur schlafende Rotzjungen, einige Bettler, dickbäuchige, gelbhäutige Kinder. Die anderen mußten wohl arbeiten: die Männer in den Werkstätten, auf den Trittbrettern der Straßenbahn, in den Kasernen, in all diesen Höllen, die es hier gibt, die Frauen wuschen die Wäsche, gaben sich für Geld hin, bereiteten das schlechte und unzureichende Essen zu. Die Kinder, von Wurmkrankheiten ausgezehrt, würden später Vagabunden werden, am hellen Mittag vor den Kneipentüren schlafen. Würden sie schlafen? Würde es, wenn sie groß wären, noch Leute geben, die am hellen Tag vor Kneipentüren schliefen? Viele von ihnen klapperten wie Wildschweine mit den Zähnen, von Malaria geschüttelt, die der Schlamm des kleinen Sees den armen Leuten zum Geschenk machte.
»Proletarier aller Länder vereinigt Euch.« So stand es, ohne Komma und Ausrufungszeichen, mit Pech an die Wand geschmiert. Was sollten Komma und Ausrufungszeichen? Der Aufruf war auch ohne sie unmißverständlich, mit Buchstaben, die bald größer, bald kleiner wurden. Vielleicht wohnte die Stenotypistin mit den Katzenaugen hier in einem der Seitengäßchen der schmutzigen Straße. In einem dunklen Zimmer versteckt, war die Stenotypistin mit den Katzenaugen damit beschäftigt, ein revolutionäres Flugblatt auf der Maschine zu schreiben. Ein Bruder von ihr würde den aufrührerischen Satz auswendiglernen, um ihn mit Kohle an die Kirchenmauer des Vororts zu schreiben.

Jene Schreibweise, die die Satzzeichen wegließ, empörte mich. Ich lasse kein Komma und keinen Bindestrich weg. Wollten die vielleicht eine Revolution ohne Komma und Ausrufungszeichen machen? Eine solche Revolution würde mir keinen Platz einräumen. Und was dann?
»Ein Mann zerbricht sich den Kopf, kennt sich in der Literatur aus, ist Mitarbeiter verschiedener Zeitungen, und das alles hat keinen Wert? Nun gut. Es genügt also, ein Stück Kohle zu nehmen und die Wände zu beschmieren. Das wäre ja noch schöner. Moisés soll schauen, wo er bleibt.«
Ich war voller Mißmut. Man würde mich rausschmeißen, aus meiner Dienststelle und aus der Zeitung, andere würden an meine Stelle treten. Ich würde zu einem Anachronismus werden, zu einem unnützen Gegenstand, würde mich über die neue Zeit beschweren, würde gegen die Barbaren wettern, die ohne Komma und Ausrufungszeichen schrieben.
Marina machte vor einem kleinen Hause halt, zögerte, klopfte an die Tür. Meine ganze Aufmerksamkeit sammelte sich in einem Auge, denn die Straßenecke, an der ich stand, erlaubte nur den Gebrauch der einen Gesichtshälfte. Nachdem sie eingetreten war, verließ ich mein Versteck, näherte mich dem kleinen Haus und sah ein blaues Schild mit weißer Aufschrift:
»Albertina Soundso, Diplomierte Hebamme.« Ich ging langsam bis zum Ende der Straße, drehte mich das eine oder andere Mal um. Zum Schein betrachtete ich die Namen der Kneipen und die revolutionären Aufschriften. Die Kneipen hatten komplizierte Namen. Ich nahm an, die Vagabunden fanden, daß ich anders sei, als die übrigen Bewohner des Stadtteils. Das ließ mich meine Schritte beschleunigen und das Gesicht abwenden. Ich wünschte, von hier wegzukommen und wieder in die Gesellschaft der Beamten und Literaten zurückzukehren.

Die blau und weiß gekleideten Kinder, die offenbar aus der Schule kamen, hatten eine schwefelgelbe Hautfarbe, aus den mageren Gesichtern sprach der Hunger. Ich fühlte mich als Eindringling. Mein Anzug war alt, die Krawatte zusammengedreht, wie ein Strick. Ganz bestimmt sahen die jungen Burschen dieses Stadtteils besser aus. An ihren freien Tagen trugen sie neue Anzüge, seidene Taschentücher, gewichste Schuhe. Irgend etwas an mir verriet den Fremdling. Die Kinder betrachteten mich, wie sie die Männer betrachteten, die zur Abschlußprüfung in der Schule erscheinen. Ich gehörte zu den Leuten, die sie zu verabscheuen gewohnt waren, gehörte zu den Leuten, die in ihren Reden vielsilbige Worte gebrauchen. Ich kehrte um, verweilte neuerdings vor dem Haus von dona Albertina Soundso, Diplomierte Hebamme. Ich überquerte die Straße und betrat eine Kneipe.
»Bitte, geben Sie mir einen Zuckerrohrschnaps.«
Der Kneipenwirt brachte die Flasche und begann, das schmutzige Glas zu füllen. Da ich nichts sagte, füllte er das Glas nur halb voll.
»Soll ich bis oben füllen?«
»Gieß zu.«
»Gut! Das ist es, was uns auf dieser Welt aufrecht hält«, sagte er, in dem er mir das volle Glas reichte.
Ich setzte mich und begann zu trinken, betrachtete das gegenüberliegende Haus, meine Gedanken verloren sich.
»Ivo treibt sich wohl hier herum, nicht wahr?«
Der Mann antwortete nicht sofort: er runzelte die Stirn und machte eine unbestimmte Bewegung mit dem behaarten Arm. Er kannte Ivo nicht. Natürlich. Aber ich fühlte mich irgendwie enttäuscht, die Häuser der Umgebung schienen mir noch verschlossener, der Kneipenwirt noch behaarter und schweigsamer.
»Ist dona Albertina zu Hause?«
Der Kneipenwirt machte eine fragende Bewegung mit dem

Kopf. Ich zeigte auf das Haus:
»Dona Albertina . . .«
»Vielleicht ist sie zu Haus«, antwortete der Kerl nach einer Pause. »Braucht Ihre Frau sie?«
»Nein, es handelt sich um etwas anderes.«
»Schon gut.«
Diese Zustimmung mißfiel mir. Ich hatte den Wunsch, ihm zu widersprechen. Aber ich beschränkte mich darauf, die Hälfte des Schnapses zu trinken und das Glas hart auf die Theke zu setzen. Gar nichts war gut.
Von hier aus war das blaue Schild von dona Albertina fast unleserlich. Selbst aus der Nähe war es schwer zu entziffern. An verschiedenen Stellen, besonders an den Ecken, hatte sich die Emaille abgelöst, und gelbe Rostflecke hatten sich gebildet. Wahrscheinlich hatte das Schild schon oft seinen Platz gewechselt, war angenagelt und wieder abgemacht, verbeult und mit dem Hammer entbeult worden. Eine von oben nach unten laufende Linie zeigte, daß man das Schild in der Mitte zusammengebogen und wieder auseinandergebogen hatte. An dieser Stelle fehlten die Buchstaben.
Die grünen Fensterläden von dona Albertina waren geschlossen, die Tür versperrt. Und Marina im Haus. Ich erinnerte mich an die Anzeigen, die ich vor vielen Jahren gelesen hatte: »Frau Soundso, staatlich geprüfte Hebamme, mit langjähriger Erfahrung, etc. stellte die Menstruation wieder her, etc.« In einem verschlossenen Zimmer, auf einem Bett liegend, ließ sich Marina sorgsam abtasten. Das Wasser siedete in einer großen Konservenbüchse, die Flamme des Alkoholbrenners gab den Anwesenden ein bleiches Aussehen.
»Im wievielten Monat?« fragte dona Albertina.
Die Wand des gegenüberliegenden Hauses war mit einem scheußlichen Doppelvers beschmiert. Große Buchstaben, kleine Buchstaben, mitten im Wort große Buchstaben.

Grüne, vom Regenwasser erzeugte Längslinien schnitten die gegen die Reichen gerichtete Drohung mitten durch.
»Hier gibt's viele Aufwiegler, was?«
»Hm?«
»Unzufriedene, die alles zerstören wollen, um es neu aufzubauen. Was meint Ihr?«
Ich deutete auf die revolutionäre Beschriftung der Wand. Der behaarte Kerl betrachtete mich aus den Augenwinkeln und begann zu kneifen:
»Das war immer hier.«
»Immer?«
Herumstrolchende Kinder klopften an die Türen, baten um ein Almosen.
»Immer? Was soll das heißen?«
»Man sagt das so«, antwortete der Kerl. »Schon vor drei Jahren, als ich den Laden hier aufmachte, war das da, genauso, mit grünen Streifen. Man gewöhnt sich daran.«
»Glaubt Ihr?« sagte ich verdrießlich. »So was! Und was meint Ihr?«
Ich trank einen Schluck Zuckerrohrschnaps, zündete eine Zigarette an und begann mit den Fingern auf die dunkle und fettige Tischplatte zu trommeln.
»Macht diese dona Albertina Geschäfte? Was ist eure Meinung?«
»Worüber?«
Ich machte eine weitausholende Handbewegung, die die Flaschen auf dem Gestell, die verfallenen Häuser, die mit Gras bedeckte Straße und die bettelnden Kinder umfaßte:
»Über all das. Wenn der Krach eines Tages losgeht, habt Ihr wenig zu verlieren.«
»Was weiß ich! Ich lese keine Zeitung, gehe zu keiner Versammlung. Ich kümmere mich nur um meine Angelegenheiten.«
Ich holte einen Stuhl, entfernte mich von dem stumpfsinni-

gen Kerl. Blödheit. Sich einzubilden, daß die Schriftzeichen immer an der Wand gewesen seien. Hatte keinen Zweck, mit ihm zu sprechen. Ich habe viele Bücher in Fremdsprachen gelesen. Ich habe es dahin gebracht, einige zu verstehen. Niemals habe ich sprechen gelernt, aber ich weiß, was in den Büchern steht. Gewisse Romanfiguren sind mir vertraut geworden. Obwohl sie anderen Rassen angehören, in anderen Erdteilen leben, stehen sie mir nah, näher als jener Mann meiner Rasse, der vielleicht ein Verwandter von mir ist, Mieter irgendeines Dr. Gouveia, von denselben Individuen bespitzelt, die mich bespitzeln. Ich trank den letzten Schluck Zuckerrohrschnaps, dachte an weihevolle Dinge, Gott, Vaterland, Familie, fernliegende Dinge. Über dem Gestell der Kneipe hing die Reproduktion einer hübschen Heiligen. Ich erinnerte mich an den alttestamentarischen Gott, der Städte anzündete:
»Die Menschheit verlottert immer mehr.«
»Hm?«
»Das ist so eine Geschichte. Bitte, noch einen Schnaps.«
Der behaarte Kerl brachte die Flasche:
»Das ist das einzige, was uns das Leben bietet.«
»Mehr oder weniger.«
Ein Land, das von Dr. Gouveia, Julião Tavares, von dem Direktor meiner Abteilung, von dem Liebhaber von dona Mercedes und anderen Brüdern der gleichen Marke beherrscht wurde, war keinen Schuß Pulver wert. Alles hassenswert und dumm, hassenswerter und dümmer als der behaarte Kerl, der Branntwein in schmutzige Gläser goß.
Wie lang Marina brauchte! Dona Adélia kam ans Fenster. Ramalho, die eine Schulter hochgezogen, die andere gesenkt, betrat müde und niedergeschlagen das Haus, sein Atem ging pfeifend vor Asthma, er setzte sich an den Tisch mit der zerrissenen Tischdecke, auf dem das Essen kalt wurde. Dona Adélia erfand Entschuldigungen: Marina war

dahin, war dorthin gegangen, sie würde nicht lange ausbleiben. Ramalho schnaubte angewidert: lauter Lügen. Einige Tage später erschien Marina mit teuren Kleidern, mit teuren Pelzen, die er nicht gekauft hatte. Er ließ den Teller stehen, er haßte die Frau, er haßte die Tochter, er ging in den Hof, ging zwischen Bergen von Müll auf und ab. Was für eine Familie! Was für ein Elend! Dona Rosália überließ die Kinder Antônia, ließ die Töpfe überkochen, ging ans Fenster, um die Nachbarn zu beobachten, holte sich Schwielen an den Ellbogen. Dona Mercedes schickte ihrem Mann Geld, und ihre Tochter ging in die Schule.
Wie lang das dauerte! Würde diese die Regel wiederherstellende Operation niemals enden? Dona Albertina war eine gefährliche Verbrecherin. Trommelwirbel in der Ferne, Hörnerrufe. Das Vaterland brauchte den Sohn von Julião Tavares. Das Wasser siedete in der Konservenbüchse, ein Fläschchen mit roter Flüssigkeit, die zitternde Alkoholflamme, Marina, das Gesicht zwischen den Händen verborgen, ließ sich von den flinken Fingern dona Albertinas abtasten. Wenn das nicht geschah, würde ein armseliges Geschöpf in zwanzig Jahren rechtsum, linksum machen, die Namen der Gewehrteile und die glorreichen Taten des Feldzuges gegen Paraguay auswendig lernen. Als Sohn einer legalen Ehe, mit einem reichen Vater, würde er Ansprachen im Institut halten und Verse deklamieren, aber so, armer Teufel, würde er heimlich zur Welt kommen und nie etwas anderes sein – rechts, links – als ein gemeiner Soldat. Dona Albertina war eine Verbrecherin, aber ich fühlte keinen Haß gegen sie. Sinha Terta hätte so etwas nicht gemacht. Sinha Terta hatte kein Diplom, hatte kein Schild an der Tür, noch setzte sie eine Anzeige in die Zeitung. Sie glaubte an die Sünde, stammte aus einer Zeit, in der Kinder ihren Eltern Vorteile brachten. Die Frauen kamen auf Holzgestellen nieder und wenn Schwierigkeiten eintraten, half sich Sinha Terta mit dem Gebet: »Heilige

Margarida, bin weder trächtig noch schwanger . . .« Die Kinder von Quitéria und die der anderen Schwarzen auf der Fazenda gehörten zur Familie des alten Trajano. Wo mochte diese Familie sein? Tot, in alle Winde verstreut, aufgelöst.

Die Trommelwirbel und Hörnerrufe wurden lauter. Mein Vaterland war das kleine Nest oben in den Bergen, wo der Regen als Nebel fiel, der alles einhüllte. Wenn ich dort geblieben wäre, hätte ich von der übrigen Welt keine Kenntnis genommen. Evaristo, der sich aufgehängt hat, mestre Antônio Justino, Pater Inácio, alles Respektpersonen. So weit zurück! Ich dachte an die französische Zeitung, die ich am Vorabend gelesen hatte und die vierundzwanzig Stunden nach ihrem Erscheinen bereits hier ankam. Die Nachrichten aus den Landbezirken des Sertão kamen mit größerer Verspätung als europäische Zeitungen.

Wie mochte dona Albertina aussehen? Ich stellte sie mir mager, bleich, ernst und korrekt vor. Marina hatte keinen Grund, ihre Augen zu bedecken.

»Wollen Sie bitte die Hände vom Gesicht nehmen. Keine Hemmungen. Ist alles ganz natürlich!«

Dann würde sich die Regel wieder einstellen.

»Zwei Monate? Ganz recht. In Zukunft sind Sie vorsichtig, nehmen Sie dies, nehmen Sie das.«

Genau so, als ob Marina in einer ärztlichen Praxis wäre, um sich ein Geschwür herausschneiden zu lassen. Keine Anzeichen eines Verbrechens oder einer unerlaubten Handlung. Die Injektionsnadel in kochendem Wasser, ein Fläschchen auf dem Nachttisch, anatomische Bilder an der Wand, die zitternde Alkoholflamme, die ruhige Stimme dona Albertinas, die Sicherheitsmaßnahmen vorschrieb. Eine blasse und hagere Person mit ruhigen Gesichtszügen und voll guter Absichten.

»Haben Sie keine Angst. Bleiben Sie ruhig.«

Kein Hinweis auf irgendeinen Fehltritt. Aufrichtig, kühl, leise sprechend, gewählte Ausdrücke benutzend.
Doch warum sollte dona Albertina, diplomierte Hebamme, mit langjähriger Praxis, so sein und nicht anders? Vielleicht war sie anders? Anzeigen haben nichts zu bedeuten, Papier ist geduldig, wie die Bewohner des Landesinnern sagen. Dona Albertina war eine dicke und schwammige Alte, ohne Diplom und Praxis, mit einer Drahtbrille, übelriechendem Atem, schlecht erzogen, mürrisch. Marina lag auf einem schmutzstarrenden Bett, an den verschmierten Wänden hingen keine anatomischen Zeichnungen: was es gab, waren Heiligenbilder, kolorierte Photographien, Seiten aus illustrierten Zeitungen. Ohne die rauhen Hände mit den langen schwarzen Fingernägeln zu waschen, untersuchte dona Albertina gefühllos Marinas Körper, kratzte sie, verletzte sie, murmelte zwischen den Zähnen:
»Es wäre besser, nicht die Schamhafte zu spielen und die Hände vom Gesicht zu nehmen. Wenn Ihr Euch amüsiert, gibt's auch keine Ziererei. Und dann geht's hinter die Bananenstaude. Eine üble Angelegenheit.«
Sie zeigte die gelben, raubtierartigen Zähne. Ob dona Albertina so war? Die Patientin biß in die schmutzige Decke, hielt den Atem an, schloß die Augen, preßte die Schenkel aneinander und unterdrückte die Tränen.
»Mach die Beine auseinander, Menschenskind. Was soll das Getue? So kann man nicht arbeiten.«
Die Bezahlung mußte im voraus entrichtet werden. Marina gab einen falschen Namen und eine falsche Adresse an, aus Angst, von dona Albertina erpreßt zu werden.
»Sie brauchen sich keine Sorgen zu machen. Ich komme, verstehen Sie? Wenn es nötig ist, komme ich.«
»Was schulde ich Ihnen?«
Der behaarte Mann machte die Rechnung. Ich warf ein paar Münzen auf die Theke, sagte zusammenhanglose Sätze, betrachtete die abscheuliche Inschrift auf der von

grünen Linien durchzogenen Mauer. Was für ein Leben mochte dona Albertina führen? Dona Albertina hatte gewisse Kenntnisse, wie ich, wie ich benutzte sie eine Sprache, die sich von der Sprache anderer Leute unterschied. Im allgemeinen braucht man mir nicht zu sagen: »Mach dies. Schreibe so.« Es genügt, mir zu sagen, daß es angebracht wäre, es so zu machen und so zu schreiben. Dann beglückwünschen mich meine Freunde, sie schwören, daß ein Artikel, den niemand gelesen hat, sehr beachtet wurde. Marina hatte wahrscheinlich nicht gesagt, was sie wollte: erging sich in Andeutungen, sprach von wirtschaftlichen Schwierigkeiten, von familiären Mißverhältnissen, etc. Dona Albertina zündete den Spirituskocher an, um die Injektionsspritze in der Konservenbüchse zu desinfizieren. Die andere dona Albertina, die nachlässige, die schmutzige, mit den langen schwarzen Fingernägeln, die den Körper ihrer Patienten zerkratzte, verschwand. Die andere Albertina, die Zartfühlende, Saubere, kehrte zurück:
»Warum nicht? Selbstverständlich. Sie können Vertrauen zu mir haben. Ohne Zweifel.«
Die zarten Hände mit den gepflegten Fingernägeln, die tiefe, ernste Stimme:
»Selbstverständlich.«
Der Sohn von Julião Tavares würde wie ein Geschwür aufbrechen. Dona Albertina würde lächelnd die Hände waschen:
»Sie haben wunderschönes Haar.«
Und sie würde die zerzausten Haare Marinas in Ordnung bringen. Sie würde das Kuvert mit dem Geld mit einer gleichgültigen Geste annehmen, als ob es keine Bedeutung hätte:
»Aber ich bitte Sie!«
Die schmutzige und aufgedunsene Frau war verschwunden, das schmutzige Gemach verschwunden. Eine anständige Frau, diplomierte Hebamme, mit langjähriger Erfah-

rung, mit weißen, weichen Händen, mit einer korrekten Ausdrucksweise, einem Lächeln:
»Wann Sie wollen. Selbstverständlich.«
Der Sohn von Julião Tavares würde nicht auf die Welt kommen, um die Hölle zu erdulden, um in der Schule die Nationalhymne zu singen, um Heeresdienst zu leisten, um auf den Bänken der öffentlichen Parkanlagen Hunger zu leiden, sich in öffentlichen Ämtern herumzuärgern, die Regierung in der Zeitung mit Lobhudeleien zu überschütten. Ramalhos Familie würde aus seinem Dasein kein Schaden entstehen.
Wenn man es sich genau überlegte, verging sich dona Albertina nur gegen Gott und Vaterland. Wenn man so etwas vor einem öffentlichen Gericht verhandelte, so hielt der Ankläger eine pathetische Rede, und den Geschworenen standen vor Entrüstung die Haare zu Berg. Wenn der Seelsorger im Beichtstuhl von einer so großen Sünde hört, so auferlegt er beiden Frauen schwere Buße. Aber es würde keine Reden und keine Reue geben, da sich die Frauen nicht schuldig fühlen und leichten Herzens von einander scheiden würden, Marina noch etwas verwirrt, während dona Albertina so täte, als glaubte sie, daß Marina verheiratet sei:
»Wozu Kinder haben, meine Dame? Man leidet, aber wenn sie am Leben bleiben, kann es noch schlimmer werden, ist es nicht so? Unglückliche Wesen aufziehen . . . Eine Verantwortung, meine Dame, eine riesige Verantwortung.«
Justiz und Kirche würden von der Sache keine Kenntnis nehmen. Und die Familie Ramalhos würde weiterleben, wie bisher, ohne Skandal, der dona Rosália Gesprächsstoff gab, ohne neue Belastung für den Haushalt, ohne noch einen Menschen, dem man Kleider und Schuhe kaufen, den man ernähren und in die Schule schicken müßte. Dona Adélia würde jenen gewagten Schritt verurteilen und mit einem Seufzer der Erleichterung sagen:

»Was für ein Wahnsinn! Du hast mit einem Fuß im Grab gestanden.«
Ramalho, abweisend, verschlossen, würde langsam merken, daß die Närrin dabei war, Verstand anzunehmen. Soweit alles in Ordnung. Marina kritisierte von oben herab das zweifelhafte Leben des Wolfsmenschen, dona Rosália und dona Mercedes sprachen ungezwungen mit ihr, Julião Tavares, im Kaffeehaus, forderte eine starke Regierung, dona Adélia rang die Hände und plärrte gute Ratschläge:
»Nimm dich in acht, mein Kind. Stell dich nicht bloß, opfere dein Leben nicht diesem niederträchtigen Halunken. Sei zurückhaltend, vielleicht gibt's eine Hochzeit.«
Ich stand auf:
»Adieu.«
Aber ich ging nicht, ich blieb an der Theke stehen, verwirrt, erblickte in der Tür des gegenüberliegenden Hauses Marinas Gesicht. Die weißen Haare von dona Albertina flatterten hin und her. Man konnte nur die Haare sehen. Von weitem betrachtet, flossen die beiden Figuren ineinander. Ich hatte den Eindruck, daß Marina älter geworden sei und sich geläutert habe, nachdem die Alte ihre Arbeit vollendet hatte. Sie hatte das üble Ding, das Qualen bereitet hätte, wenn es am Leben geblieben wäre, das Schwierigkeiten geschaffen hätte, zu Haus, in der Pension, auf der Straße, in der Zeitung, in der Kaserne, in der Dienststelle, in ihrem Schoß zerstört. Alles würde weitergehen wie früher.
Die Enkelin von dona Aurora würde mit Gästen, die sie einluden, ins Kino gehen. Dona Aurora würde ihre Locken und überschüssiges Fett schaukeln. Dagoberto würde sich mit seinen Lehrbüchern und mit seinem Skelett beschäftigen.
Ich wurde ungeduldig und begann eine Unterhaltung mit dem Kneipenwirt, versuchte, ihm die schwarzen, grüngefleckten Buchstaben zu erklären. Die Enkelin von dona

Aurora war keine Marina und mußte schon eine reife, vielleicht ehrenhafte Frau sein, Inhaberin einer Pension, verheiratet, dick. Und Dagoberto war kein Student mehr, er war Arzt in Pará oder im Amazonasgebiet, irgendwo. In diesem Augenblick würde er irgendeine Marina, in einer Gasse von Pará, untersuchen.

»Wer war die Hebamme, die das gemacht hat? Wo haben Sie Ihren Kopf gehabt?«

Schreie, Empörung. Und die Marina aus Pará, die begriff, daß sie eine Dummheit begangen hatte, fürchtete sich vor Krankheiten mit komplizierten Namen. Aber sie würde eine dona Albertina nicht denunzieren. Dagoberto konnte ihr eine Medizin verschreiben, wenn er wollte. Wie mochte es Dagoberto gehen? Fünfzehn Jahre hatte ich ihn nicht mehr gesehen. Er mußte dick sein, grauhaarig, reich, kinderreich, Brillenträger.

Marina war im Begriff zu gehen. Ich sah, daß man im Nachbarhaus ein Fenster öffnete und zog mich zurück. Die weißen Haare bewegten sich im Wind. Es war mir unklar, welche von meinen beiden Vorstellungen dona Albertina glich.

Vielleicht war es eine dona Albertina, die sich von den meinen vollständig unterschied.

Ich hatte mich schon vor Minuten von dem Kneipenwirt verabschiedet, aber ich fuhr fort, mich zu unterhalten und die revolutionären Aufschriften zu entziffern.

Plötzlich verschwanden die weißen Haare, und Marina trat aus dem Haus. Ich beendete meine lahmen Ausführungen:

»Auf Wiedersehen.«

Ich überquerte die Straße und näherte mich Marina, die Mühe hatte vorwärtszukommen, da die roten Schuhe im Sande versanken. Ich fühlte mich verwirrt und führte in Gedanken Gespräche mit ihr, die sie nicht verstehen konnte. Die roten Schuhe waren zerrissen und krummgetreten. Das Kleid faserte in den Nähten aus. So klein, so

gewöhnlich! Ich trat ihr beinah auf die Absätze. Ich hustete:
»Bitte!?«
Sie ging mühselig weiter, noch langsamer und schwerfälliger, nachdem sie um eine Ecke gebogen war. Der Schweiß lief ihr zwischen den gesträubten Härchen über den Nakken. Manchmal erschien die Hand, die das Gesicht abtrocknete, über der Schulter und wischte mit dem Taschentuch über den rot-gelben Flaum.
»Bitte!?«
Sie blieb stehen. Doch dann beschleunigte sie ihre Schritte und stieß die Füße entschlossen in den weichen Sand. Der goldgelbe Flaum verklebte mit der Haut und färbte sich schwarz.
»Laß das. Du hast keinen Grund, so stolz zu tun. Woher nimmst du deinen Dünkel?«
Die Halsmuskeln spannten sich, die roten Schuhe pflanzten sich in den Sand, bewegten sich, als ob sie sich vom Boden losreißen wollten, wurden unbeweglich. Ich ging zwei Meter vor, machte eine halbe Wendung und stand Marina gegenüber:
»Guten Tag. Wie geht's? Lange nicht gesehen!«
Von hinten betrachtet, hob sich besonders das schweißbedeckte Genick hervor. Jetzt sah ich, daß auch die Stirn schweißbedeckt und voller Runzeln war. Es sah aus, als ob der übrige Körper sich unter den herabfallenden, geröteten Augenlidern versteckte. Die Brust war ausgehöhlt, der Bauch eingefallen. Ich betrachtete, ohne Rücksicht, den Bauch, ein ganz gewöhnlicher Bauch, weder groß noch klein. Ein bescheidener Mensch, der auf der Straße ging und sich klein machte, um nicht aufzufallen.
»Ja, meine ehrenwerte Dame. Nimm den Kopf hoch.«
Marina schauderte zusammen und blickte aus den Augenwinkeln nach allen Seiten, als ob sie Hilfe suchte.
»Heb den Kopf. Tu nicht so unschuldig.«

Ihr schamhaftes Getue, die kaum bemerkbaren Bewegungen der blau-roten Lider, die die hochmütigen Augen verdeckten, brachten mich auf. Ich erinnerte mich an die knirschenden Haken der Hängematte, an ihren Gesang, an die Geräusche, wenn sie badete. Und ich schleuderte ihr voller Wut das Schimpfwort ins Gesicht:
»Hure!«
Marina hörte das Wort, ohne aufzubegehren. Sie wurde nur noch weißer, verzog die Lippen, weinte beinah.
»Laß mich in Frieden«, stammelte sie.
»Ja. Schließlich geht das niemand was an, nicht wahr? Vorwärts, Hure!«
Ich beleidigte sie, war aber voller Erbarmen. Ich fühlte keine Wut, nur Überdruß.
Marina sah aus wie ein lebender Leichnam. Ich dachte an Cirilo de Engrácia, von dem ich vor Tagen eine Photographie gesehen hatte – ein toter, an einen Baum gebundener Cangaceiro. Er sah aus, als ob er lebte und war furchterregend. Was tot war, das waren die herabhängenden Füße, die mit den Zehen beinah den Boden berührten. Die knochigen, mageren Füße von Camilo Pereira da Silva hatten auch keinen Halt. Marinas Füße versanken im Sand. Marina sah aus, als ob sie tot wäre.
»Hure!«
Ich würde auch noch andere Worte, die sich mir aufdrängten, gesagt und wieder gesagt haben. Worte, die man gedankenlos sagt, weil sie einem plötzlich in den Sinn kamen, und die unersetzlich und sinnlos sind. Aber je länger ich Marina betrachtete, desto weniger wollte es mir scheinen, daß sie eine Hure wäre. Die Augen voller Tränen, von blau-roten Lidern verborgen, die zitternden Lippen, der eingesunkene Bauch, das schlecht geschminkte Gesicht, die von Runzeln gefurchte Stirn.
»Los, weiter!«
Marina setzte sich in Bewegung wie eine Gliederpuppe.

Der Mann mit den behaarten Armen kümmerte sich nur um das eigene Leben, die Stenotypistin mit den Katzenaugen schrieb einen Bericht auf der beschädigten Schreibmaschine, dona Albertina bewahrte die 100 Milréis in einer Schublade auf, die Kinder, die aus der Volksschule kamen, buchstabierten die Inschriften, mit denen die Wände bedeckt waren. Marinas Kind würde sterben, vielleicht war es schon tot. Ich dachte an die Ratten, an dona Mercedes, an den Hinterhof voller Abfall, an die Frau, die Flaschen spülte und an den Mann, der die Kübel füllte. Diese Erinnerungen krampften mir das Herz zusammen. Alles schien ganz natürlich, nur der Gedanke an die Ratten war außergewöhnlich, und das brachte mich in Wut. Was sollten die Ratten in diesem Augenblick?

»Hure!« schrie ich und stampfte voller Wut durch den Sand.

Vielleicht meinte ich Marina gar nicht: meinte die Ratten, unbestimmte Dinge. Das Schimpfwort war ein dehnbarer Begriff. Mein Geist wollte nichts festhalten. Verrücktheiten, Mißgestalten, die langgezogenen Heultöne von dona Rosália, der keuchende Atem von dona Rosálias Mann, Antônia, Berta, die Frau aus der Puffstraße, die Enkelin von dona Aurora, der Redaktionstisch, das Kino, das Theater. Und auf der Straße begegnete mir eine blasse, schweigsame Gestalt. Aber mehr als diese unbestimmten und verworrenen Gedanken peinigte mich die Erinnerung an die Ratten.

»Hure!«

Die Lippen Marinas sahen aus wie die einer Toten, die Augen flehten um Hilfe, ich krallte die Fingernägel in meine Handflächen, biß mir auf die Zunge, weil mir wieder das Schimpfwort entschlüpft war, das nichts bedeutete. Ich hatte einen Schwindelanfall, taumelte. Monate zuvor hatte Marina nackt vor mir gestanden, ihr vor Kälte zitternder Körper bedeckte sich mit Gänsehaut. Wenn der Mann von dona Rosália aus dem Innern des Landes nach Hause kam, stieß sie Schreie aus, die mich nicht zur Ruhe kommen ließen. Die Frau aus der Puffstraße ging ins Krankenhaus, kam aus dem Krankenhaus, gab sich, in ihrem schmutzigen Zimmer, nackt und traurig, ihrem Gewerbe hin. Ihre Finger kreuzten sich über den spitzen Knien, wie Totenfinger. »Wasser wäscht alles ab, Wunden vernarben.« Ich wiederholte in Gedanken diesen Satz, aber ich erinnerte mich nicht, von wem er stammte.

»Endlich alles vorbei, was?« fragte ich. »Das Kind ist tot, eine gute Lösung.«

Marina zitterte heftig und blieb stehen, betrachtete mich zum erstenmal. Ihr verzerrtes Gesicht verlor seine Farbe, ihr Körper schrumpfte zusammen. Es schien mir, als ob sie im Sand versinken wollte. Die Stimme erstickte in ihrer Kehle, sie stieß rauhe und unverständliche Töne hervor, aber die entsetzten Augen leugneten, der Kopf bewegte sich ungestüm hin und her und leugnete.

»Du verdientest Gefängnis«, murmelte ich, in einem plötzlichen Verlangen nach Gerechtigkeit.

Alte, längst vergessene Worte kehrten in mein Gedächtnis zurück. »Die nach Gerechtigkeit hungern«, sangen die Schüler von mestre Antônio. Durst oder Hunger nach Gerechtigkeit? Ich erinnerte mich nicht mehr. Ich wußte auch nicht, welche Vorteile der Katechismus denen versprach, die hungern nach Gerechtigkeit.

»Gefängnis, verstanden? Stockfisch essen und auf der Pritsche schlafen. Schamloses Frauenzimmer.«

Der alte Satz verfolgte mich, aber so sehr ich mich auch anstrengte, ihn wieder zusammenzufügen, es wollte mir nicht gelingen. »Selig die, die nach Gerechtigkeit hungern ...« Und die anderen? Was würde diesen Seligen geschehen? Die vergebliche Anstrengung, mich zu erinnern, brachte mich auf. Ich beschimpfte Marina. Hure. Der Richter mußte sie ergreifen, hinter schwarze Gitter werfen,

die man nicht berühren kann. Zusammenhanglose Tiraden schwirrten durch meinen Kopf, die Marina weißwuschen und anschwärzten.
»Das hast du gut gemacht. Ein winziger, unbedeutender Schaden. Was ich dir sage. Von der Verantwortung, von den Schwierigkeiten gar nicht zu reden.«
Und dann:
»Wird dona Albertina das Geheimnis wahren? Wenn sie es nicht wahrt, dann ist Marinas guter Ruf im Eimer.«
»Dona Albertina?« fragte Marina, bleich wie eine Baumwollblüte.
»Ja, dona Albertina, Dreckstückchen. Gehen wir weiter. Los!«
Wir setzten unseren Weg fort, ich hielt den kraftlos herunterhängenden Arm Marinas fest.
»Ich habe das Schild an der Tür gesehen. Ich war auf der anderen Seite, unterhielt mich mit dem Schankwirt.«
»Laß mich, um Gottes willen«, schrie Marina verzweifelt. »Ich hab dir nichts getan, ich gehe ruhig meines Weges. Laß mich. Was willst du von mir?«
Sie sah sich nach allen Seiten um. Ein Polizeisoldat und ein Soldat des Heeres mit schiefsitzenden Käppis gingen vorüber.
»Schaff dir doch einen von ihnen an. Mehr bist du nicht wert.«
Damit schleuderte ich ihr die größte Beleidigung entgegen. Da die niederen Dienstgrade des Heeres mißachtet werden, glaubte ich, Marina zu vernichten, indem ich auf die beiden Burschen hinwies. Selig die, die nach Gerechtigkeit hungern. Dieser sich immer wiederholende Satz machte mich rasend, wie einen tollwütigen Hund. Wozu sich an Schatten heften? Ein Richter gähnte vor Müdigkeit. Der Ankläger deklamierte die Anklage und entfernte sich immer weiter von dem Akteninhalt, den er gar nicht gelesen hatte. Der Verteidiger, der Julião Tavares sein konnte, schluchzte

seine Verteidigung und appellierte an die religiösen Gefühle der acht Geschworenen, die schliefen, gelangweilt und gegen ihren Willen verpflichtet, die Angeklagte freizusprechen oder zu verurteilen. Marina verbarg ihr Gesicht und flößte Mitleid ein. Alle Geschworenen sahen wie Dr. Gouveia aus. Ich packte Marina bei den Schultern:
»Vorwärts. Was zum Teufel ist mit deinen Beinen los, daß du nicht weiterkommst?«
Der Weg in dem losen Sand war außerordentlich beschwerlich.
»Geh weg. Laß mich los, um Gottes willen«, stöhnte Marina. »Ich habe dir nichts getan. Warum läßt du mich nicht in Frieden?«
In Frieden. Ich wiederholte noch einmal die gemeine Beleidigung. In Frieden. Eine ganz harmlose Sache. Es würde keinen schlechtgelaunten Richter geben, der unser Trommelfell zerriß, keinen redseligen Rechtsanwalt, noch einen Ankläger, der den in vielfacher Gestalt anwesenden Dr. Gouveia mit Weisheit überschüttete. Marina würde ruhig schlafen, die Haken der Hängematte würden nicht kreischen.
»Ohne Zweifel. Die Zeiten sind hart. Vorwärts, marsch! Das alles ist eine Schweinerei.«
Wir erreichten die Stadt und trennten uns. Aber sofort kam mir der Gedanke, daß sie sich wieder mit ihrem Liebhaber treffen würde.

Ich entdeckte zufälligerweise, daß Julião Tavares eine neue Eroberung gemacht hatte. Zwei oder drei auf der Straße aufgeschnappte Worte gaben mir Aufschluß. Ich dachte an eine der Töchter des Wolfsmenschen und an die Stenotypistin mit den grünen Augen.
Das ist alles kindisch, Tatsache ist jedoch, daß mich tagelang der Gedanke verfolgte, Julião Tavares könnte die

Kleine mit den grünen Augen verführt haben. Wo mochte sie wohnen? Niemals hatte ich ihre Stimme gehört, ich kannte keine ihrer Gewohnheiten, aber ich bildete mir die merkwürdigsten Dinge ein und führte mich wie ein eifersüchtiger Verwandter auf, oder wie ein Hund, der die Spur verloren hat und sucht und sucht.

Warum hatte sich die Stenotypistin mit den grünen Augen versteckt? Floh sie vor der Polizei? Oder lag sie mit Blutungen im Bett, die der Eingriff der dona Albertina verursacht hatte? Einmal schlug Julião Tavares diese Richtung ein, dann eine andere – und ich bildete mir ein, daß sie in Bebedouro, Levada, Jaraguá, beim Leuchtturm wohnte, kurz, ich nahm an, daß es an den vier Hauptpunkten kranke Stenotypistinnen geben müsse. Sie waren alle schwanger und suchten Hilfe bei dona Albertina.

Der behaarte Kneipenwirt, der die Ellbogen auf die Theke gestützt hatte, sah nichts, er kümmerte sich nur um sein eigenes Leben. Und Julião Tavares strich hinter Stenotypistinnen her, wie ein Bock.

Warum ging er so schnell, wenn er das Kaffeehaus verließ? Er bestieg eine Straßenbahn, machte sich auf der Bank breit, glücklich, strahlenden Auges, mit brennender Zigarre. Ich machte mich dünn auf einer der letzten Bänke, hielt mich mit den Händen an der Rücklehne der vorderen Bank fest, stützte das Kinn auf die Hände und betrachtete den Rücken von Julião Tavares. Der fette, weiche Specknacken wabbelte bei den Bewegungen der Straßenbahn hin und her. Die kurze Hand mit den rosenfarbenen Fingernägeln winkte nach unten. Fußgänger lächelten dem Mann mit der kurzen Hand und den polierten Fingernägeln zu. Ich beobachtete ihr Lächeln voller Wut. Warum war so viel Unterwürfigkeit in den Gesichtern zu erkennen? Julião Tavares, der Patriot und Redner, war keinen Schuß Pulver wert. Niemand erwartete eine Gefälligkeit von ihm. Aber man lächelte aus Gewohnheit. Auch ich hatte früher gelächelt, voller Mißmut. Die Haare Julião Tavares' begannen am Hinterkopf auszugehen. Es sah aus, als ob er eine Art Tonsur bekäme. Er sprach mit lauter Stimme, begrüßte Bekannte und war übertrieben freundlich, aber seine Freundlichkeit äußerte sich in leeren Worten. Was mich aufbrachte, war, daß man sich diese Worte gefallen ließ: früher hatten sie Bedeutung gehabt und waren auch jetzt noch im Umlauf.

Mir wurde schlecht, ich steckte die Hand in die Tasche und umklammerte den Strick.

Was mochte aus Ivo geworden sein? Ohne Sinn und Verstand, würde er Güter und Ortschaften, die er schon oft besucht hatte, nach etwas Unbekanntem durchsuchen. Ständig betrunken, verschlafen, geifernd, würde Ivo nirgends Ruhe finden. Einige waren ins Amazonasgebiet gegangen und an Beri-Beri gestorben, andere trieben sich im Süden herum, im Konkurrenzkampf mit den Ausländern. Ivo, Indianer und Zigeuner, unfähig, irgendwo festen Fuß zu fassen, zieht von Hof zu Hof, von Ort zu Ort, bettelt und stiehlt. Er versteht es nicht, die Dinge, die er braucht, sich zu beschaffen: er bittet, stiehlt, ein minderwertiger Mensch. Deswegen sage ich zu Vitória, wenn er das Haus betritt:

»Vitória, paß auf Ivo auf. Gib acht, daß er nicht ein Buch klaut.«

Umsonst. Das Buch wird gestohlen und anderswo angeboten, wie der Strick, den er mir gab.

Ich tastete den Strick ab. Ich dachte an die Banditen, die mein Großvater aus dem Gefängnis befreite, indem er die Geschworenen bestach oder das Ortsgefängnis überfiel. Die Banditen erschienen unbewaffnet auf dem Hof und fegten mit ihren Lederhüten den Boden, wenn sie aber einen Auftrag auszuführen hatten, lagen sie wochenlang im Hinterhalt, schliefen, den Karabiner, der auf eine kleine Holzgabel gestützt war, im Anschlag, lebten aus dem

Reisesack, von einem bißchen braunem Zucker und etwas Maniokmehl.
Langsam verwandelte sich alles, das Ödland meiner Heimat holperte unter den Rädern der »Great Western« vorbei. Ich verbarg mich in jener Menge von Mitreisenden, stützte ein imaginäres Repetiergewehr auf die Rücklehne der Bank und zielte auf den Rücken von Julião Tavares. Alles an ihm schien mir vergrößert und verzerrt. Ich erinnerte mich an die Gespräche, die mir die Nächte raubten, an die Worte, die ich durch die Wand des Eßzimmers hörte, an die verstümmelten Sätze, die ich im Kaffeehaus vernahm. Der Mann sprang ab, ich würde an der nächsten Haltestelle abspringen, und die Verfolgung würde weitergehen. Ich merkte mir die Häuser, die er betrat, die Gesichter der Menschen, an die er sich wandte.
Meine Nachforschungen ließen mich schließlich die neue Geliebte von Julião Tavares entdecken. Es war ein sommersprossiges, anmutiges Mädchen, das in einem Kurzwarenladen arbeitete. In ein paar Monaten würde sie einen dicken Bauch haben und heimlich dona Albertina aufsuchen. Sie würde ihren billigen Schmuck verkaufen und Geld aus der Kasse stehlen, um dona Albertina bezahlen zu können. Oder es würde zu einem Skandal kommen. Julião Tavares würde der sommersprossigen Kleinen fünfhundert Milréis geben, damit sie den Mund hielt, er würde einige Zeit schlechter Laune sein und die Predigten von Tavares-Vater hören müssen.

Das kleine, alleinstehende Haus lag in Bebedouro. Julião Tavares kam zu später Nachtzeit, betrat das Haus, verweilte zwei Stunden. Ich zog mich etwas zurück, um keinen Verdacht zu erwecken, aber sobald er das Haus verließ, war ich da und sah eine Gestalt, die den Rockkragen

hochgestellt hatte und hellerleuchtete Stellen vermied. Nur wenige Fußgänger waren unterwegs, und die flüchtigen Begegnungen erweckten keinerlei Aufmerksamkeit.
Julião Tavares folgte dem Fahrweg, der an den Gärten der schlafenden Herrschaftshäuser entlanglief. Oder er lief neben den Eisenbahnschienen her, die die Straße kreuzten und gelangte zur Rückseite der Häuser. Dort war es still, alles war in Dunkelheit gehüllt, die von einigen, in weiter Entfernung stehenden Lampen und von dem aus den Gassen dringenden Licht spärlich erhellt wurde. Das Sumpfwasser ließ helle Flecke zwischen den Bäumen sehen, ich näherte mich, hörte deutlich die Schritte des Mannes im dürren Laub. Warum trat der schamlose Hund auf, als ob er zu Hause wäre, als ob Grund und Boden ihm gehörten?
Überall war es so. Er machte sich in der Straßenbahn breit und wenn jemand über seine Füße stolperte, dann richtete er sich langsam auf und betrachtete den Störenfried mit hartem Blick. Ich machte mich klein, unscheinbar und wenn notwendig, setzte ich mich auf nur eine Hinterbacke. Die Fahrt wurde dadurch sehr unbequem, aber ich hatte mich daran gewöhnt und selbst wenn der Wagen leer gewesen wäre, hätte ich mich nicht so breitmachen können wie Julião Tavares: ich befürchtete, daß man mich beiseitestoßen und mir, ohne mich zu fragen, ein paar Zentimeter der schmalen Bank wegnehmen würde.
Sein Benehmen erweckte in mir den Eindruck, daß alles in weitem Umkreis ihm gehörte. Die öffentlichen Parkanlagen gehörten ihm. Natürlich verbot mir niemand, in den Gärten spazierenzugehen, mich zu setzen, die Frauen zu betrachten. Aber die Frauen betrachteten mich nicht, bekannte Personen warfen mir nur flüchtige Blicke zu. Wenn ich mich dort aufhielt, verfolgte mich überdies die Erinnerung an das tägliche Leben und verleidete mir die knappen Augenblicke der Freizeit. Die Blumenbeete, der Musikpa-

villon, die milchweißen Laternen nützten mir gar nichts. Ich stellte mir vor, daß die Stromzufuhr der Great Western versagen und die Stadt im Dunkeln liegen würde. Ich würde mich dann wie ein Blinder bewegen, würde die geschminkten Frauen, die dona Mercedes nachahmten, vergessen, würde Julião Tavares vergessen, der auf allen Bänken saß. Die Dunkelheit würde jene unangenehme Vorstellung austilgen, aber sie würde mich an noch unangenehmere Dinge erinnern.

Die Krawatte drehte sich wie ein Strick über dem schmutzigen Hemd zusammen, aus den Hosenaufschlägen und den abgewetzten Ellbogen hingen Fäden heraus, der Anzug war von Flecken übersät, die Schuhsohlen zerrissen, meine vom Hunger getrübten Augen ließen mich zwischen den Bäumen unwirkliche Geschehnisse entdecken.

Jetzt schritt Julião Tavares durch das Dunkel, nachdem er mit der sommersprossigen Kleinen geschlafen hatte. Er würde sich schlafen legen, vielleicht ein paar unanständige Verse über Bettgeheimnisse schreiben. Um diese Zeit gab es niemand, bei dem er sich hätte aussprechen können. Das Kaffeehaus war geschlossen, auf dem verlassenen Platz schlummerten die Lichter. Er würde seine Eitelkeit zu Papier bringen, sie am nächsten Tag drucken lassen, die Freunde würden ihn beglückwünschen, und er würde wie ein Pfau herumstolzieren. Julião Tavares fühlte sich anderen Menschen gegenüber überlegen, weil er ein paar arme Mädchen entjungert hatte. Augenscheinlich betrachtete er sich als ihr Herr. Unsinn. So gehörte Marina ihm? Verrückt. Sie war dieselbe, die ich vor einem Jahr in dem vernachlässigten Rosengarten kennengelernt hatte, rotwangig, mit flammendem Haar. Selbstverständlich.

Ich erinnerte mich an Sinha Germana, an Quitéria, an die Negerinnen auf dem Hof. Sinha Germana hatte nur einen Mann gekannt. Die Negerinnen schämten sich nicht, viele Männer zu kennen. Was für ein Unterschied! Ich stamme

von Sinha Germana ab, die ein halbes Jahrhundert in einem harten Bett geschlafen und niemals fleischliche Wünsche gekannt hat. Ich gelange zu neuen Ideen, aber diese Ideen widersprechen den Gefühlen, die ich nicht los werde. Sinha Germana schlief mit dem alten Trajano auf dem geflochtenen Ochsenleder, und wenn es anders gewesen wäre, so wäre es falsch gewesen. Die Sitten von Sinha Germana waren denen von Quitéria überlegen. Warum? Es gab kein Warum, und das brachte mich in Wut. Ein Kerl, der fähig war über viele Dinge zu schreiben, die er kaum oder gar nicht verstand, läßt sich die Meinung von Camilo Pereira da Silva, von Pater Inácio oder von dona Rosália gefallen. Diese Meinungen hatten weder Kopf noch Fuß. Marina war genauso viel wert wie vorher, ehe sie einen dicken Bauch hatte und dona Albertina aufsuchte. Dieselben wohlgeformten Beine, dieselben Arme, die sich an den Rosenstöcken in dem armseligen Hinterhof zu schaffen machten, dieselben, scheinbar mit Wasserstoff gefärbten Haare, dieselben lebhaften Augen. Aber sie beugte die Beine nicht, um die Hinterbacken in dem enganliegenden Rock zu zeigen, die Arme bewegten sich langsam, schwerfällig, die gelblichen Haare fielen ihr in die gefurchte Stirn, die Augen senkten sich schuldbeschwert und wichen fremden Blicken aus. Dieses Bewußtsein der Minderwertigkeit war ansteckend. Marina war heruntergekommen. Deswegen regte ich mich auf. Unsinn.
»Wie die anderen, wie die anderen. Hübscher aber als die Mehrzahl der anderen.«
Nutzlose Wiederholungen. Ich konnte den Gedanken an einen Verfall nicht vermeiden. Sei es wie es sei, sie war heruntergekommen und hatte sich daran gewöhnt, sich davonzustehlen und alle Leute um Entschuldigung zu bitten.
Sie würde in Zukunft genauso ein elender Fetzen sein wie dona Adélia.

»Sie haben recht, dona Rosália. Genauso ist es, dona Rosália.«
Die roten Schuhe mit dem aufgeplatzten Lackleder und den krummen Absätzen, die billige Kleidung, die ungepflegten Fingernägel, die mutlose Stimme, die in Zustimmung zerfloß.
»Wie die anderen. Blödsinnig, einfach blödsinnig.«
Nutzlose Raserei! Marina würde die Augen nicht heben, sich wie eine Ratte verbergen, mit kläglicher Stimme sprechen und dona Rosália zustimmen.

Ich ging bis zum Ende der Straßenbahnlinie und blieb stehen, als ob mein Uhrwerk plötzlich abgelaufen wäre. Die beiden Enden der Schienenstränge raubten mir meine Bewegungsfähigkeit und hinterließen einen unangenehmen Eindruck. Ich rieb mir die Augen, fühlte mich müde. Bisher hatte ich keinerlei Müdigkeit verspürt. Ich würde Meilen und Meilen gegangen sein, wenn sich die Schienen ins Innere des Landes vorgeschoben hätten. Ich hätte mich mit der Regelmäßigkeit einer Straßenbahn vorwärtsbewegt. Nur hätte ich an den weißbemalten Pfosten nicht haltgemacht. Bei diesen langen Fußmärschen, an die ich mich gewöhnt hatte – eins, zwei, eins, zwei –, schläft die Müdigkeit ein, und ich denke kaum noch. Es ist, als ob ein fremder Wille mich leite, ein unsichtbarer Sergeant, der seinen Dienst vernachlässigte und aufs Land ging, von dem ewig gleichbleibenden Rhythmus – eins, zwei, eins, zwei – verdummt, der die Befehle vergessen hatte, der an die Verse irgendeines Julião Tavares dachte oder an die Briefe irgendeiner Marina. Ich bewege mich im Halbschlaf. Wenn jemand mir zurufen würde: »Rechtsum, linksum« würde ich rechtsum, linksum machen, ohne zu überlegen, woher der Befehl käme. Warum rechtsum? Warum linksum? Es konnte auch eine halbe Wendung sein. Aber niemand sagt

etwas, und so gehe ich geradeaus, ohne daran zu denken, daß ich umkehren kann, daß ich mich von der Befehlsgewalt eines unsichtbaren Sergeanten befreien und ganz natürlich gehen kann, haltmachen, Menschen und Häuser betrachten kann. Plötzlich hören die Schienen auf, und das Uhrwerk der Puppe läuft ab. Gut. Woran dachte ich?
Um die Wahrheit zu sagen: meine Beine schlotterten. Ein so weiter Weg! Mehr als eine Stunde. Und dieselbe Zeit, um zurückzukehren – eins, zwei, eins, zwei –, genauso viele Minuten wie für den Herweg.
»Gut so.«
Es mochte zwei Uhr morgens sein.
»Zweifellos.«
Es konnte nicht mehr lange dauern, bis Julião Tavares das kleine Haus verlassen würde, das neben einer Lehmgrube am Berghang liegt. Würde er der Straße folgen? Der Eisenbahnlinie? Abwarten. Diese Notwendigkeit, warten zu müssen, machte mich rasend:
»Rindvieh! Am Unrat schnüffeln, wie ein Hund.«
Ich suchte eine Zigarette, um mich zu beruhigen. Ich fand keine Zigarette. Was ich fand, war der Strick, den Ivo mir gegeben hatte. Unverzeihlich. Solchen Plunder in die Tasche zu stecken und die Zigaretten zu vergessen! Ich sah mich nach allen Seiten um. Keine Kneipe. Ich wartete darauf, daß jemand vorbeikommen und mir eine Zigarette geben würde. Niemand. Idiot! Was machte ich hier, wozu stieg ich auf den Schienen herum? Wühlte im Unrat, wie ein Hund, wie ein Aasgeier. Wie spät mochte es sein? Zwei Uhr, annähernd. Ich wartete auf die Glockenschläge einer Uhr. Sicherlich war Julião Tavares aus dem Bett der sommersprossigen Kleinen gestiegen und hatte sich, leicht wie ein Luftballon, befriedigt, rauchend auf den Weg gemacht, die Glut der Zigarette wurde schwächer, dann leuchtete sie wieder auf. Es stand fest, daß ich nicht dort bleiben konnte, in der Abhängigkeit von einer zweifelhaften Uhr

oder von einem Fußgänger, der vielleicht gar keine Zigaretten hatte. Julião Tavares hatte das sommersprossige Mädchen verlassen. Sollte das sommersprossige Mädchen seine Geliebte sein? Im Haus dort gab es noch andere Frauen. Warum bildete ich mir ein, daß es das sommersprossige Mädchen sein müßte? Ein feiner Regen, der immer stärker wurde, verhüllte die trüben Lichter. Eins, zwei – unmöglich, die Lampenpfosten zu zählen, die der Nebel verbarg. Ich fror. Solang ich ging, fühlte ich weder Kälte, noch Müdigkeit, noch den Wunsch zu rauchen. Jetzt quälte mich der Mangel an Zigaretten. Ich stellte den Rockkragen hoch, ich fühlte das zwingende Bedürfnis, sofort umzukehren. Ich war überzeugt, auf dem Rückweg Zigaretten zu finden. Ich drehte mich um, machte mich verstört auf den Weg. Von Zeit zu Zeit blieb ich mit schlaffen Gliedern stehen. Sollte es keine Kneipe geben, keinen Fußgänger? Im gewöhnlichen Schritt zu gehen, war unmöglich. Ich war gereizt wie ein Tier, steckte die Hand mit einer mechanischen Geste in die Tasche. Ich berührte die Windungen des Stricks. Wahrscheinlich befand sich Julião Tavares auf dem Rückweg und rauchte. Was ging mich Julião Tavares an? Die Gestalt von Cirilo de Engrácia erschien vor meinen Augen, verschwand aber sofort wieder. Warum befand ich mich zu dieser Nachtzeit in Bebedouro, warum rannte ich sinnlos wie eine Küchenschabe hin und her, warum blieb ich stehen, warum rannte ich weiter? Ich wurde immer unruhiger, wischte mir das Gesicht mit dem Rockärmel ab. Müde.

Als ich mich dem an den Bergabhang geschmiegten Häuschen näherte, sprang, einige Schritte von mir entfernt, eine Gestalt auf die Straße und erreichte die Schienen der »Great Western«. Ich beeilte mich, sie nicht aus den Augen zu verlieren. Die von Nebeln durchzogene bleiche Dunkelheit wurde dichter, eine klebrige Dunkelheit, vom spärlichen Licht der Straßenbeleuchtung durchbrochen. Ich fuhr mir mit dem Taschentuch über das feuchte Gesicht. Kalter Schweiß, kalte, gefühllose Ohren. Ich wußte nicht einmal, ob es Schweiß war oder Tau, der von den Zweigen der Bäume herabträufelte.

Noch vor einer Stunde war ich guten Mutes vorwärts geschritten, vollzog mich bewegend Befehle, die Gliedmaßen von Stricken festgehalten. Jetzt konnte ich von einer Seite zur andern wechseln, vorwärts, rückwärts gehen. Ich beschleunigte meine Schritte, ich würde Julião Tavares begegnen, ihn mit ins Gesicht gezogenem Hut überholen. Er würde mich in dem Sprühregen nicht erkennen. Ein Kerl, der von einem nächtlichen Abenteuer kam und es eilig hatte, nach Hause zu kommen. Die Kleine würde, nur mit einem Hemd bekleidet, im Hof am Fuß des Hügels zurückbleiben. Julião Tavares würde zittern. Ein Nebenbuhler. Er konnte nicht ahnen, daß der Nebenbuhler ein unerbittlicher, haßerfüllter Feind war. Das Bedürfnis zu rauchen verwirrte meine Bewegungen. Julião Tavares schwamm in der dichten, milchigen Luft in die Stadt zurück. War er fern oder nah? An den beleuchteten Stellen war er verschwommen zu sehen, dann schluckte ihn der Nebel wieder ein, ich hatte den Eindruck, daß er davonfliegen, verschwinden würde. Ein bunter Ballon, der in der Johannisnacht unter dem dunklen Himmel schaukelte.

Teotoninho Sabiás Töchter sangen, vor der Tür prasselte ein großes Freudenfeuer, das mein Vater mit Brettern von Kisten und Fässern nährte, Rosenda sagte die Zukunft voraus, indem sie eine Schüssel mit Wasser befragte, in Batistas Zimmer veranstalteten die jungen Mädchen Glücksspiele, Kanonenschläge explodierten in der Rua da Cruz und beim Cavalo-Morto. Unter einem Mamãobaum mit versengten Blättern röstete Carcará grünen Mais in glühender Asche und stieß ein ungeheures Gelächter aus. Mein Vater sagte: »Schaut mal, scheint ein Eidechsenfresser zu sein.« Ich wußte nicht, was für ein Tier der Eidechsenfresser war, noch warum sich mein Vater an ihn erinnerte, als er Carcarás Gelächter hörte. Es war alles so einfach! Die Mädchen entfalteten die Lose, Rosenda betrachtete das Wasserbecken, Teresa und dona Maria sangen, der Luftballon möge herunterfallen. Nur die Kanonenschläge und Carcarás Gelächter störten mich. Teresa war gutmütig, lutschte am kleinen Finger und weinte, wenn man die Hängematte mit den Toten und die mit Stricken gefesselten Männer brachte.

Julião Tavares würde sich entfernen, sich auflösen, sich in Nebel verwandeln. Ich beschleunigte meine Schritte, fing beinahe an zu rennen. Gut. Er blieb unsichtbar, aber seine Schritte waren deutlich zu hören.

»Gut.«

Ich sagte das, obwohl ich fühlte, daß alles schlecht stand, ich ärgerte mich, daß ich meine Zeit damit verlor, Julião Tavares zu folgen. Der Gedanke quälte mich, daß er in Kürze die Stadt erreichen und ruhig schlafen würde. Cirilo de Engrácia, tot, aufrecht an einen Baum gefesselt, mit Patronengürtel und Dolchen behängt, mit langen Haaren und furchterregendem Ausdruck. Ich würde nicht schlafen können. Der Abstand wurde kürzer. Doch was nun? Warum sollte ich diesem verhaßten Menschen folgen, der alles besaß, Frauen, Zigaretten? Jetzt trennte uns nur noch ein kurzer Abstand voneinander, aber die Stadt näherte sich, und bald würden wir getrennt sein, er würde eine Zigarette rauchen, ich würde das Schnarchen von dona Rosálias Mann ertragen müssen, der am Vorabend gekommen war. Für den Rest der Nacht würde ich nur das Stöhnen und Schnarchen der Nachbarn hören. Die Müdigkeit war verschwunden. Ich wünschte meilenweit zu gehen, um wieder müde zu werden und Schlaf zu finden. Wieviel Meter fehlten noch, bis wir in Levada einbiegen würden? Wieviele Stunden, bis die Kaffeehäuser und Kneipen öffneten? Der Gedanke, daß wir uns trennen würden, brachte mich zur Verzweiflung. Hier war es so, als ob er von mir abhängig wäre. Die Schritte waren genau zu hören, im Licht der Seitenstraßen erschien seine dunkle, dickbäuchige Gestalt, mit dem heruntergeklappten Hutrand und dem hochgestellten Rockkragen. Plötzlich fühlte ich ein unerklärliches Mitleid, und irgendwas lähmte meine Hände noch mehr. Julião Tavares war schwach und ahnungslos, wie ein Kind in dieser Einsamkeit, unter den Zweigen der Bäume, die in den schweigenden Gärten standen. Eine Stunde, eine halbe Stunde später, wenn er den schlafenden Wachtposten hinter sich gelassen hätte, der an einem Pfosten lehnte, dann würde er stark sein, aber hier unter diesen Bäumen war er ein armseliges und hilfloses Wesen. Ich krampfte die kalten, schweißbenetzten Hände zusammen, steckte sie in die Tasche, um sie anzuwärmen. Um sie zu wärmen? Oder aus Gewohnheit? Der rauhe Strick verstärkte das Gefühl der Kälte meiner Hände und brachte meine Schritte zum Stehen, aber das Bedürfnis zu rauchen versetzte mich in Wut und trieb mich vorwärts. Ich begann schneller zu laufen, aus Furcht, daß mir Julião Tavares entwischen könnte. Wieder hörte ich die leichten Schritte auf dem blätterbedeckten Boden. Ich konnte jetzt den dunklen Schatten in dem klebrigen Regenschauer genau erkennen. Die Feuchtigkeit drang in die Tasche und ließ meine Finger, die den Strick berührten, vor Kälte erstarren. Warum zeigte sich der dicke Mann so sicher? Wachsame Augen spähten nach ihm, Finger, wie Krallen, näherten sich ihm. »Das Dickicht hat Augen, Wände haben Ohren«, sagte Quitéria, die auf der Mehlmühle im Hof saß. Es schien mir, als ob die Bäume der Umgebung Leben hätten und Julião Tavares heimlich beobachteten, als ob die Zweige sich um seinen Hals legten. Er ging ruhig seines Weges, als ob es hier Polizisten gäbe.

Vor vielen Jahren hatten sich Korporal Pretos Totschläger im Gebüsch versteckt, um Sinha Germana nicht zu erschrecken. Sinha Germana ritt, mit gespreizten Beinen im Sattel sitzend, vorüber, und die Banditen verbargen sich hinter den Mandacarús und Schlingpflanzen, die die Ebene spärlich bedeckten. Diese Cangaceiros waren Freunde von Trajano, Sinha Germana trabte mit ihrem Pferd auf der von greller Sonne beleuchteten Landstraße. Kein Haß. Trajano Pereira da Silva besaß ein paar dahinsiechende Stück Schlachtvieh und verstand sich ausgezeichnet mit Korporal Pretos Abgesandten.

Der Wunsch zu rauchen, brachte mich zur Verzweiflung. Der Anflug von Mitleid verschwand, der Haß kehrte zurück. Hätte ich Julião Tavares am hellen Tag gegenübergestanden, dann wäre mein Haß vielleicht nicht so groß gewesen. Ich wäre mir klein und unsicher erschienen, meine Muskeln wären erschlafft, mein Rückgrat hätte sich nach vorn gekrümmt, ich hätte versucht, das sich am Bauch aufbauschende Hemd in die Hose zu stopfen. Ich hätte mich eilig davongemacht, wie ein niederes Tier. Jetzt hatte sich alles geändert. Julião Tavares war ein Schatten, ohne Augen, ohne Mund, ohne Kleidung, ein Schatten, der sich im Regenschauer auflöste. Meine Wut wurde größer, es war die Wut eines im Hinterhalt liegenden Cangaceiros. Warum dieser Vergleich? Sollten Meuchelmörder eine ähnliche Wut empfinden wie ich?

José Baía erzählte mir Geschichten unter dem Vordach des Hauses, zeigte beim Singen die weißen, schiefstehenden Zähne. Er war gutmütig und lachte ständig. Er erklärte mir die Herkunft von Gespenstern, erwähnte die stärksten Bannsprüche. Aber er lehrte mich diese Bannsprüche nicht, um ihre Wirkung nicht zu brechen, er gab mir nur gute Ratschläge, die ich vergessen habe. Ein guter Kerl, José Baía! Auf dem Kolben seines Karabiners waren verschiedene Kerben. Niemand wagte es, mit José Baía laut zu sprechen, niemand zeigte ihm ein böses Gesicht. Er lachte, entblößte seine Pferdezähne. Wenn er dem Pfarrverweser oder einer anderen bedeutenden Person begegnete, fegte er mit dem Rand seines Hutes den Boden auf. Man konnte sich unmöglich José Baía von einem Haßanfall gepackt vorstellen, wie es der war, der mir die Fingernägel in die Hand trieb. Wahrscheinlich hätte er sich ganz ruhig im Gebüsch verborgen, hätte ein paar Züge aus einer Strohzigarette geraucht, die er gleich darauf mit Speichel gelöscht und hinter das Ohr gesteckt hätte, damit der Rauch den Hinterhalt nicht verriet. Er hätte auf jedes Geräusch geachtet, das sich pfadaufwärts hörbar gemacht hätte, das Knie auf den Lederhut am Boden gestützt, den Blick auf das Gewehrkorn gerichtet, die Waffe auf eine Gabel gelegt; ganz bestimmt hätte er nichts gedacht, nichts gefühlt. Er war hier, weil die Umstände es verlangten. Am nächsten Tag hätte er mit dem Messer eine neue Kerbe in den Gewehrkolben geritzt und hätte im Schuppen Geschichten von Jaguaren erzählt.

»Was ist passiert, José Baía?«

»Keine Ahnung. Ich bin spazierengegangen.«

Keinerlei Reue. Es waren die Umstände. Kein Gedanke. Der Chef, der ihm den Auftrag gegeben hatte, mußte Gründe haben. Die Geschichten, die er im Schuppen erzählte, waren einfach: Jaguare, die Ziegen auflauerten, kannten keine Grausamkeit. José Baía war ein guter Kerl. Wenn er an dem kleinen Holzkreuz vorbeikam, das am Wegrand verfaulte, betete er ein Ave-Maria und ein Vaterunser für den Toten. Die Schwäche dehnte sich bis in meine Zehen aus und verlangsamte meinen Schritt. Ich hatte Sehnsucht nach José Baía und nach den kindlichen Gesprächen unter dem Vordach des Hauses.

»José Baía, mein Bruder, wo magst du zu dieser Stunde sein? Bist du in einem Hinterhalt umgekommen oder verfaulst du hinter den schwarzen und fettigen Gitterstäben eines schmutzigen Gefängnisses? Eines Tages hat man dich, gefesselt, von Schweiß und Staub bedeckt, von einer

Bande von Hilfspolizisten umringt, in den Ort geschleppt. Deine hellen Augen waren von wirklichem Entsetzen erfüllt. Du bist alt geworden, ein anderer Mensch, eine von der Gerechtigkeit geschaffene Null. Dein Gehör und deine Augen sind schwach geworden, deine Hände zittern, du bist ernst geworden und hast das Kind vergessen, dem du von der Kraft des Schwarzen-Ziegen-Gebetes erzählt hast.«

Wie lang währten diese Erinnerungen und die Schwäche? Eine Minute oder weniger? Wieder verkrampften sich meine Hände und meine Beine schritten schneller auf dem langen Weg. Ich wünschte, daß Julião Tavares fliehen und mich von dieser Qual befreien möchte. Wenn er die einsame Straße entlangrennen würde, wäre alles vorbei. Ich würde versuchen, ihn zu erreichen. Vergebens. Ich dachte daran zu schreien, ihn darauf aufmerksam zu machen, daß er sich in Gefahr befände, aber der Schrei erstickte in meiner Kehle. Ich schreie nicht: ich habe mich daran gewöhnt, in Gegenwart meiner Vorgesetzten leise zu reden. Irgend etwas mußte Julião Tavares warnen und ihn von hier vertreiben. Andererseits brachte es mich in Wut, daß er mir den Weg versperrte, mich herausforderte. Ich war also gar nichts? Die Demütigungen, die ich in aller Öffentlichkeit erduldet hatte, genügten nicht? An der Normaluhr, auf der Straße, im Kaffeehaus kehrte er mir den Rücken. War ich ein Hund, ein Nichts? »Es wäre gut, einen Artikel zu schreiben, Luís.« Ich schrieb ihn. Und wenn er fertig war, nicht einmal ein »Danke«. Ein Julião Tavares kehrte mir den Rücken und beachtete mich nicht. In der Redaktion, in der Dienststelle, in der Straßenbahn galt ich als ein Idiot, als ein Unglücksrabe, als ein Klotz. Aber hier, auf der einsamen Straße, mir wie einem zahnlosen Hund den Rücken zuzukehren! Nein. Woher nahm er diese Überlegenheit? Warum diese Selbstsicherheit? Ich war ein Mann. Hier war ein Mann.

»Ein Mann, verstanden? Ein Mann.«
Julião Tavares hörte nichts und ging ruhig seines Weges.
»Renne, aussätziger Hund.«
Warum rannte der Lump nicht, warum floh er nicht vor meinen schlechten Instinkten? Dachte er an die Liebkosungen des sommersprossigen Mädchens?
»Das hilft dir alles nichts, Julião Tavares. Marina, die sommersprossige Kleine, die Schreibmaschinenhilfe mit den Katzenaugen sind alle nicht wichtig. Wichtig ist dein Leben. Fliehe.«
Julião Tavares blieb stehen und zündete sich eine Zigarette an. Warum blieb er in diesem Augenblick stehen? Ich wollte, daß er sich von mir entfernte. Daß er wenigstens seines Weges ginge, ohne mich zu beleidigen. Aber so ... Ich hatte keine Zigaretten. Das plötzliche Haltmachen, der Schein des Streichholzes, das An- und Abschwellen der Glut in der Dunkelheit machten mich verrückt. Ich machte eine verzweifelte Anstrengung, um meine menschlichen Gefühle zurückzugewinnen:
»José Baía, mein Bruder ...«
José Baía war nicht mein Bruder: er war ein Fremder mit weißem Haar, der in einer schmutzigen Gefängniszelle verkam, wo er eine Strafe wegen Mordes verbüßte. »Haben Sie eine Kopie der Anklage erhalten?« José Baía wußte nicht zu antworten. Er hatte sie erhalten, und er hatte sie nicht erhalten. Was sollte er auf diese unverständliche Frage antworten? Würde sich der Gerichtsvorsitzende damit zufriedengeben, wenn er »Ja« sagte? Oder würde es besser sein, »Nein« zu sagen? José Baía wiegte den Kopf, er war unentschlossen: er hatte die Kopie erhalten, und er hatte sie nicht erhalten. Schließlich, was ging mich José Baía an, der auf einer Pritsche hinter schwarzen und schmierigen Gittern lag? Was gingen mich die schwarzen und schmierigen Gitter an?
Ich zog den Strick aus der Tasche und war mit ein paar

lautlosen Sprüngen, wie die der Jaguare von José Baía, hinter Julião Tavares. Das alles ist irrsinnig, unglaubhaft, aber es geschah ganz natürlich. Der Strick schlang sich um den Hals des Mannes, und meine zusammengepreßten Hände zogen sich zurück. Es fand ein kurzer Kampf statt, ein Gurgeln, um sich schlagende Arme. Genau wie ich es mir vorgestellt hatte. Julião Tavares' Körper fiel nach vorn und drohte mich umzureißen, dann kippte er nach rückwärts und wollte auf mich fallen. Meine Zwangsvorstellung begann zu schwinden. Ich hatte eine Sinnestäuschung. Das Männchen in der Verwaltung und in der Zeitung war nicht ich. Diese Überzeugung löschte jeden Gedanken an Gefahr aus. Eine ungeheure Freude erfüllte mich. Personen, die hier auftauchen sollten, konnten nur unbedeutende Erscheinungen sein, alle Bewohner der Stadt waren unbedeutende Erscheinungen. Man hatte mich getäuscht. In fünfunddreißig Jahren hatte man mich überzeugt, daß ich mich nur nach dem Wunsch der andern bewegen konnte. Der Gedanke an die Gewohnheit meines Vaters, mich im Poço da Pedra unterzutauchen, die Stockschläge von mestre Antônio Justino, das Gebrüll des Sergeanten, die Flegelhaftigkeiten des Chefkorrektors, die sanfte Unverschämtheit des Direktors, alles war wie weggeblasen. Julião Tavares schlug mit Händen und Füßen um sich. So viel Dünkel, so viel Prahlerei, so viele idiotische Adjektive in einem Satz – jetzt wurde er immer schwächer, vom eigenen Gewicht besiegt, erschöpft, sank er auf den mit trockenen Blättern bedeckten Boden, hüllte sich in das Totengewand des Nebels. Als ihm der Strick um den Hals fiel, hatte er sich wie ein wildes Tier aufgebäumt. Dann war er ruhiger geworden, fiel nach vorn, die Knie knickten ein, der Körper wurde schlaff. Meine Arme schmerzten, und meine Hände waren aufgerissen. So lange Julião Tavares den Kopf oben hielt, wäre meine Verantwortlichkeit nicht so groß gewesen wie nach seinem Hinfallen. Wenn Ivo zuviel trank, sackte er langsam zusammen, und es gab keine Möglichkeit, ihn wieder auf die Beine zu stellen. Die Erinnerung an Ivo machte mich rasend.

»Hol's der Teufel!«

Ich ließ den Körper los, der gegen einen Zaun unter den Zweigen eines Baumes schlug, die die Dunkelheit nur noch schwärzer machten.

»Hol's der Teufel!«

Ich setzte mich am Fuß des Zaunes nieder und wischte mir den Schweiß von der Stirn. Müde. Die rechte Hand schmerzte mich heftig, aber ich ließ den Strick nicht los, der die Hand umschnürte. Die linke Hand war frei. Ich steckte sie in die Tasche, um Zigaretten zu suchen, zog sie aber sofort wieder heraus. Ivos Erscheinung kehrte zurück, betrunken, an die Wand gelehnt. Wie spät mochte es sein? Die Pfähle des Zaunes rieben meinen Rücken auf. Es schien mir unangebracht, hier zu bleiben, aber ich kam nicht auf den Gedanken, daß Gefahr bestehen könnte. Ich mußte weitergehen. Weitergehen, ohne Zweifel. Ich blieb sitzen und änderte die Stellung, denn die Pfähle des Zaunes verletzten meine Schultern. Wie aber den schweren Julião Tavares fortschaffen? Ich kam nicht auf den Gedanken, daß ich ihn unter den Blättern des Baumes verfaulen lassen konnte. Ich mußte ihn wegschaffen: das wollte mir nicht aus dem Kopf. Wegschleppen, ohne Zweifel. Obwohl ich keine Angst empfand, wußte ich, daß ich Eile hatte, von hier wegzukommen. Ich spitzte die Ohren. Nur das Surren der Schnaken. Der in der Nähe befindliche Teich wimmelte von Schnaken. Was mochte mit Julião Tavares sein? Ich versuchte ihn zu erkennen, ich reckte den Kopf zu dem Platz hin, wo ich ihn vermutete. Eine fast unsichtbare Gestalt in milchiger Dunkelheit. Mit dem Gesicht zur Erde gekehrt, natürlich. Wie würden seine Augen sein? Die von Evaristo, die ich von weitem sah, waren aus den Höhlen getreten. Der Mund war verzerrt, zeigte eine dicke, schwarze Zunge. Wahrscheinlich waren auch Julião Tavares' Augen aufgerissen, und wahrscheinlich hing ihm der Kiefer herunter.

»Was, zum Teufel, mache ich hier?«

Ich mußte aufstehen, mich schnell entfernen, nach Hause gehen, schlafen. Um diese Stunde schnaufte der Mann von dona Rosália, er kratzte mit seinem Bart über dona Rosálias blaßgelbe Haut. Der Mann von dona Rosália schnaubte wie ein Tier. Julião Tavares war mäuschenstill. Noch vor wenigen Minuten ging er ganz ruhig seines Weges, die Zigarette brannte, die Gedanken waren im Bett der sommersprossigen Kleinen. Jetzt lag er mit ausgestreckten Beinen in der Nähe des Zaunes. Es war unangebracht, an seiner Seite zu verweilen. Unangebracht. Die Schnaken geigten, umkreisten mein Gesicht, stachen mich in die Ohren und in die zerschundenen Hände. Unangebracht.

»Bäume haben Augen, Wände haben Ohren.«

Quitéria, dona Rosenda und die alte Mühle tauchten in meiner Erinnerung auf. Ich beobachtete die Umgebung, suchte die Finsternis zu durchdringen. Alles undurchdringlich. Der von Mücken übersäte Teich war unsichtbar. Eine große Schwäche überfiel mich, ausbrechender Schweiß durchnäßte mein Hemd. Ich fuhr mir mit der Hand über das feuchte Gesicht, ich fühlte auf meiner Haut den rauhen Strick. Wenn jemand käme?

»Haben Sie eine Kopie der Anklage erhalten?«

Die Freunde von Julião Tavares würden über mich zu Gericht sitzen. Moisés und Pimentel wären nicht unter den Geschworenen. Was würden die Zeitungen sagen? Über Evaristo hatten sie nichts gesagt, von den Leuten, die tot am Wegrand gefunden wurden, sagten sie nichts. Aber jetzt würden sie sehr viel sagen. Wer war es? Warum geschah es? Pimentel würde wüste Artikel schreiben. Ich begann mit Pimentel zu diskutieren, gestikulierte, meine Hand traf Julião Tavares' Körper. Ich zuckte zusammen.

Der Schweiß ließ mich die Kälte noch stärker fühlen. José Baía, alt und friedlich, schlief auf der Schilfmatte unter den Vorhängen aus Spinnweben. Evaristo baumelte an einem Ast des Rizinusbaumes. Evaristo war so mager, so vom Hunger ausgehöhlt, daß ihn der Zweig eines Rizinusbaumes tragen konnte. Der tote, aufrechtstehende, an einem Baum gebundene Cirilo de Engrácia schien zu leben. Die langen Haare fielen ihm in die Stirn, bedeckten sein furchterregendes Gesicht. Nur die Beine waren richtig tot, schwebten in der Luft, die Zehen nach unten gerichtet. Die Kälte nahm zu, ich begann mit den Zähnen zu klappern, wie ein Wildschwein. Wenn jemand auf der Straße erschienen wäre, hätte ich keinen Mut gehabt zu fliehen. Sollten Menschen in der Nähe sein? Ich glaubte ein sonderbares Geräusch zu hören, aber wahrscheinlich war es nur das Echo meiner Zähne, die nicht aufhörten zu klappern. Es kam mir so vor, als befänden sich meine Zähne weit weg und verursachten ein Geräusch, das sich mit dem aufreizenden Summen der Schnaken vermischte. Ich preßte die Kiefer aufeinander, aber die Kastagnetten klapperten weiter und mich überkam die Gewißheit, alt und verbraucht zu sein.

»Unnütz, alles unnütz.«

Ich biß in den Ärmel meines Anzuges. Die Zähne hörten nicht auf, aufeinander zu schlagen und erzeugten einen dumpfen Ton. Ich zerbiß das Tuch, hatte nur den Wunsch, nach Hause zu gehen. Ich würde ein Glas Zuckerrohrschnaps trinken, und die Zähne würden aufhören zu klappern. Die Uhren der Nachbarn würden mich nicht schlafen lassen. Ich mußte Julião Tavares hier liegen lassen. Ich dachte daran, ihn zu verstecken, ihn unter einer Schicht von Blättern zu begraben. Der irrsinnige Gedanke, ihn mit in die Stadt zu nehmen, war verschwunden. Gut. Ich begann, die Blätter wegzuräumen und die Erde mit den Fingernägeln aufzukratzen. Der Versuch, mit den Fingernägeln ein Grab zu schaufeln, um einen Mann zu begraben, war so verrückt, daß ich rasch aufstand, aus Angst, irrsinnig zu werden. Wie mochte das Gesicht von Julião Tavares aussehen? Die Gestalt, die mir in den Sinn kam, war die von Cirilo de Engrácia, furchtbar, an einen Baum gefesselt, die langen Haare beschatteten sein Gesicht, die Beine in der Luft, tot. Ich dachte auch an Evaristo, der an dem Rizinusbaum hing und aussah, als ob er zum Sprung ansetzte. Ich wich hastig zurück und schlug mit der Schulter gegen den Zaun. Julião Tavares konnte am Ast hängen, wie ein Selbstmörder. Würde man glauben, daß er ein Selbstmörder war? Man würde es glauben. Man würde es nicht glauben. Die Zeitungen würden Skandal schlagen, würden das Bild der sommersprossigen Kleinen veröffentlichen. Ein extravaganter Bursche, wirklich, ein extravaganter Kerl. Ich befreite die rechte Hand und machte an einem Ende des Strickes eine Schlinge. Endlich hatte ich eine Lösung gefunden. Ich machte mich ans Werk, voller Angst, die Lösung zu vergessen. Wenn meine Gedanken wegblieben? Wenn meine Schwäche wiederkehrte?

»Alles unnütz.«

Die Zähne klapperten schon nicht mehr. Ich beugte mich hinab, suchte nach dem Kopf von Julião Tavares. Ich fand den heruntergefallenen Hut, einen Arm, den ich erschreckt losließ, da ich noch nie einen Kadaver berührt hatte. Der Gedanke, daß Julião Tavares ein Kadaver sei, machte mich erstarren. Daran hatte ich nicht gedacht. Schrecklich: der unbewegliche Körper, der langsam kälter wurde. Da war der noch warme Kopf. Ich richtete ihn auf, und, während ich viele Male voller Ekel ausspuckte, legte ich ihm den Strick um den Hals. Das andere Ende des Strickes hielt ich mit den Zähnen fest, stieg auf den Zaun und von dort auf einen Ast des Baumes. Ich begann den Toten hochzuwinden. Mit der rechten Hand zog ich an dem Strick, der langsam über den Zweig glitt, während die linke Hand das

Gewicht des Körpers aushalten mußte. Ein extravaganter Bursche. Dicke, schwarze Balken am Kopf und Seitenende der Zeitung. Fähigkeiten? Julião Tavares hatte viele Fähigkeiten. Seine Beiträge in der Zeitung wurden mit fetten Buchstaben gesetzt. Kommentare. Warum war es geschehen? Wie war es geschehen? Ein riesiges Begräbnis, Automobile, alle Taxen, die es gab, Sonderwagen der Straßenbahn. Reden auf dem Friedhof, geschwollene Reden. Das Grabmal mit einer geborstenen Säule geziert. Es gab viele Grabmäler mit geborstenen Säulen. Marmorsäulen, Zementsäulen. Ein extravaganter Bursche. Alle bedeutenden Toten waren geborstene Säulen. Julião Tavares war eine geborstene Marmorsäule. Das Kapitell lag auf der Erde, es färbte sich grün.

Der Körper begann zu steigen. Zuerst war die Anstrengung nicht besonders groß. Mit jeder Bewegung glitten einige Zoll des Strickes über den Ast. Aber nachdem der schwere Körper sich vom Boden erhoben hatte, wurden die Schwierigkeiten außerordentlich, ihn auch nur ein paar Zentimeter hochzuwinden.

»Noch ein bißchen mehr, noch ein bißchen mehr.«

Diese Worte kamen mir nicht aus dem Sinn. Der Körper mußte vollständig aufgerichtet sein. Meine Knochen schmerzten. Der Zweig bog sich, drohte zu brechen. Wir waren in Gefahr, zu Boden zu stürzen. Dann war alles verloren. Was blieb, war die Polizei, das Gefängnis. Bei der ersten Vernehmung würde ich mich verraten. Ich hielt den Strick fest, in der Absicht, ihn irgendwo anzubinden. Ich würde von dem Baum heruntersteigen. Der Ast würde sich, von meinem Gewicht befreit, wieder aufrichten, Julião Tavares würde mit den Füßen in der Luft schweben, wie Cirilo de Engrácia.

»Gut.«

Auf der Straße ließen sich Stimmen hören. Stimmen? Oder sollte es eine Sinnestäuschung sein? Halluzinationen. Ich wollte nicht glauben, daß lebende Menschen sich in aller Ruhe nähern könnten. Ich klammerte mich voller Verzweiflung an den Strick.

»Dreißig Jahre Zuchthaus, dreißig Jahre Zuchthaus.«

Die schwarzen Gitter, die so ekelerregend waren, daß man sie nicht anfassen konnte, die Pritschen, die Spinnwebenvorhänge, die dicken Mauern, Hunger, Durst, die Fischsuppe, in diesem Elend fabrizierte José Baía Zigarettenspitzen, Kämme aus Schildpatt, kleine Gegenstände aus Kokosschalen.

»Schaut, daß Ihr weiterkommt. Abhauen. Nicht näher kommen, oder es kann was passieren. Ein verlorener Mensch kennt keine Rücksicht.«

Der verlorene Mensch keuchte vor Angst. Die Stimmen: tiefe Stimmen, hohe Stimmen, wurden immer deutlicher. Männer und Frauen. Wahrscheinlich gingen sie auf ein Fest. Lüge, alles Lüge. Ich war noch keine fünfunddreißig Jahre alt: ich war zehn Jahre alt und versuchte im Wohnzimmer unseres Hauses eine schwierige Aufgabe zu lernen. Das Zimmer füllte sich mit fremdartigen Geräuschen, die von draußen kamen und durch die Wände drangen. Wahrscheinlich waren es die Frösche am Stauweiher. Es waren keine Frösche: es waren Männer und Frauen, die sich näherten. Die Worte waren immer deutlicher zu erkennen. Jemand sagte:

»Spiel dich nicht auf, mein Kind. Alles kommt, wie Gott will.«

An andere Worte erinnere ich mich nicht. Lachen, verstümmelte Sätze. Die Gruppe kam näher, ging unter dem Baum vorbei. Eine Person stieß Julião Tavares an und murmelte: »Verzeihung«. Der Strick gab nach, etwa zehn Zentimeter, sicherlich machte Julião Tavares in der Dunkelheit eine Verbeugung. Ich wiederholte mit leiser Stimme:

»Alles, wie Gott will.«

Meine Finger wurden steif, rissen auf, der von Schweiß feuchte Strick drohte vom Ast zu gleiten, der Körper von Julião Tavares in die nasse Erde zu sinken. Ich konnte ihn nicht wieder hochwinden, die Polizei würde ihn in den Blättern liegend finden und meiner Spur nachforschen.
»Dreißig Jahre Zuchthaus, dreißig Jahre Zuchthaus.«
In einer Entfernung von nur wenigen Metern war das Gelächter einer der Frauen zu hören, die unter dem Baum vorbeigegangen waren. Sollte sie mich verspotten? Sollte sie über die Anstrengung lachen, die ich machte, um die verlorenen zehn Zentimeter wiederzugewinnen? Ich fühlte, daß ich immer schwächer wurde, daß der Strick weiter über das Holz gleiten würde. Julião Tavares, nach vorn geneigt, baumelte hin und her. Ivo ging so, O-beinig, hin und her schwankend, mit verdrehten Augen, ohne jemand anzuschauen. Wieder Gelächter, von weitem. Sollte es die Frau sein, die gelacht hatte? Oder kamen andere Menschen, um sich unter dem Baum zu unterhalten, an Julião Tavares' Schulter zu stoßen und sich zu entschuldigen?
Keine Gefahr, es bestand keine Gefahr, ich wiederholte mit leiser Stimme, daß keine Gefahr bestünde. Ich war in Sicherheit, unter Blättern versteckt, in Nebel gehüllt. Sie konnten vorübergehen, stehenbleiben, Julião Tavares berühren, der, steif, wie eine riesige Marionette, zur Seite weichen würde.
»Keine Gefahr; es besteht keine Gefahr.«
Sonst gab es nichts. Es schien mir gegen den gesunden Menschenverstand, an einem so verfluchten Ort zu lachen. Warum verflucht? Als ob das wichtig wäre! Ich und Julião waren ein paar armselige Auswüchse. Das spöttische Gelächter verlor sich in der Ferne.
»Luís da Silva, Julião Tavares, das bedeutet überhaupt nichts. Wertvolle Menschen sterben eines gewaltsamen Todes oder enden im Gefängnis. Es hat nichts zu sagen,

wenn Ihr verschwindet. In Wirklichkeit habt Ihr niemals gelebt.«
Ich würde mich, mit ausgestreckten Armen, in den Blättern zum Schlaf legen, ich würde mich von dem Baum entfernen, um ein Gegengewicht zu dem Körper von Julião Tavares zu bilden. Manchmal ließ ich den Strick los und faßte ihn kürzer. Die linke Hand sicherte das Gewicht, meine Finger waren in Gefahr zu brechen. War Julião Tavares höhergestiegen, oder war der Strick in dem schwammigen Hals eingesunken? Jede unbedachte Bewegung drohte mich aus dem Gleichgewicht zu bringen. Ich riß die Augen übermäßig weit auf, aber ich fürchtete mich, den Kopf zu wenden und den Körper zu sehen, der dünner und länger wurde.
»Höher, Julião Tavares. Wozu jetzt noch Widerstand leisten?«
Langsam, wie eine Schnecke. Plötzlich, ohne daß ich eine besondere Anstrengung gemacht hätte, nur weil ich in Gefahr war zu fallen und mich voller Verzweiflung festhielt, bemerkte ich, daß der Körper stieg und hin und her zu schwingen begann. Ich schlang den Strick rasch um einen Ast. Noch eine Windung und noch eine Windung, ein Knoten, der den letzten Rest meiner Kraft verbrauchte, und ich hielt stöhnend inne, löste mich in Schweiß auf. Ich wünschte, ganz klein zu werden, eins zu werden mit dem weichen und feuchten Zeug, das meine Finger beim Herabgleiten an der Baumrinde zerquetscht hatten. Meine Finger vermochten sich kaum noch an dem schwankenden Ast festzuhalten. Große Trägheit und ein tiefes Schlafbedürfnis ließen mich den Ast umklammern. Ich glaube, ich schlief einige Minuten. Es wäre gut, zu Boden zu fallen: vielleicht würde der Fall meine Erstarrung lösen und mir die notwendige Willenskraft wiedergeben, um nach Hause zu gehen und mich zu betrinken. Mich betrinken, selbstverständlich. Sollte ich geschlafen haben? Meine Angehörigen

im Sertão schliefen im Sattel, wenn sie unterwegs waren. Es gelang mir, das Gleichgewicht wiederherzustellen, wie, weiß ich nicht. »Currupaco, papaco. Das Eheweib des Macaco . . .« Vitória träumte von den Münzen, die sie irgendwo verborgen hatte, nachdem das Versteck im Blumenbeet entdeckt worden war. Wie konnte ich einen anderen Ast erreichen? Wenn ich einen anderen Ast erreichte, würde ich in Sicherheit sein. Wenn ich mich von hier entfernen könnte . . . Ich hatte den verrückten Gedanken, über die Bäume hinwegzuschreiten, um die Stadt zu erreichen.

»In Sicherheit, in Sicherheit.«

Natürlich mußte ich vom Baum hinabklettern, aber das erschreckte mich. Dort unten wartete eine riesige Menge von Feinden darauf, mich zu verfolgen. Ich mußte hinunter. Ich würde mich loslassen und wie ein verwundeter Affe hinunterfallen. Meine Finger erstarrten. Ich riß die Augen auf. Was ich sah, war der von der Dunkelheit entstellte Körper von Julião Tavares. Ich wiegte den Kopf, ich schauderte vor Kälte, ich fürchtete, beim Sturz den Körper von Julião Tavares zu berühren. Ich fiel nicht. Ich rutschte den feuchten Stamm hinab, den ich mit den Armen umschlang. Ein Schlag ans Knie, meine Beine verletzten sich am Zaun, meine Hose zerriß. Ich machte einen Sprung und landete in dem trockenen Laub. Der Gedanke an die Gefahr überfiel mich mit solcher Gewalt, daß ich zu schluchzen begann. Ich versuchte aufzustehen, aber meine Beine gaben nach. Ich kroch weinend weiter, tastete den Boden ab, suchte irgend etwas. Ich suchte den Hut, der mir während des Kampfes heruntergefallen war, aber ich wußte nicht, was ich suchte. Die Schnaken schwirrten um meinen Kopf und zerstachen mein wundes Fleisch. Ich fand einen Hut, der aber nicht meiner sein konnte, da er viel zu klein war. Ich warf ihn voller Ekel weg, es war Julião Tavares' Hut. Ich kroch weiter auf allen vieren, jetzt

war mir schon vollkommen klar, daß ich meinen Hut suchte. Ich fand ihn schließlich, aber es blieb ein Zweifel zurück, ob es nicht derselbe wäre, den ich vor Minuten aufprobiert hatte. Er wollte nicht richtig auf meinen Kopf passen. Ich kroch den Zaun entlang. Jeder Meter, um den ich mich entfernte, war eine Eroberung. Ich war wütend auf Moisés. Was hatte mir Moisés getan? Ich erinnerte mich an nichts, aber ich war überzeugt, daß mir der Jude einen Streich gespielt hatte. Es schien mir, als ob er sich hier herumtriebe und sich über mich lustig machte. Wie eine Schlange auf dem Bauch zu kriechen! Ein neuer Versuch, und es gelang mir, mich aufzurichten. Ich begann langsam zu gehen, indem ich mich an dem Zaun festhielt. Plötzlich verlor ich den Halt, ich torkelte wie ein Kind, das seine ersten Schritte macht. Wenn ich rennen könnte ... Selbstverständlich wurde die Gefahr immer größer. Wieviele Meter mochte ich zurückgelegt haben? Ich war überzeugt, daß die Männer und Frauen mir folgten. Sie waren unter den Bäumen vorbeigegangen, hatten den hängenden Mann gesehen, sie würden mich finden und denunzieren. Das Gelächter und das Gerede der Frau quälten mich:
»Alles kommt, wie Gott will, ohne Zweifel.«
Eins, zwei, eins, zwei. Vergebens. Ich konnte nicht marschieren. Ein Krüppel, ein alter Mann. Noch hundert Meter, und vielleicht wäre ich gerettet. Schrecklich würde es sein, die beleuchteten Strecken zu durchschreiten. Wenn jemand aus einer Seitenstraße auftaucht und mich erkannte? Ich wollte mich umblicken. Unmöglich. Es gelang mir, die letzte Kraft zusammenzureißen und zu rennen. Ein schlingerndes, stolperndes Vorwärtshasten, der Mund offen, Krampf in den vor Kälte starren Gliedern. Ich rannte schluchzend, überzeugt, daß meine Anstrengung vergeblich sei, weil mein Hut am Straßenrand, im Gestrüpp, liegengeblieben war. Am folgenden Tag würde er von Hand zu Hand gehen und auf meinem Kopf landen.

»Dreißig Jahre Zuchthaus.«
Was für einen Sinn hatte diese schlotterige, angsterfüllte Rennerei? Wenn einer sah, wie ich an der Rückseite der Gärten entlangrannte und weinte? Ich mußte haltmachen, aber die Beine, von Furcht getrieben, wollten mir nicht gehorchen. Unerträglich das Surren und Stechen der Schnaken. Ein viel zu kleiner Hut. Ich stolperte und blieb stehen. Welche Richtung sollte ich nehmen? Sollte ich in die Stadt gehen oder nach Bebedouro zurückkehren? Vollständig irre geworden. Sollte mich mein Weg noch einmal unter dem Baum vorbeiführen, an dem Julião Tavares baumelte? Die ganze Nacht herumstreichen, wie der ewige Jude! Ich ging weiter. Gut. Wenn ich nach Bebedouro gehen sollte, würde ich die Landstraße nehmen und kurz vor Tagesausbruch zu Hause sein. Lichter erschienen, die Mimosen, die den Kanal schmücken und die Eukalyptusbäume von Levada. Ich ging langsam weiter bis zu dem Abflußrohr und setzte mich. Ein Landstreicher war da, der durch mein Kommen erwachte. Nichtexistente Wesen verfolgten mich, aber die Gegenwart dieses Vagabunden flößte mir keine Angst ein.
»Guten Abend.«
Meine Stimme war stumpf und unsicher. Julião Tavares befand sich in weiter Entfernung. Ich schüttelte den Kopf, um ihn zu vergessen, um die Schnaken zu vertreiben. Erschöpft. Ich würde ausruhen, in wenigen Minuten würde ich das Haus betreten, Zuckerrohrschnaps trinken, schlafen. Die Flasche war beinah voll. Ich würde mich betrinken, schlafen. Ich versuchte, die Hände über den Knien zu kreuzen, aber die verletzten Finger waren unbeweglich und jede Berührung außerordentlich schmerzhaft. Ohne die geringste Befürchtung kehrte ich dem abgerissenen Menschen den Rücken, verbarg instinktiv mein Gesicht. Die schweren, auf den Knien ruhenden Hände hatten ein unmäßiges Gewicht. Ich steckte sie in die Tasche,

fühlte, daß Strick und Zigaretten fehlten.
»Bitte, gib mir eine Zigarette?«
Der Mann drehte sich um:
»Was?«
»Seit Stunden habe ich nicht geraucht. Wer sich daran gewöhnt hat ... Entschuldige. Die verdammte Zigarette fehlt mir. Hast du zufällig eine?«
Ich betrachtete ihn über die Schulter hinweg. Ich sah, wie er aufstand und in seinen Lumpen zu wühlen begann.
»Tatsächlich ... Mir geht's genauso. Ich habe geschlafen.«
Nach langem Suchen sagte er mürrisch:
»Hier! Nimm.«
Ich streckte die blutbefleckte Hand aus und nahm die selbstgedrehte Zigarette:
»Vielen Dank.«
Ich fand die Streichholzschachtel, begann zu rauchen. Mein schwerer Kopf schien größer geworden. Ich nahm den Hut ab, betrachtete ihn und stieß einen Seufzer der Erleichterung aus: es war mein Hut, zerdrückt und voller Lehm. Ich begann ihn mit dem Rockärmel abzureiben.
»Vielen Dank. Es tut mir leid, wenn ich dich belästigt habe.«
»Was?«
Diese Frage zeigte mir, daß der Mann in mir ein fremdes Lebewesen erkannt hatte. Die Lichter der »Great Western« waren erloschen. Ich betrachtete meinen Anzug. Er war verdreckt, die Hose am Knie zerrissen, in Unordnung. Doch ich benutzte die Ausdrücke gutgekleideter Leute. »Es tut mir leid, wenn ich dich belästigt habe.« Wozu diese Verstellung? Ich wollte rauchen. Gut. Meine Kräfte kehrten zurück.
»Schläfst du immer hier?«
Der Mann drehte sich um und wickelte sich fester in seine Lumpen. Ich bereute es, diese Frage gestellt zu haben.

Furchtbar, diese Angewohnheiten. Ich verdankte dem Landstreicher viel. Ich würde ohne Schwierigkeit nach Hause kommen, trinken, schlafen und Julião Tavares vergessen.

»Ich wollte dich nicht beleidigen. Es war nur törichtes Gerede. Entschuldige. Seit Stunden hatte ich nicht geraucht. Es war eine große Gefälligkeit, verstanden? Vielen Dank.«

Meine Redensarten waren konventionell und die Zigarette nicht wert, die immer wieder ausging.

»Ich habe geschlafen«, antwortete der Landstreicher.

»Hat nichts zu sagen. War keine Störung. Gute Nacht.«

Er gab ein paar gutturale Laute von sich und begann zu schnarchen. Jede Annäherung unmöglich. Das Alleinsein in Gesellschaft einer Person war noch unerträglicher als die völlige Einsamkeit. Es kam mir vor, als ob jener Mensch tot wäre. Dieser Gedanke beunruhigte mich derart, daß ich den Wunsch hatte ihn zu schütteln, mit ihm zu sprechen, mich ihm zu erklären, ihn davon zu überzeugen, daß ich ihm dankbar war.

»Zum Teufel!« murmelte ich. »Auch ich bin ein Landstreicher gewesen, habe auf Bänken in öffentlichen Anlagen geschlafen, habe Hunger gehabt, aber niemals war ich so flegelhaft.«

Ich vergaß die Gefälligkeit, die er mir erwiesen hatte, und wieder drängte sich mir der Gedanke auf, daß der Mann tot sei. Ich stand auf, nahm den Weg zur Rua do Apolo. Der Riß in der Hose ließ das Knie sehen, der Kragen hatte sich vom Hemd gelöst, der Anzug war schwarz von Lehm und Erde, die Hände schwarz von Schmutz, Erde und Blut. Wenn jemand mich in diesem Zustand gesehen hätte ... Die Zigarette aus geschnippeltem Tabak ging zu Ende, die Kippe klebte an meinen Lippen fest und versengte sie. Ich mußte sehen, daß ich nach Haus kam. Ich näherte mich dem Haus, aber war mir dessen nicht gewiß. Die Entfer-

nungen wurden undeutlich. Der Ast, der Julião Tavares trug, schaukelte über dem Abflußrohr, und Julião Tavares verschmolz mit dem Mann, der mir die Zigarette gegeben hatte. Eins, zwei, eins, zwei. Jetzt konnte ich marschieren. Noch ein paar Schritte, und ich würde zu Hause sein, aber das Haus entfernte sich immer wieder. Eine riesige Niedergeschlagenheit befiel mich. Man würde mich entdecken und festnehmen, jetzt, nachdem ich mit einer unermeßlichen Kraftanstrengung das Haus beinah erreicht hatte. Ein Vorübergehender würde meine unordentliche Kleidung, die verrutschte Krawatte, die zerrissene Hose bemerken.
»Wo haben Sie an dem und dem Tag die Nacht verbracht?«
»Zu Hause, in der Redaktion.«
Man würde sofort die Lüge entdecken. Dann würden sie mir mit geheimnisvoller Stimme nebensächliche Fragen stellen, und ich würde mich vergeblich bemühen, ihnen auszuweichen. Wenn ich es am wenigsten erwartete, würde man mir wieder diese perverse Frage stellen:
»Aber wo haben Sie an dem und dem Tage die Nacht verbracht?«
Der Zeuge, der mich mit zerrissener Hose und offenem Kragen getroffen hatte, würde seine Aussage gesenkten Kopfes in wenigen Worten vorbringen, um sich nicht in Widersprüche zu verwickeln. Wer würde der Verteidiger sein? Dr. Dingsda, Dr. Irgendwer ... Die würden den Mund vollnehmen und kannten Mittel und Wege, um die Zeugenaussage zu entkräften.
»Um wieviel Uhr haben Sie den Angeklagten gesehen?«
»Um drei Uhr.«
Fünfzehn Minuten später die gleiche Frage:
»Um vier Uhr.«
Der Schreiber würde die beiden Aussagen aufnehmen, dem verblüfften Zeugen würde nicht einfallen zu sagen, daß es unmöglich sei, sich an die genaue Zeit zu erinnern, zu der man eine Person auf der Straße gesehen hat. Dr. Dingsda

oder Dr. Irgendwer würde die Verwirrung des Mannes ausnutzen – und die Verteidigung würde das Haupt erheben. Nur konnte ich die Dienste eines ausgekochten Anwaltes nicht bezahlen, ich würde mich mit einem jungen, unerfahrenen Pflichtverteidiger begnügen müssen. Die Anklage würde aufrechterhalten werden, die Vernehmung würde eine Ewigkeit in die Schreibmaschine rollen. Einfache Fragen, ohne jegliche Arglist. Wenn ich es am wenigsten erwartete, würde der niedrige Beweggrund auftauchen – und von da an würden alle Fragen Köder sein, die man auf Angelhaken spießt, um den dicken Fisch zu fangen. Eins, zwei, eins, zwei. Wollte das verflixte Haus denn nie in Sicht kommen? Die Lichter der Great Western hoben und senkten sich. Ich blickte voller Angst nach allen Seiten, überzeugt, daß der Zeuge plötzlich um die nächste Ecke biegen und die Straße herunterkommen würde. Er würde sich gesenkten Kopfes, mit festen Schritten nähern. Im Vorübergehen würde er den Blick heben – und alles wäre verloren. Warum also diese Verzweiflung, diese Todesangst?

»Es wird kommen, wie Gott will. Was geschehen soll, geschieht.«

Besser war es, ich kehrte um. Ich hatte den verrückten Gedanken umzukehren, mich wieder auf das Abflußrohr zu setzen, mich mit dem Vagabunden zu unterhalten, um eine weitere Zigarette zu bitten. Und dann weitergehen, immer weiter, unter dem Baum haltmachen, der Julião Tavares trug. Wenn die Polizei käme, würde ich alles erzählen:

»Laßt mich nicht verhungern, und gebt mir auch kein Salzwasser zu trinken. Ich gestehe alles. Es war so.«

Niemand hätte sich dafür interessiert, in meinen Worten Widersprüche zu entdecken. Umkehren, geduldig auf das feuchte und klebrige Gefängnisgitter warten. Hinter Gitterstäben vertieren, kindisch werden, den harmlosen Geschichten irgendeines José Baía lauschen, der mir den Vorteil der an die Schwarze Ziege gerichteten Gebete erklären würde. Sollte man den über dem dunklen Weg hängenden Julião Tavares gefunden haben? Sollte man einen Löffel in Julião Tavares' Mund gesteckt haben? Im Sertão steckten sie einen silbernen Löffel in den Mund des Ermordeten – und der Schuldige, der nicht die richtigen Bannsprüche wußte, wurde festgenommen: er verlor die Richtung und kehrte zu seinem Opfer zurück. Andere Männer und Frauen waren unter dem Ast vorbeigegangen, hatten den Strick abgeschnitten und Julião Tavares in ein Haus der nächsten Querstraße gebracht. Dort lag der Kadaver mit dem Gesicht nach unten, einen Löffel im Mund. Ich würde zurückkehren, voller Angst vor dem Zeugen, der an der Straßenecke auftauchen würde. Plötzlich löste sich alles auf. Der Schlüssel knirschte im Schloß, ich öffnete, wie alle Tage, vorsichtig die Tür, um Vitória nicht zu wecken, schob den Riegel von innen vor, ging mit leisen Schritten über den Gang. Ich tastete mich zum Eßzimmer weiter, drehte den Lichtschalter an und blieb ins Licht blinzelnd am Fuß des Tisches stehen. Ein Schauder überlief mich, die Haare standen mir zu Berg, ich fühlte einen stechenden Schmerz in der Kopfhaut. Ich nahm den Hut ab und begann ihn mit dem Rockärmel abzubürsten. Es war mein Hut, ohne Zweifel. Ich kehrte in das Wohnzimmer zurück und hängte ihn auf den Haken. Ich machte das Licht an und betrachtete mich im Spiegel. Anders, mager, alt, verquollene Augen, Runzeln, trockene Erde in den Bartstoppeln.

»Hol dich die Pest! Sich wie ein Schwein am Boden zu wälzen.«

Die sonst glanzlosen Augen hatten einen kleinen, harten Schimmer. Ich löschte das Licht und begab mich wieder in das Eßzimmer. Ich erinnerte mich an die Schnapsflasche, aber als ich sie anfassen wollte, fühlte ich das Bedürfnis, die

Hände zu waschen. Ich war völlig verdreckt und fürchtete, die Gegenstände zu verunreinigen. Ich nahm ein Stück Papier, schob den Riegel zurück und öffnete die zum Hof führende Tür. Ich ging ins Badezimmer, steckte die Hände in einen Eimer und wusch sie behutsam, denn die Wunden begannen heftig zu schmerzen. Ich schüttete das Wasser aus, tauchte den Eimer in den großen Wasserbehälter und begann mich von neuem zu waschen. Ich trocknete die Hände an meinen Haaren ab, kehrte ins Eßzimmer zurück und trank etwas Zuckerrohrschnaps. Die Flasche war fast voll. Ich nahm einen zweiten Schluck, aber mein eigentlicher Wunsch war, wieder ins Badezimmer zu gehen. Meine Haare waren schmutzig und hatten die Hände beschmutzt. Ich erinnerte mich, daß ich Julião Tavares' Hut aufgesetzt hatte. Eine unerträgliche Erinnerung. Ich ging in mein Zimmer, zog die Schuhe aus, entkleidete mich im Dunkeln, ließ Kleider und Schuhe, zu einem Bündel verschnürt, in einer Ecke, nahm das Handtuch und ging wieder, nackt, vom Alkohol betäubt, ins Badezimmer. Ich fand auf dem Rand des Wasserbehälters ein Stück gewöhnliche Seife und wusch mir sorgfältig Hände und Haare. Der ganze Körper war schmutzig, aber was mich am meisten beschäftigte, waren Hände und Haare. Das Bad dauerte eine Ewigkeit. Wie spät mochte es sein? Der Gedanke, an die Wand des Eßzimmers zu sehen, kam mir nicht. Mein Kopf wurde immer schwerer. Gut. Ich würde schlafen wie ein Schwein. Ganz gewiß ... Schlafen wie ein Schwein. Ich badete ganz vorsichtig, um kein Geräusch zu machen. Wenn die Nachbarn das Aufklatschen des Wassers auf dem Zementboden hörten? Ein schwerer Fehler. Wenn man es entdeckte, würde es mir großes Unglück bringen. Jede Bewegung bedeutete einen schweren Fehler. Ich trat leise auf wie eine Katze. Vielleicht hatten sich in dem nebenanliegenden Badezimmer Leute versteckt. Wie spät mochte es sein? Mein Kopf war schwer. Ganz gewiß ... Ja, ganz gewiß, ich mußte schlafen, mußte der Nacht, die nicht enden wollte, Beistand leisten. Ich stand vor einem ungeheuren Loch, drohte hineinzufallen, aber es gelang mir, mich zu retten, indem ich mich an den Sprossen eines Zaunes festhielt und meine Hände in die weiche Erde grub. Ich rieb die Finger aneinander. Auf der anderen Seite des dunklen Loches war ein Nebelstreif. Marina, dona Adélia, Ramalho, Julião Tavares, alle waren Nebelstreifen. Ich wickelte mich in das Badetuch und kehrte in das Eßzimmer zurück. Auf dem Speiseschrank fand ich Zigaretten und Streichhölzer. Gut. Jetzt war ich sauber. Ich zündete eine Zigarette an und trank noch einen Schnaps. Ich wollte mich betrinken und schlafen, aber ich bildete mir ein, daß ich nur im Sitzen, mit dem Rücken an die Wand gelehnt, schlafen könnte. Das Bett war schmutzig von Menschen, die sich darin gekratzt, begeifert und heulend herumgewälzt hatten. Dreimal schlug die Uhr. Ich betrachtete die Wand, aber ich konnte die Ziffern und Zeiger nicht erkennen. Ich näherte mich, streckte den Hals aus, um den Zeiger zu sehen, stellte mich auf die Fußspitzen. Ich dachte an Cirilo de Engrácia, wich zum Tisch zurück, ohne die Uhrzeit zu erkennen. Hol's der Teufel! Ich hatte das dreimalige Schlagen der Uhr ganz genau gehört. Ich füllte das Glas und trank weiter. Ich näherte mich wieder der Wand: ein Nebelstreif verdeckte den Zeiger. Zum Glück konnte ich jetzt rauchen, ich war fast ruhig. Hatte ich das dreimalige Schlagen der Uhr gehört? Dann hätte sich alles zwischen Mitternacht und drei Uhr ereignet! Der der Straßenbahnlinie entlangführende Weg, die Rückkehr, die Notwendigkeit zu rauchen, die vom Surren der Schnaken erfüllte Nacht, jene furchtbare Begebenheit – alles zwischen Mitternacht und drei Uhr. Ich setzte mich, warf die ausgegangene Zigarette weg, zündete eine neue an und begann die Fingernägel mit einem Streichholz zu reinigen. Die schmerzenden Fingernägel begannen gefühllos zu werden. Ich betrachtete sie, aber zwischen Auge und Hand lag ein Nebelstreif, der immer dichter wurde. Der Kopf fiel mir auf die Brust. Die Wände wurden durchsichtig. Ich schloß die Augen, legte den Kopf auf den Tisch, wühlte mit dem abgebrannten Streichholz in den Fingernägeln. Ein Geräusch erfüllte meine Ohren, verworrene Laute, die immer stärker wurden und in mir den Eindruck erweckten, als ob das Haus, die Stadt, alles langsam zusammenstürzte. Die Wände gaben nach, als ob sie aus Watte wären. Aus diesem verwirrenden Lärm erhoben sich Töne, die mich in die Wirklichkeit zurückriefen: das Ticken der Uhr, die Pfeife des Nachtwächters, der Hahnenschrei, das Miauen der Katze auf dem Dach. Diese mir vertrauten Laute verwirrten mich. Ich wollte mich von dem gedämpften Lärm einwiegen lassen und schlafen. Unmöglich. Die Finger bewegten sich unruhig hin und her und zerstückelten das Streichholz. Ich hob den Kopf, riß die Augen auf, und wieder tauchten die Finger auf, um im Nebel zu verschwinden. Ich stand auf, machte ein paar stolpernde Schritte. Das Geräusch erstarb, was ich hörte, war Vitórias Atem. Ich schloß die Augen und öffnete sie wieder. Der Nebel verzog sich: die aufgerissenen, dicken Hände, die Erde unter den Fingernägeln. Ich nahm ein anderes Streichholz und begann wieder, die Nägel zu reinigen. Dann ging ich in das Badezimmer, um sie zu waschen, um mich von dieser Schweinerei zu befreien. Ich kam entmutigt zurück, trocknete eine unendliche Zeit die Fingerspitzen ab. Wahrscheinlich würde ich nicht schlafen können. Eins, zwei, eins, zwei. Es war das Geräusch des Pendels, aber ich dachte an Marschieren. Ich schaute zu der offenen Tür. Sah nur ein dunkles Loch, aber es war mir, als ob ich das Licht des Leuchtturms sähe, das sich über die Blätter des Mangobaumes ergoß. Ich schauderte zusammen. Die Zweige rot und weiß beleuchtet. Was für ein Wahnsinn, die Tür offengelassen zu haben! Wenn jemand, der sich zwischen den Blättern versteckt hielt, mich beobachtete? Ich schloß die Tür. Ich war in Sicherheit. Ich versuchte meine Gedanken auf einfache und gewöhnliche Dinge zu lenken, aber diese Dinge flohen vor mir, zerfielen. In Sicherheit. Wieviele Tage fehlten noch bis zur Gehaltszahlung? Ich mußte Moisés etwas Geld geben. Pimentel hatte mich um einen Artikel gebeten, über ... Über was? Der Wolfsmensch hatte neue Schuhe. Ob dona Rosália und ihr Mann schliefen? So spät ... Der Mann von dona Rosália kam aus dem Innern des Landes. Selbstverständlich mußte ich Moisés etwas Geld geben, wenn ich das Gehalt erhielt. Einen Artikel für Pimentel. Die Schuhe des Wolfsmenschen. Bestimmt war der Mann von dona Rosália müde und schlief. Auch ich war müde, aber ich konnte nicht schlafen. Ich trocknete langsam die kraftlosen Hände ab und fühlte kaum die Schürfwunden. Ich machte ein paar Schritte und blieb stehen. Was hatte ich vor? Ich ging bis zum Hausflur. Ein Glück, nicht zu denken, so zu stolpern wie ein Papagei. Ich schloß leise die Küchentür, um den Papagei nicht zu wecken, der, den Kopf zwischen den Flügeln versteckt, schlief. Auf einmal staunte ich darüber, daß ich mich hier befand, nackt, mit einem Handtuch über der Schulter, mir die Finger abtrocknend. Schlafen, jene endlose Nacht beschließen. Ich trank den Rest des Schnapses. Mein Magen krampfte sich zusammen, mir wurde schlecht, ich fühlte ein Würgen im Hals, der Mund füllte sich mit Speichel. Ich fühlte, daß ich mich übergeben würde, ich hielt mich am Tisch fest, um nicht zu fallen. Ich schloß die Augen – und das Geräusch setzte wieder ein. Schläge an der Haustür. Ich öffnete die Augen in Todesangst. Der Schweiß lief mir über das Gesicht, durchfeuchtete das Handtuch, es gab keine Möglichkeit ihn aufzuhalten. Sollte man wirklich an die Tür geklopft haben? Ich würde mich mit kraftlosen Gliedern, einen Fuß nach dem anderen, ins Schlafzimmer schleppen, ich würde den Schlafanzug anziehen, mich er-

brechen, rülpsen. Wer mochte es sein?
»Ich habe gelesen, geraucht, getrunken. Schlaflosigkeit. Ein altes Laster, verstehen Sie? Ich weiß von nichts. Ich bin seit vielen Stunden hier.«
Würde ich sprechen können? Wer mochte geklopft haben? Man hörte Vitórias Schnarchtöne, das Ticken der Uhr und das Pfeifen der Ratten. Der Magen drehte sich mir um, der Schweiß lief an mir herunter, der Mund war zu klein, um den Speichel zu fassen. Wer mochte da draußen sein, auf dem Gehsteig? Die Uhr schlug halb, dann vier Uhr. Ich konnte mich nicht erinnern, in der letzten halben Stunde eine Bewegung gemacht zu haben. Aber beim ersten Schlag der halben Stunde stand ich aufrecht, als es vier Uhr schlug, saß ich, hatte den Kopf auf dem Tisch liegen. Ich erhob mich, ging ins Schlafzimmer, hielt mich an den Wänden fest, fiel ins Bett, schwer, wie ein Toter.

»Vitória, sei so gut und geh in die Kneipe an der Ecke, hörst du? Rufe im Büro an und sage, daß ich heute nicht zum Dienst kommen werde. Ich bin krank.«
Nachdem sie das Haus verlassen hatte, stopfte ich die Unterwäsche, die ich am Vorabend getragen hatte, in den Wäschesack. Dann versteckte ich den Rock und die zerrissene Hose unter der Matratze.
Wenn man eine Haussuchung machen würde? Ich wühlte in dem Wäschesack, um nachzusehen, ob die Unterwäsche Zeichen aufwies, die mich verraten konnten. Rock und Hose waren nicht gut versteckt. Ich dachte daran, sie zu verbrennen, zu vergraben. Ich hob die Matratze hoch, zog Hose und Rock hervor. Von Lehm verdreckt. Hier konnten sie nicht bleiben. Wenn man sie entdeckte? Ich warf sie hinter den Koffer, hob die am Boden liegende Krawatte auf und ging ins Schlafzimmer:
»Hast du telefoniert, Vitória?«

»Hab ich.«
»Danke. Ich habe Fieber, Grippe, fühle mich schwach. Was gibt es Neues?«
»Ein Senator aus Rio ist angekommen.«
»Es ist gut.«
Ich trank eine Tasse Kaffee, suchte eine Schere und begann die Nägel zu schneiden, die noch voller Erde waren. Ich hatte Fieber und stand unter der Nachwirkung des Schnapses.
»Vitória, wenn du nicht sehr beschäftigt bist, dann bring die Wäsche in die Wäscherei, hörst du? Ich brauche Hemden.«
Vitória entfernte sich, und wenige Zeit später verließ sie das Haus mit einem Bündel schmutziger Wäsche. Die Haustür öffnete und schloß sich. Die rotunterlaufenen Fingernägel waren geschnitten. Die Hände schwollen an und wurden unförmig, die rechte Hand wies eine Verletzung der Handfläche auf, die linke war voller Holzsplitter, die ich mit der Spitze der Schere entfernte. Die Krawatte war wie ein Strick zusammengedreht, genauso wie alle anderen Krawatten, die ich besaß, trotzdem hielt ich es für notwendig, sie zu vernichten. Ich zerschnitt sie in kleine Stückchen, die ich zerzupfte, die Fäden sammelte ich auf meinem Schoß. Vitória, mit ihrem Schlurfschritt, würde lange Zeit ausbleiben. Ich bemühte mich, die Krawatte zu zerzupfen. Ich hustete und rieb mir die tränenden Augen. Ein wahres Glück, Fieber zu haben. Die von draußen kommenden Geräusche waren die aller Tage. Dona Rosália schnauzte Antônia an, dona Adélia sang im Badezimmer, der Zug fuhr pfeifend vorüber, Automobile und Straßenbahnen zogen in weiter Entfernung vorbei. Ich wollte Ivo sehen, ich wollte Ivo irgend etwas schenken. Das würde mir Erleichterung schaffen. Der Salat im Beet wurde gelb. Der Mann mit dem traurigen Gesicht füllte die Fässer. Die magere Frau schüttelte die Flaschen, als ob es Kürbisras-

seln wären. Keine Neuigkeiten. Moisés und Pimentel wären mir in diesem Augenblick unerwünscht gewesen, aber Ivos Gesellschaft hätte mir Vergnügen bereitet. Plötzlich bildete ich mir ein, daß der Mann mit dem traurigen Gesicht und die magere Frau mich bespitzelten. Ich schob den Stuhl zurück, um den Mann, der die Fässer füllte und die Frau, die die Flaschen wusch, nicht sehen zu müssen, setzte meine Tätigkeit fort. Wenn ich sie beendet hätte, würde ich ruhig sein. Ich würde Hose und Rock in Stückchen schneiden und aufzupfen. Ich würde vollständig ruhig sein. Keinerlei Neuigkeiten. Nur die Reise eines unbekannten Senators. Ruhig. Ich würde mich schlafen legen, ausruhen. Von Minute zu Minute unterbrach ich die Arbeit, um mir die Tränen abzuwischen. Die Feuchtigkeit im Taschentuch war zu warm. Ich atmete schwer, der Körper sank im Stuhl zusammen, ich gähnte maßlos. Es wurde mir klar, daß das, was ich machte, nutzlos war, vielleicht sogar gefährlich. Wenn jemand plötzlich hereinkäme und sähe, wie ich den Stoff aufzupfte? Aber ich fuhr fort, ihn eilig zu zerzupfen und versteckte das Faserknäuel zwischen den Beinen. Vitória kam nicht. Wahrscheinlich würde das Essen überkochen. Sollte es überkochen. Vitória war stinkreich: Silber, englische Pfunde. Ich versuchte, an das Geld zu denken. Unmöglich. Würde ich mit dem Auszupfen der Krawatte nie fertig werden? Ich hatte eine entsetzliche Angst, und gleichzeitig wünschte ich, daß ein Schrei mir irgendein außerordentliches Ereignis ankündigte. Das Schweigen, die alltäglichen Geräusche erschreckten mich. Sollte alles nur Einbildung sein? Ich beendete meine Aufgabe, stand auf, ging die Stufen hinab und verstreute die Krawattenwolle im Garten. Sollte alles nur Einbildung sein? Ich kehrte zurück, schritt durch den Gang, kam in das Eßzimmer, betrachtete die Straße durch die Rippen des Fensterladens. Eine der Töchter des Wolfsmenschen zeigte ihren häßlichen Kopf, Antônia ging, das jüngste Kind von

dona Rosália an der Hand führend, vorbei, ein Fahrrad rollte über die Pflastersteine. Ich rieb mir die Augen. Mein Kopf schmerzte. Ich stützte die Ellbogen auf das Fenstersims. Zwei auseinanderstehende Rippen der Jalousie ließen mich das bleiche Gesicht, die Knopfaugen und die roten Haare der Tochter des Wolfsmenschen sehen. Durch andere Rippen des Fensterladens sah ich nur die Füße der Vorübergehenden. Sie kamen und gingen, ständig geschäftig. Jeden Tag ereignet sich irgendein Mißgeschick. Ich war krank, mein Zustand würde sich verschlechtern, und das bereitete mir Genugtuung. Hinlegen, schlafen, die Gedanken verwirren sich, fern diesen Schweinereien. Ich fühlte einen entsetzlichen Durst. Die trockenen, brennenden Lippen rissen auf. Selbstverständlich hatte ich schon seit Stunden Durst, aber erst jetzt wurde mir das Bedürfnis, Wasser zu trinken, bewußt. Ich wollte mich im Spiegel sehen. Ich war zu faul, blieb am Fenster stehen, betrachtete die Beine der Vorübergehenden. Ich rieb das Gesicht mit der verletzten Hand. Die harten Bartstoppeln verletzten meine mit offenen Wunden bedeckte Hand.
»Jeden Tag werden Menschen geboren, sterben Menschen. Das hat nichts zu sagen.«
Solche Redensarten wiederholte ich und blies in die verletzte Hand, aber ich achtete nicht auf das, was ich sagte, dachte an andere Dinge, viele Dinge, die miteinander verschmolzen. Dunkelheit und Unordnung würde herrschen. Es war mir, als ob die Geschehnisse, in einem Topf siedend, auf- und niederstiegen.
»In Sicherheit.«
Die Ellbogen auf das Fenstersims gestützt, betrachtete ich die Straße und zitterte. Ich hatte einen furchtbaren Durst, aber ich wagte es nicht, mich zu entfernen. Die Beine gaben nach vor Schwäche. Die Beine, die auf der Straße gingen und den begrenzten Raum durchschritten, den meine Augen übersehen konnten, waren gut beschuht,

hatten zerrissene Schuhe an, waren barfuß – und das genügte mir, um die Gesichter zu erraten. Sie gingen langsam oder schnell, nahmen von der Existenz der andern, die um sie herum waren, keine Kenntnis, gingen auf Fußspitzen über den mit trockenen Blättern bedeckten Boden. Zwei dieser Beine machten mitten auf der Straße halt, drehten die Spitzen ihrer Schuhe in meine Richtung. Wahrscheinlich betrachteten aufmerksame Blicke, unter der schützend an die Stirn gelegten Hand, die Hausnummer. Das dauerte Minuten. Die Schuhspitzen nahmen Richtung auf mich. Die Knie gewöhnlicher, abgetragener Hosen wurden sichtbar. Wahrscheinlich ein Kriminalbeamter, einer jener Leute, die Kaffeehäuser besuchen, der Unterhaltung lauschen und wie Schatten verschwinden, deren Augen sich unter einem heruntergeklappten Hutrand verbergen. Er würde sich langsam nähern, diskret an die Tür pochen, um die Aufmerksamkeit der Nachbarn nicht zu erregen:
»Jemand zu Hause?«
Ich würde mich vom Fenster entfernen, würde die Beine, die schwer wie Blei waren, hinter mir herziehen und die Tür öffnen. Fragen ohne Sinn und Verstand, eine Haussuchung, die zerrissene und blutbefleckte Kleidung hinter dem Koffer, meine verwundeten Hände, die rotunterlaufenen Fingernägel, alles Dinge, die Verdacht hervorriefen, Verdacht, der sich häufte und zur Gewißheit wurde. Ich würde mich sofort in Widersprüche verwickeln und alles sagen, was der Kerl hören wollte. Man brauchte mir kein Salzwasser zu geben. Meine Kehle brannte, ich fuhr mit der Zunge über die aufgeplatzten Lippen. Salzwasser, Hunger, schlaflose Nächte, ein Kerl, der mich stundenlang mit Fragen behämmerte:
»Besser, Sie sagen alles. Wozu etwas verheimlichen? Es kommt alles an den Tag. Gestehen Sie.«
Mein Widerstand würde schnell erlahmen. Alles kommt an

den Tag, ohne Zweifel. Welche Papiere waren in den Taschen des Anzuges, der hinter dem Koffer lag? Rechnungen von Dr. Gouveia, Briefe aus dem Innern des Landes, eine leere Brieftasche, handgeschriebene Artikel, Zeitungsausschnitte. Wenn eines dieser Papiere auf der Straße herausgefallen wäre? Dann war ich verloren, dreißig Jahre Zuchthaus, der Schmutz, die Sträflingsarbeit, Herstellung von Kämmen, Matten, kleinen Gegenständen aus Schildpatt. Ich würde im Gefängnis ein Buch schreiben. Bleichgesichtig, aufgedunsen würde ich im Gefängnis ein bedeutendes Buch schreiben, dieses Buch würde man übersetzen und in vielen Ländern verbreiten. Ich würde es mit Bleistift auf Packpapier schreiben oder den Rand alter Zeitungen benutzen. Der Gefangenenwärter würde eine Erklärung verlangen. Ich würde antworten: »Das ist meine Sache.« Er würde ein Einsehen haben und mich das Buch schreiben lassen. Ich würde in einer Hängematte schlafen und mich von den anderen Gefangenen fernhalten. Der Hals schmerzte mich, die Lippen klebten zusammen. Ich mußte Wasser trinken und dachte an Salzwasser. Ich würde alles gestehen, die zerrissene Kleidung zeigen, die Rechnungen, die Briefe, die Artikel. Die Augen blinzelten und weinten heiße Tränen, die ich mit dem Rockärmel abtrocknete. Ich konnte die Straße nicht richtig erkennen. Hatten die Beine Richtung auf mich genommen, oder verharrten sie unentschlossen auf dem Straßenpflaster? So lange Zeit mich mit abgewetzten Stiefelspitzen und mit den Knien einer gewöhnlichen Hose zu bedrohen! Die Schuhspitzen wandten sich nach links und verschwanden. Es war kein Polizeiagent: vielleicht war es der Bote einer Firma, der Pakete austrug, Waren verteilte. Wahrscheinlich brachte er irgendwelchen Kram für dona Mercedes, klopfte an die Tür, wartete auf der Straße. Dona Mercedes kam gemächlich, wohlriechend, der Morgenrock ließ den reifen Busen sehen. Sie nahm die Pakete entgegen, gab dem

Träger ein Trinkgeld, ging ins Haus zurück, öffnete die Pakete und besah sich den Kauf. Zwischen den auseinanderklaffenden Rippen des Fensterladens sah ich wieder das erschrockene Gesicht der Tochter des Wolfsmenschen. Warum erschreckte sie sich? Es gab keinen Grund. Auf der Straße war alles in Ordnung. Der Bauch und die Beine eines Mannes gingen vorüber und machten vor der Tür von dona Rosália halt. Ein paar junge Burschen begaben sich in das Diözesan-Gymnasium. Ein Bengel mit einem Tragbrett auf dem Kopf stieß einen Schrei aus, der mich zusammenfahren ließ. Zweifelsohne ... Die Straße war ruhig wie an anderen Tagen. Der Schrei des Bengels hallte in meinen Ohren nach. Zweifelsohne ... Was würde ich sagen? Meine Gedanken spalteten sich. Ich würde ins Bett fallen, irre reden, sterben. Ein Schauder überlief meinen Körper, die Haarwurzeln schmerzten. Ab und zu führte ich die Hände zum Gesicht, und die Berührung der Handfläche mit dem Stoppelbart entlockte mir halblaute Schimpfworte. Ein Schwein, ich kam mir wie ein Schwein vor. Dieser Vergleich kränkte mich nicht. Ich wünschte, wie ein Tier zu sein und mich von den Menschen zu entfernen. Die Hände schmerzten, die Beine schmerzten, die Haarwurzeln schmerzten. Ich wollte nicht an das denken, was draußen geschehen war, nicht an das, was draußen geschehen würde. Möglichkeiten und Unsinniges vermischten sich. Zweifelsohne ... Dieses sich ständig wiederholende, isolierte Wort machte mich wütend. Nach und nach wurde ich ruhiger. Ramalho sagte mitten in der Unterhaltung: »Ich will es euch erzählen.« Und dann erzählte er gar nichts. Dona Adélia tadelte seufzend die Tochter: »Na, na!« Antônia stieß ein ordinäres Gelächter aus und blinzelte mit dem Auge: »Schamlose Mode.« Jetzt lag die Straße in völliger Stille. In einer anderen Straße gab es Tränen, Verzweiflung und ausgeraufte Haare. Ein Arzt zog die weiße Schürze an und trat an den Marmortisch im Leichenschauhaus. Der Sarghändler bereitete Kränze mit blauroten Blumen vor, viele Kränze mit blauroten Blumen und blauroten Bändern. Wo mochte Vitória sein? Taub, den Kopf voller Geld und Schiffe, würde sie die Kneipen abklappern. Eine dicke, aufgeschwemmte Frau, mit verschwitzten Achselhöhlen weinte in einer anderen Straße. Ich ging in mein Zimmer, hob die hinter dem Koffer liegenden Kleider auf, breitete sie auf dem Bett aus, untersuchte die zerrissene Hose, die ausgefransten Aufschläge, den ausgebleichten Rockkragen. Zerfetzt, verdreckt, voll trockener Erde und Spinnweben. Ich würde alles in kleine Stücke schneiden, würde die Fäden auszupfen und auf den Müllhaufen werfen. Ich suchte eine Bürste und begann die Lumpen zu reinigen. Alle Augenblicke unterbrach ich die Arbeit und blies auf die verletzte Hand. Es war dumm, die Sachen zwischen Koffer und Wand zu verbergen. Jetzt sahen die Fetzen beinah anständig aus. Ein paar Schläge an die Tür ließen mein Blut zu Eis werden. Ich fiel auf das Bett. Alles verloren. Da war der Kerl von der Polizei mit dem heruntergeklappten Hutrand. Ich betrachtete die zerrissene Hose, die geschwollenen Hände. Es fiel schwer, die Finger zu krümmen. Über den Rücken der rechten Hand, die am meisten gelitten hatte, lief eine breite Schramme, die sich dunkel zu färben begann. Am Morgen war sie rot gewesen, aber jetzt wurde sie blau. Also, alles verloren. Es hieß sich stellen, ich mußte mich ausliefern, die Geschichte erzählen, bis aufs i-Tüpfelchen. Ich würde im Gefängnis ein Buch schreiben, studieren, Freundschaft mit zwei oder drei friedfertigen Gefangenen schließen. Ich würde mich eingewöhnen. Menschen gewöhnen sich an alles. Schlafen am Straßenrand, auf Bänken in öffentlichen Parkanlagen. Nach Mitternacht begannen die kleinen Buchstaben auf den feuchten Druckbogen zu tanzen, der Revisionsraum füllte sich mit Gespenstern, man las im Halbschlaf die Probe, korrigierte im Halbschlaf. Ein Portugiese gab brüllend Befehle. An dem schmalen, mit Zeitungspapier überzogenen Tischchen verstummte jeder Laut, die schmutzigen, ekelerregenden Federhalter erstarrten. Gemeines, niederträchtiges Leben. Jetzt war es weniger gemein, aber niederträchtiger. Lobhudeleien, Angst, den Arbeitsplatz zu verlieren, auf die Landstraße zurückzukehren, in die Kaserne, auf die Bänke in der Parkanlage, an den Revisionstisch. Der Schweiß näßte meinen Hals, der Blick verdunkelte sich, das Gedächtnis arbeitete sprunghaft, der Atem ging kürzer. Eine vage Erinnerung an Pferde verfolgte mich. Wo mochte ich diese Pferde gesehen haben? Ich bin nie ein Reiter gewesen, habe nie richtig zu Pferd gesessen. Ein Sturz über Steine im Ipanema hatte mir den Mut genommen. Es war eigentümlich, daß jene Tiere mich quälen konnten. Eine Minute war vergangen, seit der Mann von der Polizei an die Tür geklopft hatte. Ich saß im Bett, schwitzte, hustete, meine Hände waren aufgerissen, ich versuchte, mich klein zu machen. Die Tiere flößten mir Angst ein. Zuerst konnte ich sie nicht erkennen. Es war ein fernes Getrappel, ein Geräusch, das sich mit dem Quaken der Frösche im Penha-Teich und mit dem Surren der Schnaken vermischte. Jetzt gewahrte ich, daß es galoppierende Pferde waren.

Erneutes Klopfen. Ich erhob mich, ging bis zur Tür, reckte den Kopf. Ein Mann aus dem Elendsviertel, ein Vagabund, der um ein Almosen bat. Ich wurde wütend und schrie:

»Hurensohn.«

Da war ein Mann in einem Haus, der friedfertig seine Kleider ausbürstete, und plötzlich ein Klopfen, Scherereien, Bitten.

»Was soll das? Hau ab, scher dich zum Teufel.«

Ich hängte den Rock über eine Stuhllehne, legte die Hose zusammen, so, daß man den Riß nicht sehen konnte und legte sie auf den Koffer.

»Was soll aus uns werden, mit all den Bettlern? Das geht doch nicht.«
Das Zimmer sah genauso aus wie an anderen Tagen. Ich hatte den Wunsch, mich hinzulegen, aber dann ging ich ins Eßzimmer, noch voller Zorn.
»Kanaillen, Faulenzer.«
Ich ließ mich auf den Stuhl fallen, meine Arme waren schwer wie Steine:
»Saubande.«
Ich meinte damit nicht nur die Leute aus dem Elendsviertel. Von Zeit zu Zeit fuhr ich mir mit dem Ärmel meines Schlafanzuges über die tränenfeuchten Augen. Blies in die verletzte Handfläche, aber der Atem war heiß, und der Schmerz ließ nicht nach. Diese Bewegung, in die Hand zu blasen, indem ich sie dicht an den Mund führte, ließ mich an Katzen denken. Ich würde einschlafen, das Bewußtsein verlieren. Die Dinge näherten oder entfernten sich auf eine ganz verrückte Art, die Wände bewegten sich. Kein Bewußtsein haben. Ich blies in die Hand. Wie eine Katze sein und sich die Pfoten lecken.
Welches Recht hatte jener Vagabund, mich zu belästigen, während ich damit beschäftigt war, die Kleider auszubürsten? Heißt das, daß ein Mann seine Sachen nicht in Ordnung bringen kann, ohne belästigt zu werden?
»Ist das vielleicht ein Hurenhaus, wo jeder an die Tür klopfen und hereinkommen kann?«
Warum hatte der Vagabund mich zu der Annahme verleitet, er sei von der Polizei? In wenigen Augenblicken würde ein neuerliches Klopfen mein Blut erstarren lassen, in einer Sekunde würden Wogen des Entsetzens über mich hinwegrollen. Alles würde sich wiederholen – dieselben Gesichter, dieselben Fragen, dieselben Drohungen, die Gerichtssitzung, Reden, die Dunkelheit zwischen vier Wänden, eiserne Türen, riesige Schlösser, ungeheure Riegel. Ich würde aufstehen, durch den Gang gehen, als ob sie mich

wegschleppten. Ein anderer Strolch, ein Hausierer, irgend jemand, der sich in der Adresse geirrt hatte.
»Nein, hier nicht. Entschuldigung.«
Ich würde zum Tisch zurückkehren, auf ein neues Klopfen warten, auf neue Qualen. Warum machten sie nicht auf einmal Schluß mit mir? Ich schlug mit der Hand auf den Tisch, das entlockte mir einen Schrei, den ich unterdrückte und der sich in ein Schimpfwort verwandelte. Warum kamen diese elenden Polizisten nicht, um mich abzuholen? Warum spielten sie Katze und Maus mit mir? Ich würde sie begleiten, würde ihnen den zerrissenen Anzug zeigen, die Fäden der ausgezupften Krawatte auf dem Müllhaufen, ich würde von der Zigarette sprechen, die mir der Vagabund gegeben hatte. Warum kamen sie nicht gleich? Viele Jahre in einer schmutzigen Hängematte, auf einer Matte aus Bast. Ich würde ein Buch schreiben. Der Gedanke an das Buch stellte sich mit großer Regelmäßigkeit ein. Ich versuchte ihn wegzuschieben, denn es war wirklich sinnlos, ein Buch in einer Hängematte, auf einer Bastmatte, auf von Schlamm, Eiter, Auswurf und Blut bedeckten Steinen schreiben zu wollen. Ich betrachtete die hin und her schwankenden Spinnweben, die hin und her schwankende Schnapsflasche. Das Buch konnte im Gefängnis nur auf den Steinplatten, auf der Bastmatte, in der Hängematte, unter den Spinnwebennetzen geschrieben werden. Ein mit dem Bleistift an den Rand alter Zeitungen geschriebenes Buch. Die Dinge verloren ihre Form. Das Fenster, die zum Garten führende Tür, die Küchentür und der Gang, überall waren Menschen. Ich reckte den Hals, beobachtete den Mann, der die Fässer füllte und die Frau, die die Flaschen spülte. Ich entfernte mich. Anstatt zu arbeiten, bespitzelten sie mich. Den Hals recken zu müssen, um sie sehen zu können, war sehr unangenehm. Was mich aber am meisten schmerzte, waren die Arme, hauptsächlich die Hände. Ich zog den Hals ein, versuchte ihn zwischen den Schulterblät-

tern zu verstecken. Eins, zwei, eins, zwei. Es war das Ticken des Pendels. Während des Tages achtete ich nicht darauf. Nachts war es deutlich zu hören, am Tag gab es wegen des von draußen kommenden Lärms keine Uhr. Wie lang Vitória ausblieb! Das Klappern der Pferdehufe ging mir nicht aus den Ohren, schwoll an, als ob die Pferde über Pflastersteine trabten. Woher kamen diese Pferde? Mein Kopf fiel auf den Tisch. Ich richtete mich auf, gähnte, reckte die schmerzenden Arme. Ich lehnte mich im Stuhl zurück und schloß die Augen. Ich fuhr mir mit der Zunge, trocken wie eine Papageienzunge, über die aufgesprungenen, mit Hautfetzen bedeckten Lippen. Ich schleppte mich zu dem tönernen Wasserkrug, trank ein paar Glas Wasser. So viele Stunden mit glühender Kehle, all das unnötigerweise zu ertragen. Ganz bestimmt würde das Fieber steigen. Der geschwächte Körper verlangte nach einem Bett. Das Summen der Schnaken vermischte sich mit dem Getrappel der Pferde. Ich saß aufrecht, murmelte zusammenhanglose Worte. Der Schweiß rann mir zwischen den Bartstoppeln herunter. Ich fuhr mir mit dem Taschentuch über Gesicht und Hals, zog aber die Hand sofort zurück.

»Ich bin ein sehr geschickter Mensch.«

Die Pferde waren jetzt in einen leichten Trab gefallen, den man von der Musik der Schnaken kaum unterscheiden konnte. Es ärgerte mich zu wissen, daß es die Pferde gar nicht gab, daß es die Schnaken nicht gab, daß es die Kerle, die die Türen versperrten, nicht gab.

»Ein sehr geschickter Mensch.«

Die feuchte Kleidung klebte an meinem Körper. Der Durst machte sich wieder bemerkbar. Ich trank noch ein Glas Wasser. Ich dachte daran zu rauchen, und erschauerte. Was nun? Ein geschickter Mensch, ohne Zweifel. Alles in Ordnung. In dona Rosálias Haus schrien die Kinder, und Antônia wusch das Geschirr. In Ramalhos Haus fegte dona

Adélia das Eßzimmer. Das Geräusch des Besens war deutlich zu hören. Tellerklappern, Kindergeschrei, Lachen, Flüche.
»Ein geschickter Bursche.«
Was für ein Blödsinn, so etwas zu wiederholen! Ich reckte vorsichtig den Kopf. Die magere Frau und der Mann mit den traurigen Augen gingen ihrer Beschäftigung nach und sahen mich nicht. Ein ganz gewöhnliches Geschöpf, ein Beamter, der seinen Dienst versäumte. Vitória kehrte zurück, aber das war ohne Bedeutung. Die Schnaken und die Pferde beschäftigten mich so sehr, daß ich Vitória keine Beachtung schenken konnte. Ein Beamter. Ich lachte wie ein Idiot. Ich würde weiterhin Berichte schreiben, die Tasten der Schreibmaschine bearbeiten, sinnlose Artikel redigieren. »Selbstverständlich.« Ein schamloses Lächeln gab zu allem seine Zustimmung. »Selbstverständlich.« Ich hatte nichts besonderes getan, ich hatte am Vorabend nicht mit dem Vagabunden gesprochen. Ich? In dem kleinen Gemach neben der Stiege war der Gasgeruch unerträglich. Wanzen krochen über die verschmierte, sich von der Wand ablösende Tapete. Die stumpfsinnigen Studien von Dagoberto brachten mich auf. Aber wenn er die Tür aufstieß, das Lehrbuch und das Kästchen auf das Bett warf, dann verlor ich den Mut, lächelte, öffnete das Buch oder griff nach dem Kästchen, und dann begann er, mir die Ohren vollzumeckern.
»Selbstverständlich, Dagoberto.« Wozu, verflucht, mußte ich die Rippen und die Stirnknochen kennen? Ich wollte nicht Arzt werden. Aber ich las das Buch, um ihn nicht zu beleidigen. Ich betrachtete die leere Schnapsflasche, dachte an Ivo, an Evaristo und an Cirilo de Engrácia. Die schlaffen Arme lagen auf der Tischplatte. Ich sah, wie die Wände zurückwichen, wie die Dächer auf- und niederstiegen. Ich wollte schlafen, ausruhen, vergessen. Ich stand plötzlich auf. Ein wildes Durcheinander in Ramalhos Haus. Ich

legte das Ohr an die Wand. Schreie, ein Besenstiel klopfte auf den Boden, nervöses Lachen und das ölige Gerede von dona Adélia:
»Alle Schuld rächt sich auf Erden. Gottes Mühlen mahlen langsam, aber sicher.«
Ich sah mich nach allen Seiten um. Ich hatte nichts damit zu tun. Ich würde die Tür verriegeln, mich in die Bettücher einwickeln, zittern, mit den Zähnen klappern wie ein Wildschwein. Ich hatte nichts damit zu tun. Die Schnapsflasche war leer. Die Schnaken surrten. Der Vagabund hatte mir eine Zigarette gegeben. Die Frau hatte gesagt: »Spiel dich nicht auf, mein Kind. Alles kommt, wie Gott will.« Das berührte mich alles nicht. Ich entfernte mich von der Wand und glotzte mit aufgerissenen Augen die Frau an, die die Flaschen spülte und den Mann, der die Fässer füllte. Ich hatte damit nichts zu tun. »Einen Artikel, Luís.« Und Luís schrieb. »Selbstverständlich, Dagoberto.« Ich? Die Ziegel auf dem Dach tanzten, phantastisch, wie sie das Gleichgewicht bewahrten, nicht am Boden zerschellten, nicht auf meinen Kopf fielen.
»Ich war das nicht«, schrie ich, indem ich zurückwich und über den Stuhl stolperte.
Die Haare standen mir zu Berge, eine schneidende Kälte fuhr mir ins Fleisch, meine Zähne klapperten wie Kastagnetten. Mit mir hatte das nichts zu tun. Ich fühlte mich als Opfer einer großen Ungerechtigkeit und hatte den Wunsch zu weinen. Ich unterdrückte die aufsteigenden Tränen. Ich war unschuldig, hörte auf das Summen der Schnaken.
»Ich war es nicht. Ich schreibe, es fällt mir nicht schwer, Lügen zu erfinden. Aber meine Hände sind schwach, und niemals verwirkliche ich, was ich mir ausdenke.«
Ich betrachtete die Hände. Sie schienen mir kürzer und breiter als die Hände, die Artikel schrieben und die Regierung lobten. Die geschwollenen Finger waren kürzer und dicker. Ich mußte die Türen schließen. Ein anderer Vaga-

bund würde an die Tür pochen und mich glauben machen, daß es die Polizei sei. Die Arme taten mir weh, die herunterhängenden Hände schmerzten. Ich kreuzte die Arme, ging in die Küche. Vitória schnitt Fleisch auf dem schwarzen Küchentisch.
»Vitória, ich habe keinen Hunger, hörst du?«
Der schwarze Tisch der Leichenhalle. Der Arzt mit der Schürze. In einer abgelegenen Straße weinte eine Frau. Meine Hände waren voller Wunden.
»Ich bin sehr krank, Vitória. Ich will nicht essen. Gib das Essen irgendeinem Bettler, der hier vorbeikommt. Und dann verschließe die Türen. Ich lege mich hin, meine Beine wollen mich nicht mehr tragen.«

Der Lichtstreif glitt über die Wand, zog über das Bett, hüpfte auf die Fliesen – daran ließ sich erkennen, wie die Zeit verging. Aber die Zeit kannte keine Stunden. Die Uhr im Eßzimmer war stehengeblieben. Sicherlich waren Wochen vergangen, seit ich mich, fern von allem, auf dem harten Lager wälzte. Die Geräusche, die von draußen kamen, das Schlagen der Uhren der Nachbarhäuser starben während des Tages ab. Und der Tag war in vier ungleiche Teile geteilt: eine Wand, ein schmales Bett, ein paar Meter Backsteine, eine andere Wand. Dann gab es die vom Schlagen der Uhren erfüllte Dunkelheit, manchmal konnte man die Schläge nicht zählen, weil verschiedene Uhren zu gleicher Zeit schlugen. Kindergeschrei, die ungeduldige Stimme von dona Rosália, der Lärm der Mäuse im Bücherschrank, das Kreischen der Haken der Hängematte, langes Schweigen. Ich glitt in diesem Schweigen aus, ich trieb in diesem Schweigen wie in schwerem Wasser. Ich tauchte in ihm unter, kam empor, tauchte auf den Grund, kam an die Oberfläche zurück, versuchte, mich an einem Ast festzuhalten. Über mir befand sich ein Ast, aber es war mir unmöglich, ihn zu erreichen. Ich würde wieder untertauchen, für immer untertauchen, dem Schlund der Dunkelheit entfliehen, der mich verschlingen wollte, den Mäulern der Dunkelheit entfliehen, die mich beißen wollten. Die Musik des Plattenspielers träufelte in mein Ohr, umschmeichelte mich, ich wurde kleiner und kleiner, die Musik wiegte mich in Schlaf, und mein Bett verwandelte sich in eine Hängematte. Meine Mutter wiegte mich in den Schlaf, indem sie jenes Lied ohne Worte sang. Der Gesang starb ab und belebte sich wieder. Ein kleines Kind schlief einen kurzen, angsterfüllten Schlaf. In wenigen Minuten würde das Kind größer werden, weißhaarig und voller Runzeln sein. Es war nicht meine Mutter, die sang: es war ein in weiter Entfernung befindlicher Plattenspieler, so weit entfernt, daß ich den Eindruck hatte, als ob Spinnenbeine über die Platte liefen. Eine Platte, die die ganze Nacht ohne Unterbrechung spielte. Nein. Ich befand mich der zweiten Wand gegenüber, kletterte die Wand empor, folgte dem Lichtstrahl wie eine Eidechse. Ein viele Stunden dauernder Verfall, eine Auflösung der Zusammenhänge, die sich wiederholen würde. Ich würde herunterfallen, wie eine Eidechse, die den Halt verliert, ich würde am Boden liegenbleiben, vom Sturz betäubt. Wer mochte in meinem Zimmer gewesen sein, während der langen Zeit meiner Bewußtlosigkeit? Ob Moisés und Pimentel dagewesen waren? Sollte Ivo dagewesen sein? Ich erinnerte mich an Gestalten, die sich über mein Bett beugten. Es waren keine Freunde. Es waren Kerle mit merkwürdigen Gesichtern, die alle gleich aussahen, mit schiefen Mäulern, die riesige, dicke, schwarze Zungen zeigten. Wieviele Tage hatte ich, wie ein Toter, auf der harten Matratze gelegen? Ein Mann ohne Gesicht, der auf dem Stuhl saß, über dem der Rock hing, redete unaufhörlich. Was sagte er? Ich versuchte, ihn zu verstehen, aber ich hatte den Eindruck, als ob der Besucher sich einer fremden Sprache bediente. Es war, als ob ich im Kino säße. Nur von Zeit zu Zeit verstand ich ein paar Worte. Das ermüdete mich, und ich wünschte, der Mann ginge fort. Er merkte nicht, daß er mich belästigte, daß er mich zwang, eine ungeheure Anstrengung zu machen, um eine fremde Sprache zu verstehen? Der Unbekannte redete weiter.Ich kroch wieder die Wand empor und rannte hinter dem Lichtstreifen her. Ich würde wieder auf den Steinboden fallen, ich würde resignieren und dem unverständlichen Gespräch zuhören. Ich befürchtete, daß der Mann ohne Gesicht mich für dumm halten würde. Ich wollte schlafen, riß Augen und Ohren auf. Sicherlich sagte ich unverständliche Dinge, und der Unbekannte nannte mich in englischer Sprache einen Schwachkopf. Ein Loch am Fuß eines Zaunes. Ich fiel in das Loch, tauchte langsam unter. Und, während ich sank, begegneten mir auf meinem Weg viele Blumen, die ohne Gewicht, wie Watteflocken sanken. Ich stieg auf, und es war, als ob mein Körper sich in eine Nebelwolke verwandelte. Ich sank und stieg, die Blumen fielen in lautlosem Regen herab. Die Blumen bereiteten mir nicht die geringste Freude. Ich wollte mich von ihnen befreien, diese Reise nach oben und unten unterbrechen, auf fester Erde schreiten. Ich öffnete die Augen. Der Mann ohne Gesicht war verschwunden, und jetzt lag ein aufgeschlagenes Buch auf meiner Bettdecke. Ich wußte nicht, wer mir das Buch gebracht hatte. Die Buchstaben lösten sich vom Blatt, öffneten weiße Zwischenräume, zerstreuten sich in lautlosem Regen. Wenn ich die Lider zusammenkniff, wenn ich sie rieb, wenn ich das Papier von meinen Augen entfernte oder es ihnen näherbrachte, gelang es mir, die Buchstaben zusammenzufügen. Unmöglich, den Sinn eines Wortes zu verstehen, das so schwer zu lesen war. Eine Fremdsprache, so unverständlich wie die Sprache des Unbekannten. Ohne Gedächtnis, ein Idiot. Ich weinte, schlug den Kopf gegen das Eisengestell des Bettes, riß mir die Haare aus. Ich betrachtete meine Hände. Die Nägel waren lang und voller Schmutz, die Wunden der Handfläche trockneten und verheilten, die langen, blutunterlaufenen Finger voller dikker Knoten. Ohne Gedächtnis. Was mochte vorher geschehen sein? Die Verwirrung löste sich auf, der Lichtstreifen wanderte über die Backsteine, kletterte auf den Stuhl, wo der Mann gesessen hatte, erreichte den Rock, der über der Stuhllehne hing. Der Rock beobachtete mich mit bösartigem Blick, der ständig hin und her wanderte. Die zusammengefaltete Hose lag nach wie vor auf dem staubbedeckten Koffer. Der Wachtposten schlummerte, auf das Gewehr gestützt, am Eingang des Palastes, André Laerte ging wie eine Katze, der Viehhirt Amaro lockte das Vieh und fing das scheckige Kalb mit dem Lasso ein, der Korporal José war auf dem Weg zum Gefängnis, er sah wie ein aufgeblasener Frosch aus, Dagoberto legte den Kasten mit Knochen und das Lehrbuch für Anatomie auf mein Bett. Ich griff nach dem Buch, das aufgeschlagen auf der Bettdecke lag. Man hatte das nutzlose Buch dort liegenlassen. Ich las und dachte an die Knochen. Wahrscheinlich hatte es Moisés gebracht, um mich zu zerstreuen. Die Wörter begannen klarer zu werden, aber noch fügten sie sich nicht zusammen. Moisés war ein guter Kerl. Er gab mir ein Buch, um mich zu zerstreuen. Der Lichtstrahl glitt über den Stuhl, strich über die Backsteine und erreichte die Wand. Der blinde Losverkäufer rief die Losnummern aus, klopfte mit seinem Stock auf den Boden des Kaffeehauses, die Frau aus der Rua da Lama kreuzte die mageren Hände über den Knien, der Wolfsmensch schien ein hinfälliger, alter Mann. Diese Figuren tauchten auf, ohne klare Gestalt zu gewinnen, verschwammen miteinander. Antônia zog die Sandalen hinter sich her, zeigte die von Narben übersäten Beine und sang einen dummen Schlager. Aber der Schlager verwandelte sich: »Ich bin ein Polizeisoldat und lebe nur für die Montur . . .« Antônia wurde zum Korporal José da Luz. Sie stand vor der Maniokpresse und bot mir eine Tasse Kaffee an. Antônia, der Korporal José da Luz, Rosenda – eine einzige Person. Manchmal schienen es drei Körper mit nur einem Gesicht, manchmal war es ein Körper mit drei Köpfen. Schließlich erschien ein Kerl mit drei Namen. Ich ergriff das Buch, verstand ungefähr, was da geschrieben stand, aber ich war überzeugt, daß es sich um verschiedene Arbeiten verschiedener Individuen handelte. Chinesen. Streitsüchtige, empörte Chinesen. Ich erinnerte mich an chinesische Wäscher, an solche, die Spielzeug herstellten, an andere, die Kleinkram verkauften, die sich mit den Bewohnern des Landesinnern zusammentaten. Viele übereinander geschichtete Bücher, bildeten ein einziges, unverständliches Buch. Fernando Inguitai ging die Hauptstraße entlang, Rosenkränze über dem Arm, zwischen den halboffenen Lippen eine speichelfeuchte Zigarette, zeigte seine riesigen Zähne mit einem ausdruckslosen Lächeln. Die Musik des Plattenspielers war kaum zu hören, die Eidechse kroch über die Wand. Der Viehhirte Amaro schwang das Lasso, zerkaute seine Strohzigarette, und ein starres Lächeln ließ seine schwarzen Zähne sehen. Der Stuhl, schmutzig vor Staub, der Koffer schmutzig vor Staub. Der Anzug war verschwunden. Es wäre gut gewesen aufzustehen, etwas zum Anziehen zu suchen. Vor kurzem noch hatte der Anzug hier gelegen. Plötzlich war er verschwunden. Wer hatte mir jenen fremdartigen Namen genannt? Fernando Inguitai, die Eidechse, der Lichtstreif, der Viehhirt Amaro. Der Plattenspieler spielte leise: »Fernando Inguitai.« Ich versuchte mich aufzusetzen. Wenn es mir gelänge, würde ich den Anzug suchen. Ich drehte mich mit Mühe um. Warum trat die Person, die im Eßzimmer wartete, nicht gleich ein? »Danke, Vitória. Ich will nicht essen. Bring mir ein Glas Wasser.« Vitória entfernte sich mit schleppendem Gang, trug das Servierbrett mit dem Essen, das mir Übelkeit erzeugte, ab. Minuten später, klapp, klapp, kam sie maulend, mit verschlossenem Gesicht wieder und brachte mir das Glas Wasser. Ich trank, benetzte die Bettdecke. »Danke, Rosenda.« Ich schwitzte und röchelte, der Blick verdunkelte sich, ich streckte mich auf der Maniokmühle, die an der Wand stand, aus. Der Krach, den der Baumwollentkerner machte, ließ mich nicht schlafen, Vitórias Schritte verloren sich auf dem Gang. Mein Vater lag ausgestreckt da, in ein weißes Tuch gehüllt, das sich zwischen den Beinen faltete, an Stelle des Gesichts hatte er einen roten, von Fliegen übersäten Fleck. Die Fliegen bewegten sich nicht, aber sie surrten wie Schnaken. Das Glasauge von Pater Inácio war starr, hing in der Luft, außerhalb des Körpers. Die Kutte von Pater Inácio, der Mantel des alten Acrísio, die Uniform des Korporals José da Luz und Rosendas rotes Kleid waren starr, hingen in der Luft, körperlos. Die Schnaken surrten. Die dunkelhäutigen, knochigen Füße von Camilo Pereira da Silva ragten über das Kanapee. Entsetzlich. Ich schritt durch den Gang, ging in das Eßzimmer, kam zurück und legte mich wieder auf die Maniokmühle, öffnete das Buch, das von den empörten Chinesen sprach. Aber meine Augenlider sanken herab, die Schnaken und der Lärm der Entkernungsmaschine dröhnten in meinem Kopf. Welchen Grund hatte Fernando Inguitai zu lachen? Ich riß die Bettdecke weg und versuchte die Augen zu öffnen. Wenn ich mich erheben könnte, würde alles verschwinden. Ich würde mit dem Mann, der im Eßzimmer auf mich wartete, sprechen. »Es gibt keinen Chinesen mit dem Namen Fernando.« Wo hatte ich diesen Namen »Inguitai« gehört? Wenn mir Vitória doch ein Glas Wasser bringen wollte ... Mich hier liegenzulassen, von Durst gequält, im Sterben, ohne daß mir irgend jemand eine Tasse Kaffee oder ein Glas Wasser brachte! Ich wiegte mich damit ein: »Allein, allein, im Elend sterben, durstgequält.« Es war gut, daß alle so weit weg waren. Der

Laufbursche der Abteilung, so mager, so alt, so traurig, ging mit Stolperschritten. Dona Adélia tanzte wie ein Kreisel, und jetzt war sie das, was man sehen konnte: schwammig, verbraucht, konnte einem leid tun. Albertina Soundso, Diplomierte Hebamme. Wenn ich eilig und viel zu spät in meine Abteilung kam, dann hatte der alte Laufbursche ein sanftes Lächeln und ein paar nützliche Mitteilungen für mich. Meine Augen öffneten sich, schlossen sich, öffneten sich wieder. Die Dachbalken wurden größer, wanden sich, weißlich und abstoßend, wie gehäutete Schlangen. »Streik im Falle eines Widerstandes.« Einige Buchstaben waren abgeschabt, andere verschwanden unter den Flecken, die das Regenwasser gebildet hatte. Aber es gab auch neue Inschriften. Die Schulkinder betrachteten sie. Der behaarte Mann, der Schnaps verkaufte, kümmerte sich nur um das eigene Leben. Albertina Soundso, Diplomierte Hebamme. Wo waren meine Kleider? Ich wollte mich anziehen, auf die Straße gehen, die Zeitungen lesen. Was mochten die Zeitungen sagen? Ich wollte zum Leuchtturm, in Kneipen gehen, Schnaps trinken. Ivo besuchte mich, saß in Hockstellung an der Wand. »Nimm die Kleider mit, Ivo.« Ivo hatte die zerrissene Hose und den schmutzigen Rock angezogen. Vielleicht hatte er die drekkigen Fetzen gar nicht angezogen, vielleicht war alles nur ein Traum. Im Eßzimmer wartete ein Mann geduldig darauf, daß ich wieder gesund wurde. Ausgehen, das Kaffeehaus betreten, Straßenbahn fahren. Wo waren meine Kleider? Der Stuhl in der Nähe des Bettes, das geschlossene Buch auf der Strohmatte. »Nimm das mit, Ivo. Die Hose ist zerrissen. Nähe den Riß mit einer Schnur zu.« Albertina Soundso, Diplomierte Hebamme. Dunkelheit. Ein Zittern, ein Fall. Ich würde aus dem Bett fallen, der Boden würde sich öffnen, ich würde fern von hier durch Jahrhunderte und Aberjahrhunderte rollen. Der Geist Gottes schwebte über den Wassern. Ich würde mich von dem Schrecken befreien, nach und nach würde mein Geist völlig abstumpfen. Die Dachbalken krümmten sich, die Ziegel auf dem Dach bewahrten ihr Gleichgewicht wie durch ein Wunder. Teile jener weißen und schmierigen Masse liefen herab, näherten sich meinem Mund, erzeugten Brechreiz. Das Grammophon spielte: »Fernando Inguitai.« Die Dreikönigssänger sangen vor Batistas Haus. Die Mateusspieler schrien: »Öffne die Tür, ioiô.« Und die übrigen Mitwirkenden fielen ein: »Ich stehe hier vor eurer Tür mit meinem Reisigbündel.« Batista öffnete nicht. Er wartete auf das Lied, das die Kraft hatte, Fenster zu öffnen. Und die Mitwirkenden: der Botschafter, der König, die Eselin, die Mateusspieler warteten auf der Straße mit einem Reisigbündel, sie stanken vor Schweiß, sangen so lange ihre Verse, bis der großmächtige Batista, in einen Morgenrock gekleidet, erschien und die Türen öffnete. Einer der Reisigbündelträger betrat das Haus und sang. Batista nahm die Helme der Mateusspieler, die Krone des Königs, den Degen des Botschafters, die Tücher der Begleitpersonen entgegen und gab sie mit einem Geldgeschenk zurück. Das Surren der Schnaken war unerträglich. »Ein Glas Wasser, Vitória.« Vitória hörte nicht, und die Sache fing von vorn an. Es war nicht dunkel, der Lichtstreif kroch die Wand empor. »Nimm die Kleider mit, Ivo.« Ivo hockte sich schweigend in eine Ecke, besabberte sich. Pimentel erschien nicht. Er mußte dagewesen sein, aber ich erinnerte mich nicht. Wahrscheinlich war er hier, als ich sehr starkes Fieber hatte. Was für tolles Zeug mochte ich in Pimentels Gegenwart gesagt haben? Eins, zwei, eins, zwei. Ich marschierte – und konnte mich nicht vom Bett erheben. Vier Wände. Die vier Wände meines Büros erdrückten mich. Einige Stunden nach der Aufführung würden die Reisigbündelträger, die Mateusspieler, die Begleitfiguren, die Eselin, der König, der Botschafter im Schweiße ihres Angesichts auf dem Feld arbeiten. »Stell den Plattenspieler ab.« Fernando Inguitai, die Rosenkränze über dem Arm, ging durch die Rua do Comércio, rauchte, lächelte. Gab es jemanden auf dieser Welt, der Inguitai hieß? Die Klapperschlangen und Jararacas badeten im Poço da Pedra-Teich, in demselben Wasser wie die Menschen. Eine ringelte sich um den Hals meines Großvaters. Trajano Pereira de Aquino Cavalcante e Silva hüpfte auf der gestampften Erde im Kreis, verlor eine Sandale. Historisches und Geographisches Institut des Staates Espírito Santo, Historisches und Geographisches Institut des Staates Rio Grande do Sul. Ich lachte wie ein Idiot. Wahrscheinlich gab es dort Historische und Geographische Institute. Einige Personen, die in Eile waren, stießen andere Personen auf den Treppen an und sagten: »Entschuldigung.« Der blinde Losverkäufer rief die Nummern aus, klopfte mit seinem Stock auf den Fußboden des Kaffeehauses. Ich drehte meinen Kopf zur Spiegelwand, da ich befürchtete, daß mich der Blinde belästigen würde. Hinter der weißen Beschriftung fletschten furchtbare Gesichter die Zähne und zwinkerten mit den Augen. Die Buchstaben krümmten sich, die Dachbalken krümmten sich, senkten sich herab, weiß, weich, wie enthäutete Schlangen. Sechzehntausenddreihundertvierundachtzig. Der Stock klopfte auf den Boden, rückte gegen mich vor, bedrohte mich mit einem Stückchen Papier, das größer wurde und mich beißen wollte. Moisés kam herzu, kaufte das Stückchen Papier, das sich um seine Finger wickelte, und las unzählige Male mit lauter Stimme: »Sechzehntausenddreihundertvierundachtzig.« Ich wollte fliehen, aber Fernando Inguitai wartete auf der Straße, um mir einen Rosenkranz zu verkaufen. »Scher dich fort, Moisés.« Weder wollte ich Rosenkränze haben, noch die ständige Wiederholung jener Zahl hören. Es war keine Zahl: es waren unverständliche Wörter, Geschichten aus China. Moisés drehte die Seite um, die aber weiter hin und her flatterte. Der Stuhl bewegte sich. Ich entfernte mich, aus

Angst vor dem Stuhl. Vitória würde ihn am nächsten Tag, wenn sie das Zimmer fegte, an seinen gewohnten Platz zurückstellen, in der Nähe des Koffers, aber eine ganze Nacht lang würde mich das eigensinnige Möbelstück nicht schlafen lassen. Ich zitterte und fürchtete, daß Moisés gehen würde. Das Schweigen würde zurückkehren, und der Stuhl würde sich dem Bett wieder nähern. »Fahr fort, Moisés. So ist es.« Ich verstand ihn nicht, aber ich gab meine Zustimmung mit einem Kopfnicken und mit halben Worten zu erkennen. Die Stimme grollte, langsam und monoton, der lange Finger drehte die Seiten um und fuchtelte vor meinem Gesicht herum. Bewaffnete Chinesen zogen vorüber. Und der Finger rollte sich zusammen, bildete einen Knoten. Das Lesen war wie ein Summen, ein Schwarm von Schnaken las das schwerverständliche Buch. Ich schaukelte in einer Hängematte, schwebte auf und ab. Wenn ich emporstieg, öffnete ich die Augen und sah den Finger vor meiner Nase, wenn ich abwärtsschwebte, hörte ich das Geplärre des Plattenspielers. Die Mäuse im Bücherschrank zernagten die Grammophonplatte, und der Plattenspieler sagte leise: »Fernando Inguitai.« Der Lichtstreif verschwand. Moisés stand auf, knipste das elektrische Licht an und setzte sich wieder. »Danke, Moisés.« Verschwendete seine Zeit hier, um mich mit Vorlesen zu zerstreuen. Ein ausgezeichneter Kamerad. »Dr. Gouveia muß diese Wände streichen lassen.« Er würde über mich herfallen, ich bedauerte, gesprochen zu haben. Natürlich mußten die Wände gestrichen werden, ich würde mich ärgern, wenn jemand das Gegenteil behauptete, aber man mußte es erklären, und ich konnte mich nicht verständlich machen. Gleichzeitig fürchtete ich, daß der Jude mich anpflaumen würde, weil ich seine Lektüre mit einer blöden Bemerkung unterbrochen hatte. Wir würden darüber sprechen. Ich fürchtete, in Wut zu geraten und meinen Besucher zu beleidigen. Wenn er mir recht gäbe, dann nur, weil ich krank war. Damit war ich nicht einverstanden. Brauche ich die Zustimmung der anderen? Bin ich ein Kind? Warum hatte er die Lektüre unterbrochen und starrte auf mich mit erschrockenem Blick? Es wäre besser, die Katze aus dem Sack zu lassen und offen zu erklären, daß es nicht nötig sei, die Wände zu streichen. Auf jeden Fall konnte es leicht zum Bruch zwischen uns kommen. Jeder beharrt auf seinem Standpunkt, jeder hat seine eigenen Ideen! Moisés stand auf, verabschiedete sich. Ich versteckte die Hände unter der Decke, wickelte mich bis zum Hals in die Decke und zitterte, flehte ihn mit den Augen an, mich nicht zwischen diesen fürchterlichen Wänden allein zu lassen. Moisés hatte mich verlassen, und ich klapperte mit den Zähnen wie ein Wildschwein. Die Wände bedeckten sich mit aufrührerischen Inschriften, mit schwarzen Pechtränen. Die Buchstaben bewegten sich, ließen Zwischenräume offen, die man ausfüllte. Da war ein Drucker, der den Satz verbesserte. Und das Pech floß, ergoß sich über die Ziegelsteine. Streikdrohungen, Fetzen der Internationale. Eins, zwei ... Unmöglich, die aufrührerischen Inschriften zu zählen. Es gab riesige Inschriften, die von einem Ende des Zimmers zum anderen gingen; andere waren winzig, wanden sich wie Schlangen, rissen die kleinen Schlangenaugen auf, zeigten die Zunge und rasselten mit dem Schwanz. Die Buchstaben hatten menschliche Gesichter und rissen voller Wildheit die Mäuler auf. Die Frau, die die Flaschen spülte, und der Mann, der die Bottiche füllte, zappelten wie aufgespießte Schmetterlinge an der Wand und bildeten Inschriften mit anderen Personen, die Flaschen spülten, Bottiche füllten und sonstige Dinge trieben. Die Schreibmaschinenhilfe mit den Katzenaugen hustete, die Töchter des Wolfsmenschen versteckten sich hinter anderen Buchstaben. Antônia schleppte die dicken, mit Narben bedeckten Beine, die Frau aus der Rua da Lama kreuzte die Hände über den mageren Knien, um die Bauchfalten zu verbergen. Ein aus der Ferne kommendes Weinen schwoll an, schwoll ab: »Was soll aus mir werden? Heilige Jungfrau, steh mir bei.« Ein Negerlümmel starb einen langsamen Tod, weil er der Tochter seines Dienstherrn das Feigenblatt geraubt hatte. Er stieß ein furchtbares Gurgeln aus und alles verwandelte sich in pechschwarze Narben. Sechzehntausenddreihundertvierundachtzig. Der blinde Losverkäufer klopfte mit seinem Stock an die Wand. »Nehmt den Stuhl weg.« Ivo saß in Hockstellung, floß mit den Buchstaben zusammen. Die zerrissene Hose und der schmutzige Rock waren schwarz wie Pech. Cirilo de Engrácia, mit Patronengürtel und Dolchen behängt, war an einem Baum gefesselt, die Haare fielen ihm ins Gesicht, die Zehen waren abwärts gerichtet. Der Wachtposten schlief im Eingangstor des Palastes. Ein ungeheurer Bauch zeichnete sich an der Wand ab und wurde immer größer, eine schlecht gekleidete Person eilte vorüber und zog die kleine Tochter hinter sich her, das einzige Auge haßerfüllt. Sinha Terta stöhnte: »Heilige Margarida . . .« Der traurige Kneipeninhaber stützte die Ellbogen auf die verschmierte Theke. Die Kinder tanzten um die aus Erde und Stangen gemachte Barke. Das geschminkte Mädchen strömte einen sonderbaren Geruch aus. Der dunkelhäutige Mann kreuzte die Arme, zeigte ungeheure Muskeln. Der Bettler streckte das in Lumpen gehüllte, blutige Bein aus. Die Mücken schliefen, und der Bettler hatte seine Krücken beiseitegelegt, trank Schnaps und lachte. Schritte auf dem Straßenpflaster. Wer mochte kommen? Wer wollte um diese Zeit etwas von mir? Vitória mußte die Türen verschließen und den unbequemen Gast fortschicken, der nicht aus dem Eßzimmer wich. Aber Vitória zählte Geld, wiederholte mit leiser Stimme Einfahrt und Ausfahrt der Schiffe. Das blaue Aushängeschild von dona Albertina versteckte sich irgendwo, von Pech verschmutzt, in einer Ecke. Alle diese Leute verstanden sich glänzend. Der behaarte Mann, der sich nur um seine eigenen Angelegenheiten kümmerte, die Frau, die eine mit einer Schnur am Finger befestigte Flasche trug, Rosenda, der Korporal José da Luz, der Viehhirte Amaro, die Mitwirkenden des Dreikönigsspiels, ein Vagabund, der auf einer Bank in den öffentlichen Anlagen schlief, ein anderer Vagabund, der unter einem Baum schlief, all das war auf der Wand zu sehen, die Schnaken surrten, machten einen dumpfen Lärm, der lauter und lauter wurde und sich in einen Klagelaut verwandelte. José Baía winkte von weitem, lächelte, zeigte das nackte Zahnfleisch und schüttelte die weißen Haare. »José Baía, mein Bruder, bist du auch hier?« José Baía, schwach und hinfällig, unterbrach seinen Rundgang. Eins, zwei, eins, zwei . . . Die Menge, die sich auf der Wand in fiebernder Bewegung erging, begleitete José Baía und legte sich in mein Bett. Quitéria, Sinha Terta, der blinde Losverkäufer, der Laufbursche meiner Abteilung, die Cangaceiros und Vagabunden legten sich in mein Bett. Cirilo de Engrácia, steckensteif, gefesselt, ging auf den Spitzen seiner toten Füße, die den Boden nicht berührten und legte sich in mein Bett. Fernando Inguitai, mit Rosenkränzen über dem Arm, legte sich in mein Bett. Die Teerstreifen überkreuzten sich und bildeten ein Gitter. »José Baía, mein Bruder, wie lang ist das her!« Die Kinder tanzten um die Barke. »José Baía, mein Bruder, wir sind so alt!« Alle legten sich zurecht. Sechzehntausenddreihundertvierundachtzig. Eine Matratze aus Baumwolle. Tausende von nichtssagenden Mitspielern. Ich war ein nichtssagender Mitspieler und bewegte mich mit großer Vorsicht, um die anderen nicht zu belästigen. Sechzehntausenddreihundertvierundachtzig. Wir würden ausruhen. Eine Baumwollmatratze.

Graciliano Ramos über sich selbst

Ich wurde am 27. Oktober 1892 in Quebrangulo, im Staat Alagôas, geboren, aber als ich zwei Jahre alt war, verließen wir den Ort. Mein Vater, Sebastião Ramos, Kleinhändler, mit der Tochter eines Viehzüchters verheiratet, schenkte den Ratschlägen meiner Großmutter Gehör, kaufte einen landwirtschaftlichen Betrieb in Buique im Staat Pernambuco, und nahm Kinder, Frau und Hausrat mit sich. Die Trockenheit tötete das Vieh – und Sebastião machte etwa um 1895 oder 1896 einen kleinen Laden in der Ortschaft auf. Aus der Zeit, da wir auf dem Lande lebten, erinnere ich mich noch an die Viehhirten Amaro und José Baía. Im Ort lernte ich André Laerte, den Korporal José da Luz, die Wäscherin Rosenta, den Pater João Ignácio, Felipe Benício, Theotoninho Sabiá und Familie, Batista, dona Maricas, meine Lehrerin, die Frau von Antônio Justino, kennen, Personen, die ich viele Jahre später literarisch verwertete.

Zu Hause brachte man mir das ABC bei, wobei es des öfteren Prügel setzte. Das erste Schulbuch las ich in einer Woche aus, aber beim zweiten blieb ich stecken. Verschiedene Reisen auf das Besitztum meines Großvaters unterbrechen die Arbeit. Meine Großmutter schlief auf einer Bettstatt aus rohem Leder, während die schwarze Vitória in der Küche vor dem Feuer hockte und das Essen zubereitete. Es gab dort zwei Pferde, Ziegen, unzählige Kinder und Hunde, die sich im Hof herumtrieben und Schlangen in stattlicher Anzahl. In dieser Umgebung verbrachte ich meine ersten Jahre. 1899 entschloß sich Sebastião, nach Viçosa, im Staat Alagôas, überzusiedeln, wo er Verwandte hatte.

Dort besuchte ich, ohne besonderen Vorteil, verschiedene Schulen. Da ich ein ziemlich eintöniges Leben führte, gewöhnte ich mich daran, Romane zu lesen. Die Burschen, die mich zu diesem Laster verführten, waren der Notar Jerônimo Barreto und der Postbeamte Mario Venâncio, ein großer Verehrer von Coelho Neto und selbst Schriftsteller, Verfasser einer Erzählung, die so begann: »Jerusalem, die Gottesmörderliche, lag in friedlichem Schlummer, überstrahlt vom blassen Licht der Sterne. Über den Hügeln lag ein dünner Nebel, der wie der Atem einer großen, schlafenden Stadt erschien.« Eine sehr schöne Geschichte, die ich über alle Maßen lobte, obwohl ich insgeheim Paul de Kock und Jules Verne vorzog. Ich warf mich der Literatur in die Arme. In Maceió, wo ich kurze Zeit die Schule besuchte, erwies ich mich als sehr mittelmäßiger Schüler. Ich kehrte nach Viçosa zurück, schrieb Sonette und lernte Paulo Honório kennen, der in einem meiner Bücher unter anderem Namen erschien. In meinem achtzehnten Jahr übersiedelten meine Leute und ich nach Palmeira dos Índios. Ich machte einige Reisen nach Buique, sah Verwandte mütterlicherseits, alle auf absteigendem Ast. Anfang 1914 hatte ich genug von dem Kramladen meines Vaters und ging nach Rio, wo ich als Revisionslehrling arbeitete. Weiter habe ich es nie gebracht. Ende 1915 tauchte ich wieder in Palmeira dos Índios unter. Ich wurde Geschäftsmann, heiratete, verdiente etwas Geld, das ich später wieder verlor, wurde Witwer, heiratete wieder, setzte Kinder in die Welt, wurde Bürgermeister und schickte zwei Berichte an den Gouverneur. Bei der Durchsicht eines dieser Berichte hatte Schmidt (bedeutender brasilianischer Lyriker, eine Zeitlang Inhaber einer Verlagsgesellschaft) den Eindruck, daß ich irgendeinen unveröffentlichten Roman besäße und wollte ihn veröffentlichen. Tatsächlich, der Roman existierte, eine Katastrophe. Ich habe ihn 1926 geschrieben, und er erschien 1933. Anfang 1930 gab ich das Bürgermeisteramt auf; einige Tage später wurde ich aufgefordert, den offiziellen Pressedienst als Direktor zu übernehmen.

1931 bat ich um meine Entlassung. Anfang 1932 schrieb ich die ersten Kapitel von *São Bernardo* und beendete das Buch, als ich das Krankenhaus verließ. Die Erinnerung an das Krankenhaus sind in zwei Erzählungen niedergelegt. Im Januar 1933 ernannte man mich zum Direktor des öffentlichen Erziehungswesen in Alagôas, ein verwaltungstechnischer Irrtum, den keine Revolution rechtfertigen kann. Im März 1936, am Tage, an dem ich mich von diesem Posten zurückzog, übergab ich der Stenotypistin die letzten Seiten von *Angústia*. Das Buch erschien, wenn ich mich nicht irre, im August desselben Jahres und wurde gut aufgenommen, nicht seines eigentlichen Wertes wegen, sondern weil ich inzwischen bekannt geworden war ... – unglücklicherweise.
Ich zog nach Rio oder besser, sie zogen mich nach Rio, wo ich jetzt lebe. Hier schrieb ich mein letztes Buch, eine unbedeutende Geschichte – ein verkommenes Paar, eine Hündin und zwei Kinder. Ganz bestimmt bleibe ich nicht in der Großstadt. Ich muß fort. Obwohl ich kein Freund von Reisen bin, habe ich immer wie ein Zugvogel gelebt, wie ein Zigeuner. Pläne habe ich keine. Ich bin am Ende des Lebens angelangt, wenn man das als Leben bezeichnen kann. Bildung habe ich fast keine. José Lins hat recht, wenn er behauptet, daß meine bescheidene Kultur aus Jahrbüchern stammt.

Graciliano Ramos starb am 20. März 1953 in Rio de Janeiro.

Bibliothek Suhrkamp

Verzeichnis der letzten Nummern

470 Alain, Die Pflicht glücklich zu sein
471 Wolfgang Schadewaldt, Der Gott von Delphi
472 Hermann Hesse, Legenden
473 H. C. Artmann, Gedichte
474 Paul Valery, Zur Theorie der Dichtkunst
476 Erhart Kästner, Aufstand der Dinge
477 Stanisław Lem, Der futurologische Kongreß
478 Theodor Haecker, Tag- und Nachtbücher
479 Peter Szondi, Satz und Gegensatz
480 Tania Blixen, Babettes Gastmahl
481 Friedo Lampe, Septembergewitter
482 Heinrich Zimmer, Kunstform und Yoga
483 Hermann Hesse, Musik
486 Marie Luise Kaschnitz, Orte
487 Hans-Georg Gadamer, Vernunft im Zeitalter der Wissenschaft
488 Yukio Mishima, Nach dem Bankett
489 Thomas Bernhard, Amras
490 Robert Walser, Der Gehülfe
491 Patricia Highsmith, Als die Flotte im Hafen lag
492 Julien Green, Der Geisterseher
493 Stefan Zweig, Die Monotonisierung der Welt
494 Samuel Beckett, That Time/Damals
495 Thomas Bernhard, Die Berühmten
496 Günter Eich, Marionettenspiele
497 August Strindberg, Am offenen Meer
498 Joseph Roth, Die Legende vom heiligen Trinker
499 Hermann Lenz, Dame und Scharfrichter
500 Wolfgang Koeppen, Jugend
501 Andrej Belyj, Petersburg
503 Cortázar, Geschichten der Cronopien und Famen
504 Juan Rulfo, Der Llano in Flammen
505 Carlos Fuentes, Zwei Novellen
506 Augusto Roa Bastos, Menschensohn
508 Alejo Carpentier, Barockkonzert
509 Elisabeth Borchers, Gedichte
510 Jurek Becker, Jakob der Lügner
512 James Joyce, Die Toten/The Dead
513 August Strindberg, Fräulein Julie
514 Sigmund Freud, Eine Kindheitserinnerung des Leonardo da Vinci
515 Robert Walser, Jakob von Gunten
517 Luigi Pirandello, Mattia Pascal
519 Rainer Maria Rilke, Gedichte an die Nacht

520 Else Lasker-Schüler, Mein Herz
521 Marcel Schwob, 22 Lebensläufe
522 Mircea Eliade, Die Pelerine
523 Hans Erich Nossack, Der Untergang
524 Jerzy Andrzejewski, Jetzt kommt über dich das Ende
525 Günter Eich, Aus dem Chinesischen
526 Gustaf Gründgens, Wirklichkeit des Theaters
527 Martin Walser, Ehen in Philippsburg
528 René Schickele, Die Flaschenpost
529 Flann O'Brien, Das Barmen
533 Wolfgang Hildesheimer, Biosphärenklänge
534 Ingeborg Bachmann, Malina
535 Ludwig Wittgenstein, Vermischte Bemerkungen
536 Zbigniew Herbert, Ein Barbar in einem Garten
537 Rainer Maria Rilke, Ewald Tragy
538 Robert Walser, Die Rose
539 Malcolm Lowry, Die letzte Adresse
540 Boris Vian, Die Gischt der Tage
541 Hermann Hesse, Josef Knechts Lebensläufe
542 Hermann Hesse, Magie des Buches
543 Hermann Lenz, Spiegelhütte
544 Federico García Lorca, Gedichte
545 Ricarda Huch, Der letzte Sommer
546 Wilhelm Lehmann, Gedichte
547 Walter Benjamin, Deutsche Menschen
548 Bohumil Hrabal, Tanzstunden für Erwachsene und Fortgeschrittene
549 Nelly Sachs, Gedichte
550 Ernst Penzoldt, Kleiner Erdenwurm
551 Octavio Paz, Gedichte
552 Luigi Pirandello, Einer, Keiner, Hunderttausend
553 Strindberg, Traumspiel
554 Carl Seelig, Wanderungen mit Robert Walser
555 Gershom Scholem, Von Berlin nach Jerusalem
559 Raymond Roussel, Locus Solus
560 Jean Gebser, Rilke und Spanien
561 Stanisław Lem, Die Maske · Herr F.
563 Konstantin Paustowskij, Erzählungen vom Leben
565 Hugo von Hofmannsthal, Das Salzburger große Welttheater
567 Siegfried Kracauer, Georg
568 Valéry Larbaud, Glückliche Liebende ...
569 Rainer Maria Rilke, Liebesgedichte
570 Graciliano Ramos, Angst
571 Karl Kraus, Über die Sprache
572 Rudolf Alexander Schröder, Ausgewählte Gedichte
575 Theodor W. Adorno, Berg
578 Georg Kaiser, Villa Aurea

Bibliothek Suhrkamp

Alphabetisches Verzeichnis